BASTEI LÜBBE

Susan Bakos

Dr. Englemans Morde

Ins Deutsche übertragen
von Ingo Schmitz

TRUE CRIME
Der wahre Kriminalfall

BASTEI
LÜBBE

BASTEI-LÜBBE-TASCHENBUCH
Band 13 462

Erste Auflage:
Juni 1993

Deutsche Lizenzausgabe 1993
Bastei-Verlag Gustav H. Lübbe
GmbH & Co., Bergisch Gladbach
Originaltitel:
Appointment for Murder
Titelfoto: CIC
Umschlaggestaltung:
Quadro Grafik, Bensberg
Satz: KCS GmbH,
Buchholz/Hamburg
Druck und Verarbeitung:
Brodard & Taupin, La Flèche,
Frankreich
Printed in France

ISBN 3-404-13462-1

Der Preis dieses Bandes
versteht sich einschließlich der
gesetzlichen Mehrwertsteuer.

PROLOG

DIE NEUVERMÄHLTEN

Sonntagmittag, 5. September 1976,
Pacific, Missouri

Ein junges Paar, beide Mitte Zwanzig, beide in Jeans und T-Shirts, spazierte einen Pfad entlang, der in ein Waldstück führte. Auf einer Seite wurde der Pfad von einer weißen Felswand begrenzt, die von verschiedenen Höhlen durchbrochen wurde, gezackten Öffnungen, aus denen kühle, leicht muffige Luft kam.

Die Sonne brach durch das Blattwerk der Bäume. Die Blätter hatten schon ihre herbstliche Färbung angenommen. Vom kleinen See, der an den Wald heranreichte, drang vermoderter Geruch hoch; am schmalen sandigen Ufer klebten vertrocknete moosige Brocken, ein Beweis dafür, daß der Wasserspiegel während des heißen, trockenen Sommers gefallen war. An diesem Tag aber war es nicht so heiß.

Der große Vergnügungspark lag eine Ausfahrt zurück am Highway 44. Der Mann hatte abbiegen wollen, um sich die Ausstellung der neuen Motorräder anzusehen, aber die Frau hatte gedrängt weiterzufahren – auf dem Rückweg wäre Zeit für die Motorradschau.

Als sie sich nun ihrem Ziel näherten, kamen sie an einer Familie vorbei – Vater, Mutter und zwei Kinder –, die offensichtlich die engen Höhlen erforschen wollte. Die junge Frau lächelte der Mutter zu und sagte »Hallo«. Die beiden Männer nickten sich kurz zu.

»Ein nettes Paar«, sagte die Mutter, und das Paar hörte die Bemerkung, aber es sah sich nicht an.

›Nett‹ war das treffende Adjektiv für die beiden. Er war sechsundzwanzig, groß mit dunkelblonden Haaren und einem dunklen Schnurrbart, recht attraktiv, ein Leitungsleger für die Southwestern Bell Telephone Company. Der Doktor, dem sie völlig vertraute, hatte ihr gesagt, er wäre der geeignete Ehemann für sie. Ganz gewiß war er ein Mann, den eine Mutter der Arbeiterschicht für ihre Tochter aussuchen würde. Er hatte bescheidene, aber solide finanzielle Aussichten.

Sie war Zahnarzthelferin, vierundzwanzig Jahre alt, zierlich mit guter Figur. Ihre mexikanische Herkunft erkannte man an ihrer olivfarbenen Haut und an den tiefdunklen Augen. Sie strahlte Sex aus, was Männer herauszufordern schien; das unangenehme Begrabschen ihrer Kurven hatte sie schon früh abwehren müssen. Das Paar kannte sich schon seit der gemeinsamen Zeit auf der High School, bevor sie in der zehnten Klasse abgegangen war. Später hatten sie sich auf einer Party wiedergetroffen und waren ins Gespräch gekommen, als er ein Faß wenig fachmännisch angeschlagen und sie mit Bier besprüht hatte.

Als sie ihrem Arbeitgeber erzählte, daß sie ihre Bekanntschaft erneuert hätten, befand der Doc, dieser Mann wäre der richtige für sie. Er übernahm die Regie dieser Freundschaft, trug ihr auf, den Mann alle zwei bis drei Tage anzurufen. Sie hatte jedes Wort des Doktors befolgt und sich genau an seine Instruktionen gehalten, die er immer und immer wiederholte, denn der Doc sagte Wichtiges nie weniger als ein dutzendmal. Und immer trug er seine Anweisungen mit dieser sanften, ruhigen Stimme vor. Er beschränkte sich nicht auf theoretische Ratschläge, sondern brachte ihr auch bei, wie sie die Genitalien ihres jungen Geliebten mit Händen und Lippen berühren sollte.

Sie hatte bald gelernt, wie sie dem Leitungsleger Vergnügen bereiten konnte, hauptsächlich deshalb, weil sie gewohnt war, stets das zu tun, was man ihr sagte, besonders, wenn es der mächtige Doc befahl. Er war es auch, der zur Hochzeit drängte, und so hatten sie im Oktober 1975 geheiratet. Sie waren noch frisch verheiratet – auch wenn sie, mit Zustimmung des Doc, schon eine Abtreibung hinter sich hatte –, als sie den Pfad hinaufgingen, auf eine bestimmte Höhle zu, gerade eine Autostunde von St. Louis entfernt.

Sie ging ihm ein paar Schritte voraus, als sie sich dieser Höhle in der weißen Klippenwand näherten. Da sie den Weg vor einer Woche mit dem Doc gegangen war, wußte sie, wohin er führte. Sie hatten ihren orangefarbenen VW an der Stelle geparkt, wo auch der Doc sein dunkelblaues Auto abgestellt hatte. Der Doc hatte es ihr oft genug eingeschärft.

Ihr Mann folgte ihr offenkundig widerwillig, fast wie im Supermarkt, wenn sie etwas einkaufen wollte, wozu sie lieber seine Einwilligung einholte. Er fragte sie schon wieder, was sie ihm denn zeigen wolle und wann sie endlich da seien, und es war derselbe Tonfall, in dem er sagte: ›Kauf doch die verdammte Lampe, wenn sie dir gefällt‹.

Sie ignorierte seine Fragen. Vielleicht bereute er, das Essenspaket nicht mitgenommen zu haben, wie sie es vorgeschlagen hatte.

Die Hände in den Taschen ihrer Jeans, ging sie weiter, den Kopf gesenkt, so daß ihre glänzenden kastanienbraunen Haare ihre Wangen streiften. Ihre Gedanken waren bei dem anderen Mann; sie lauschte nach einem Geräusch, aber sie wußte nicht, welches Geräusch das sein könnte. Ein knackender Zweig vielleicht. Aber sie hörte nur das Zwitschern der Vögel und das Sirren fliegender Insekten.

Sie mußte sich unwillkürlich schütteln, als ihr bewußt wurde, wie nah der Tod war. Es wird nicht wirklich geschehen, redete sie sich ein, es wird wieder nicht klappen, wie es schon zweimal vorher fehlgeschlagen war. Obwohl es für sie gefährlich werden konnte, wenn es auch diesmal danebenging. Wenn ihr Mann etwas merkte ...

Und doch konnte sie das Schütteln auch dann noch nicht abstellen, als sie nahe bei der Höhle angekommen waren. Sie fürchtete sich vor einem Erfolg genauso wie vor einem Mißerfolg. Die Sonne schien immer noch; es war ein schöner Tag, und die Frau redete sich ein, daß sie und ihr Mann in ein paar Minuten zurück zum Auto gehen und nach Hause fahren würden.

Bilder des Doktors schwirrten ihr im Kopf herum. Sie sah sein lechzendes Gesicht, als er sie in den Behandlungsstuhl gesetzt hatte und mit dem Gesicht ganz nahe kam. Er hatte ihre Brüste durch den dünnen Gazestoff berührt, auch ihren Schoß – wie gut, daß sie ihre Jeans angezogen hatte. Sie hatte nein gesagt und gebetet, daß er ihr die Kraft zutraute, die das Wort verlangte. Seine Hände auf ihrem Intimbereich waren ihr ekelhaft, fast so, als hätte ihr Vater sie dort angefaßt.

Er hatte sie zu sich bestellt, um über den Plan zu sprechen; er flüsterte mit ihr, damit ein Patient im Nebenzimmer nichts hören konnte.

»Wenn wir mal Zeit für uns haben, reden wir über die anderen«, raunte er und ließ ihre Brüste los. »Es wird dich zuversichtlicher machen, wenn du von den anderen hörst.«

Sie wußte, wer die anderen waren. Eric Frey und jemand namens Bullock. Der Doktor schien zu glauben, es würde sie erregen, wenn er über die anderen Männer redete. Aber das tat es nicht, während bei ihm jedoch eine Veränderung vorging, wenn er erzählte, was er mit den anderen gemacht hatte. Sein Gesicht strotzte vor Stolz, aber es verwandelte sich auch in ein Gesicht, vor dem man sich fürchten konnte – das Gesicht eines rachgierigen primitiven Gottes, halb Tier, halb Mensch.

Obwohl sie es versuchte, konnte sie sich an das Gesicht von Eric Frey nicht mehr erinnern, schließlich war sie damals erst neun Jahre alt gewesen. Sie hatte Sandy mit ihrem Baby noch oft nach Erics Tod gesehen. Und sie erinnerte sich auch noch daran, daß das Baby genau die Züge des Doktors gehabt hatte.

Sie hatte manchmal auf Sandys Baby aufgepaßt, wenn Sandy und der Doc ausgingen, und ihr war im Gedächtnis haften geblieben, daß der Doc immer eine Hand um Sandys Rücken gelegt hatte, manchmal lag die Hand auch tiefer, auf

Sandys Hintern. Ja, sie hatte Sandy beneidet, auch sie wäre vom Doc gern ausgeführt worden, aber sie hätte nicht gewollt, daß er seine Hand auf ihrem Körper spazieren führte. Sie wollte seine Aufmerksamkeit, seine Fürsorglichkeit – heute mehr denn je. Er hatte ihr gesagt, sie könnte auch in einem Apartmenthaus wohnen, mit Swimmingpool und allem Komfort.

»Wie weit denn noch?« rief ihr Mann hinter ihr. Es klang nicht zornig, nur gelangweilt, resigniert. »Weißt du genau, daß du auf dem richtigen Weg bist?«

Er konnte nicht ahnen, wie doppelsinnig seine Frage war. Nein, sie wußte es nicht. Sie hatte versucht, ihm Gründe für eine Scheidung zu geben. Sie hatte sich mit anderen Männern getroffen und war erst spät in der Nacht nach Hause gekommen, wenn er längst ins Bett gegangen war und das Licht gelöscht hatte. Oft hatte ihrem Körper noch der Geruch von Whiskey und Mann angehaftet. Sie hatte absichtlich den Geruch der Männer aufgenommen, hatte ihr Gesicht an den After-Shave-getränkten Wangen gerieben. Ja, sie hatte ihn verletzen wollen. Wie oft hatte sie sich langsam vor seinen Augen ausgezogen, damit er ihre derangierte Unterwäsche sehen konnte. Er sollte merken, daß sie sich mit einem anderen Mann eingelassen hatte. Einige Male hatte sie selbst diese verräterische Unordnung herbeigeführt. Deutlicher konnte sie es ihm nicht zeigen.

»Wie weit denn noch?« fragte er wieder.

Vielleicht fürchtete er sich vor der Scheidung, weil er glaubte, sie würde einen Teil des Hauses haben wollen, das ihm schon vor der Ehe gehört hatte. Er warf ihr immer noch das Hochzeitsgeschenk ihrer Mutter vor – eine Schüssel selbstgemachter *tamales.* Ihr Gesicht brannte noch heute, wenn er davon redete. Meine Eltern haben mir die Anzahlung für ein Haus gegeben, von deiner Mutter haben wir eine Schüssel tamales bekommen. Vielleicht fürchtete er, sie würde versuchen, ihm alles wegzunehmen. Ihr hatte nie etwas gehört. Und deshalb würde er nie die Scheidung einreichen. Er würde in

Ruhe abwarten, wie sich ihre Ehe entwickelte – und dieses Warten machte sie verrückt.

Der Doktor konnte so grausam und gleichzeitig so lieb sein. Wenn er wütend wurde, hatte sie keine Angst, daß er sie schlagen würde. Sie konnte nie voraussehen, was er ihr antun würde. Seine Wut war etwas Geheimnisvolles. Sie wußte, sie war da, aber sie wußte nie, wie er sie austoben würde. Weil sie das nicht wußte, wuchs ihre Furcht vor ihm und damit sein Einfluß auf sie.

Sie blieb vor dem Höhleneingang stehen und schaute sich nach ihrem Mann um.

Ein Schuß fiel. Ihr Mann schwankte ihr entgegen und fiel ihr vor die Füße – genau, wie es geplant war.

Sie hatte nie geglaubt, daß es wirklich geschehen würde, daß der Plan aufgehen könnte und ihr Ehemann ermordet würde – bis zu diesem Augenblick, als er vor ihre Füße fiel. Da wollte sie es zurücknehmen, die Uhr fünf Minuten oder weniger zurückdrehen, damit sie ihn an der Hand nehmen und in eine andere Richtung laufen könnte.

Seine Hände griffen nach ihr, wie sie manchmal nach ihr gegriffen hatten, wenn er sie ins Bett ziehen wollte, nicht, weil er sie liebte, sondern weil sie ihm gehörte, weil sie seinen Ring und seinen Namen trug. Instinktiv trat sie einen Schritt zurück.

»Ich bin angeschossen, hol' Hilfe«, flüsterte er, und dann starb ihr Mann, mit dem Gesicht im Sand. Blut und Rückenmarkflüssigkeit sprudelten aus der Wunde am Rücken.

Hinter ihr blockierte ein Schild mit einem großen X den Höhleneingang. Budweiserdosen hingen an den Bäumen. Daran hatte sie die Stelle erkannt, an der es geschehen sollte. Sie begann zu schreien.

Der Doktor stürmte aus dem Gebüsch, das Gewehr in der Hand. Seine Augen funkelten wild, triumphierend. Er packte ihren Arm, schüttelte sie und befahl: »Hör auf! Hör auf zu schreien! Beruhige dich!« Aber sie konnte nicht aufhören zu schreien. Etwa eine Minute lang dachte sie, er würde sie auch erschießen. Er stand da, die Hand auf ihrem Arm, und starrte sie mit seinen wild leuchtenden Augen an. Sie hatte ihm gesagt, wenn etwas schiefliefe, sollte er sie auch erschießen. *Bitte, erschieß mich auch.* Sein Atem kam in kurzen, heftigen Stößen, er keuchte obszön. Sie glaubte, er würde schießen, aber er warf die Waffe in einen Blätterhaufen und verschwand wieder im Gebüsch.

Die Familie, an der sie vorbeigekommen waren, rannte ihr entgegen. Sie schrie immer noch – in ihrem Kopf kann sie das Schreien heute noch hören.

ERSTER TEIL

DER SIEBTE MORD

St. Louis, wo eine Adresse von größter Wichtigkeit ist . . .

Tennessee Williams, der der Stadt nie ihre rigiden Nachbarschaftsgrenzen verziehen hat.

Montagnachmittag, 14. Januar 1980

Rosie Sutterfield hatte Angst vorm Zahnarzt. Und doch zog sie nach kurzem Zögern die Tür an der Gravois Street 4630 auf. G. ENGLEMAN, D.D.S. stand da, 9–17 UHR AUSSER DONNERSTAG, SAMSTAG VON 9–12 – TRETEN SIE EIN. Ihr neuer Zahnarzt war ihr von ihrer Tochter als ›freundlich, nett und nicht zu teuer‹ empfohlen worden, und ein Nachbar hatte das bestätigen können. Mrs. Sutterfield fand den Zahnarzt genauso und noch besser. Tatsächlich kam es ihr so vor, als würde sie Glennon Engleman schon ein Leben lang kennen. Im Unterschied zu anderen Zahnärzten, bei denen Rosie bisher gelitten hatte, stand dieser ›mit beiden Beinen auf der Erde‹, das größte Kompliment, das Rosie Sutterfield einem Kapitalisten machen konnte.

Am Nachmittag des 14. Januar 1980 hatte sie keinen Termin. Wie die meisten Patienten des ›Doc‹ in dieser Nachbarschaft, in der es mehr Tierausstopfer und Pfandhäuser gab als sonstwo in St. Louis und wo in jedem Block wenigstens eine Frau wohnte, die die Karten legte oder Horoskope erstellte, folgte Rosie der Einladung auf der Tür und trat ein – man ließ sich behandeln, wenn man Zeit und Geld hatte.

Der Doc verachtete die feinen Papierchen der Dentisten für die Mittelklasse – Terminzettel auf Büttenpapier, persönliche Einladungen und Rechnungen in Umschlägen, die man wenden und für die Rücksendung des Schecks benutzen konnte. Er bevorzugte Barzahlung – und behandelt wurde, wer gerade da war. Gelegentlich gab es Preisnachlässe, oft sogar beträchtliche, wenn es sich um hart arbeitende Patienten handelte, die nicht genug Geld zusammenkratzen konnten, um sich den entzündeten Zahn ziehen zu lassen. Dann sagte der Doc: Zahle, wie und wann du kannst.

Auf der anderen Seite hatte er nichts mit solchen Patienten im Sinn, deren Grüne Karte ihnen eine von der Regierung bezahlte Behandlung gewährleistete, besonders, wenn sie schwarz waren.

Einmal wurde von der Bürgerrechtskommission gegen ihn ermittelt, weil er sich geweigert hatte, eine schwarze Frau zu behandeln.

»Schnorrer!« schimpfte er, wenn von Sozialhilfeempfängern die Rede war, ob in seiner Praxis oder in den Kneipen der Umgebung. »Das Land wäre ohne diese faulen Hunde besser dran!« Er trug seine Ansichten laut und entschieden vor, und wahrscheinlich wurden sie von seinen Patienten und Pokerfreunden geteilt, aber kaum einer war in seinen Gefühlen so radikal wie er. Er formulierte das Credo seiner Gleichgesonnenen und stattete es mit mehr Haß aus, als sie je hätten aufbringen können. Diese Leute, Patienten wie Kumpel, stammten aus weißen Gegenden, wohnten in Steinhäusern (ihre Eltern hatten sich noch mit Holzhäusern begnügen müssen) und waren oft Söhne und Töchter von Arbeitern der Anheuser-Busch-Brauerei, und einige von ihnen arbeiteten selbst dort. Sie tranken Busch-Bier, strichen im Frühjahr ihre Rasenflamingos mit frischer pinker Farbe an, und vor ihren Häusern standen Pickup-

Trucks, meist rote Fords, Jeeps oder Chevrolets Impala mit Roststellen an den Kotflügeln und lädierten Stoßstangen.

Faustkämpfe waren in dieser Gegend nicht ungewöhnlich, oft aus nichtigen Anlässen, zum Beispiel, wenn jemand sein Auto dem Nachbarn vors Haus stellte. In den Kneipen verging kaum ein Tag ohne Schlägerei. Nicht, daß sich der Doc an Prügeleien beteiligte, er stand über solchem Verhalten und verachtete besonders betrunkene Frauen, die sich in enge Jeans zwängten und deren Brüste aus den Haltern zu fallen drohten. Frauen, die sich in Kneipen (oder anderswo) an Männer heranmachten, und Frauen, die Obszönitäten von sich gaben, nannte er ›Höllenweiber‹.

Feindseligkeit schlummerte überall an der Südseite von St. Louis, auch in den besseren Straßen, wo die Bürger sich gegenseitig mit Klagen bedrohten statt mit Fäusten und wo der wöchentliche Rasenschnitt von April bis Oktober eine unumstößliche Pflicht war wie früher der Kirchenbesuch. Die gesellschaftlichen Graduierungen der Südseite, die Außenstehenden wie die sieben Schichten eines Auflaufs vorkamen, waren für die Bewohner einfach darzustellen: Die oberen Schichten bestanden aus Bürgern, die glaubten, daß ›ihre Scheiße nicht stinkt‹, und die unteren Schichten, das waren alle Arten von ›hoosiers‹, was in St. Louis ›weißer Abschaum‹ bedeutet. Es gab wenig Toleranz für Schwarze, besonders in den Straßen, die von jenen Weißen bewohnt wurden, die vor der schwarzen Invasion im nördlichen St. Louis geflohen waren. Auch Juden, Schwule oder ›hochnäsige‹ Karrierefrauen konnten hier nicht mit Toleranz rechnen.

Doc Engleman war bei allen Schichten so etwas wie ein lokaler Held. Manch einer berichtete von seinen guten Taten, und da sie ihre Dankbarkeit genauso leidenschaftlich vorbrachten wie ihren Haß, glühten ihre Augen dabei.

Drei Patienten waren vor ihr, als Rosie Sutterfield an diesem 14. Januar die Räumes des Zahnarztes betrat und sich in das Buch eintrug, das in der kleinen Fensteröffnung zwischen Wartezimmer und Büro lag. Sie blätterte in einer Zeitschrift, aber sie konnte sich nicht konzentrieren. Ihre Gedanken kehrten immer wieder zum Doc zurück, dem starken magnetischen Mittelpunkt dieser kleinen Welt.

Rosie überlegte, ob sie sich die Nase pudern sollte, entschied sich aber dagegen. Ohne ihre Brille lief sie Gefahr, das Make-up nicht gleichmäßig aufzutragen, und es wäre peinlich, wenn das dem Doc auffiele. Er hatte ihr gesagt, sie sehe wie die junge Lucille Ball aus, ein Kompliment, das ihr immer wieder in den Sinn kam, wenn sie ihre Lippen bemalte und mit einem schwungvollen Bogen versah, der in der Natur nicht vorhanden war. Sie schätzte einen Mann, der Komplimente machen konnte.

Dr. Engleman öffnete die Tür und fragte: »Wer ist der nächste?«

Als Mann war er Mittelmaß: Er neigte zur Glatze, und Größe und Gewicht entsprachen dem Durchschnitt, die Größe vielleicht etwas darunter, das Gewicht etwas darüber. Aber seine Ausstrahlung! Selbstbewußtsein, Bedeutung und natürlich seine Professionalität als Zahnarzt. Wie viele im Alter fortgeschrittene verwitwete oder geschiedene Frauen der Südseite wollte Rosie in Dr. Engleman mehr sehen, als er tatsächlich war. Dementsprechend fiel das Lächeln aus, das sie ihm zeigte.

Er trug denselben weißen Kittel, dieselbe schwarze Hose, dieselben Schuhe, die er immer trug. Rosie glaubte, seine dürftige Garderobe sei ein Beweis dafür, daß er keine Frau hatte, die sich um ihn kümmerte. Während die Frau vor ihr ins Behandlungszimmer ging, überlegte Rosie, ob die attraktive wieselige Blondine, die sie im Vorzimmer gesehen hatte, seine Ex-Frau war. Sie versuchte herauszufinden, ob sie als Paar zusammenpaßten. Der Zahnarzt war nicht gerade ein attraktives Mannsbild, auch wenn man seinen Bauchansatz von vorn nicht sofort bemerkte. Die Blondine, die immer ein Band im Haar hatte, war ein bißchen pummelig, besonders um die Hüften, aber trotzdem sehr hübsch. Sie sah besser aus, aber er hatte Charisma.

Sie blätterte gelangweilt in der dritten Zeitschrift und fragte sich, warum es so lange dauerte, als der Doc die Tür öffnete. »Nur noch ein paar Augenblicke«, sagte er. Er hatte so eine sanfte, beinahe weibliche Stimme. Als sie sie das erste Mal gehört hatte, hatte sie flüchtig gedacht, er wäre einer dieser komischen Männer.

Rosie und eine Frau, die mit ihrer Tochter gekommen war, blickten auf, nickten und lächelten. Das Mädchen, übergewichtig und fettig von den Haaren bis zu den Turnschuhen, schaute nicht von seiner Zeitschrift hoch.

»Sie muß einen Zahn gezogen bekommen«, sagte die Frau zu Rosie, als sich die Tür wieder geschlossen hatte. »Wir haben noch nie so lange warten müssen, selbst dann nicht, wenn es voller war. Es geht ganz schön an die Nerven, wenn man weiß, daß man einen Zahn gezogen bekommt.«

Rosie nickte voller Mitgefühl und fragte sich, ob ihr Make-up wohl hielt.

»Tut mir leid, daß Sie so lange warten mußten«, sagte der Doc zu Rosie, als er sie endlich ins Behandlungszimmer führte. Sie atmete den vertrauten medizinischen Geruch ein, der sie an Schmerz und Unbehagen erinnerte, aber dann schnüffelte sie noch etwas anderes als Desinfektionsmittel, beinahe etwas wie Rauch, aber sie konnte den Geruch nicht genau bestimmen. Im Korridor begegneten sie einem jungen blonden Mann in kariertem Hemd und in Jeans. Seit der Doc seine eigene Praxis hatte, sah man bei ihm immer wieder junge Leute, die er für Gelegenheitsjobs engagierte. In frühen Jahren war der Doc Pfadfinderführer gewesen und hatte dabei die Familie Miranda kennengelernt und unter seine Fittiche genommen, acht vaterlose mexikanische Kinder und ihre geplagte verwitwete Mutter. Wenn Nachbarn seine guten Taten aufzählten, strichen sie besonders seine Liebe zu Kindern heraus. Seit Rosie Erkundigungen über den Doc eingezogen hatte, war ihr kein böses Wort über ihn zu

Ohren gekommen – und wie oft konnte man das über einen Zahnarzt sagen? Nein, der Doc war der ideale Mann zum Heiraten. Sie hätte gern gewußt, warum er geschieden war. Vermutlich war seine Frau, wenn es diese Blondine war, ein Flittchen gewesen.

Drinnen im Behandlungszimmer sagte der Doc: »Dann machen Sie es sich mal im Stuhl bequem.«

»Nun, ich weiß nicht, ob man es da bequem haben kann«, sagte sie, und während sie dann ein paar Belanglosigkeiten tauschten, zog der Doc die Spritze mit dem Schmerzkiller auf.

»Die Nadel wird jedes Mal größer«, klagte Rosie.

»Ich entschuldige mich noch mal für die Verzögerung«, sagte der Zahnarzt, während er sich über sie beugte, die Spritze in der rechten Hand. Mit der linken hielt er ihren Unterkiefer. »Halten sie jetzt still. Nur ein kurzer Einstich.«

Er setzte die Spritze, und sie zuckte. »Ich lasse immer noch Arbeiten am Haus verrichten. Niemand scheint heute selbständig arbeiten zu können, jedenfalls muß ich immer wieder mal nach dem Rechten schauen. Sagen Sie mir, wenn es taub wird. Oft muß ich Dinge selbst tun, wenn ich sicher sein will, daß sie gut getan sind.«

»So was hört man immer wieder«, sagte sie undeutlich, denn die Wirkung der Spritze hatte eingesetzt. Seine Finger, sauber und weiß und schlank, schoben ein Mullpäckchen in ihren Mund, dann piekste er in den kariösen Zahn. Er hatte keine Röntgenaufnahme gemacht, er sagte, davon hielte er nichts, solange er das Loch sehen könnte. Andere Zahnärzte ließen ständig röntgen, sagte er, um ihre Taschen schneller zu füllen, nicht etwa, um ihren Patienten zu helfen. Er redete die ganze Zeit, während er in ihrem Mund hantierte. Auch das schätzte sie an ihm, sein ununterbrochenes Reden nahm ihr die Nervosität. Und er wußte so viel. Von Politik und Kunst. Sie war ganz auf seiner Seite, wenn er gegen das Finanzamt zu Felde zog, gegen die großen Konzerne, die Banken und Versicherungen, die einen ausbeuteten, oder gegen die Nigger, die Downtown an sich gerissen und ruiniert hatten. Sie erinnerten sich beide noch daran, wie herrlich Downtown mal gewesen war.

Er war der beste Zahnarzt, den sie je gehabt hatte. Als er sicher war, daß sie nichts mehr spüren würde, setzte er den Bohrer an. Sie schloß die Augen, ihre Finger verkrampften sich um die Lehnen, und ihre Ohren lauschten dem Klang seiner Worte, der über dem Geräusch des Bohrers lag.

Er schien heute besonders gut drauf zu sein, der Doc. Diesmal hatte er es auf Juden, Geldgrabscher und Juristen abgesehen. Rosie kannte ein paar Juden von der Arbeit her, aber über Juden als Gruppe hatte sie noch nicht nachgedacht. Sie hätte gern das Thema gewechselt, aber sie konnte ja nicht sprechen.

Als er seine Arbeit beendet hatte, gab sie ihm fünfzehn Dollar in bar. Er hielt in einem Notizbuch ihren Namen fest und den Betrag, den sie gezahlt hatte, aber nicht ihre Adresse. Sie wunderte sich wieder einmal, wie wenig er verlangte. Als er ihr sagte, sie sollte in acht bis zehn Tagen noch einmal vorbeikommen, bildete sie sich ein, daß er ihr länger in die Augen schaute, als notwendig gewesen wäre. Mit einem Lächeln verließ sie das Behandlungszimmer.

Rosie mußte mit dem Bus einmal umsteigen, um von Dr. Englemans Praxis zu ihrer Wohnung in der Cherokee Street zu gelangen. Während sie auf den ersten Bus wartete, schaute sie auf die Uhr. Zwanzig vor fünf. Wegen der Verzögerung würden die meisten Läden auf der Cherokee Street schon geschlossen sein, wenn sie endlich dort eintraf. Aber als sie an der Grand Street aus dem ersten Bus stieg, hatte sie keine Gedanken mehr für die verpaßte Einkaufsgelegenheit.

Während Rosie den ersten Bus bestieg, ging Sophie Marie Berrera, auch eine geschiedene Frau aus dem Süden von St. Louis, langsam auf ihr Auto zu. Der rote Ford Pinto, Baujahr 1975, parkte hinter dem Dentallabor, das sie an der South Grand im ersten Stock des Grand View Arcade Building betrieb, nicht mehr als zehn Minuten von Dr. Englemans Praxis entfernt.

Das Auto hatte seit dem Morgen dort geparkt, seit Vincent Day, Mrs. Berreras Schwager und Ausfahrer, von seiner Tour zurückgekehrt war.

Wenn Mrs. Berrera an diesem Nachmittag auf ihr linkes Vorderrad geachtet hätte, wäre ihr ein Druckgerät, zwei Stücke Balsaholz und eine elektrische Verbindung aufgefallen, die das Dynamit unter ihrem Fahrersitz zur Explosion bringen würde, sobald die Räder eine halbe Drehung gemacht hatten.

Aber sie achtete nicht darauf. Gedankenversunken schritt sie auf ihr Auto zu, den Kopf gesenkt, um den Entgegenkommenden nichts ins Gesicht schauen zu müssen.

Bereits am 20. März 1979 hatte jemand versucht, Mrs. Berrera mit einer Bombe vor ihrer Garage zu töten. Diese Bombe, acht Dynamitstangen und ein elektrischer Detonator in einer grünen Plastiktüte, wurde vom Regen durchnäßt und explodierte deshalb nicht. Seither erzählte sie ihren Bekannten, sie wüßte, daß es sie eines Tages erwischte. Neben ihren Telefonen zu Hause und im Betrieb hatte sie sich die Notrufnummer der Polizei notiert. Eine Zeitlang hatte sie sich vorsichtiger verhalten, dazu gehörte auch, daß sie eine Klage gegen Dr. Glennon Engleman zurückzog, der ihr die Begleichung von Rechnungen in Höhe von fast fünfzehntausend Dollar schuldete. Sie hatte sich mehr um ihre Familie gekümmert, auch um die vier Enkelkinder, und um die Angelegenheiten ihres Berufsverbandes.

Aber nach einer Weile hatte Mrs. Berrera ihre Haltung wieder geändert. Sie teilte ihrem Rechtsanwalt William Gartenberg mit, daß er die Klage wieder einreichen sollte. »Wenn mich jemand umbringen will, kann ich nichts dagegen tun. Was sein soll, soll sein«, hatte sie gesagt.

Sechs Tage vor ihrem Tod hatte sie einer Nachbarin voller Stolz Bilder ihrer Enkel gezeigt. Über die anteilnehmenden Fragen der Nachbarin hatte sie nur gelacht: »Haben Sie eine

Ahnung, wer vergangenes Jahr die Bombe vor Ihre Garage gelegt hat?« Haben Sie nicht schreckliche Angst?«

Sie war eine überzeugte Anhängerin der Astrologie und las jeden Tag ihr Horoskop. Offenbar enthielt es für diesen 14. Januar 1980 keine Warnung, sonst hätte sie sich ihr Auto vielleicht genauer angeschaut, bevor sie den Schlüssel im Zündschloß drehte.

Vincent Day sagte später, sie hätte bereits um neun Uhr an diesem Morgen, als er eingetroffen war, im Labor gearbeitet. Möglich also, daß sie zu müde war, um Vorsicht walten zu lassen.

Ein Nachbar sah, wie sich Mrs. Berrera ihrem Auto näherte. Sie öffnete den Kofferraum und legte eine Aktentasche hinein. Dann schloß sie die Fahrertür auf und stieg ein.

Es war 16 Uhr 45, als sie den Schlüssel drehte und rückwärts aus der Parklücke fahren wollte. Der Explosionsknall zerschmetterte die Fenster in den Gebäuden zu beiden Seiten der Straße, sprengte das Auto und Sophie und wirbelte Teile von beiden durch die Luft. Das Lenkrad des Pinto flog auf das Dach eines sechsstöckigen Gebäudes in der Nähe. Metallstücke rissen Löcher in die Windschutzscheiben anderer Autos. Blutspritzer und Gewebestücke klatschten gegen die Häuserwände wie Insekten gegen die Windschutzscheibe an einem warmen Sommerabend auf dem Land. Sophies Füße wurden abgetrennt und flogen weit in entgegengesetzte Richtungen. Ein Stück eines Ohrs, an dem noch der Ohrring hing, würde einen Tage später fünfzig Meter weiter gefunden werden.

Sophies Kopf und Torso, die Arme und die rechte Hand hingen aus dem Auto heraus. Ihr Gesicht war versengt, aber trotzdem konnte man sehen, daß es im Tod einen Ausdruck von Zorn und Überraschung zeigte. Der erste Polizist am Unglücksort gab über Funk durch, daß ›der untere Teil ihrer Anatomie zerstört‹ sei. Später würde der Coroner feststellen, daß ihr Tod ›durch massive Verletzungen des Unterleibs und der unteren Extremitäten, ausgelöst durch die Explosion‹, eingetreten sei.

Als Rosie Sutterfield an der Ecke Grand und Gravois aus dem Bus stieg, nur einen Block vom Ort der Explosion entfernt, sah sie die Menschenmenge und die Ansammlung von Rettungswagen. Sie konnte den Tod riechen, dieses bestimmte Gemisch aus Benzin und verbranntem Fleisch und dem scharfen Dynamitgeruch. Rosie hastete weiter, damit sie ihren Anschlußbus nicht verpaßte. Sie würde alles in den Sechs-Uhr-Nachrichten sehen können; es war bestimmt wieder so ein Banden-Attentat. Im Süden der Stadt hatte es in letzter Zeit mehrere Bombenanschläge aus dem Dunstkreis des organisierten Verbrechens gegeben. Es ging um rivalisierende Banden und ihre Kontrolle über die Gewerkschaften. Da war es nicht nötig, daß sie herumliegende Körperteile aus nächster Nähe sah.

Etwa zu der Zeit, als Rosie Sutterfield den zweiten Bus bestieg, wurde Frederick D. Berrera aus einem Verkaufsgespräch gerufen. Er hatte früher im Dentallabor seiner Mutter gearbeitet, aber seit einigen Jahren hatte er sich mit Aries Audio Enterprises selbständig gemacht, und da das Gespräch gerade eine positive Wende nahm, reagierte er verärgert, als er gegen 17 Uhr 20 von einer seiner Angestellten unterbrochen wurde.

»Was wollen Sie?« fragte er barsch. Als er hörte, daß seine Mutter das Opfer einer Autobombe in der Nähe ihres Labors geworden sei, legte er still den Hörer auf, entschuldigte sich und fuhr zum Unglücksort. Er drängte sich durch die Menschenmenge, bis er an die Absperrungslinie der Polizei geriet. Er wies sich gegenüber einem Mitglied der Abteilung Alkohol, Tabak und Feuerwaffen innerhalb der Polizei von St. Louis aus, dann identifizierte er die Leiche seiner Mutter. Später würde die Polizei ihn als Hauptverdächtigen betrachten, weil er angesichts der zerrissenen Überreste seiner Mutter so gut wie keine Reaktion zeigte.

Etwa zehn Minuten später berichtete er der Presse: »Am

Sonntag hat sie noch meine Kinder verwahrt. Es kommt mir so vor, als schliefe ich. Ich weiß, es wird mir erst richtig bewußt, wenn ich morgen früh aufstehe.«

Berrera und die Polizei sowie Feuerwehr und Ambulanzen warteten, während die Menge der Schaulustigen noch größer wurde. Vincent Day, der Schwager, traf ein. Auch Nachbarn und Bekannte von Sophie Berrera standen in der ersten Reihe und betupften sich die Augen. Einige Polizisten begannen, Fragen zu stellen. »Haben Sie irgendwas gesehen?« Und zu Nachbarn oder anderen, die sie kannten: »Fällt Ihnen jemand ein, der ein Motiv für diesen Mord haben könnte?«

Die Schaulustigen hatten auch Fragen: »Warum geht es nicht weiter? Worauf wartet ihr denn? Wann wird denn die Leiche weggebracht?«

Weitere Polizeifahrzeuge schoben sich durch die Menge und versuchten, die Sicht auf das Unglücksauto und die arme Mrs. Berrera zu blockieren. Eine Bahre wurde herangeschafft und neben den roten Pinto gestellt, der aussah, als wäre er in einer Presse gewesen, bis die Mitte auseinandergebrochen war. Die Leute wollten unbedingt etwas sehen. Einige stellten sich auf Autodächer, andere auf Hydranten. Viele hingen in den Fenstern. Ein Vater hievte seinen jungen Sohn auf die Schultern und fragte: »Kannst du was sehen? Kannst du was sehen? Was tun sie jetzt?« Jemand sagte ihm, er sollte ruhig sein. Die Leiche wurde fortgeschafft.

Was von Sophie Marie Berrera übriggeblieben war, bedeckte nur die Hälfte der Bahre.

Rosie Sutterfield wäre schockiert gewesen, wenn sie gewußt hätte, daß ihr freundlicher Zahnarzt gerade zu der Zeit zu einem Verhör gebracht wurde, als sie die Sechs-Uhr-Nachrichten sah, in denen der Bombenanschlag die erste Meldung war. Dr. Engleman war von der Polizei sehr bald schon als potentieller Verdächtiger ausfindig gemacht worden – Mrs. Berreras

Sohn, ihr Ex-Ehemann und ihre Tochter hatten von der zurückgezogenen Klage nach der ersten Bombe und von der neuen Strafanzeige berichtet.

Eine andere Frau sah sich die Nachrichten mit immer größer werdendem Entsetzen an: Ruth Jolley Engleman, die dritte Ex-Ehefrau des Zahnarztes. Sie wohnte auch auf der Südseite von St. Louis, und als sie hörte, daß Sophie Marie Berrera durch eine Autobombe getötet worden war, wußte sie sofort – oder glaubte zu wissen –, wer es getan hatte und warum. Schlimmer noch – sie war davon überzeugt, daß sie das nächste Opfer sein würde.

Gewöhnlich war Ruth zu den Sechs-Uhr-Nachrichten noch nicht zu Hause, aber an diesem Tag waren sie und David, ihr Sohn von Dr. Engleman, im Haus geblieben. Sie waren beide erkältet. Kalte und heiße Schauer liefen Ruth über den Rücken, als sie den Nachrichtensprecher sagen hörte: »Die Polizei hat mit ihren Ermittlungen begonnen. Es geht um die Frage, warum Sophie Marie Berrera, eine unauffällige geschiedene Frau aus dem Süden von St. Louis, das Opfer einer Autobombe wurde.«

Er hat's getan, dachte sie, er hat es wirklich getan. Das Telefon klingelte, und sie zuckte zusammen. Sie war sicher, er würde es sein, lachend, prahlend, drohend.

»Ist Dr. Engleman da, bitte?« fragte eine Männerstimme.

»Wer spricht?« Seit der Scheidung vor eineinhalb Jahren hatte sie den Leuten, die anriefen, nicht gesagt, daß er nicht mehr bei ihr wohnte. Es verlieh ihr Sicherheit, die Leute wissen zu lassen, daß ein Mann, ein Arzt, bei ihr im Haus war. Meistens handelte es sich bei den Anrufen um Patienten, und denen sagte sie, sie sollten es in der Praxis versuchen.

Diesmal war es kein Patient, sondern der lokale Fernsehsender KMOX-TV.

»Um was geht es?« fragte sie irritiert. »Sind Sie wirklich von KMOX-TV, und was wollen Sie von Glennon?«

»Wir möchten mit ihm über die Bombe sprechen, die heute im Süden von St. Louis hochgegangen ist«, antwortete der

Mann. »Kann ich Ihnen meine Telefonnummer geben, damit Sie ihn bitten, mich zurückzurufen?«

Sie notierte sich nicht die Nummer, die der Mann durchgab. Sie hatte Angst, den Hörer aufzulegen, Angst davor, daß wieder ein Reporter anrufen würde – oder die Polizei. Ihr stark ausgeprägtes Kinn zitterte.

Sie war eine untersetzte Frau, kräftig und resolut. Sie war in ärmlichen Verhältnissen aufgewachsen und hatte früh gelernt, einzustecken und auszuteilen. Einmal, nachdem sie schon die Scheidung eingereicht hatte, hatte sie ihn am Bein gepackt, als er die Wendeltreppe in ihrem Wohnzimmer hinaufgehen wollte, und sie hatte ihn so fest am Bein gepackt, daß seine Hose rutschte, und dann hatte sie ihre Zähne in seinen Oberschenkel versenkt. Wie ein Hofhund hielt sie ihn gepackt. Es gab nicht viel, wovor ihr angst und bange war. Aber jetzt jagte ihr Ex-Mann ihr Angst ein.

Sie war einundzwanzig, als sie ihn kennengelernt hatte. Sie war damals als Patientin zu ihm gekommen; er war mit einer Bibliothekarin verheiratet gewesen, die er seine ›süße, hohlköpfige Frau‹ genannt hatte. Er hatte zu Ruth gesagt, ihre schwarze Pantyhose, die sie zu den Bermuda Shorts trug, erregte ihn über alle Maßen. Während ihres zweiten Besuchs bei ihm hatten sie in der Praxis Liebe gemacht; er hatte Kissen vom Speicher geholt und auf den Tisch gelegt. Er hatte sie mit seiner oralen Kunstfertigkeit begeistert. Dieser Mann erreichte alles mit seinem Mund, er redete, wie sie noch nie einen Menschen hatte reden hören, und er machte Liebe mit seinem Mund wie auch mit jenem anderen Körperteil, von dem die meisten Männer glaubten, daß er für die Aufgabe genügte.

Wenn sie sah, wie er sich mit der Zunge die Lippen befeuchtete, lief sie schon auf Touren. Und er hielt seine Versprechen, ihr zu einem besseren Leben zu verhelfen. Sex und ein besseres Leben. Ruth hatte sich lange schon geschworen, mehr aus ihrem Leben zu machen, sie wollte heraus aus der Umgebung, in die sie hineingeboren war. Glennon Engleman war der erste Mann, den sie kennenlernte, der Bescheid wußte – einer der ganz wenigen auf der Südseite von St. Louis, der in der Lage war, ihr zu einem bessern Leben zu verhelfen.

Als sie endlich begriff, wozu er fähig war, begann ihre Angst. Zuerst hatte sie geglaubt, sie müßte verrückt sein, daß sie seine Geschichten, die er ihr oft erzählte, für bare Münze nahm. Dann dachte sie, er müßte verrückt sein, weil er sie ihr erzählte. Sie hatte ein paarmal versucht, sich von ihm scheiden zu lassen. Als sie es schließlich geschafft hatte, behielt sie seinen Namen und hielt an der Identität fest, die er ihr verschafft hatte. Obwohl sie geschieden war, kam sie sich wie besetztes Gebiet vor – der Feind hatte sich noch nicht zurückgezogen. Sie war noch nicht frei. Daß sie ›Mrs. Engleman‹ blieb und ihm gelegentlich eheliche Freuden gewährte, verlieh ihr ein Gefühl von Sicherheit, redete sie sich ein. Aber das fiel mit einem Schlag von ihr ab.

Zwei Stunden später, als die *Post-Despatch* anrief, sagte sie, sie sei die Ex-Frau Engleman, und sie wisse nicht, wo sich ihr Ex-Mann aufhielt. Ihre Stimme zitterte dabei, ihr wurde bewußt, daß sie eine Entscheidung getroffen hatte.

»Wir möchten mit ihm über die Autobombe sprechen«, sagte die Frau am Telefon. »Wir haben erfahren, daß man ihn zum Verhör geholt hat. Wer ist sein Anwalt? Können Sie uns das sagen?«

»Braucht er einen Anwalt?« fragte Ruth.

»Nun, wenn man ihn festgenommen hat, braucht er einen.«

»Ich bin von ihm geschieden«, wiederholte Ruth, und wieder schrieb sie nicht die Nummer auf, die ihr durchgegeben wurde. Als sie diesmal den Hörer auflegte, wußte sie, was sie zu tun hatte. Sie mußte seine Schwester Melody anrufen, bei der er seit der Scheidung wohnte, und auch seinen besten Freund Bob Handy. Sie mußte ihre Sorge um Glen äußern, er sollte wissen, daß sie niemandem etwas sagen würde. Sie hatte Angst, daß sie die nächste sein würde. Er mußte glauben, daß er ihr trauen konnte, während sie darüber nachdachte, was sie tun sollte.

»Sie müssen aber auch immer auf dem armen Kerl herumhacken, nicht wahr?« sagte sie zu Melody, und zu Bob meinte sie danach: »Sie lassen ihm keine Ruhe, immer sind sie hinter ihm her. Bitte, sag ihm, daß er mich anrufen soll, wenn du von ihm hörst. Ja? Und sag ihm, daß ich angerufen habe.«

Ruth wußte, daß sie den beiden nichts vormachen konnte, sie hatte es trotzdem versucht. Melody haßte sie, sie würde alles für ihren Bruder tun. Die Blicke, die Melody und Glennon sich zuwarfen, verrieten ein ungewöhnlich enges Band, enger, als Ruth unter Geschwistern für normal hielt. Als sie Glen kennenlernte, sprach er mehrmals davon, daß er Melody zum Tanzen ausführte oder ins Kino. Nein, Melody würde sie nicht täuschen können. Sie hoffte, daß sie ihn täuschen konnte. Solange er noch mit ihr schlafen wollte, konnte sie ihm auch was vormachen, oder? Aber wie lange würde das noch anhalten. Er hatte ihr oft genug gesagt, daß kleine Jungen ihre Mutter höchstens bis vierzehn brauchen, und David näherte sich diesem Alter.

Während Ruth die Telefongespräche führte, unterhielten sich Detective Ron Lingle von der St. Louis Polizei und Special Agent John Bobb von der Bundesbehörde ATF – Alcohol, Tobacco and Firearms (Alkohol, Tabal und Feuerwaffen) – mit dem Doc.

Er verweigerte seine Zustimmung zu einem Lügendetektortest und zu einer Untersuchung seiner Hände zum Nachweis von Pulverresten. Er wiederholte immer wieder, daß ihn Sophies Klage nicht interessierte, denn er hätte den Prozeß gewonnen. Obwohl er nicht mit den Polizisten kooperierte, verzichtete er auf sein Recht, die Aussage zu verweigern. Es schien ihm sogar Spaß zu machen, mit seinem Wissen über Sophies Arbeitsgewohnheiten und über die Herstellung von Bomben zu prahlen. Er teilte auch mit, daß er über die Auslieferungsrouten von

Mrs. Berreras Fahrer Bescheid wußte und daß diese Auslieferungen mit dem Pinto gefahren wurden. Aber die meiste Zeit der drei Stunden, die die Vernehmung dauerte, zog er über Sophie Berrera her.

»Sie hat mich betrogen, sie hat von mir höhere Preise genommen als von anderen Zahnärzten. Das kann ich beweisen! Ich hätte den Prozeß gewonnen. Sie ist ein habgieriges, geiziges Luder! Sie und ihr jüdischer Anwalt wollten mich bluten lassen, und deshalb hat sie bekommen, was sie verdient hat«, sagte er. »Diese Hexe hat ihren Mann Fred auf dem Gewissen, der bis zu seinem Herzinfarkt schuften mußte, und dann gehörte alles ihr. Sie hat ihren Fahrer Pop (Ed) Hoffman mies behandelt, bis auch er gestorben ist. Nein, ich bedaure ihren Tod nicht. Sie hat bekommen, was sie verdiente.«

Schließlich fuhren Lingle und Bobb ihn in seine Praxis zurück, wo er ihnen freiwillig sein Terminblatt für den 14. Januar 1980 aushändigte, damit sie sein Alibi überprüfen konnten.

Die erste Einschätzung der Polizisten fiel nicht unbedingt negativ aus. Sie hielten ihn mit seinen Ansichten zwar für radikaler als die meisten Leute auf der Südseite, aber daß extreme Ansichten gerade in Rassenfragen selten wären, konnte man auch nicht behaupten. Noch entscheidender aber war, riefen sich die Polizisten in Erinnerung, daß der Sohn des Opfers, der so anteilnahmslos zugeschaut hatte, als der zerfetzte Körper seiner Mutter aus dem verbogenen Metall befreit wurde, erheblich mehr vom Tod seiner Mutter profitierte als der Zahnarzt, gegen den sie geklagt hatte.

Sie glaubten, der Zahnarzt hätte eine Schraube locker, aber das machte ihn noch nicht zu einem Killer.

»Wenn ich für die Bombe verantwortlich gewesen wäre«, sagte er ihnen zum Abschied in seiner Praxis, »hätte ich jemanden für den Job angeheuert.«

Der Doc führte ein paar Telefongespräche, bevor er zu Melodys Haus zurückging, aber Ruth rief er nicht an. Er bedachte jedes Wort, das er ins Telefon sprach, weil er befürchtete, die Leitung könnte angezapft sein.

»Es ist nicht die Tat, die sie mir zutrauen«, sagte er während eines Anrufs. »Sie denken sich: ›Oh, der Doc, könnte schon einen Mord begehen, aber er würde nie auf diese Weise morden, bei der andere Menschen gefährdet sein könnten, das würde er hier auf der Südseite, wo er sein ganzes Leben verbracht hat, nicht tun. Himmel, ein Patient könnte unter den Toten sein . . . Nein, Doc würde so etwas nicht tun . . .‹«

Dienstagmorgen, 15. Januar 1980

»Himmel, mit Dynamit hat der Kerl aber wirklich nicht gespart«, murmelte McGarvey. Mit einer Zigarette im Mund stand er vor dem Apartmenthaus, das mit dem Blut von Sophie Berrera bespritzt war. Getrocknete Gewebestücke klebten am Gemäuer. Der Geruch des Todes lag noch in der Luft. In seinen Jahren bei der State Police von Illinois hatte er ihn oft genug einatmen müssen. Es war ein Geruch, der ihn immer wieder deprimierte. Manchmal haftete er noch Tage später in seiner Nase. Er schüttelte angewiderte den Kopf, stieß den Rauch aus und schnippte die halbe Zigarette weg. Er trat sie mit der Schuhspitze aus. »Verdammte Sauerei, was?«

Weil die Anwendung einer Bombe einen Mord zur Bundesangelegenheit macht, gehörte William J. McGarvey, ein Special Agent bei der ATF (Alkohol, Tabak, Feuerwaffen), zu dem Team, das an diesem Morgen den Tatort inspizierte, Beweise sammelte und an Türen klopfte. Er war groß, dunkel und schlank, trug einen hängenden Schnauzbart und langes Haar, ein Überbleibsel aus den siebziger Jahren.

Damals hatte er sich zur Air Force gemeldet, um in Vietnam eingesetzt zu werden, aber stattdessen fand er sich als Flugzeugelektriker wieder, der auf dem Flugplatz in Belleville, Illinois, dienen mußte. Es gab wenig Grund zu der Annahme, daß er das Abenteuer, das er in Vietnam gesucht hatte, bei der ATF finden würde. Und erst recht nicht an diesem Morgen, als er sich über die Reste von Sophie Berrera und dem roten Ford Pinto hermachte.

Obwohl Bombenattentate ein Merkmal von Bandenanschlägen sind, glaubte er nicht daran, daß der Mob etwas mit dieser Tat zu tun hatte. Der Mob tötet keine alten Damen und verschwendet auch nicht soviel Dynamit, wie dieser Wahnsinnige es getan hatte. Unnötige Gefährdung anderer ist nicht professionell.

Es war ein Wunder, daß die Bombe außer Sophie Berrera nicht noch weitere Opfer gefordert hatte. Gemeinsam mit anderen Kollegen verfolgte McGarvey über hundert Spuren, darunter besonders die bekannten Wirrköpfe und schrägen Vögel in der nächsten Umgebung.

Dr. Glennon Engleman sah eher nach einem verschrobenen Radikalinski aus als nach einer vielversprechenden Spur.

»Was hältst du von dem Zahnarzt?« fragte er Steve Alsup vom Bombeneinsatzkommando der Stadt.

»Ein bißchen weit hergeholt, oder?« Alsup hob die Schultern und schüttelte dann den Kopf. »Ich kann mir nicht vorstellen, daß ein Zahnarzt aus der Nachbarschaft, egal, was für ein Hitzkopf er ist, einfach mal 'ne Autobombe legt.«

»Richtig. Es würde eher zu ihm passen, sein Opfer vor Zeugen am hellichten Tag zu erschießen. Trotzdem, ich will ihn mir ansehen.«

McGarveys Stimme paßte zu seinem Gesicht. Unauffällig, unaufdringlich. Seine Fragen hörten sich nicht wie Fragen an, er hob die Stimme nicht am Ende des Satzes. Wie das Gesicht verriet auch die Stimme nichts. McGarvey glaubte, ein Ermittler könnte bessere Arbeit leisten, wenn er wie ein Versicherungsvertreter aussah.

Er hielt ein Bündel Papiere in der Hand, Berichte von Kollegen, die gestern abend die Vernehmungen durchgeführt hatten.

Es gab auch einen Bericht über den Besuch des Zahnarztes auf dem Revier.

»Er ist geschieden. Warum reden wir nicht mit seiner Ex-Frau?«

Und während McGarvey die Ex-Frau suchte, suchte sie ihren Ex-Mann.

Seit fünf Uhr an diesem Morgen war Ruth wach und wartete auf die Morgenzeitung. Die Artikel an diesem fünfzehnten Januar drehten sich um das Opfer und um die Szenerie am Tatort. Der Zahnarzt, der von der Polizei vernommen worden war, wurde nicht erwähnt – das würde erst morgen in den Zeitungen stehen. Ruth las den Artikel zweimal und versuchte sich einzureden, daß es bald vorbei sein würde: Engleman war als Mörder noch nicht entlarvt, also war sie in Sicherheit.

Sie ließ David nicht zur Schule gehen, damit er sich noch erholen konnte und damit sie Gesellschaft hatte. Sie beschäftigten sich mit Plätzchenbacken und Fernsehen. Sie ignorierte Davids Fragen über den Bombenanschlag, der immer noch Schlagzeilen machte, und hoffte, daß Glen anrufen würde. Als er sich bis zwei Uhr nachmittags nicht gemeldet hatte, rief sie die Praxis an, weil sie wußte, daß er ans Telefon gehen würde.

»Ich schätze, du hast gehört, daß es Marie gestern abend erwischt hat«, sagte er sofort, nachdem sie sich gemeldet hatte. Die Befriedigung in seiner Stimme war nicht zu überhören. »Das war überfällig.«

»Glen, ich habe David nicht zur Schule geschickt. Er hat Fieber. Warum kommst du nicht auf einen Sprung vorbei, damit du ihn sehen kannst?«

Er wollte wieder über Sophie Berrera sprechen, aber sie unterbrach ihn. Nachdem er zugesagt hatte, nach der Sprechstunde vorbeizukommen, beendete sie das Gespräch. Sie wollte, daß er sie als Mutter eines kranken Kindes sah, als eine Mutter, die von ihrem Kind noch gebraucht wird. Und noch wichtiger war ihr, Engleman die Sicherheit zu geben: Ruth wird niemandem auch nur ein Wort sagen. Sie hätte mich heute nicht angerufen, wenn sie eine Gefahr für meine Sicherheit wäre. Nein, ich brauche mich um Ruth nicht zu sorgen.

Sie legte frisches Make-up auf und zog die schwarze Strumpfhose an, die er so sehr mochte. Ihr Rock, aus rot-schwarz gestreifter Wolle, endete über dem Knie. Dazu wählte sie eine knallrote Bluse. Beinahe hätte sie noch die Tagesdecke vom Bett zurückgeschlagen, aber das unterließ sie dann doch. Noch nicht. Gerade heute abend nicht.

Er traf erst gegen Viertel nach neun ein. Sie half David mit den Schulaufgaben, als sie ihn die Treppe hochkommen hörte. Er pfiff vor sich hin. Er pfiff – und dabei hatte er sie den halben Tag schmoren lassen!

»He, Babe!« rief er. »Hallo, Junge.« Er kam gleich durch die Tür, als wenn dies immer noch sein Haus wäre, als ob sie beide ihm gehörten. Nun ja, war es nicht auch so?

»Dad!« rief David erfreut. Er lief in die Arme seines Vaters. Wie eine heile Fernsehfamilie, dachte sie. Nachdem er David in den Hals geschaut hatte, sagte er, er sollte seine Aufgaben zu Ende bringen, damit er morgen wieder in die Schule gehen könne. Sie setzte sich neben ihn aufs Sofa.

»Ich war gestern bei der Polizei und habe Dampf abgelassen«, sagte er und legte eine Hand besitzergreifend auf ihr Knie. Sie bemerkte, daß seine Finger weiß und sauber wie immer waren. Sie hatte sich oft gewundert, wie er das schaffte, wo er doch so viel bei Bauarbeiten anpackte.

»Ich will nichts davon hören«, sagte sie und deutete mit dem Kopf zu ihrem Sohn. »Manchmal habe ich das Gefühl, daß die Wände hier Ohren haben.«

David war mit seinen Schulaufgaben fertig und ging nach oben. Glen saß neben Ruth, eine Hand auf ihrem Knie, nannte sie ›Babe‹ und erzählte ihr immer und immer wieder, daß Sophie Berrera das bekommen hatte, was sie verdiente. *Das war überfällig.*

Um zehn Uhr wollte Glennon Engleman unbedingt die Fernsehnachrichten sehen. Er sprang von einem Kanal zum anderen, um zu hören, ob sie seinen Namen erwähnten. Er sagte, er haßte diese Publicity, aber Ruth hatte den Eindruck, daß er darin schwelgte. Es machte ihm diebisches Vergnügen, als Verdächtigter zu gelten, um sich dann clever aus der Affäre zu ziehen. Ein Reporter sprach von einem anonymen Anrufer, der drei junge Männer, einer schwarz, alle in Overalls, beim Auto gesehen haben wollte.

Ruth fragte, ob die drei Männer etwas damit zu tun gehabt hätten. Er schüttelte den Kopf.

»Die saugen sich doch alles aus den Fingern«, sagte er höhnisch.

Sie fragte sich, ob er den anonymen Anruf veranlaßt hatte, um die Polizei zu verwirren. Das würde zu ihm passen, zu dem Spiel, das er mit der Polizei spielen wollte. Hatte er nicht oft genug damit geprahlt, daß er seine Verbrechen unter den Augen der dummen Bullen abzog?

Sie fand, er reagierte enttäuscht darauf, daß sein Name in keiner Nachrichtensendung erwähnt wurde. Wenn sie es getan hätten, hätte er Zeter und Mordio geschrien – das war eben Glen – ein Mann voller Widersprüche.

Sie wandte den Kopf und rief David. Ihr plötzlicher Entschluß überraschte sie selbst ebenso wie Engleman.

»Glen, David hat einige Fragen über das alles«, sagte sie, während David unsicher an der Treppe stehengeblieben war. »Kannst du ihm nicht sagen, daß die Polizei nur mit dir gesprochen hat, weil du sie gekannt hast und weil es in deiner Nachbarschaft geschehen ist?«

»Ja sicher, ich habe sie gekannt«, sagte er. »Ich habe sie gut gekannt. Deshalb haben sie mir ein paar Fragen gestellt.«

David nickte, seine Augen klar. Das Kind glaubte, was sein Vater gesagt hatte. Er würde jede Geschichte glauben, die der Vater erzählte – bis sie die Wahrheit sagen würde. Aber das traute sie sich nicht, solange Glen neben ihr saß. Sie schüttelte sich. Engleman war mit der Reaktion seines Sohnes zufrieden und schickte ihn wieder auf sein Zimmer.

»Was sollte denn das?« fuhr er sie an und hielt ihr Handgelenk gepackt.

Sie blieb ganz ruhig. »Er hat eben Fragen, und ich fand, es wäre besser, wenn er die Antworten von dir bekommt.« Damit gab Engleman sich zufrieden. Wahrscheinlich will er keinen Krach anfangen, dachte Ruth, weil er mit mir schlafen will. Aber sie sagte nichts, und schließlich ging er wütend aus dem Haus. Danach schalt sie sich; es wäre viel unverfänglicher gewesen, wenn sie ihn für die Nacht eingeladen hätte.

Mittwoch, 16. Januar 1980

Am Mittwochmorgen berichteten die Zeitungen, daß ein Zahnarzt aus dem Süden von St. Louis von der Polizei vernommen worden war, und der *Globe-Democrat* benannte ihn auch: Dr. Glennon Engleman. Der Name stand auf der ersten Seite. Ruth hatte vorgehabt, an diesem Tag wieder arbeiten zu gehen, aber nach der Lektüre der Zeitungsberichte hatte sie keine Nerven mehr dafür. Sie rief in ihrem Büro an und sagte, daß sie nicht kommen würde. Ihre Kollegin Virginia Rutledge nahm den Anruf entgegen.

»Ich komme heute nicht zur Arbeit«, sagte Ruth. »Wegen der ganzen Geschichte. Ich glaube, ich brauche noch einen Tag, bis ich mich wieder gefaßt habe.«

»He, wovon redest du?«

»Also, wenn du noch nichts davon gelesen und gehört hast, dann vergiß es. Mir ist nicht danach, jetzt darüber zu reden.« Ruth spürte, wie ihr Ärger wuchs. Natürlich hatte ihre Kollegin die Berichte gelesen; sie las die Zeitung jeden Morgen, und eine solche Story würde ihr nicht entgehen. »Also, ich komme nicht.«

Virginia gab nun zu, daß sie die Zeitung gelesen hatte und Bescheid wußte. »Ruth«, sagte sie mitfühlend, »wenn du Angst hast, solltest du mit jemandem reden. Und ich weiß, daß du Angst hast. Warum rufst du nicht das FBI an?«

»Wenn du jemanden kennst, zu dem du den Kontakt herstellen könntest, würde ich es tun. Ich habe schon vorher versucht, mit der Polizei von St. Louis über ihn zu reden, damals, als er damit drohte, irgendwas gegen mich zu unternehmen, aber die haben mich nicht ernst genommen. Sie haben mich wie eine Verrückte behandelt, eine typische Ex-Frau, die versucht, sich an ihrem früheren Mann zu rächen.« Ihre Stimme wurde zittrig. Sie haderte mit sich selbst, weil sie sich so darüber aufregte, daß sie Schwäche zeigte. »Virginia, ich habe solche Angst.«

»Hör zu, du mußt etwas unternehmen. Du darfst nicht zulassen, daß es so weitergeht. Ich kenne jemanden. Ich rufe ihn für dich an, Ruth.«

Ruth legte den Hörer auf. Sie erwartete nichts von Virginia, und jetzt ärgerte sie sich wieder, daß sie ihre Angst gestanden hatte. Sie hoffte, ihr Mann würde bald anrufen und sagen: »He, Babe, ich lasse dich noch einen Tag länger leben.«

Er hatte damit gedroht, sie umzubringen, sobald David vierzehn geworden war. Er war erst zehn. Also hatte sie noch vier Jahre, oder? Er würde ihr jetzt noch nichts antun, nicht wahr? Vielleicht würde er seine Drohung gar nicht wahrmachen, solange sie ihm Vergnügen bescherte, solange ihm ihr Mund und ihre »Muschi‹, wie er diesen Teil ihrer Anatomie zu nennen pflegte, zur Verfügung standen. Vielleicht war es ein Irrtum zu glauben, daß Sophies Tod ein Vorbote ihres eigenen Schicksals wäre. Das Gegenteil mochte zutreffen: Sophies Tod würde ihn wenigstens für eine Weile zwingen, vorsichtig zu sein. Oder?

»Wir möchten Ihnen gern ein paar Fragen stellen«, begann Steve Alsup, dann stellte er sich und seinen Kollegen McGarvey vor. Vorher waren schon zwei Agenten vom FBI bei ihr gewesen, wahrscheinlich eine Reaktion auf Virginia Rutledges Anruf. Aber sie hatten höflich gesagt, daß sie nicht zuständig waren. In diesem Augenblick hatte sie gedacht, daß Glen doch mit seiner Einschätzung der Behörden recht hatte. Man konnte sie so leicht austricksen. Er hatte es oft genug geschafft.

Als sie am Mittwochabend die beiden anderen Polizisten in die Wohnung ließ, zitterten ihre Hände.

McGarvey musterte die aus zwei Etagen bestehende Eigentumswohnung. Sie war so eingerichtet, wie er es von einer Arztfrau erwartete: gediegen, geschmackvoll. Eßtisch und Stühle schienen aus massiver Eiche zu sein. Die Oberflächen blitzten blank, nirgendwo auf Sideboards und Buchregal eine Spur vom typischen Süd-St.-Louis-Kitsch.

»Die meisten dieser Bücher gehören ihm«, sagte sie rasch, als sie sah, daß McGarvey die Titel las, meist Sachbücher, darunter eine beachtliche Sammlung okkulter und historischer Werke. Unter den historischen fielen die zahlreichen Bücher auf, die sich mit dem Dritten Reich beschäftigten. Natürlich, dachte McGarvey, Engleman würde ein Hitler-Fan sein. Es gab auch ein Regal mit Büchern über Untersuchungstechniken der Polizei.

Er wandte sich wieder der dritten Ex-Frau des Zahnarztes zu. Es war schwierig, sich auf den ersten Blick mit Ruth Engleman anzufreunden, sie war klein und pummelig und trug einen grellfarbenen, kurzen Rock. Sie und die Einrichtung des Hauses schienen nicht so recht zusammenzupassen. Und eins stand auch fest – sie war äußerst nervös.

»Sie brauchen natürlich keine Fragen zu beantworten«, fuhr Alsup fort. Sie nickte und sah an ihm vorbei, direkt in McGarveys tiefbraune Augen. Man zog ihn oft auf wegen seiner Wirkung auf Frauen. Gewiß rührte sie auch von seinen großen traurigen Augen her. Er hatte die Augen, die Vertrauen einflößten – und genau danach suchte Ruth. »Wir können Sie nicht zwingen, Fragen zu beantworten, die Sie nicht beantworten wollen«, setzte Alsup hinzu, aber sie und McGarvey wußten bereits, daß sie keine andere Wahl hatte.

»Eigentlich weiß ich nichts«, sagte sie und riß ein Papiertuch von der Rolle, die auf dem Tisch lag. Sie zerknüllte es in der Hand. Sie überkreuzte die Beine und machte einen Versuch, den Rock über ihren stämmigen Schenkeln zu glätten. Der Saum würde nie das Knie erreichen. »Ich bin mißtrauisch«, sagte sie, »und ich habe einen starken Verdacht. Aber wenn ich etwas sage, was geschieht dann mit mir?«

Wieder schaute sie in McGarveys Augen. Er fragte sich, ob sie spürte, daß er und nicht Alsup ihr die Immunität gewähren könnte, die ihr Leben schützen würde. Nach seiner ersten Einschätzung verfügte sie über eine bescheidene Intelligenz, die vermutlich auch noch durch ihre Gefühle vernebelt war, vornehmlich durch die Gefühle, die sie für ihren Ex-Mann empfand. Es mochte sein oder auch nicht, daß sie die entscheidende Geschichte über ihren Ex-Mann erzählen konnte, der möglicherweise nicht das geringste mit dem Mord zu tun hatte – oder vielleicht doch. Und es konnte auch sein oder nicht, daß sie verrückt war. Eins stand wenigstens fest – sie war ein Nervenbündel, und sie hatte Angst. Und deshalb suchte sie jemanden, dem sie vertrauen konnte.

Wenn er sie davon überzeugen konnte, daß er dieser Mann war, würde er alles aus ihr herausholen, was immer das wert war. Zu diesem Zeitpunkt glaubte er nicht, daß es viel sein würde, aber es wäre nicht das erste Mal, daß er überrascht wurde.

»Sie können uns vertrauen«, sagte er entschieden. Ohne Alsup anzuschauen, wußte er, daß der andere Cop ebenso spürte, daß er derjenige war, dem Ruth vertraute. Alsup würde ihm die Führung überlassen. Der Schlüssel zum Erfolg lag stets in der Entscheidung, und die kam aus dem Bauch, wer am meisten aus einem Informanten herausholen konnte. Bei solchen Dingen gab es keinen Raum fürs Ego. Es spielte keine Rolle, warum ein Informant sich zu diesem oder zu jenem lehnte. »Wenn Sie uns helfen«, sagte McGarvey, »werden wir Sie beschützen.«

»Er hat mir mit dem Tod gedroht«, sagte sie. »Er hat mir

gesagt, daß mein Leben für ihn keinen Wert mehr hat, sobald David ein wenig älter ist. Und er wird es tun – er wird mich töten. Er hat schon andere getötet. Nicht nur Sophie. Ihr wißt es nur nicht.«

»Erzählen Sie«, sagte er und beugte sich vor. Bei all ihrer Kraft war sie eine Frau, die dominanten Männern ihr Vertrauen schenkte. Das hatte McGarvey schon in der ersten Minute festgestellt. »Wir können Ihnen nicht helfen, wenn sie uns nichts erzählen.«

Ruth erzählte ihnen nicht alles in dieser ersten Nacht. In groben Zügen entwarf sie eine lange und unglaubliche Geschichte, die mit Bullock begann und mit Berrera endete, gespickt mit allen möglichen Informationen, die sie später überprüfen würden. Die Geschichte sprudelte nur aus ihr heraus, immer wieder unterbrochen von ganz persönlichen Erinnerungen. Sie legte einen schauerlichen Mord nach dem anderen auf den Tisch wie eine verweste Leiche, die sie aus dem Grab geholt hatte, und wenn die beiden Männer keine Miene verzogen, legte sie die nächste Leiche drauf.

Sie war erschöpft und ausgelaugt, als sie gingen und versprachen wiederzukommen. Es war unmöglich, von ihren Gesichtern abzulesen, ob sie ihr glaubten oder nicht. Aber natürlich würden sie die Dinge überprüfen, die sie ihnen erzählt hatte, und dann würden sie herausfinden, daß sie die Wahrheit gesagt hatte.

Wie lange würden sie brauchen, ihn hinter Schloß und Riegel zu bringen? Und was geschah, wenn sie es nicht taten?

Samstag, 19. Januar 1980

Am Donnerstag war der Doc wiedergekommen, hatte schon auf der Treppe mit Pfeifen angefangen und »He, Babe, he, Junge« gerufen. Schon jetzt fühlte sie sich wie ein Pingpongball zwischen Glen und McGarvey. Wenn McGarvey gewann, würde sie frei sein, wenn Glen gewann, würde sie sterben.

Er sagte, er würde David am Sonntag nach Clarkville mitnehmen, dort würden sie zuschauen, wie die Adler gen Norden flogen. »Babe«, sagte er, eine Hand in ihrem Nacken, die hart über den Muskel fuhr, »du bist verkrampft.« Es stimmte.

Am Freitag waren McGarvey und Alsup wiedergekommen.

»Am Sonntag fährt er mit David nach Clarkville, um die Adler zu sehen«, sagte sie. »Ein rührender Familienvater, nicht wahr? Ich gehe nie mit, wenn er Dinge mit seinem Sohn unternimmt. Ich habe Angst, daß er mich an irgendeinem abgelegenen Ort erschießt, wenn David gerade mal nicht in der Nähe ist. Wer würde später glauben, daß er es gewesen wäre, wo doch sein Sohn so nah dabei war. Zuerst wollte er auch am Samstag mit David weg, aber ich habe gesagt, er könnte den Jungen nicht an beiden Tagen haben.«

Am Samstagmorgen ging sie zum Hauptquartier der ATF und äußerte sich das erste Mal im Detail zu den einzelnen angeblichen Morden. Sie hatte beschlossen, McGarvey zu trauen, teils weil er einen starken, zwingenden Eindruck auf sie machte und alles unter Kontrolle zu haben schien, teils aber auch, weil er ihr den Schutz des Bundes versprach, wozu eine neue Identität und ein besseres Leben gehörten. Vielleicht traute sie ihm auch nur deshalb, weil er das genaue Gegenteil von dem zu sein schien, was aus ihrem Ex-Mann geworden war. Er war das Gute zu Glens Bösem. Als sie sehr jung gewesen war, hatte sie Glens Version eines besseren Lebens geglaubt. Das tat sie jetzt nicht mehr.

Weniger als eine Woche nach Sophies Berreras Tod hatte sich Ruth Engleman gegen ihren Mann gestellt.

ZWEITER TEIL

DIE UNGLAUBLICHE GESCHICHTE

McGarvey: Ruth, ist Ihnen bewußt,
daß wir das Gespräch aufzeichnen?
Ruth: Ja, das weiß ich.

Montag, 21. Januar 1980

McGarvey las die Tonbandabschriften der Interviews, die er, Alsup, Ron Lingle und John Bobb mit Ruth Engleman am Samstag und heute durchgeführt hatten. Die Fragen waren harmlos bis wohlwollend gewesen. Das hatte er ihr vorher versprochen. Und doch hatte sie bei der ersten Frage schon gezuckt. Können Sie uns Ihren Namen und Ihre Adresse sagen? Er hatte sie dabei angesehen und an jemanden im Zahnarztstuhl gedacht, der beim ersten Nadelstich zusammenzuckt. Die Betäubungsspritze schmerzt stets mehr als das ärgste Bohren, denn sie ist das einzige, was man wirklich spürt. Wie lange wohnen Sie schon da, und wer wohnt bei Ihnen? Mein Sohn David. Können Sie uns sagen, wann Sie Dr. Glennon Engleman geheiratet haben, Ruth? Ja, am 15. April 1967.

Er war allein im Büro. Die Geschichte, die sie auf den fünfundsechzig Seiten des abgetippten Manuskripts erzählt hatte, war die bizarrste, die er je gehört oder gelesen hatte. Sie waren ausgezogen, den Mann zu suchen, der einen Menschen getötet hatte, Sophie Berrera; und nun hatten sie, wenn sie Ruth glauben sollten, einen Mann gefunden, der schon viele Menschen getötet hatte. Noch unglaublicher war, daß dieser Mann ein angesehener Zahnarzt sein sollte, der Arme kostenlos behandelte und mit seinem Sohn zu den Pfadfindern ging.

Einige der Einzelheiten, die Ruth berichtet hatte, waren bereits überprüft worden. Woher sollte sie von Beweisen wissen, die man an einem Tatort gefunden hatte – Beweise, über die nichts an die Öffentlichkeit geraten war? Sie konnte davon nur wissen, wenn sie es vom Mörder selbst gehört hatte.

McGarvey zündete sich eine weitere Zigarette an. Was ihn am meisten beunruhigte, war die Tatsache, daß der Mord an Sophie nicht mit dem Muster der anderen, die Ruth geschildert hatte, übereinstimmte.

Außerdem war das meiste, was der Doc ihr angeblich erzählt hatte, gesagt worden, als sie noch mit ihm verheiratet gewesen war, und das würde diese Aussagen nicht prozeßfähig machen. Sie hatten ihr gesagt, man würde ihr einen Sender mitgeben, und dann müßte sie versuchen, dem Doc das eine oder andere Geständnis noch einmal zu entlocken.

Sie hatte zögernd zugestimmt. Zuerst war sie enttäuscht gewesen. Hatte sie wirklich erwartet, daß ihr Wort gut genug wäre, ihn festzunageln? Hatte sie sich eingebildet, sie könnte sich auf so leichte Weise eines gefährlichen Ex-Ehemannes entledigen?

McGarvey hatte ihr versprochen, ihr und ihrem Sohn eine neue Identität zu verschaffen, und er würde auch dafür sorgen, daß sie in einer anderen Stadt ein neues Zuhause fand. Im Gegenzug wollte er ihre Mitarbeit. Er ging ein Risiko ein, in einem so frühen Stadium schon so viel zu versprechen, aber er hatte das Gefühl, keine andere Chance zu haben. Wenn alles, was sie über den Doc gesagt hatte, der Wahrheit entsprach, konnte er dann wirklich ihre Sicherheit garantieren?

Wenn es stimmte... Es stand fest, daß sie darauf aus war, ihrem Ex-Mann den Sohn zu entziehen. Wahrscheinlich hatte sie gute Gründe dafür. Der Mann hatte einen gewaltigen Jähzorn und ganz offenbar einen nicht nachlassenden Sexualtrieb. Aber reichte das aus, um ihm diese Morde anzuhängen?

RUTH: Ich weiß von Begebenheiten, in denen es so weit gekommen ist, daß er getötet hat.
McGARVEY: Können Sie das etwas genauer sagen, Ruth?
RUTH: Es war kurz vor unserer Heirat. Seine Schwester Melody und ich unterhielten uns über etwas. Ich weiß nicht mehr, worüber. Und plötzlich platzte sie damit heraus, daß es nicht stimmte, was viele Leute sagten, nämlich, daß Glen nicht diesen Bullock umgebracht hätte. Da kam Glen ins Zimmer, und er war sehr wütend. Er war wütend auf Melody. Er tobte und schrie und warf ihr alles mögliche an den Kopf. »Ja, ich habe ihn getötet!« schrie er. »Ja, ich hab's getan!« Er wollte, daß ich es wußte.

Erster Mord: James Bullock

17. Dezember 1958

Am 17. Dezember 1958, eine Woche vor Weihnachten, ließ sich die italienische Schauspielerin Pier Angeli von dem jungen Sänger Vic Damone scheiden. Sie gab in der Öffentlichkeit den tränenreichen Kommentar ab, daß er ›eifersüchtig bis zum Wahnsinn‹ sei. Die Frauen in Docs Nachbarschaft konnten sich in den Illustrierten nicht sattlesen an diesen Enthüllungen. Wochenlang blieb die Affäre der Gesprächsstoff in seiner Praxis.

Der siebzehnjährige Nick, eines von sieben Kindern einer armen mexikanischen Familie, machte sich beim Doc nützlich, wofür sich Engleman stets großzügig erkenntlich zeigte. Alles, was die Familie unter dem Weihnachtsbaum an Geschenken vorfinden würde, würde vom Doc kommen.

Am Abend des Bullock-Mordes hatte der Doc seinem Gehilfen eine ganz spezielle Aufgabe zugeteilt: Nick sollte die Zeit der Busse nehmen, die an diesem Werktagabend vom Süden St. Louis' in die Downtown fuhren. Nick wußte nicht, warum er die Busse überprüfen sollte, aber er stellte keine Fragen, wenn sein Gönner ihm einen Auftrag gab. Daß er dem Doc helfen konnte, war für ihn das Größte auf der Welt. Doc hatte ihm beigebracht, wie er anderen Leuten in die Tasche greifen konnte, während er sein unschuldiges Gesicht behielt. »Nur mit Verbrechen kommt man zu was«, lautete das Credo des Doc, »du wirst es zu nichts bringen, wenn du dich innerhalb der Gesetze bewegst.«

Doc beschrieb seine Verbrechen nicht im Detail – noch nicht. Nick sollte sie selbst herausfinden, eine Information nach der anderen. So entdeckte er den ersten Versicherungsbetrug des Doc nur, weil er so beharrlich die Sprache lernte. Eines Tages wollte er so gut reden können wie der Doc. Sein Lieblingsplatz zum Lesen war der Keller von Docs Haus, das er kürzlich in Compton gekauft hatte. Eines Tages war Nick wieder einmal hinuntergegangen, um zu lesen, als er beim Herumstöbern auf einen Outbordmotor stieß. Er gehörte zu einem Boot, das der Doc und sein Bruder Gene gebaut und dann als gestohlen gemeldet hatten. Das Boot war später – ohne Motor – auf dem Grund des Sees gefunden worden. Die beiden Brüder kassierten die Versicherungssumme und teilten sie sich. Dann fand Nick den Motor und dachte sich seinen Teil. Er sagte dem Doc nichts davon, daß er den Motor entdeckt hatte.

Nick würde alles tun, um was der Doc ihn bat. Warum auch nicht? Der Doc tat ja auch alles für ihn. Vor ein paar Jahren, am Morgen des ersten bitterkalten Herbsttages, rief Nick den Doc an, weil er keinen Mantel hatte, um zur Schule zu gehen. Die beißende Kälte würde genauso schlimm sein wie der beißende Spott der anderen Kinder, die über ihn lachen würden, weil er arm war.

»Bleib da«, sagte der Doc, »ich komme vorbei.« Und dann hatte er mit einem neuen Mantel vor der Tür gestanden. Der

Mantel paßte Nick, der größer war als die meisten Jungen seines Alters. »Du kannst ihn behalten, er gehört dir.«

Ja, er würde alles für den Doc tun. Wer sonst würde ihm einen nagelneuen Mantel geben? Wer sonst würde seine Mutter mit Respekt behandeln, als wäre sie eine reiche Weiße und keine arme Mexikanerin.

Während Nick die Zeiten der Busse notierte, hängte James Stanley Bullock, siebenundzwanzig Jahre alt, Weihnachtslichterketten um sein bescheidenes Haus auf den Richmonds Heights auf. Der ernsthafte junge Mann mit den zurückgekämmten schwarzen Haaren war ein typischer Vertreter der nach oben strebenden Mittelklasse. Um sieben Uhr abends, im Fernsehen lief gerade ›Der Preis ist heiß‹, küßte er seine Frau zum Abschied und fuhr mit seinem zweifarbigen 1957er Plymouth zur Abendschule an die St. Louis University. Er arbeitete bei der Union Electric Company und hatte den Kursus Finanzwesen belegt.

Sein Weg hätte ihn eigentlich über den Expressway oder den Lindell Boulevard hinunter führen müssen, aber nicht am Kunstmuseum vorbei, und gegen 7 Uhr 20 hätte er auf dem Campus sein sollen. Aber um halb acht fing der Kursus ohne ihn an.

Um 19 Uhr 37 sah ein Autofahrer in den Strahlen seiner Scheinwerfer auf dem Fine Art Drive ein höchst merkwürdiges Bild: Ein stämmiger Mann in einem braunen Hut und dunklem, vielleicht blauem Mantel, stand mit einem Revolver über einem anderem Mann, der auf dem Boden lag, auf der Straße. Als sich der Revolvermann offenbar davon überzeugt hatte, daß sein Opfer tot war, rannte er in die Dunkelheit.

Der Autofahrer hielt an, und hinter ihm tat es ihm ein anderer nach, und zu zweit rannten die Männer um das Kunstmuseum herum, auf der Suche nach dem Wärter, der schließlich die Polizei rief.

Die drei standen da und warteten, während das Blut aus James Stanley Bullock sickerte.

Es war ein ruhiger Abend, deshalb konnten es sich die beiden diensthabenden Detektive John Vining und Phil Dwyer erlauben, mal auf der Weihnachtsfeier des Reviers in der Bar Pink Elephant, mitten in der Stadt, vorbeizuschauen. Dort erreichte sie auch der Ruf des Reviers. Die beiden fuhren zum Tatort, wo ihnen ein uniformierter Kollege berichtete, daß das Opfer kurz vor seinem Tod gesehen worden war, wie er, aus Gesichtswunden blutend, hinter dem Museum hergelaufen war, Richtung Reiterstatue von Louis IX. Ein Mann mit einem Revolver in der Hand hätte ihn verfolgt.

Sie standen beisammen, als James Stanley Bullock aus der dunkelroten Blutlache, in der er gelegen hatte, auf eine Trage gehievt wurde.

Sein blutverkrustetes Gesicht machte es fast unmöglich zu sagen, wo genau sich die Wunden befanden oder auch, wie er noch vor einer Stunde ausgesehen hatte, als er sich mit einem Kuß von seiner Frau verabschiedet hatte, mit der er erst seit einem halben Jahr verheiratet war. Er war zweimal von Kugeln aus einer 22er in den Kopf getroffen worden, einmal in die linke Schulter. In seiner Brust befand sich das Blei von einem Dutzend Schrotkugeln, also ein vierter Schuß, der abgegeben wurde.

Er starb auf dem Weg ins Krankenhaus.

Vining und Dwyer folgten dem Streifenpolizisten zum Auto des Opfers. Der zweifarbige 57er Plymouth parkte am toten Ende der Lieferantenzufahrt hinter dem Museum. Der Motor lief noch, und die Fahrertür stand offen. Die jungen Detektive tauschten einen Blick. Die Gegend hinter dem Museum war als Treffpunkt homosexueller Männer bekannt.

»Der Motor muß schon lange Zeit laufen«, sagte Vining. »Schau dir mal an, wieviel Schnee rund um den Motorblock herum geschmolzen ist. Er wartete offenbar auf jemanden, als er getötet wurde.« Sie schritten um das Auto herum, und Dwyer machte sich Notizen. »Sieh dir das an«, sagte Vining. Er zeigte ins Wageninnere. Windschutzscheibe, Armaturenbrett,

Lenkrad und Sitzbezüge wiesen Blutflecken auf. »Er wurde im Auto erschossen.«

»Ruf die Zulassungsbehörde an, damit wir herausfinden, wem das Auto gehört«, sagte Dwyer und hob einen Hut vom Boden hinter dem Fahrersitz auf. Die Initialen auf dem Schweißband lauteten J.S.B.

Zur gleichen Zeit, als die Detektive die Initialen lasen, wurde Bullocks Tod bei seiner Ankunft vor dem City Hospital festgestellt. In diesem Moment begann der Medienzirkus um den Fall Bullock. Er sollte alle Elemente eines ungelösten Mordfalls haben: Von der trauernden Witwe bis zu beförderungsgeilen Polizisten, von Opportunisten, die selbst aus der größten menschlichen Tragödie noch einen Vorteil für sich herausschlagen wollen, bis zu den Gerüchtemachern, die Vermutungen über sexuelles Fehlverhalten einiger Beteiligter verbreiteten.

Die Detektive, die beauftragt waren, die nächste Angehörige des Opfers zu der grausamen Pflicht abzuholen, die Leiche zu identifizieren, wußten nichts davon, daß Bullock ermordet worden war. Sie glaubten, er wäre von einem Auto überfahren worden, als sie an die Tür des kleinen Bungalows in Richmond Heights klopften.

Als die zierliche brünette Frau ihnen öffnete, teilten sie ihr mit, daß ihr Ehemann bei einem ›Unfall‹ ums Leben gekommen war. Ihr forsches Auftreten schwand mit einem Schlag, sie schwankte und wäre fast gefallen. Hatte sie eine Ahnung, was ihr Mann an diesem Abend im Forest Park zu tun hatte? Nein, sagte sie, und die beiden Polizisten wechselten einen Blick. Der Mann, dachten sie, hatte sich heimlich am anderen Ufer betätigt. Vielleicht, dachten sie weiter, war er von jemandem absichtlich überfahren worden, der Schwule haßte. Oder vielleicht hatte sein Geliebter ihn plattgemacht.

Die zierliche Ehefrau mit den großen runden Augen stützte sich auf einen der bulligen Cops. Sie fragten, ob ihr Mann noch andere Verwandte in der Nähe hätte, denn sie fürchteten, daß das süße kleine Ding nicht durchhalten würde, wenn sie die Leiche ihres Mannes allein identifizieren mußte. Sie sagte ihnen, daß eine Tante Bullock großgezogen hatte, nachdem seine Eltern ums Leben gekommen waren, als er noch ein kleiner Junge gewesen war. Die Tante, Mrs. Walter Duerbeck, wohnte nur ein paar Blocks weiter.

Sie fuhren zu der Tante, sagten ihr Bescheid und fuhren gemeinsam zum Leichenschauhaus. Als sie dort eintrafen, weigerte sich die untröstliche Witwe, das Polizeiauto zu verlassen. Geraldine Duerbeck, die vor Jahren schon die Leichen der Eltern hatte identifizieren müssen, ignorierte den Arm eines irischen Cops und schritt allein auf die leinentuchbedeckte Gestalt zu. James Bullocks Gesicht war gewaschen worden, aber die Kugellöcher, eines zwischen den Augen, eines höher am Haaransatz und eines in der Beuge zwischen Hals und Schulter, klafften offen.

»Das ist mein Neffe James Stanley Bullock«, sagte sie mit fester Stimme. »Darf ich eine Minute allein mit ihm bleiben?«

Im Polizeiauto tupfte sich die Witwe die Augen trocken. Sie glaube, schwanger zu sein, teilte sie den Polizisten mit, und der Schock, Jimmy zu sehen, würde bestimmt eine Fehlgeburt einleiten. Sie und Jimmy hatten erst im Juni geheiratet, natürlich wünschten sie sich ein Baby, und wenn dieses Baby alles war, was sie noch von ihm haben sollte . . . Sie schluchzte. Im nächsten Juni hätte er seinen Kursus an der Universität abgeschlossen gehabt, so daß er rechtzeitig zu ihrem Hochzeitstag einen besseren Job gehabt hätte. Nein, es gab keine Eheprobleme, sie waren absolut glücklich gewesen.

»Heute abend hat er noch die Weihnachtslichterketten rund ums Haus angebracht«, schluchzte sie.

Der junge Cop James Hackett überlegte krampfhaft, welche Fragen er einer Frau stellen mußte, deren Mann in einer Gegend gestorben war, in der er eigentlich nichts zu suchen hatte. Plötzlich fragte er: »Sind Sie schon einmal verheiratet gewesen, Mrs. Bullock?«

Die Frage verwirrte sie. »Ja«, sagte sie dann. Sie war ganz

kurz mit einem Zahnarzt verheiratet gewesen, einem Dr. Glennon Engleman. Sie schien nervös zu sein und starrte an dem Cop vorbei aus dem Fenster.

Ruth Bullock sagte, sie hätte 1953 den damaligen Zahnmedizinstudenten Glennon Engleman geheiratet, und 1956 hätte sie sich scheiden lassen, und richtig als Mann und Frau hätten sie nie zusammengelebt. Die ganze Zeit ihrer Ehe hätte er zu Hause bei seiner Mutter Annora gelebt, einer einsiedlerischen Frau, die von sich behauptete, hellseherische Kräfte zu besitzen, und die vom Sohn oft ›Madre‹ genannt wurde. Ehefrau Ruth hatte in dieser Zeit eine Wohnung mit Studentinnen geteilt.

Später erzählte die Witwe, daß sie trotz der räumlichen Trennung mehrfach die Ehe mit ihrem Ehemann vollzogen hätte; meistens auf den Rücksitzen von Autos, scharfe, kurze, hechelnde Begegnungen, die verlängert wurden, wenn sie ihn mit schmutzigen Worten aufstachelte. Er liebte es, wenn sie so mit ihm redete, obwohl er sie außerhalb dieser Situationen zurechtwies, wenn sie einmal ›verdammt‹ sagte.

Möglicherweise gründeten sie keinen gemeinsamen Haushalt, weil der Doc befürchtete, er könnte ihr sexuell nicht genug bieten. Jedenfalls erzählte er Freunden, sie hätte einen ›unersättlichen Trieb‹. Vielleicht fanden sie auch deshalb nicht zusammen, weil sie nicht bei seiner Mutter einziehen wollte. Eine andere Theorie besagte, daß er seine Heirat mit der seiner Schwester Melody verglich – sie hatte ›nach oben‹ geheiratet, er nicht. Er beklagte sich bei seiner Mutter, daß er sich von Melody ›verlassen‹ fühlte. Während er es mit seiner Frau auf Autorücksitzen trieb, wurde seine Schwester, die Bill Gonterman, Sohn eines reichen Geschäftsmanns, geheiratet hatte, in den Gesellschaftsspalten der Lokalzeitungen erwähnt und wegen ihrer Wohltätigkeitsveranstaltungen gelobt.

Welche Gründe auch maßgeblich sein mochten, sie hatten nie zusammengelebt, und schließlich hatten sie sich einvernehmlich scheiden lassen. Sie ging zu ihm, wenn sie Geld oder Sex brauchte, und bei diesen Treffen hatte er sie davon überzeugt, daß er die Macht hatte, mehr für sie zu tun als jeder andere Mann. Wenn sie in seine Praxis kam, hatten sie Sex in einem Schlafsack, den er für alle Fälle parat hatte. Er zog es immer noch vor, wenn sie ihre Kleider anbehielt, ausgenommen das Höschen, aber sie trug sowieso nur selten eins. »Geh auf alle viere«, pflegte er ihr zu sagen, zuletzt noch am Tag vor dem Mord an ihrem Mann. Sie spürte jetzt noch, wie der Reißverschluß seiner Hose an ihrem Gesäß scheuerte. Er hatte sie am liebsten auf diese Weise, vielleicht weil sie ihm die Illusion gestattete, eine Frau zu beherrschen, die nicht zu beherrschen war.

»Er behandelt immer noch meine Zähne«, sagte die junge Witwe und schaute an dem nervösen Polizisten vorbei aus dem Fenster des Streifenwagens.

Der Polizist war verwundert. Schließlich trug sich diese Szene 1958 zu; es sollte noch zwanzig Jahre dauern, ehe die Kinder der sechziger Jahre sich in Scharen scheiden ließen und ihre Scheidungen ›freundlich‹ oder ›einvernehmlich‹ nannten.

Irgendwas stimmt nicht, dachte der Polizist. Jetzt sah sie ihn an, und ihre Augen waren groß vor Furcht. Dann richtete sie den Blick auf Geraldine Duerbeck, die gerade aus dem Leichenschauhaus kam, hoch aufgerichtet, mit festen, entschiedenen Schritten. Die Würde der älteren Dame schien unantastbar zu sein. In ihrer Gegenwart konnte man nicht über frühere Ehen sprechen.

Noch zwanzig Jahre später würde John Vining behaupten, daß Ruth Bullock an diesem Abend wohl ein Geständnis abgelegt hätte, wenn der nette Polizist bereit gewesen wäre, noch ein paar Fragen über Ruths erste Ehe zu stellen – und wenn er sie gezwungen hätte, mit ins Schauhaus zu gehen.

Dr. Glennon Engleman wurde von Zeitungsreportern fotografiert, als er am Morgen nach dem Mord an Bullock das Revier an der Newstead Avenue betrat. Untersetzt und attraktiv trotz seines runden Gesichts wirkte er auf den Bildern. Er trug einen dunklen Mantel und Hut, und selbst auf den Bildern sah man, daß er sich selbstbewußt bis prahlerisch gab. Mrs. Bullock wurde abgelichtet, als sie das Revier verließ, ein Taschentuch vor Mund und Nase gedrückt, die Augen verquollen und überfließend von Tränen.

Die Ermittler, angeführt von Sergeant Frank O'Neill, einem stämmigen irischen Cop, der seine Besessenheit von dem Bullock-Fall mit ins Grab nehmen sollte, interessierten sich für die Versicherung über vierundsechzigtausend Dollar, die die Witwe kassieren würde, und für die Frage, ob der Doktor den Mordabend tatsächlich auf diese typisch amerikanische Mittelklasseart verbracht hatte, wie er behauptete.

Er hatte gesagt, er wäre mit dem Bus in die Downtown zu einem Kaufhaus gefahren, um dort ein Weihnachtsgeschenk für seine Frau zu kaufen, hätte dann einen Freund und Patienten in seiner Praxis getroffen, hätte seine Frau an ihrer Arbeitsstelle, der Stadtbibliothek, abgeholt und hätte den Abend abgeschlossen mit einem späten Essen zu Hause. Er und seine Frau wohnten noch bei seiner Mutter. Sie hatten auch zwei Gäste zum Essen, zwei junge Männer, die sich gelegentlich nützlich machten. Eda und die Mutter bestätigten diese Geschichte ebenso wie die beiden jungen Männer. Aus irgendeinem Grund war O'Neill trotzdem nicht zufrieden.

Während die Journalisten Daten über James Bullock sammelten – Waise, Mitglied des Kirchenchors der Lutheraner, Kriegsveteran, ›ein wirklicher Kumpel‹ –, erfuhren die Detektive ganz andere Dinge über seine Frau und ihren früheren Mann. Die frivolsten Abschnitte der Geschichte standen freilich nicht in den Zeitungen. Damals, als die Zeiten konservativer waren und selbst die Zeitungen bemüht waren, die Dinge so darzustellen, wie sie mehr oder weniger sein sollten, mußten sich die Leser mit dem zufriedengeben, was ihnen von den Chronisten des Skandals aufgetischt wurde.

So erfuhren sie, daß das junge Paar bis über die Ohren verschuldet war, was damals schockierter aufgenommen wurde als heute, und – viel interessanter – wie sie sich kennengelernt hatten.

Mrs. Bullock behauptete, ein Freund, Mitglied des geselligen Clubs ›Guys and Dolls‹, hätte ihr James Bullocks Namen und Telefonnummer gegeben, und daraufhin hätte sie James angerufen und ein Rendezvous vorgeschlagen. An den Namen des Freundes konnte sie sich nicht mehr erinnern, auch nicht an die Namen anderer Clubmitglieder. Die Zeitungen fragten unverblümt, ob der Freund vielleicht der nette Zahnarzt Glennon Engleman gewesen sein könnte, der James' Zähne behandelt hatte. Und sie spekulierten auch über das Motiv: Versicherungsbetrug.

Entweder war James Bullock genau das, was er zu sein schien, ein ganz gewöhnlicher netter junger Mann, der nur durch den Umstand seines Todes interessant wurde, oder er lebte ein heimliches Leben als Homosexueller. Die Zeitungen deuteten diese Komponente nur an, indem sie an den zweifelhaften Ruf der Gegend erinnerten, in der Bullock ermordet worden war, und sie fragten: ›Was hatte James Bullock am Kunstmuseum zu tun?‹ Die Andeutungen wurden von vielen verstanden.

Welche Zweifel die Ermittler auch über Bullocks sexuelle Neigungen hegten – von Ruth Bullock konnten sie sich bald ein genaues Bild machen. Ganz offensichtlich verbarg sich hinter ihr erheblich mehr – oder weniger – als die forsche Kindergärtnerin, die darauf beharrte, wirklich geglaubt zu haben, schwanger zu sein, als sie die Nachricht vom Tod ihres Mannes erhielt. Sie wäre sehr überrascht gewesen, als sich dann herausstellte, daß sie es nicht war.

Vor ihrer Ehe hatte sie häufig die Bars in der Gegend des DeBaliviere Strip frequentiert; Bars, Frauen besucht, die erwarteten, nicht allein nach Hause zu gehen. O'Neill schlug die Hände überm Kopf zusammen, nachdem er mit Dutzenden – wirklich Dutzenden – Männern gesprochen hatte, die behaupteten, sie im biblischen Sinne ›gekannt‹ zu haben. »Sie war eine Nymphomanin!« rief er. Und er war entschlossen, sie zu überführen.

Die Geschichten wurden immer wilder, je mehr Zeit verstrich. Unter Polizisten und Reportern verdichteten sich Gerüchte über ein ›schwarzes Buch‹. Es hieß, Ruth hätte sich mit hohen Tieren sexuell eingelassen und darauf müßte man auch zurückführen, daß die Wahrheit über den Tod ihres Mannes unterdrückt würde. Die Protokollabschriften der Vernehmungen jener Männer, die sie gekannt hatten, machten auf dem Revier die Runde, als wären es illegale Pornos. Ein verheirateter Mann behauptete, er und Ruth hätten eine so wilde Liebesnacht erlebt, daß sie ein Bett dabei ruiniert hätten, das Gestell wäre unter ihnen zusammengebrochen.

Seine Erinnerungen lasen sich entsprechend: »Sie war ja so heiß. Und sie wollte es hart haben, verstehen Sie? Sie konnte nicht genug bekommen. Ich habe ein ziemlich dickes Ding, und sie wollte, daß ich es so hart und so oft und so tief wie möglich in sie reinramme. Ich habe nie was Heißeres gesehen als diesen zierlichen Körper, der unter mir zuckte; sie hatte die Beine um meine Hüften geschlungen, und mit den Händen zog sie mich tiefer in ihre Möse rein ... Am Tag nachdem wir das Bett zuschanden geritten haben, ließ ich ihr ein neues Schlafzimmer schicken.«

Als ob das noch nicht genug gewesen wäre, hieß es, daß der freundliche Zahnarzt aus der Nachbarschaft, mit dem Ruth zuerst verheiratet gewesen war, illegal Abtreibungen vornahm. Und sein Alibi für die Mordzeit schien auch nicht unerschütterlich zu sein. Eine Patientin von ihm gab an, sie hätte vergeblich versucht, ihn zu der Zeit, in der er angeblich die Zähne eines Patienten instandsetzte, in der Praxis zu erreichen.

Die Polizei fühlte nun diesem Patienten auf den Zahn, bis er schließlich zugab, der Doc hätte an jenem Abend bei der Ehefrau des Patienten eine Abtreibung vorgenommen, und natürlich hatten sie das bei der ersten Vernehmung nicht gesagt, schließlich war es verboten. Weiter fanden die Ermittler heraus, daß Engleman in einem Eisenwarengeschäft in Belleville, Illinois, eine .22er gekauft hatte, aber die Waffe konnte nicht gefunden werden. Er hätte sie seinem Schwiegervater gegeben, behauptete er, und der Schwiegervater hätte sie als gestohlen gemeldet.

In der Zwischenzeit hatte sich Ruth Bullock einen Anwalt genommen, Marty Rosecan. Er überredete sie nach der Beerdigung, bei der sie einen Beinahe-Zusammenbruch erlitt, für eine Weile zu ihrer Mutter nach Kansas City zu gehen. Außer der Luftveränderung hatte der Ortswechsel noch einen Vorteil: Die Polizei konnte sie wegen einer Vernehmung nicht einfach nach Detroit bestellen. Wenn sie sich weigerte, würde der Staat Kansas sie nicht an den Staat Illinois ausliefern. Eine Auslieferung konnte erst nach der Anklageerhebung beantragt werden. Und dafür reichten die Beweise nicht aus.

Die Stimmung in der Öffentlichkeit war eindeutig auf Ruths Seite. Man wollte nicht glauben, daß die zierliche, fröhliche Kindergärtnerin in ein Mordkomplott verwickelt war. Der zielstrebige Ankläger Thomas Eagleton wurde in einer katholischen Zeitung heftig kritisiert, weil er die hübsche junge Witwe so harsch über ihr Sexualverhalten befragt hatte. Der *Globe*, immer bemüht, seine konservative katholische Gesinnung hervorzukehren, folgte mit einem Exklusiv-Interview, das der Reporter kurz vor Ruths Abreise gemacht hatte. Sie beklagte sich tränenreich über die gefühllose Art der Polizei. Kein Wunder, daß sie sich weiteren Vernehmungen entzogen hatte.

Auch der Doc hatte seine Befürworter. Wer konnte schon glauben, daß ein junger Zahnarzt, mit einer Bibliothekarin verheiratet, in ein solches Komplott verwickelt war?

Eagleton, ein Mann mit politischen Ambitionen, machte einen Rückzieher. Einige behaupteten, er habe das getan, weil eine Anklage Ruths Vergangenheit zutage gefördert und die Öffentlichkeit von dem ›schwarzen Buch‹ erfahren hätte, in dem lauter bekannte Namen stünden. Die meisten allerdings, darunter auch die jungen Anwälte im Büro des Anklägers, gaben einer Anklage angesichts der Stimmung im St. Louis von 1959 keine Chance. Einer der jungen Anwälte, Richard Dempsey, eröffnete eine Privatkanzlei und übernahm Ruth als Mandantin.

Ob es nun damit in Zusammenhang stand oder nicht – jedenfalls entwickelte man nach Ruths Abreise die Killer-Theorie. Im Laufe der nächsten Jahre fuhren viele Polizisten zu vielen Gefängnissen im ganzen Staat, um Männer zu vernehmen, die behaupteten, von Engleman und Ruth angeheuert worden zu sein, Bullock zu töten. Es gab Polizisten, die geneigt waren, dem einen oder anderen Mann zu glauben, der sich selbst als Killer bezichtigte, auch wenn es sich dann um den einzigen Killer Amerikas gehandelt hätte, der mit einer Schrotflinte auf sein Opfer losging und es danach über einen öffentlichen Platz verfolgte, um die Gewißheit zu haben, daß es tot war.

Als einzige rechtliche Konsequenz ergab sich aus den Ermittlungen im Mordfall Bullock, daß ein Durchsuchungsbefehl erwirkt wurde, Dr. Englemans Praxis und Privatzimmer unter die Lupe zu nehmen, um Beweise für illegale Abtreibungen zu finden. Sandra Meredith, Stieftochter des Bruders seiner Frau Eda, öffnete den Detektiven die Tür. Engleman widersetzte sich der Durchsuchung und schlug auf John Vining ein, was dem Zahnarzt einen Strafbefehl über einhundert Dollar einbrachte.

Sergeant O'Neill glaubte, eine Zeugin in der Abtreibungssache zu haben. Eine Frau, die bei Doc Engleman abgetrieben hatte, litt anschließend unter Infektionen. Aber Englemans Schwester Melody verstand es, die Frau rasch zu verheiraten – Melody übernahm die Kosten der Hochzeit. Es gab keine Aussage und somit auch keine Anklage.

Was den jungen Nick Miranda an dem Mordfall Bullock am meisten beeindruckte, war die Art, in der Madre, Dr. Englemans Mutter, die Angelegenheit behandelte. Nicks Mutter hätte geweint und geschrien, ihm Ohrfeigen gegeben, sich auf die Knie geworfen und für seine Seele gebetet, wenn sie auch nur gemutmaßt hätte, daß er in ein Verbrechen verwickelt gewesen wäre, von Mord ganz zu schweigen.

Madre war ganz anders. Sie stand auf Docs Seite. Im Gegensatz zu Vater Frank Engleman, einem leidenschaftslosen Mann, der für die Eisenbahn arbeitete, Bier trank, Tabak kaute und zu allem ja und Amen sagte, nahm Madre regen Anteil an Docs Leben, sie wußte alles über ihn und von ihm. Er sagte, sie wüßte alles über ihn, weil ihre Seele ihren Körper verlassen konnte, um ihm überall zu folgen.

Doc sagte, sie wüßte alles über ihn, und doch hatte Nick nie gehört, daß sie ihn irgendwann getadelt hätte. Und Nick verbrachte viel Zeit im Haus der Englemans. Er setzte Blumen, beschnitt Sträucher, aß fast täglich bei ihnen zu Mittag – es gab dicke Schinkensandwiches oder riesige Hamburger mit Zwiebeln. Sie hatte immer schon gewußt, daß Glen am ehesten von ihren drei Söhnen das Zeug in sich hatte, sich aus der Arbeiterklasse hochzuarbeiten, und ihr schien es egal zu sein, wie er das schaffte. Er und Melody waren ihre erklärten Lieblinge.

Als die Polizei hinter Dr. Engleman her war, schimpfte Madre über die Polizei. Das fand Nick phantastisch. Seine Mutter würde nie darüber hinwegkommen, wenn die Polizei mal ins Haus käme. Sie würde ihm nachrennen und ihm bis in die Zelle Ohrfeigen geben.

Natürlich sagte der Doc nicht zu Nick: »Ich habe ihn erschossen«, jedenfalls noch nicht – das würde er erst viele Jahre später sagen –, aber er ließ anklingen, daß er es getan hatte.

»Bullock war ein Schwuler«, vertraute Engleman seinem Gehilfen Nick an. »Ich begreife nicht, warum mich die Polizei derart in den Schwitzkasten nimmt. Das lohnt den Aufwand nicht.«

Sie unterhielten sich in seinem Privatzimmer, während

nebenan ein Patient im Stuhl saß und darauf wartete, daß das Novocain zu wirken begann.

»Wenn ich es getan hätte, würde ich Tom benutzt haben, ihn hierhin zu locken. Tom kennt ein paar effektvolle Kniffe, wie man Schwule heißmachen kann. Er und sein Kumpel machen sich einen Spaß daraus, die Perversen im Torch Club im Osten von St. Louis anzumachen. Sobald sie ihr Opfer in einer einsamen dunklen Gasse haben, rauben sie es aus und verschwinden. Bullock verdiente einfach nicht, am Leben zu bleiben. Er war nicht gut genug für Ruth. Sie braucht einen richtigen Mann.«

Nick wußte, was Doc damit meinte. Vor Jahren, als die beiden noch verheiratet waren, hatten sie ihn mit auf einen Campingausflug genommen. Er hatte ihre Blicke gesehen, die puren Sex versprachen. Sie hatte eine ganz besondere Art, einen Finger – ja, nur einen Finger – an Docs Bein entlangstreichen zu lassen. Wenn sie das machte, war es Nick, als spürte er den Finger an seinem Bein, und die Wirkung zog hoch bis in die Lenden. Er hatte sie mehrmals dabei belauscht, wie sie heftig stöhnten und rhythmisch ruckten, er hatte ihre animalischen Laute gehört und die sonst so tiefe Stimme von Doc, der dann immer schrille Schreie ausstieß, wenn er seinen Höhepunkt erreichte. Für Nick war es damals die erste Begegnung mit Sex gewesen.

»Sie konnte mit so einem Halbschwulen wie Bullock nicht ein Leben lang aushalten«, fuhr der Doc fort. »Man tut der Welt einen Gefallen, wenn man Abschaum wie Bullock abserviert.«

»Stimmt«, sagte Nick, die Augen voller Bewunderung. Der junge Nick Miranda sah in dem Mord an James Bullock den Beweis für Docs Macht. Wie Gott belohnte und strafte er. Und wie der Mann mit der Presse umsprang, das war unglaublich! Er hatte tatsächlich den *Globe* angerufen, um seinen Kommentar zu dem Artikel abzugeben, in dem sie über Docs Verwicklung in dem Mordfall geschrieben hatten. Er hatte eine improvisierte Pressekonferenz abgehalten und ihnen ganz schön eingeheizt. Die Cops und die Reporter hatten keine Chance, gegen ihn anzukommen. »Stimmt«, sagte Nick noch einmal.

»Man muß sich um eine Frau kümmern«, sagte der Doc. »Ruth ist nun besser dran. Sie ist versorgt.«

Doc wußte, wie man sich um Frauen kümmerte, dachte Nick. Seine zweite Frau, Eda, war eine zierliche, hübsche blonde Frau mit herrlichen Brüsten, von denen er freilich nur den Ansatz gesehen hatte. Auch Melody, die zu ihrem Bruder aufschaute, war eine attraktive blonde Frau. Nick war bei der Hochzeit gewesen, als sie den wohlhabenden Bill Gonterman geheiratet hatte, und sie war die schönste Braut gewesen, die Nick je gesehen hatte. Eine Prinzessin. Nick hatte sich das Zeitungsfoto ausgeschnitten, auf dem Glen, flankiert von Eda und Melody, das Revier nach der Vernehmung im Bullock-Fall verlassen hatte. Es hing jetzt in seinem Zimmer an der Wand.

»Man muß sich um eine Frau kümmern«, wiederholte der Doc. Nick hörte zu, er hörte immer genau hin, wenn der Doc philosophierte. Sonst gab es auch keinen, dem er zuhören konnte. Ohne den Doc wäre er vielleicht schon tot. Ein paar Wochen nach dem Mord an Bullock hatte er ein Kratzen im Hals verspürt. Er hatte es ignoriert und gehofft, es würde von selbst weggehen, da seine Mutter sich keinen Arzt erlauben konnte. Er hatte im Hause der Englemans gearbeitet, als er plötzlich spürte, daß sein Kopf rot anlief; sein Hals ging zu, und in seinen Ohren pochte es wie verrückt.

Doc legte Nick in das Bett, das er sonst mit Eda teilte, und besorgte eilig Penicillin. Drei Nächte lang schlief Nick im Ehebett, während Doc und Eda im Wohnzimmer auf der Couch schliefen. Drei Tage lang fütterte Madre ihn mit Suppe, und dreimal am Tag rief Doc zu Hause an und fragte: »Wie geht es Nick? Geht es ihm schon besser?«

RUTH: Ich erinnere mich nicht an Einzelheiten des Bullock-Mordes. Ich weiß nur, daß Glen ihn einen Schwulen nannte, aber ob das stimmt, ist mir nicht

bekannt. Ich glaube eher, daß er ihn hinter dem Museum umgebracht hat, damit es so aussah, als handelte es sich um einen Mord unter Schwulen. Jedenfalls hat Glen dabei Geld herausgeschlagen. Sie, ich meine die Witwe, bekam das Geld von der Versicherung erst nach zwei Jahren. Sie mußte wegen einer Anhörung vor Gericht zurückkommen. Sie war verheiratet und hatte ein Baby. Sie war ein bißchen dicker geworden. Die Gerüchte über einen gedungenen Killer verstummten nie. Ich kann mich auch daran erinnern, daß die Mordwaffe nie gefunden wurde. Glen sagte mir mal, er hätte die Schrotflinte zersägt und in den Des-Pere-Fluß geworfen. Schließlich gewann sie einen Prozeß gegen die Versicherung, und sie bekam das Geld. Zwanzigtausend Dollar davon investierte sie in eine Autorennstrecke, die Glen in Pacific, Missouri, baute.

McGarvey legte den abgeschriebenen Text hin. Die Zigarettenschachtel auf seinem Schreibtisch war leer. Er wühlte in der untersten Schublade und fand eine angebrochene Schachtel. Als James Bullock ermordet wurde, war McGarvey eine Woche von seinem zwölften Geburtstag entfernt gewesen, und er hatte mit seiner Familie in Chicago gelebt. Er schaute auf das Foto aus dem Globe, das Alsup aus dem Zeitungsarchiv besorgt hatte. Es zeigte Ruth Ball Engleman Bullock, eine attraktive, zierliche Frau, so ganz anders als die zweite Ruth Engleman.

Er griff wieder nach der Tonbandabschrift. Das Muster des Bullock-Falls war auch in dem Mord an Eric Frey zu erkennen. Die Zahl der Mitwirkenden war größer, ihr Leben mehr miteinander verwoben. Kompliziert. Wie in einer Soap Opera. McGarvey seufzte. War Ruth, die zweite Ruth, eifersüchtig auf diese Frauen? Entsprangen die Dinge, die sie enthüllte, einem eifersüchtigen Frauenherzen? Es mochte sein, daß der Zahnarzt mehr über den Mord an Bullock wußte, als er zugegeben hatte, daß er mit der Tat aber selbst nichts zu tun hatte. Warum sonst hätten die Cops ihn damals nicht festnageln können?

McGarvey las weiter.

BOBB: Ruth, wissen Sie von dem Unglück, als 1963 in Pacific, Missouri, ein Mann namens Eric Frey bei einer Explosion getötet wurde?
RUTH: Ja.
BOBB: Können Sie uns sagen, was sie darüber wissen?
RUTH: Es wäre mir lieber, wenn Sie mir genaue Fragen stellen.
BOBB: Waren Sie zu der Zeit mit Dr. Engleman verheiratet, oder waren Sie 1963 erst befreundet mit ihm?
RUTH: Befreundet. Wir sahen uns ziemlich oft.
BOBB: Hat Dr. Engleman den Zwischenfall Ihnen gegenüber je erwähnt?
RUTH: Ja. Er sagte, er und Jack Carter hätten es arrangiert, daß Eric Frey bei einer Explosion ums Leben kam. Sie bauten damals gerade ihre Rennstrecke.

Zweiter Mord: Eric Frey

26. September 1963

Eric Frey war nur ein durchschnittlicher Schüler gewesen. Seine Kameraden bei der Air Force, in die er im Oktober 1959 eintrat, hielten ihn für einen Aufschneider. Er war wohl ein netter Kerl, aber man konnte sich nicht auf ihn verlassen. Von seinen drei Jahren Dienst saß er ein Jahr im Bau – meist, weil er den Zapfenstreich nicht einhielt oder Frei- und Urlaubstage überzog. Als er am 12. Februar 1962 entlassen wurde, sagte ihm ein Offizier, der ihn mochte: »Du wirst dir noch eine Menge Ärger einhandeln, wenn du nicht aufhörst, dich zu überschätzen. Hör auf zu träumen.«

Er wußte wohl, daß der Offizier recht hatte, aber Eric liebte Wein, Weib und Gesang – mehr, als er bezahlen konnte. Immer wieder platzten seine faulen Schecks. Nun war er wieder in St. Louis, und er hatte keine Ahnung, was er mit dem Rest seines Lebens anfangen sollte.

Er frequentierte die Bars und Kneipen im Gaslight Square, in dem in den frühen Sechzigern das Nachtleben blühte. Die Vorläufer der Hippies fühlten sich dort wohl, die Jazz-Fans, die jungen Leute, die was erleben wollten. In einer Bar lernte er Ricky kennen, einen Tänzer, der Eric vorschlug, es auch als Tänzer zu versuchen. Schließlich landete Eric in einem Tanzstudio und brachte mittelalten Damen Tango, Mambo und Foxtrott bei.

Mit den meisten seiner Schülerinnen kam er gut aus, er hatte die richtige Mischung aus Aufschneiderei und Einschmeichelei gefunden. Einige Frauen konnte er zu weiteren Kursen überreden, wodurch seine Kommission stieg. Eine der Frauen, die er umgarnte, eine Blondine mit beachtlicher Oberweite, hieß Melody, attraktiv trotz eines Reifens um die Taille und ihres manchmal aufgedunsenen Gesichts.

Als er ihren Namen hörte, rief er: »Was für ein herrlicher Name für eine Tänzerin! Melody! Melody!« Und dabei tanzte er um sie herum. »Oh, Melody!«

Sie mochte ihn so sehr, daß sie sagte, sie möchte ihn gern ihrer Familie vorstellen. Sie erzählte, daß sie und ihr Bruder eine Rennstrecke in Pacific, Missouri, bauten. Sie hatten das Land gekauft und waren jetzt dabei, es zu roden. Aber über das Geschäft der Rennwettbewerbe wüßten sie und ihr Bruder nicht Bescheid.

»Oh, damit kenne ich mich aus«, sagte er.

»Wirklich? Dann müssen Sie mitkommen, damit Sie uns ein paar Tips geben können.«

Nick Miranda wird über das Gespräch nicht erfreut gewesen sein; er betrachtete sich als Experte, was alle möglichen Rennen anging, und außerdem war er der Kronprinz an Docs Hof, der aus Melody, seinen Brüdern Gene und Vernon, ihren Frauen, einigen Freunden und den jungen Handlangern bestand. Die Idee der Rennstrecke war an einem Sonntagnachmittag geboren worden, als er und Doc vor dem Haus gesessen hatten und nicht wußten, was sie tun sollten. Da hatte Nick die Idee gehabt.

»Gehen wir zu den Rennen nach Alton«, schlug er vor. Hauptsächlich sagte er das, damit er aus Edas Umfeld verschwinden konnte. Sie war wütend, weil sie das Mittagessen nicht kochen durfte. Madre hatte nein gesagt, sie würde das Essen zubereiten. Sie hatte sich bei ihrem Mann beklagt, aber Doc hatte nur gesagt: »Es ist ihre Küche, Babe.« Damit war für ihn das Thema erledigt. Eda konnte sowieso nicht gut kochen, was sie aber nicht einsah. Meistens war Madre nett zu Eda, obwohl sie nicht viel von ihr hielt.

»Sie kann Glenn intellektuell nicht das Wasser reichen«, sagte sie. »Er heiratet immer Frauen, die ihm geistig nicht ebenbürtig sind.« Nick mochte Eda, aber er begriff, daß Madre das Sagen hatte, weil Glen es so wollte. Nick hatte nie gehört, daß er ein negatives Wort über seine Mutter sagte.

»Meine Freunde und ich gehen öfter hin«, hakte Nick nach. »Wir sollten uns ein paar Rennen ansehen. Sonst hängen wir hier nur rum.« Sie fuhren in Docs Auto über die Brücke nach Alton, Illinois. »Überall Autos aus Missouri!« rief Nick, als sie auf den Parkplatz fuhren. Er sah es in Docs Augen aufleuchten.

»Es ist die einzige Rennbahn in der Gegend, nicht wahr?« fragte Doc, was Nick bestätigte. Doc wanderte die Parkreihen entlang. »Wenigstens die Hälfte der Autos kommt aus Missouri, vielleicht auch sechzig Prozent.«

Er begann zu rechnen. Er schätzte die Zuschauermenge ab und die Einnahmen an Eintrittsgeldern und Standmieten. Je mehr er sich begeisterte, desto schneller sprach er.

»Ich könnte die ganze Familie einbeziehen«, sagte er. Die Familie war dem Doc wichtig, er versuchte immer, sie an seinen

Plänen zu beteiligen, nicht zu seinem Nutzen, sondern zu ihrem. »Gene und Frances. Melody. Auch Jack Carter . . . er ist schon so lange ein guter Freund, daß er fast wie Familie ist. Da du mich auf die Idee gebracht hast, Nick, kannst du auch mitmachen. Carmen und Negra könnten den einen oder anderen Verkaufsstand übernehmen. Und Sandy. Ja, für sie müssen wir auch eine Arbeit finden. Wir werden dafür sorgen, daß du die Clubs kennenlernst, die Autonarren und Motorradfreaks, ich wette, allein in St. Louis haben die dreitausend Mitglieder, und du kannst dort für unsere Rennbahn Reklame machen.«

In der folgenden Woche sah sich Doc nach einem geeigneten Landstreifen um. Er überlegte immer noch, welche Aufgabe er Sandy übertragen könnte. Sandy, ein sehr hübsches Mädchen mit einem wohlproportionierten Körper und langen honigblonden Haaren, sah wirklich nicht wie ein Mädchen aus, das Probleme haben könnte. Ihre Mutter, Eda Englemans Schwägerin, war eine attraktive Frau, und ihr Vater, Edas Bruder, hätte ein Held aus einem Werk von F. Scott Fitzgerald sein können – gut aussehend, kultiviert und ein Müßiggänger.

Sandy hatte mit sechzehn Jahren versucht, sich das Leben zu nehmen. Sie hatte damals bei der Großmutter in Houston gelebt, wohin sie von den Eltern geschickt worden war, weil sie sich nach einem Umzug von Missouri nach North Carolina nicht eingewöhnen konnte. Nach dem Selbstmordversuch blieb sie sechs Tage im Krankenhaus. Dann wurde beschlossen, daß sie eine Weile bei Eda und Glennon in St. Louis leben sollte.

Eda spürte eine Eifersucht zwischen Tochter und Mutter, die auch der wahre Grund dafür gewesen war, daß Sandy zur Großmutter geschickt wurde. Eda ahnte, daß zwischen ihrem Ehemann und der voll entwickelten Stiefnichte Sex in der Luft lag. Sie wollte Sandy nach North Carolina zurückschicken, lange bevor die Rennbahn realisiert worden war.

»Es wird bestimmt ein Jahr dauern, bis ihr den Betrieb aufnehmen könnt, Glennon«, sagte sie. »Sandy kann nach Hause fahren, und wenn sie in einem Jahr immer noch mitmachen will, kann sie zum Arbeiten zurückkommen.«

Seine Augen funkelten, als er bestimmt sagte: »Sie geht nicht nach Hause! Deine eigene Familie! Du willst dich nicht um sie kümmern, obwohl sie unsere Hilfe braucht! Wenn du sie nicht sehen magst, kann ich dafür sorgen, daß sie nicht so oft im Hause ist. Wenn sie will, kann sie zu mir in die Praxis kommen, da gibt es immer was zu tun.«

Sandys Eintritt in sein Leben war zu einer günstigen Zeit geschehen, denn seine blonde Geliebte Barbara Varney heiratete einen befreundeten Zahnarzt, James Boyle. Außerdem war Sandy weniger kompliziert. Die schwangere Barbara könnte ihm mehr Schwierigkeiten machen, als ihm lieb war.

Er ging bei Sandy schneller vor, als er es gewöhnlich bei seinen Frauen tat, vielleicht, weil ihm die Lücke zu schaffen machte, die Barbara hinterlassen hatte. Zu diesem Zeitpunkt befand er sich auf der Höhe seiner Macht, und insgeheim verglich er sich mit Svengali, dem Romanhelden, der Frauen durch seine hypnotischen Kräfte gefügig machte. Ja, er glaubte, Svengali zu sein.

An heißen Tagen trug Sandy kurze Shorts, fast immer weiße, dazu ein schmales Top – kein Höschen. Er begann mit ihr zu spielen und weckte ihre Neugier, indem er mit einer Hand ihre Beine hinauffuhr und unter die Öffnung ihrer Shorts glitt. Er streichelte ihre Vagina und raunte ihr die jeweiligen Bezeichnungen ins Ohr, Wörter, von deren Existenz sie nichts gewußt hatte. Er bestand darauf, daß sie diese Wörter benutzte – bei jeder Frau bestand er darauf, aber bei Sandy ging er schneller vor. Er leckte sie an Stellen, die sie nie für möglich gehalten hatte. Sie sagte ihm, daß sie das am liebsten hatte.

»Und jetzt mußt du mich saugen«, sagte er ihr dann und zog den Reißverschluß seiner Hose auf und entblößte einen Penis, von dem sie zu dieser Zeit noch nicht wußte, daß er wegen seiner Ausdauer bemerkenswert war. »Ja, so ist es richtig«, sagte er, »und da mußt du ihn festhalten, während du saugst wie an der Mutterbrust. Ja, jetzt hast du's.«

Manchmal streifte er ein Kondom über, wenn er in sie eindrang, manchmal tat er es nicht. In ihrer Naivität glaubte sie, er wüßte schon, wann es erforderlich wäre und wann nicht.

Es kam oft vor, daß er sie anschließend noch in den Armen hielt, während Patienten im Behandlungszimmer warteten, daß die Betäubung von der Novocainspritze einsetzte. Dann erzählte er ihr von seinem Plan. Er konnte ihr helfen, genug Geld für eine eigene Wohnung zu bekommen, damit sie nicht nach North Carolina zurück mußte oder auf ihre Tante Eda angewiesen war. Es wäre ein simpler Plan, sagte er. Und es gäbe keinen anderen Weg für ein Mädchen, das so jung und unvorbereitet aufs Geldverdienenmüssen wäre wie sie. Er könnte ihr zu einem Start verhelfen, versprach er ihr, und bei ihrer Schönheit gäbe es kein Problem, daß sie ihre Aufgabe bei dem Plan nicht erfüllen könnte. Sie brauchte nur den richtigen Mann auszuwählen, alles andere wäre seine Sache.

»Aber wie soll ich einen Mann finden?« fragte sie, und er sagte ihr wieder, er würde dabei helfen.

Wenn er ihr nichts von seinem Plan erzählte, begeisterte er sich über die Rennbahn. Sie wäre die perfekte Geldanlage, erklärte er, denn das Interesse an solchen Rennen sei immens und würde noch steigen. Tausende junger Leute trügen ihr Geld nach Alton. Sandy glaubte ihm. Sie hatte schon einige Orte in den Staaten gesehen, aber nirgendwo war man so verrückt nach Autos wie im Süden von St. Louis. Sie hatte ihrer Mutter geschrieben: »Die Leute hier sind wie im Rausch, wenn es um ihre Autos geht. Jeder hat eine aufgemotzte Maschine auf aufgemotzten Felgen mit den breitesten Reifen.«

Sie ahnte noch nicht, wie gut sich alles einfügen würde – die Rennbahn und sein Plan für sie.

The Pacific Dragstrip Inc., die sie alle reich machen sollte, war nicht mehr als ein Streifen Land mit Bäumen und Sträuchern im Franklin County. Engleman, sein Bruder Gene, sein langjähriger Freund Jack Carter und Donald Horton, der angeblich am Abend des Bullock-Mordes mit Engleman gegessen hatte, fuhren an Wochenenden und Sommerabenden hinaus und fällten Bäume und verbrannten Gebüsch. Hin und wieder kam auch Eric Frey dazu und half. Melody hatte ihn vorgestellt als jemanden, ›der ein bißchen über alles‹ weiß, und Engleman hatte ihm geschmeichelt, indem er zuhörte, als Frey sein Wissen über Autorennen zum besten gab. Ein angesehener Doc hatte ihm noch nie zugehört.

Die meiste manuelle Arbeit verrichteten die Eigentümer selbst, nur wenig wurde im Auftrag an eine Firma vergeben. Engleman war stolz auf seine Geschicklichkeit als Arbeiter und Alleskönner. Seine Mitstreiter feuerte er an, indem er sie daran erinnerte, daß sie wahre Amerikaner seien, weil sie ›im Schweiße ihres Angesichts‹ etwas ›von Grund auf‹ bauten. Es ging auch alles glatt, solange jeder das tat, was Engleman von ihm erwartete. Er mußte bestimmen. Wenn jemand Einwände vorbrachte oder ihm gar zu widersprechen wagte, wurde er wütend.

Die größte Bargeldinvestition kam von Ruth Ball Engleman Bullock, nachdem die Versicherung gezahlt hatte. Die Witwe steuerte zwanzigtausend Dollar bei. Sie wurde als Aktionärin eingetragen. Abends brachten die Frauen, Melody, Eda, Frances Engleman und oft auch Sandy, das Essen für die arbeitenden Männer. Bei einem dieser Picknicks wurde Sandy, die Shorts und ein offenes, aber unter den Brüsten geknotetes Männerhemd trug, Eric Frey vorgestellt.

Das erste Mal, als er sie küßte, schob sie die Zunge in seinen Mund und drückte ihren Schoß gegen seinen, wie der Doc ihr gezeigt hatte. Die Zeit des Freiens war kurz und heftig und spielte sich vor aller Augen im Gelände ab und in den Bars rund um den Gaslight Square. Mit dem Segen Englemans heirateten sie am 28. September 1962. Sandy war achtzehn Jahre alt. Obwohl sie erst im Januar eine eigene Wohnung bekamen, schloß das junge Paar sofort eine Lebensversicherung auf sein Leben ab. Die Prämie war so hoch – neunundneunzig Dollar im Monat –, daß der Agent sie ihnen auszureden versuchte. Sie hatten kein Geld für den ersten Beitrag, was die Gesellschaft veranlaßte, vom Vertrag zurückzutreten. Aber Erics Freys Leben war trotzdem versichert, und zwar über die Gruppenversicherung von Pacific Dragstrip Inc. für alle Mitarbeiter. Melody Gonterman, als Sekretärin der Firma, hatte die Versicherung abgeschlossen und Eric Frey mit aufgeführt, obwohl er als Mechaniker bei einer anderen Firma vollzeitbeschäftigt war.

Die junge Ehe stand unter keinem glücklichen Stern, sie litt unter finanziellen und gesundheitlichen Problemen. Eric befand sich im Februar 1963 in psychiatrischer Behandlung und wurde von seinem Psychiater in ein Krankenhaus eingewiesen. Nachdem mehrere Schecks geplatzt waren, verfiel das Paar auf eine immer häufiger praktizierte Betrugsmasche: Sandy reichte eine Klage gegen eine Versicherung ein, weil sie angeblich auf dem Grundstück eines Kaufhauses gestolpert und gefallen war. Sie verlangte Schadenersatz, weil sie sich Schürfwunden zugezogen und eine Fehlgeburt erlitten hatte.

Doc vertraute Nick an, daß die Klage ›eine krumme Sache‹ sei. Er hatte den Fötus abgetrieben, sagte er, und die Schürfwunden hatte Eric ihr beigebracht. »Er behandelt sie nicht gut. Er taugt nichts. Er ist ein gemeiner Kerl«, tobte Doc. »Ich weiß nicht, ob ich ihn abknallen oder in die Luft jagen soll.«

Seine Tiraden gegen Eric – ›Ihn abzuservieren wäre ein Dienst an der Gesellschaft . . . Das ist wie Ungeziefer zu vertilgen . . . Die Leute trauen sich nicht, sie haben keinen Mumm und so . . .‹ – häuften sich, je näher die Verwirklichung seines Plans rückte. Sie würden Eric Frey auf der Rennstrecke töten. Sie würden ihn töten, weil er nichts anderes verdient hatte. Weil sie das Geld für die Strecke brauchten. Er und Jack Carter würden es tun, und Nick sollte dabei helfen. Es war das erste Mal, daß Nick schon im Planungsstadium einbezogen wurde. Er dachte schon, sie würden dieses Stadium nie verlassen. Der Doc wiederholte seine Anweisungen immer und immer wieder, als ob sie in einer Schule für lernschwache Kinder wären.

Nicks spontanes Entsetzen, bei der Vorbereitung eines Mordes beteiligt zu sein, wich allmählich einer Art Taubheit. Sie redeten so lange, bis Nick der Kopf brummte und er nur noch willenlos nickte.

Manchmal redeten sie auch am Küchentisch darüber, während Madre hinter ihnen das Essen zubereitete. Sie zerlegte Hähnchen mit einem scharfen Hackebeil und tunkte die Teile in Milch und Mehl, und dabei redete ihr Liebligssohn über den Mord, den er plante. Ihre Gegenwart lähmte Nick. Irgendwann erreichte Nick das Stadium, in dem er nicht mehr glaubte, daß sie den Plan je ausführen würden. Es kam ihm alles so unwirklich vor.

Im Sommer verbrachte Sandy viel Zeit in der Praxis, wo sie sich den Platz im Schlafsack mit Docs neuer Freundin Ruth Jolley teilen mußte. Doc erzählte Nick, daß Ruth gierig auf Abenteuer wäre – fest stand, daß er gierig auf sie war. Seine Lust auf Ruth war stets größer als auf jede andere Frau, was Nick nicht verstehen konnte. Aber Doc warnte Nick, Ruth etwas von dem geplanten Mord zu erzählen. Wenn der richtige Zeitpunkt gekommen war, würde er ihr sagen, daß er einen Mord begangen hatte, dann würde sie diese Eröffnung als folgerichtigen Schritt betrachten, als Beweis der Macht, über die er verdientermaßen verfügte.

»Erzähl ihnen nie, was sie noch nicht verkraften können«, belehrte er Nick, der plötzlich begriff, daß der Doc ihn nach derselben Methode behandelt hatte.

Die Rennstrecke eröffnete am Labour Day und war dann zunächst nur an Sonntagen in Betrieb. Sandy und Eric übernahmen die Verkaufsstände, sie erhielten ein Dollar fünfundzwanzig die Stunde. Wenn Not am Mann war, mußten sie an die Einlaßtore. Zusätzlich zu ihrem mageren Lohn versprach

Doc ihnen Aktien. An einem Sonntagnachmittag beobachtete Nick die beiden und fand, daß sie glücklich wirkten. Vielleicht war der Plan längst aufgegeben, und Doc hatte vergessen, es ihm zu sagen.

»Wollen Sie ihn wirklich töten?« fragte Nick. Der Doc, der dabei war, ein Schild zu bemalen, hörte mitten im Pinselstrich auf und schaute ihn an, als hätte er einen Verrückten vor sich. Den Rest des Tages maulte Doc ihn an, beschimpfte ihn als ›faulen, fetten, zu nichts zu gebrauchenden Mexikaner‹. Als Nick sich am Abend verabschiedete, rief Doc ihm nach: »Du wirst eine fette mexikanische Hure heiraten und ihr acht, zehn, zwölf Kinder machen und dein ganzes Leben in Armut leben.«

Nicks Augen tränten. Es war das schlimmste, was der Doc ihm je sagen konnte, und als Docs Wut am anderen Tag verraucht war, atmete Nick erleichtert auf.

Am Donnerstag, 26. September 1963, fuhr Eric Frey von der Arbeit direkt nach Hause, holte seine Frau ab und fuhr mit ihr zur Rennstrecke, um bei einer Sprengung zu helfen. Jack Carter, Doc, Gene und Nick brauchten seine Unterstützung, weil es galt, einen alten, unbenutzten, hochgemauerten Brunnen zu sprengen und einzuebnen. Doc hatte gesehen, daß Kinder am Brunnen spielten, und fürchtete, eins könnte hineinfallen. Deshalb wollte er ihn mit dem Schutt füllen, der durch die Sprengung anfiel. Eric Frey fand die Idee gut und fühlte sich geschmeichelt, als der Doc ihn um Rat fragte.

Eric wußte genau, was zu tun war, und der Doc hatte sich dankbar gezeigt und ihm die Aufgabe übertragen. Da Doc am Donnerstag keine Sprechstunden hatte, waren er und Nick und die anderen schon früh losgefahren und hatten Baumstümpfe und Gebüsch gerodet.

Nick stützte sich auf seine Schaufel und winkte, als er Eric und Sandy sah. Nach der Begrüßung ging Nick mit Sandy die Straße entlang, während Eric sich mit dem Doc über die Vorbereitung zur Sprengung unterhielt. Nick hatte keine Lust, in der Nähe zu sein, wenn ihm die Brocken um die Ohren fliegen würden. Doc und Carter konnten sich mit Eric absprechen. Eric hatte gesagt, er hätte beim Militär mit Sprengungen zu tun gehabt. Was immer einer je getan hatte – Eric hatte es auch getan, nur besser. Er war so ein Typ. Hilfsbereit, aber ein Prahlhans. Nick redete sich ein, wenn dies der Zeitpunkt war, in dem etwas passieren sollte, dann hätte es sich Eric selbst zuzuschreiben. Aber wahrscheinlich würde nichts passieren.

»Ich will nicht dabei sein, wenn das alles in die Luft geht«, sagte Nick und legte einen Arm um Sandys Schulter. Sie warf ihm einen raschen Blick zu, dann sah sie weg. Sie standen wie verkrampft da, während sie auf den Knall der Explosion warteten.

»Ich kann den Rauch nicht vertragen«, erklärte er ihr. »Deshalb will ich nicht in der Nähe sein. Als wir die Baumstümpfe heraussprengten, habe ich mit einer Batterie gearbeitet.«

»Glaubst du, daß es heute passiert?« fragte Sandy leise.

Jetzt sah er sie an. Der Knall hätte längst zu hören sein müssen. Vielleicht würden sie ihn auch gar nicht hören. Nick schaute in die Richtung, und genau in diesem Augenblick sah er, wie Doc hinter Eric trat und ihn mit einem Stein auf den Hinterkopf schlug. Der Schlag machte Eric benommen, aber er war nicht bewußtlos.

»Warum wollt ihr mich umbringen?« schrie Eric. »Warum?«

Doc packte ihn und schob ihn über den Brunnenrand, warf ihn hinein. Man hörte Schreien und Gurgeln, dann war Stille.

Jack Carter zündete das Dynamit, es gab einen ohrenbetäubenden Knall, und in den Knall hinein hörte man Doc schreien: »Eric!«

Das gehörte natürlich zum Plan, das vorgetäuschte Entsetzen, nachdem Eric sich offenbar selbst in die Luft gesprengt hatte.

»Eric!« rief Doc wieder. »Eric!« Er spielte seine Rolle überzeugend.

Nick sah Gene Engleman aus entgegengesetzter Richtung herankommen, dann liefen sie zusammen auf den Brunnen zu;

Sandy folgte ihnen. Durch den Rauch und Staub konnte Nick sehen, daß Doc in den Brunnen stieg und immer wieder ›Eric!‹ rief. Nick und Gene erreichten den Brunnen, schauten hinunter auf Doc. »Die Explosion hat ihn erwischt«, sagte Doc. Nick sah in Jack Carters fahles Gesicht, dann drehte er sich um. Ihm war, als müßte er sich übergeben.

Wenn Jack Carter weniger gewissenhaft gewesen wäre, hätte er nicht so nahe dableiben müssen, um zu wissen, was tatsächlich geschehen war. Wie Gene hätte er sich vom Brunnen entfernen können, um auf Jahre hinaus das zu glauben, was er glauben wollte – er hätte sich einreden können, Doc hätte es nicht wirklich getan, es wäre ein echter Unfall gewesen.

Glen hatte ihm sogar angeboten, ein Stück weiter wegzugehen, aber Jack hatte sein schmales, wettergegerbtes Gesicht verzogen und gesagt, daß er bliebe.

»Ich weiß, daß du keine Memme bist«, hatte Doc gesagt. Jack bewunderte Doc, weil der so viel wagemutiger war als er. Doc war bereit, das Gesetz zu biegen, wenn es ihm unfair vorkam, er nahm keine Ungerechtigkeit hin wie der gewöhnliche Arbeiter, der Tag für Tag sein Lunchpaket packt und brav zur Arbeit geht und klaglos hinnimmt, daß ihm von seinem Lohn immer weniger bleibt, weil die Abzüge immer mehr werden. Ein ganzes Leben stecken wir immer nur ein, dachte Carter.

Aber Glen nicht. Glen hatte den Mumm, sich an dummen Gesetzen vorbeizumogeln, an Gesetzen, die nur da sind, um den kleinen Mann zu schröpfen. Seit Jack den Zahnarzt kannte, waren ein paar schöne Batzen für ihn abgefallen.

»Nein, er würde nicht mit Gene Engleman weggehen, er fühlte sich verpflichtet, bei Glen zu bleiben. Er sah zu, wie Glen dem Jungen eins über die Rübe gab, wie er ihn in den Brunnen warf und dann hinterher sprang, um Erics Kopf so lange unter Wasser zu halten, bis er hinüber war. Jack hatte sich dann aus der Gefahrenzone begeben und das Dynamit gezündet. Die Explosion würde Erics Körper mit Steinen übersäen, und es würde so aussehen, als wäre er bei der Explosion verunglückt, ein Opfer seiner eigenen Dummheit.

»Himmel, Gott, Glen, was haben wir getan?« murmelte Jack und schlug sich die Hände vors Gesicht wie ein Kind, das die unheimliche Szene eines Films nicht sehen will, den es unbedingt hatte sehen wollen. Himmel, sie hatten ja schon einige krumme Dinger durchgezogen, aber Mord? Dies war Mord. »Was haben wir getan?«

Noch bevor sich der Rauch verzogen hatte, sagte Glen: »Wir haben ihn getötet, was denn sonst? Du weißt, was wir getan haben.«

Carter nahm die Hände vom Gesicht, als er Schritte hörte. Nick und Sandy. Sandys Ausdruck war dumpf, aber Nicks Gesicht durchlief alle Emotionen, schneller, als ein Kaleidoskop neue Bilder formen kann. Sie hingen alle mit drin, aber Nick und Jack hatten nicht glauben wollen, daß es wirklich geschehen würde. Die beiden Männer vermieden es, daß sich ihre Blicke noch einmal begegneten, dann ging Nick zur Straße.

Jack Carter würde dieses Geheimnis siebzehn Jahre lang mit sich herumtragen. Als er schließlich an Krebs starb, glaubte er, daß der Krebs von der Explosion in seinen Körper geschleudert worden war, die auch die Steine auf den toten Eric Frey prasseln ließ.

»Jemand soll zum Telefon und eine Ambulanz rufen!« schrie Engleman. Er blieb seiner Rolle treu. »Es sieht so aus, als ob Eric tot ist.«

»Wir müssen miteinander reden.« Freys Leiche lag noch im Brunnen, als Doc zur Seite trat und Nick Miranda und Jack Carter mitzog. »Wir müssen uns auf eine Geschichte festlegen, bei der wir dann bleiben, ganz egal, wer uns fragt. Ihr hängt in der Sache mit drin. Ich habe mich um euch gekümmert, als es euch schlecht ging«, erinnerte er sie. Und: »Ihr seid Mitwisser eines Mordes, wenn die Wahrheit herauskommt.«

Sie standen jetzt dicht beieinander, schauten hoch, wenn Doc es befahl, nickten, wenn er es erwartete. Sie hörten ihm zu, prägten sich jedes Wort ein, waren mit allem einverstanden.

Die Drohung in seiner Stimme war unüberhörbar. Er würde auch sie umbringen. Nick glaubte es und glaubte es nicht.

In einiger Entfernung hatte sich Sandy auf den Boden geworfen. Mit Händen und Füßen schlug sie in den Staub. Ihr Hemd war aufgesprungen, und auf ihren Brüsten verkrustete eine Schicht aus Dreck und Tränen.

Nick war erschüttert, aber er würde sich wieder fangen. Wie man eine zerbrochene wertvolle Vase wieder mit Elmers Leim zusammensetzt, so würde es auch mit seiner Bewunderung für den Doc sein: Die Risse würden bleiben, aber die Vase war wieder heil.

Für Glennons ältesten Freund aber würden die Gefühle nie mehr so sein, wie sie waren. Jack Carter würde noch zum Doc halten, aber das Motiv dafür war nur Angst. Und der Zahnarzt würde ihn deshalb verachten. Carter weinte leise vor sich hin, als Eric Freys Leiche in die Ambulanz geschoben wurde.

Der Sheriff von Franklin County erkannte den Tod als Unfall an. Es wurde keine Autopsie vorgenomen. An diesem Abend rief Sandys Frey ihren Versicherungsagenten an und teilte ihm Erics Unfalltod mit, und gleichzeitig erkundigte sie sich, wann sie ihren Scheck über fünfundzwanzigtausend Dollar abholen könnte. Am folgenden Tag wurde die Leiche ihres Mannes verbrannt, wodurch sichergestellt war, daß es später keine Autopsie mehr geben konnte, um die Todesursache festzustellen.

Es war der Vorabend von Sandy und Erics erstem Hochzeitstag.

Ihr Versicherungsagent, der leicht geschockt darüber war, daß Sandy bereits am Todestag ihres Mannes nach dem Scheck fragte, versuchte sie zu überzeugen, daß ein monatlicher Scheck von der Versicherung die geeignete Form der Auszahlung sei, besonders im Hinblick auf ihre Schwangerschaft. Aber sie beharrte auf der Auszahlung der Gesamtsumme.

Sandy gab sofort einen Scheck über sechzehntausend Dollar an Engleman, eine Investition in die ›Pacific Dragstrip Inc.‹, die im darauffolgenden Jahr ihren Konkurs anmeldete. Sandy bekam ihre Wohnung, ein beengtes Apartment unweit von Englemans Praxis. Im Januar 1964 ging sie zurück zu ihrer Großmutter nach Houston, wo sie Melissa Ann Frey zur Welt brachte, das Baby, von dem sie und Engleman behaupten, daß es seins sei. Und als Melissa Ann heranwuchs, sah man die Ähnlichkeit mit dem Doc immer mehr, dessen Mutter von Januar bis Oktober 1965 die Pflege des Kindes übernahm, während Sandy mit einer Freundin durchs Land zog.

»Mein Sohn Glen«, sagte Madre zu Nick, »kann sich fortpflanzen, so oft er will. Er ist ein intelligenter Mann, und Intelligenz muß weitergegeben werden.«

Die Lebensversicherungsgesellschaft, die Eric Frey versichert hatte, verweigerte zunächst die Auszahlung des Betrages, Sandy mußte sie verklagen, um ihr Geld zu erhalten. Der Anwalt, der den Fall untersuchte, brachte eine beeindruckende Akte zusammen – er hatte auch schon im Fall Bullock ermittelt. Aber die Strafverfolgungsbehörden rührten sich nicht, obwohl er ihnen das Ergebnis seiner Ermittlungen überließ. Dick Dempsey, der Anwalt, den Engleman schon engagiert hatte, um Ruth Bullock zu ihrem Geld zu verhelfen, vertrat auch Sandy Frey. Die Gesellschaft mußte schließlich zahlen.

Es war die Zeit, in der Nick Miranda von Alpträumen geplagt wurde. Er träumte von Eric Frey, den er schreien und jammern hörte: ›Warum wollt ihr mich umbringen? Warum?‹ Oft wachte Nick schreiend auf, in Schweiß gebadet. Leise begann er zu beten; er wußte, daß er bei einer solchen Tat nicht ungestraft davonkam – die Sühne würde er hier oder im Jenseits leisten müssen. Manchmal beneidete er Engleman um seinen Atheismus. Er war davon überzeugt, daß es einen Gott gab. Wie konnte er, Nick, an Gott glauben und tun, was er getan hatte?

BOBB: Dieses Ereignis geht zurück ins Jahr 1963. Wann etwa hat er Ihnen davon erzählt?
RUTH: Ein paar Jahre später. Ich kann mich nicht genau erinnern.
BOBB: Hat Dr. Engleman den Grund für diese Tat von ihm und Mr. Carter genannt?
RUTH: Ja. Wegen der Versicherungssumme.

McGarvey legte die Tonbandabschrift hin und stand auf, um sich die Füße zu vertreten. Er schaute auf seine Uhr. Es war nach ein Uhr nachts, zu spät, um seine Frau Diana anzurufen und ihr zu sagen, daß er noch arbeitete. Sie würde schon schlafen. Er rieb sich die Augen und dachte, daß es auch für ihn Zeit wurde. Aber sie hatten die elektronische Überwachung begonnen, und es konnte wichtig werden, daß er soviel wie möglich von Ruths Geschichte wußte.

Je mehr er las, desto größer wurden seine Zweifel. Vielleicht hatte sich Engleman schuldig gefühlt an Freys Tod und hatte deshalb gesagt: »Ich habe ihn getötet.« Vielleicht hatte er nie gemeint: »Ich habe ihn absichtlich und mit Vorsatz getötet.«

Er betrachtete die Bilder auf seinem Schreibtisch. Sie zeigten Diana, mit ihrem zweiten Kind schwanger, und seinen Sohn. Er war so alt wie Ruths Sohn David, aber wenn sie über den Jungen sprach, mußte man glauben, er wäre noch ein Baby. Sie war überfürsorglich, wie wohl jede Mutter, die zwischen ihrem Kind und dem Vater steht, den sie für einen Mörder hält. Wenn es hart auf hart kam, spielte McGarvey auch mit dem Leben des Jungen, nicht nur mit dem Ruths. Er spürte die Verantwortung auf seinen Schultern.

Er ging ein paarmal in seinem Büro auf und ab, dann setzte er sich wieder an seinen Schreibtisch und las weiter. Nach Bullock und Frey folgte Halm. Himmel, sollte es wirklich wahr sein?

RUTH: Dieser eine Mord, über den ich jetzt spreche, betrifft einen Mann namens Peter. Im Moment fällt mir

sein Nachname nicht ein, aber es war ein ungewöhnlicher Name. Er begann mit H.

MCGARVEY: Was fällt Ihnen zu Peter ein?

RUTH: Glen sagte mir, er würde Carmen Mirandas Ehemann umbringen. Es sei alles geplant, und ich könnte nichts tun, ihn daran zu hindern.

MCGARVEY: Hat er gesagt, wie er ihn umgebracht hat?

RUTH: Er sagte, er hätte ihn erschossen.

Dritter Mord: Peter Halm

5. September 1976

Nur zwei Frauen blieben vom Mord an James Bullock im Jahre 1958 bis zum Mord an Peter Halm im Jahre 1976 konstante Gestalten im Leben des Doktors: Carmen Miranda, Nicks kleine Schwester, und Melody, seine eigene Schwester.

Seine Ehe mit der lieben und stillen Eda hatte 1965 sehr abrupt geendet, als er sie im wahrsten Sinne des Wortes aus dem Haus warf – und eine ihrer Hutschachteln hinterher. Sie suchte Zuflucht bei ihrem Bruder in Nord-Carolina und vertraute ihm an, Glennon Engleman hätte versucht, sie mit einer Überdosis Barbituraten umzubringen. Ihr Bruder erinnerte sich an einen seltsamen Vorfall, den er von seinem Vater wußte: Er trug sich 1959 zu. Glennon hatte stundenlang, bis drei Uhr morgens, brütend im Wohnzimmer gesessen, seinem Schwiegervater gegenüber, und hatte einen 22er Revolver in alle Einzelteile zerlegt, und dabei hatte er seine Absicht angekündigt, die Teile morgen in den Des Pere River zu werfen. Sie hatten diesen Vorfall schon für merkwürdig gehalten, aber auf der anderen Seite war Edas Mann für sein extremes Verhalten bekannt.

Eda erzählte wirre Geschichten über ihren Mann. Glen hätte ihr gesagt, es könnte aber auch sein, räumte Eda ein, daß er von diesem Mord nur Kenntnis hätte und daß sein Freund Joe den Mord begangen hätte. Anlaß des Mordes, so Eda weiter, wäre Joes Furcht gewesen, daß seine homosexuellen Affären ans Licht kommen könnten.

Eda behauptete auch, daß Glen und Joe in den Mord an Bullock verwickelt waren. »Glennon hat abgedrückt«, beharrte sie. »Ich weiß, daß er es getan hat.« Mochten andere Details auch wirr klingen, diese eine Tatsache wiederholte sie immer wieder.

Seine Beziehung mit Sandy, die im Oktober 1965 nach St. Louis zurückkehrte, um ihr Baby zu holen, endete ebenfalls im Zorn. Sie hatte stets nach seinen Vorschriften gelebt, war dadurch Ehefrau, Witwe und Mutter geworden, aber plötzlich war sie nicht mehr so fügsam. Er mochte sich mit ihrer Wandlung nicht abfinden. Als sie sich seinem Einfluß zu entziehen begann, beschuldigte er sie, seine Münzsammlung gestohlen zu haben. Er rief ihre Mutter in Nord-Carolina an, bei der Eda wohnte, und tobte am Telefon über Sandys ›Missetaten‹. Er brüllte, daß sie mit der berüchtigsten Lesbe von St. Louis ›herumhänge‹. »Du brauchst nicht überrascht zu sein, wenn ihr was zustößt . . .«

In der Zwischenzeit hatte Eda den Van Nests berichtet, daß die schreckliche Viererbande – Glennon, Nick, Jack Carter und Sandy – auch Eric Frey getötet hatte.

Sandys Mutter war überzeugt, daß der Doktor auch ihre Tochter umbringen wollte, wenn sie nicht rasch aus der Stadt verschwände, wie Eda es getan hatte. Sie schrieb Sandy einen Brief: »Ich möchte Dich nur warnen, daß Du mit Feuer spielst, solange Du mit Glen in einer Stadt lebst. Ich nehme an, daß er einen gewaltigen Haß auf Dich hat, und er wird alles versuchen, Dich auf die eine oder andere Art loszuwerden. Er kann es nicht ertragen, daß Du dauernd in der Gegend bist – Du weißt zuviel über ihn. Ich glaube, deshalb hat er auch Eda aus dem Weg haben wollen . . .«

Sandy hörte auf den Rat ihrer Mutter, sie packte ihr Baby und verließ die Stadt.

Kurz darauf, nachdem seine zweite Scheidung endgültig war, heiratete Engleman im April 1967 seine langjährige Freundin Ruth Jolley, eine Frau mit Intelligenz und Courage, willens und fähig, die Bonnie neben Clyde zu spielen. Sie war in eine Betrugsaffäre verwickelt, die Englemans Freund Bob Handy ins Gefängnis brachte. Später würde der Doc sagen, daß Ruth weitere Operationen vorschlug, darunter auch einen Banküberfall. Aber keiner dieser Vorschläge wurde realisiert. Ruth gebar ihm sein einziges ehelich geborenes Kind, David.

Zum Freundeskreis war nun auch Bob Handy gestoßen, der rasch zu Docs ›besten Freunden‹ avancierte. Im Gegensatz zu Jack Carter, von dem Glen oft genug sagte, daß er sich vor seinem eigenen Schatten fürchtete, bescheinigte er Handy den ›Mut eines Löwen‹. Ruth sah das anders. Sie hielt Handy für gehirnlos.

Viele Freunde hatte Ruth nicht in der Umgebung des Doc. War Handy nur dumm, so stufte sie Nick Miranda als zwielichtigen Typ ein, dem nicht zu trauen war.

Nick hatte 1965 seine Freundin Barbara geheiratet, und Ruth bot sich in einem Versuch, guten Willen zu zeigen, als Trauzeugin an. Nick und Barbara hatten auch zugestimmt, aber später hörte sie, wie Nick zu seiner Frau sagte: »Sie hat unsere Hochzeit entweiht. Wenn ich ihren Namen auf dem Trauschein sehe, wird mir übel.« Das war ihr letzter Versuch gewesen, mit Nick Frieden zu schließen.

Die meiste Zeit des Sommers 1976 verbrachte Nick in Kalifornien. Ruth wußte nicht, was er dort trieb, er tat sich wichtig mit angeblichen Filmgeschäften, aber daran glaubte sie nicht. Jedenfalls war Nick nicht da, und das mochte ein Grund dafür sein, daß Glen Engleman sich bemüßigt fühlte, sich um das Wohlergehen von Carmen, Nicks Schwester, zu kümmern.

Carmen war mit Peter verheiratet, und Glen erzählte Ruth, daß Carmen von ihrem Mann geschlagen würde. Irgendwie müßte das geändert werden.

Ruth wußte nicht, ob sie ihrem Mann glauben sollte oder nicht. Jedenfalls sagte sie Glen, es sei Nicks Problem, sich um den Mann seiner Schwester zu kümmern. Sie hatte Angst, daß Glen etwas Drastisches tun würde.

Glücklich war Ruths Ehe mit Glen nur für kurze Zeit gewesen. Ein paarmal hatte sie – erfolglos – versucht, sich von ihm scheiden zu lassen. Er wollte keine Scheidung, und wenn sie darüber zu reden begann, strafte er sie, indem er ihr kein Geld mehr zukommen ließ.

Sie zogen in eine Eigentumswohnung in einem südlichen Vorort von St. Louis, wo sich wohlhabende Mittelständler ansiedelten. Ruth gefiel es dort. Annora ›Madre‹ Engleman war gestorben, und zum erstenmal lebte sie mit ihrem Mann und ihrem Sohn allein.

»Ich will es noch einmal versuchen«, sagte sie ihrer Schwester Jeannie. Es war ihr bewußt, daß andere Frauen um ihre Ehe kämpften, wenn der Sex abgeflaut und die Romantik gestorben war. In ihrem Fall betraf es nicht die Romantik, die gestorben war, sondern Menschen – Menschen, die durch die Hand ihres Mannes gestorben waren.

Trotz allem lebten sie – oberflächlich betrachtet – ein ganz gewöhnliches Familienleben. Im Sommer 1976 wurden sie von Ruths Nichten und Neffen besucht; Engleman hatte versprochen, ihnen einen schönen, unvergeßlichen Sommer zu bieten. Aber das war, bevor Carmen mit ihren Sorgen herausrückte.

An einem Samstagmorgen Ende Juli erinnerte sie ihn an sein Versprechen.

»Du wolltest dich um die Kinder kümmern«, sagte sie. »Aber an den Wochenenden machst du dich rar.«

Sie lagen noch im Bett. Er wandte sich ihr zu und schob unter der Decke eine Hand zwischen ihre Beine. »Babe«, sagte er, »ich arbeite da an etwas . . .«

»Carmen!« fuhr sie ihn an. »Sie wird es sein, an der du arbeitest!«

»Bist du eifersüchtig auf Carmen, Babe? Sie ist doch jetzt verheiratet. Du weißt, daß ich mehr eine Tochter in ihr sehe.« Er berührte sie mit dem Finger, drang in sie ein. »Ah, ganz warm. Komm, Babe, gib mir einen Kuß. Geh mit dem Kopf runter und küß ihn.« Er warf die Decke zurück. »Er ist hart, hart wie Stein.«

Er war noch nicht steinhart, aber sie wußte, daß er es bald sein würde. Er konnte sich hart reden. Manchmal glaubte sie, daß er nichts zuwege brächte, wenn er dabei nicht reden konnte. Kleb ihm einen Streifen über den Mund, und er ist impotent.

»Ich habe vier Kinder im Haus und meinen kleinen Jungen«, erinnerte sie ihn. »Deshalb will ich doch auch, daß du öfter zu Hause bist.«

»Babe, hör auf zu nörgeln. Ich habe was zu tun, und das muß getan werden. Das hast du endlich zu kapieren.«

»Was?« insistierte sie. »Was gibt es zu tun, das nicht warten kann, bis die Kinder wieder weg sind?«

»Saug«, sagte er.

Sie hatte gerade damit begonnen, als er ihr erzählte, was er zu tun hatte: Carmens Ehemann Peter Halm zu töten. Es schien ihm große Befriedigung zu bescheren, daß er es ihr genau in diesem Augenblick erzählte.

Sie gestand, daß das Entsetzen über das, was er eben gesagt hatte, bei ihr eine sexuelle Unterwürfigkeit auslöste. Daß sie ihn bereitwilliger bediente, mochte er darauf zurückführen, daß die Vorstellung über den geplanten Mord sie ebenso erregte wie ihn.

Der Versuch, Carmens Ehemann an diesem Tag umzubringen, scheiterte, obwohl er ihr das erst Wochen später berichtete. Er und Handy lauerten im Gebüsch dicht bei einer Brücke bei

Pacific, Missouri, einer Stelle, von der Engleman glaubte, daß sie in den Zuständigkeitsbereich des Franklin County fiel. Der Sheriff dort hatte Erics Tod als Unfall klassifiziert und war dadurch Glens Lieblingspolizist geworden.

Als Carmen mit Peter auf die Brücke zuging, tauchten wie aus dem Nichts zahlreiche Kinder auf. Glen und Handy zogen sich unauffällig zurück.

Ruth wußte nicht, daß ihr Versuch gescheitert war. Glen sagte am Abend nur, daß er es nicht getan hatte. In den folgenden Wochen redete sich Ruth ein, daß es auch nicht passieren würde.

RUTH: Ich dachte: Was wird hier gespielt? Erzählt er dir Schauermärchen, ist es vielleicht nur ein Vorwand, um eine andere Frau zu treffen? Daran denkt eine Ehefrau ja immer. Und so verdrängte ich den Gedanken, ich meine, ich glaubte nicht mehr an den Mord.
McGARVEY: Hat er je den Grund für den Mord an Peter genannt?
RUTH: Geld. Die Versicherung. Carmen würde ihm zwanzigtausend Dollar dafür geben.

Im Laufe der Jahre hatte Englemans Zwang, die Menschen in seiner Umgebung zu beherrschen, offenbar noch zugenommen. Die Feindseligkeit und rassistischen Vorurteile im Süden von St. Louis trieben ihn an, gaben ihm Nahrung, und seine Zahnarztpraxis bot ihm jenen Respekt, den er brauchte, um sich über das Gesetz zu erheben.

Wenn er nicht der angesehene Doktor gewesen wäre und in einer anderen Gegend gewohnt hätte und wenn er sich nicht mit ungebildeten jungen Menschen umgeben hätte, sondern mit seinesgleichen, dann wäre er nie zu dieser Art Halbgott aufgestiegen, der er war. Dieser Mann, dessen Selbsteinschätzung von niemandem überboten werden konnte, zeigte dieselben primitiven Emotionen eines jeden antisozialen Punkers: Verachtung,

Eitelkeit, sentimentale Gefühle und eine gehörige Portion Jähzorn.

Je länger McGarvey über Ruths Aussagen nachdachte, desto mehr wurden seine Zweifel genährt. Es war möglich, daß Ruth aus ihrer Warte die Wahrheit erzählte, aber der Doc konnte sie auch seit Jahren angelogen haben. Ein Mann mit heftigen Gewaltausbrüchen, der wahrscheinlich in Gaunereien und Versicherungsbetrügerien verwickelt war... ein solcher Mann würde auch in der Lage sein, seine Frau davon zu überzeugen, daß er gemordet hatte.

Vielleicht wollte er sie mit diesen Geschichten einschüchtern. Sie an sich ketten. Vielleicht fuhr er sexuell auf solche Vorstellungen ab. Es mochte auch sein, daß ihr Verdacht zutraf und er sich Geschichten ausdachte, um seine Affären ungestörter pflegen zu können.

Möglich war alles. Auch, daß die ganze Geschichte Ruths eifersüchtigem Herzen entsprungen war. Alle Episoden drehten sich um Frauen – der Doc und schöne Frauen. Ganz offensichtlich war der Doc ein geiler Bock.

Auf der anderen Seite wartete Ruth mit Einzelheiten auf, die sie nur vom Täter haben konnte. Die Akte über den Mord an Peter Halm lag vor ihm auf dem Schreibtisch, und die Angaben Ruths stimmten mit denen in der Akte überein.

Vierter, fünfter und sechster Mord: Familie Gusewelle

BOBB: Ruth, Sie sagten uns, daß ein paar alleinstehende Frauen im oberen Stockwerk des Hauses wohnten, daß Sie später mit Dr. Engleman bezogen. Können Sie uns ungefähr sagen, in welchem Jahr das war und wie die Frauen hießen?

RUTH: Barbara hieß die eine, und ihren Nachnamen, jedenfalls ihren Mädchennamen, weiß nicht nicht. Es muß irgendwann in den Sechzigern gewesen sein. Barbara heiratete Ron Griswell. Seine Eltern wurden ermordet. Ich weiß nicht, wer sie getötet hat. Von dieser Sache weiß ich wenig. Und etwas später wurde Ron getötet.
BOBB: Was hat Ihnen Dr. Engleman über den Tod von Ronald Griswell gesagt?
RUTH: Er hat gesagt, daß er Ron Griswell in Absprache mit Barbara töten würde.

McGarvey legte die Abschrift hin. Die Geschichte wurde immer unglaublicher. Sie hatten das Band gestoppt, bevor sie weiterreden konnte. Er fürchtete, alles würde sich als Geschwätz herausstellen, wenn nicht als Ruths, dann als Englemans Geschwätz.

DRITTER TEIL

RUTH ALS SENDER

David hatte als kleiner Junge ein Buch, in dem die Geschichte von der Schlange und dem Stachelschwein erzählt wurde. Die Schlange lebte in einer kleinen Höhle. Eines Tages klopft das Stachelschwein an und fragt, ob es eintreten dürfe. Die Schlange war sehr freundlich und sagte ja. Das Stachelschwein fragte, ob es sich ein wenig hinlegen dürfe. Es brauchte viel Platz, und jedes Mal, wenn sich die Schlange bewegte, wurde sie von Stacheln gepiekst. Schließlich sagte die Schlange: ›Ich glaube, du mußt jetzt gehen.‹ Aber das Stachelschwein sagte: ›Nein, ich glaube, ich bleibe.‹ Und so mußte die arme Schlange gehen. Was ist die Moral der Geschichte? Schau dir deinen Gast genau an, bevor du ihn zu dir einlädst.

Ruth Jolley Engleman.

Sonntag, 20. Januar 1980

Doc schaute über seine Schulter zur Rückbank, wo David eingeschlafen war. Handy auf dem Beifahrersitz sah auch so aus, als würde er mehr dösen als wach sein. Seine Hand, die die Thermosflasche mit heißer Schokolade für den Jungen hielt, wurde immer schlaffer. Es war ein herrlicher Tag für den Ausflug, frisch, aber nicht zu kalt. Ruth würde sich bestimmt sorgen, daß es dem Jungen zu kalt werden würde. Wenn es nach ihr ginge, würde sie den Jungen in Watte packen. Er mußte David von ihr wegholen, bevor es zu spät war. Ab einem gewissen Alter war eine Mutter wie Ruth eher eine Belastung für einen Jungen. Und David näherte sich diesem Alter rasch.

»Wir kommen genau zur richtigen Zeit an, was?« fragte Handy und streckte sich.

»Ich glaube schon«, antwortete Doc. Handy, der Tiere mehr liebte als Menschen, freute sich über den Ausflug fast noch mehr als David. Viele Dinge mußte man Handy zwei- oder dreimal sagen und ihn dann an die Hand nehmen, aber wenn es um Tiere ging, wußte Handy Bescheid. Mann, er brachte Ratten dazu, ihm einen Honigriegel aus der Hand zu fressen. Ruth irrte sich, wenn sie Handy als einfältigen Pinsel ansah. Nun ja, sie irrte sich bei vielen Dingen. Er sah noch ihr eingefrorenes Gesicht vor sich, voller mütterlicher Sorge, als sie David am Morgen abgeholt hatten. Ruth konnte verdammt hochnäsig sein. Sie vergaß, wo sie herkam.

Die Sonne brach durch die Wolken und tauchte die kahlen Bäume in diffuses Licht, es war ein Bild wie aus einer anderen Welt.

Warum konnte Ruth nicht so sein wie seine Mutter, die vor einigen Jahren gestorben war? Seine Mutter, Madre, wie alle sie genannt hatten, war eine wache, aufgeschlossene Frau gewesen, ungeheuer belesen und weltoffen. Nicht so eine Glucke, zu der Ruth sich entwickelt hatte. Seine Mutter hätte sich gefreut, daß er David mit zu den Adlern nahm. Davon kann er nur lernen, hätte sie gesagt. Hatte sie nicht auch ihn immer wieder zum Lernen angetrieben? Seine Lehrer hielten nicht viel von ihm, schließlich entstammte er der Arbeiterklasse. Sein Vater hatte für die Eisenbahn gearbeitet, seine Familie kam aus Texas. Seine Mutter stammte aus Oklahoma, in ihren Adern floß Cherokee-Blut; das hatte ihr die starke geistige Kraft gegeben.

Weil er aus dieser Familie kam, wollten ihn seine Lehrer zum Handwerklichen lenken, sie dachten, er müßte mit den Händen besser sein als mit dem Kopf. Sie dachten, er wäre wie sein Vater, zufrieden mit einem Acht-Stunden-Tag plus Überstunden und Schichtzulage, Schmiere unter den Nägeln und zufrieden damit, jeden Abend so lange Bier zu trinken, bis er einschlief.

Seine Mutter hatte ihn ihren Kindern oft als schlechtes Beispiel vorgehalten. Er traute sich nichts zu, hielt sich streng an alle Vorschriften und Gesetze, ging nicht einmal bei Rot über die Straße.

In der Schule war Glen nie durch Eifer aufgefallen; manche Lehrer fühlten sich provoziert, weil er schlicht nicht aufpaßte. Sie waren zu dumm, um zu erkennen, was alles in ihm steckte. Das wußte nur Madre.

Madre hatte gesagt: »Laß sie nur. Du wirst ihnen zeigen, daß du mit deinen Händen und deinem Kopf gut bist. Das ist dein Vorteil.«

Er schaute wieder auf den blonden Jungen, der auf der Rückbank friedlich schlummerte. David war fast so hübsch, wie es Melody gewesen war. Obwohl er den Jungen mit großer Heftigkeit liebte, war er manchmal von ihm enttäuscht, aber das hätte er niemandem anvertraut, nicht einmal Melody. Er war immer ein Wildfang gewesen, war unzählige Male vom Unterricht ausgeschlossen worden, während David ein typischer Streber war, Lehrers Liebling. Als er Ruth geheiratet hatte, hatte er mehr von ihr erwartet. Sie hätte den Jungen männlicher erziehen sollen. Sie hatte das Potential. Sie hätte ihm auch ein echter Kumpel sein können. Er verstand nicht, was mit ihr vorgegangen war.

Es lag vielleicht in der Mutterschaft an sich. Die Hormone lullen den Verstand ein.

Handy fing Docs Blick auf und sagte lächelnd: »Er ist ein guter Junge.« Wie gewöhnlich hatte er die allgemeine Richtung von Docs Gedanken erkannt, aber um was es wirklich ging, ahnte er nicht. »Er ist ein guter Junge, Glen, wie sein Alter.«

»Ich habe den Gurt von Moms Fernglas abgerissen, Dad«, jammerte David. Sie standen in einem Aussichtsturm auf dem Damm eines Wasserreservois bei Clarksville, und über ihnen flogen die Adler, höchstens sechs, sieben Meter über ihren Köpfen. »Sie wird wütend auf mich sein. Sag ihr nicht, daß ich es getan habe, Dad, ja?«

»Das geht schon in Ordnung«, sagte Engleman. »Sie wird dir nicht den Kopf abreißen. Komm, tauschen wir unsere Ferngläser. Schau, da oben. Wir sind genau zur rechten Zeit gekommen. Die Adler fliegen in den Süden.«

David schaute hoch, als ein Adler sich gerade von einem Baum in die Luft hob. Aufgeregt streckte David die Hand aus. »Ich kann ihn beinahe anfassen!« Dann schwang sich ein zweiter Vogel hoch. Gebannt beobachteten sie, wie insgesamt sechs Könige der Lüfte ihre Flügel schwangen.

Nach einer Weile sagte Engleman: »Gehen wir hinunter und sehen uns die ausgestopften Exemplare an.«

»Du meinst, sie sind tot, Dad?« fragte David. Manchmal zeigte sein Vater ihm Dinge, die ihn schockierten. Als wollte er ihn mit der Nase auf den Dreck dieser Welt stoßen.

Einer der ausgestopften Vögel war ein Goldadler. Doc sah, wie Handy feuchte Augen bekam. Ein Naturkundler erklärte, daß sie in letzter Zeit Versuche unternommen hatten, die Adler künstlich zu befruchten.

Während seines Vortrags näherte sich ein Assistent mit einem lebenden Adler auf der Hand, einem Weibchen. Handy hielt den Mann an und ging dicht an das Tier heran, während David sich hinter seinem Dad verkroch. Doc schaute bedauernd auf seinen Sohn hinab. Er wünschte, der Junge hätte auf den Adler ebenso reagiert wie Handy, mit Mut und Stolz. Gehörte nicht der gute Amerikaner, Menschen wie er und Handy, auch zu der vom Aussterben bedrohten Spezies?

Auf dem Nachhauseweg hielten sie an und labten sich an Hamburgern, Pommes und Pepsi. Der Doc setzte Handy vor seiner Wohnung ab, dann fuhr er die paar Straßen weiter bis zu Ruth, die wahrscheinlich schon unruhig und voller Sorge im Zimmer auf und ab ging. Es war ein lehrreicher Tag gewesen, dachte Engleman.

Die erste Frage von Ruth lautete: »Ist dir auch nicht kalt geworden, mein Junge?« Erst dann konnte er erzählen, was er gesehen und erlebt hatte. Danach trieb es David zu seinem Freund Stephen. Ruth wollte ihn eigentlich nicht weggehen lassen, aber sie dachte, sie könnte sich dann freier mit Glen unterhalten.

Sie sollte ihn nicht bedrängen, hatte McGarvey ihr gesagt. »Seien Sie ganz natürlich.« Sie sollte sich daran gewöhnen, daß sie einen Sender am Körper trug. Aber sie sagte sich, daß sie in jedem Falle über Sophie gesprochen hätte. Alles andere wäre nicht natürlich gewesen.

»Vorgestern abend rief jemand noch um halb elf an«, begann sie. »Und gestern morgen um halb neun. Es war eine Frau. Sie sagte jedes Mal nur ›Mörder‹ und legte sofort den Hörer auf.«

»Babe, es tut mir leid«, sagte er mit weicher Stimme, und er schien tatsächlich für einen Moment verlegen zu sein. »Die Sache macht jetzt keine Schlagzeilen mehr, sie ist eigentlich ausgestanden. Sie hatten keine Anhaltspunkte, und so kamen sie zu mir. Ich konnte ihnen mein Terminbuch zeigen, es war voll. Und die Jungs, Kevin, Michael und Ron, konnten alle sagen, daß sie im Haus waren und für dich gearbeitet haben. An diesem Tag rief Schwester Rose Catherine an, einmal um halb fünf und dann um halb sechs. Sie wird bezeugen können, daß ich beide Male am Apparat war. Nein, Babe, es ist ausgestanden. Hast du heute die Zeitungen gelesen? Es geht um Iran. Da zerbröckelt alles. Die Russen werden da einmarschieren und diese Meute der schwulen Demonstrierer mit Maschinengewehren auseinandertreiben. Dann ist das auch ausgestanden.«

Danach redete er über Inflation und Rezession. Er müßte den Preis für eine Füllung um fünf Dollar anheben, sagte er. Gott sei Dank, daß es jetzt neues Material für die Füllungen gab, irgendein Kunststoff, der billiger als Silber sei. Nur acht Cent pro Füllung. Sie wollte ihn fragen, warum er dann den Preis um fünf Dollar erhöhen mußte, aber sie kannte seine Antwort schon: Schau dich um, Babe – das kostet alles Geld.

Sie schaute sich um und sah eine bescheiden eingerichtete Wohnung, in der Küche nur das Nötigste, im Fernseher ein 38er Bildschirm. War das übertrieben? Er war schließlich Zahnarzt. Was machte er eigentlich mit seinem Geld? Einen Teil der Antwort kannte sie – er steckte es in Melodys Haus.

»Ich habe bisher ein Plus von zwanzigtausend Dollar gemacht«, sagte er. »Glücklicher Umstand, das mit der Berrera.«

Ihre Nackenhaare stellten sich steil auf. Würde er jetzt etwas sagen? Würde er mit etwas herausrücken, ohne daß sie ihn danach fragen mußte?

»Sie wollte nicht nur die fünfzehntausend Dollar haben, sondern auch dreißig Prozent Anwalts- und Gerichtskosten«, fuhr er fort. »Das macht zwanzigtausend. Marie war eine miese Person. Dieser arrogante junge Bursche, der in der Sache ermittelte, hat gerade das College hinter sich. Und weißt du, daß er einen Nigger als Vorgesetzten hat? Nun ja, jetzt ist es vorbei.«

»Bleibst du zum Essen?« fragte sie. Je länger er blieb, desto wahrscheinlicher war es, daß er mehr erzählte. »Oder hast du keinen Hunger?«

»Wir haben unterwegs Hamburger gegessen, aber ich schätze, in Kürze könnte ich wieder was vertragen, Babe. Vielleicht holen wir was. Möchtest du?«

Sie nickte. »Eine Pizza«, sagte sie. »David möchte wahrscheinlich eine Pizza.«

»Bill Gonterman ist diese Woche verreist, deshalb sammelt Melody alle Zeitungsausschnitte. Sie schickt sie ihm zu.«

»Ach?« Sie machte sich in der Küche zu schaffen, während er redete, das würde natürlich aussehen. Er haßte seinen Schwager und sagte, er hätte schon mehr als einmal versucht, ihn umzubringen.

Er und Bill könnten nicht verschiedener sein. Bill unterstützte die Menschenrechte schon, bevor das schick wurde, er engagierte eine schwarze Sekretärin und spendete für das Gleiche-Chancen-Komitee, was Glen Engleman in Wut versetzte. Er nannte das »Niggerküssen«. Als Melody ihren Mann verteidigte, hatte Glen sie mit einer hemmungslosen Haßtirade überschüttet, und da sie gerade beim Picknick waren, hatte er Melodys Picknickkorb einen Abhang hinuntergetreten. So sehr er auch Melody und noch mehr seine Mutter verehrte – Ruth hatte erlebt, daß sich Glens unheiliger Zorn auch gegen sie richtete.

Sie sah heute noch das Bild vor sich, wie Melody auf ihren hohen Absätzen die Böschung hinunterstöckelte, dem Picknickkorb hinterher.

»Babe«, sage Engleman, »ich könnte auch dieser Schreckschraube Mrs. Gooch die Zeitungsausschnitte schicken. Ich bereue es, daß ich der Kleinen dieser Vettel den Zahn überhaupt gezogen habe. Jetzt verklagen sie mich auf fünfzigtausend Dollar. Sie haben so einen schwulen Rechtsanwalt, trägt rote Krawatten und Krokolederschuhe.«

Der Stuhl scharrte über den Boden, als Glen sich ein wenig zurücksetzte, um die Beine übereinanderschlagen zu können. Ruth überlegte, ob dieses Geräusch auf ihrem Band sein würde. »Die Alte behauptet, ich hätte einen Rest des Zahns dringelassen, der hätte sich entzündet. Ja, ich werde ihr ein paar Ausschnitte schicken. Warum soll ich das nicht nutzen? Ich stecke die Ausschnitte in einen Umschlag und schick' sie ihr zu.

Hübsches Bild, was? Babe, ich hab' für meinen Nächsten nichts übrig.«

Sie hoffte, daß McGarvey gut zuhörte.

Dienstag, 22. Januar 1980

> **Marie war eine geldgierige, geizige Hexe ... Ich hab' ein wasserdichtes Alibi. Natürlich wissen sie so sicher, wie wir beide jetzt hier stehen, daß ich jemanden hätte beauftragen können, die Bombe zu legen, nachdem ich sie gebaut habe ...**

Docs Stimme auf dem Band hörte sich schockierend sanft an. Er spuckte die gemeinsamen Worte in dieser sanften, weichen, fast weiblichen Stimme aus. McGarvey ließ das Band im Schnelldurchgang laufen. Er hatte es sich schon so oft angehört, daß er genau wußte, wo er einhalten mußte, um die nächste bemerkenswerte Stelle zu finden.

John Bobb, der ›arrogante junge Bursche‹, hatte Feierabend gemacht, und so war McGarvey noch allein im Büro. Er dachte an Diana. Was für ein Glück hatte er doch mit seiner Ehe. Diana war im siebten Monat schwanger; sie hatte gerade ihre Stelle als Krankenschwester aufgegeben, um sich in den letzten Wochen vor der Geburt zu schonen. Diesmal wollte sie auch nach der Geburt längere Zeit zu Hause bleiben. Ihm war das recht. Sie konnten es sich leisten, und außerdem hatte er immer noch Einwände gegen berufstätige Mütter.

Ja, er hatte Glück, eine Frau zu haben, die es hinnahm, daß er oft spät nach Hause kam. Sie war eine zufriedene Frau, in sich und in ihrer Familie gefestigt.

Ruth dagegen ... Er versuchte, sich in sie hineinzudenken. Sie war finanziell abhängig von einem Mann, den sie fürchtete, von dem sie glaubte, daß er mehrere Menschen getötet hatte und daß er auch sie töten würde, wenn er annahm, daß sie ihren Zweck erfüllt hatte. Aber sie hatte sein Kind zur Welt gebracht. Mußte eine Frau nicht schizophren werden, wenn sie den Sohn liebte und den Vater fürchtete?

Ihre Stimme auf dem ersten Band klang fast natürlich. Hin und wieder drang eine gewisse Spannung durch, aber sie mochte sich durch die Tatsache erklären, daß der Name von Dr. Engleman in den Mordfall Berrera verwickelt war, was in der Öffentlichkeit diskutiert wurde.

Niemand, der das Band abhörte, wäre auf die Idee gekommen, daß sie wußte, daß alles aufgezeichnet wurde. Ganz locker reagierte sie, sie hielt ihren Ex-Mann hin, der am Sonntagnachmittag den Jungen nach Hause gebracht hatte und nun ganz offensichtlich auf eine Einladung wartete. Eine Szene, die sich so oder ähnlich in immer mehr Häusern am Sonntagabend abspielt.

Es wurde ganz deutlich, daß der Doc sie immer noch begehrte. Es wurde weniger deutlich, ob er nun Sophie Berrera getötet hatte oder nicht. McGarvey hielt Ruths Aussage jetzt, da er den Doc auf dem Band hatte toben hören, für wahrscheinlicher denn je, aber der Zahnarzt hatte sich weder zu diesem noch zu einem der anderen Morde bekannt.

McGarvey und Bobb hatten übereingestimmt, daß Ruth sich überraschend gut gehalten hatte, besser, als sie es für das erste Mal erwartet hatten. Sie hatten nicht damit rechnen können, gleich Material zu erhalten, das sie vor Gericht verwenden könnten. Mörder haben sowieso nicht die Angewohnheit, ihre Morde zu gestehen. Sie versteckten sich hinter Lügen, wichen der Wahrheit mit allen möglichen Argumenten aus.

Aber sie hatten beim Abhören des ersten Bandes erfahren, daß Ruth immer noch großen Einfluß in dieser Beziehung hatte. Er begehrte sie. Sie entschied, wann er sie zum Essen ausführte, wann er die Nacht bei ihr verbringen durfte.

McGarvey zündete sich eine Zigarette an. Noch einmal das ganze Band abhören, dann würde auch er nach Hause gehen.

DOC: Sobald das FBI sich einschaltet, weiß man, daß sie dich anzapfen. Sie wollen abhören. Die können sich das erlauben.
RUTH: Dann werde ich die Telefongesellschaft anrufen, ob sie da was angezapft haben.
DOC: Ach, Liebling, die zapfen doch nicht da an. Das machen sie hier im Haus...

Er erklärte lange und umständlich, wie man Abhörgeräte installiert. Kein Zweifel, daß er sich damit auskannte. McGarvey wußte jetzt, daß es kaum Sinn haben würde, ein Gerät im Haus zu verstecken, weder bei Ruth noch bei ihm selbst. Um so wichtiger war es, daß Ruth einen Sender am Körper trug. Wahrscheinlich redete Engleman ungezwungener, wenn er sich im Freien aufhielt.

»Was ist, wenn er herausfindet, daß ich einen Sender trage?« hatte Ruth gefragt. Sie hatten ihr versichert, daß man den Draht unter Kleidung nicht sehen konnte. Außerdem würden sie die Übertragungen ganz in der Nähe in einem Fahrzeug abhören. Falls Doc also doch mißtrauisch werden und den Sender finden sollte, wären sie in Minutenschnelle bei ihr.

McGarvey hielt es tatsächlich für unwahrscheinlich, daß der Doc plötzlich ihren Knöchel packen würde, wo er den dünnen angeklebten Draht finden könnte. Okay, wenn sie verliebte Teenager wären ... Zur zusätzlichen Sicherheit, hatte McGarvey ihr empfohlen, sollte sie David mitnehmen, wenn sie mit dem Doc das Haus verließ. In Gegenwart des Jungen würde er wohl kaum mit heftigem Petting beginnen.

Doc hörte sich gern reden. Er ging besonders aus sich heraus, wenn er Ruth etwas beibringen wollte. Zum Beispiel über die Methoden, Abhöranlagen einzubauen. Oder über die künstliche Befruchtung bei Adlern. Er ereiferte sich über Homosexualität und Schwarze und Juden.

McGarvey drückte auf Stop, stellte das Tonbandgerät zurück

in die oberste Schreibtischschublade, stand auf und streckte sich.

Wie konnte ein so gebildeter Mann ein derart bornierter Rassist sein? Und vermochte jemand, der an seinem freien Tag in aller Herrgottsfrühe aufstand, um seinem Sohn den Flug der Adler zu zeigen, ein gemeiner Mörder zu sein? Es war schwer zu glauben.

Und wenn Doc gemordet hatte – warum? Würde er kaltblütig morden für einen Betrag, den er leicht hätte einspielen können, wenn er seine Zahnarztpraxis ein wenig ernsthafter betrieben hätte?

McGarvey griff zum Telefon. Er rief Dennis McCarthy an, einen Reporter vom *Globe*, der immer schon Informationen über das Sprengstoffattentat auf Sophie Berrera hatte haben wollen. Wenn er Dennis McCarthy dazu bewegen konnte, eine Story über die länger zurückliegenden Morde an Bullock und Frey zu veröffentlichen, in die der Zahnarzt ja auch auf die eine oder andere Weise verwickelt gewesen sein sollte, könnte Ruth vielleicht später das Gespräch darauf bringen. War Ruth das zuzumuten? Wieviel durfte er von ihr erwarten? Wie weit konnte er sich emotional auf sie verlassen?

Donnerstag, 24. Januar 1980

»Hat die Polizei Sie angerufen?«

Rosie Sutterfield, eine der Patientinnen, die am 14. Januar, dem Tag von Sophie Berreras Ermordung, in seiner Praxis gewesen waren, saß in dem Stuhl, die kleinen verkrampften Finger in die Lederlehnen gedrückt.

Rosies Mund, aufgerissen wie eine blutende Wunde, paßte zur Farbe ihrer Fingernägel. Eigentlich war sie keine schlecht aussehende Frau, dachte Engleman, aber sie war ihm zu alt. Sie *roch* alt. Das lag wahrscheinlich an dem Parfum, das sie benutzte. Frauen verrieten ihr Alter durch den Duft, den sie auflegen, es ist der Duft, den sie in ihren jungen Jahren erprobten und den sie aus Gewohnheit beibehalten. Das Make-up hatte sich in die Falten ihres Gesichts verzogen. Sie erinnerte ihn an Lucille Ball.

Ihre Augen kugelten, als er die Frage stellte, ob die Polizei sie angerufen hätte. Er sah die Verkrampfung, die bis in ihre Finger schoß, und.hätte am liebsten gelacht. Heftig schüttelte sie den Kopf.

»Sie habe einige meiner Patienten angerufen«, sagte er und nahm das Tablett mit der angerührten Füllmasse. »Sie wollen bestätigt haben, daß ich an einem gewissen Tag hier in der Praxis gewesen bin. Ich habe ihnen die Seite aus meinem Terminkalender gegeben. Sie haben doch die ganze Geschichte in den Zeitungen verfolgt?«

Sie nickte und versuchte ihm mitzuteilen, daß sie nichts davon glaubte.

»Ich weiß«, sagte er. »Es ist unglaublich, was diese Kerle anrichten können. Sie haben keine Spur, also belästigen sie einen unbescholtenen Bürger. Wissen Sie, diese Bastarde haben Angst, gegen die wirklichen Kriminellen vorzugehen, gegen die Niggerbande und die Mafia. Dabei können sie sich ja eine blutige Nase holen. Und weil sie irgendeine Daseinsberechtigung haben müssen, gehen sie auf unsereins los.«

Die Frau nickte eifrig. Sie mag mich, dachte Engleman und vertiefte das Thema der lausigen, stupiden Cops, bis sie fast aus dem Stuhl gerutscht wäre.

Die Zeitungsberichte hatten seiner Praxis nicht geschadet. Nach Rosie mußte er einer anderen Frau einen Zahn ziehen. Die Leute kamen, als wenn nichts gewesen wäre. Manche sprachen ihn auf die Berichte an und sagten, sie wären entsetzt und voller Zorn gewesen: Wie konnte jemand auch nur eine Sekunde lang denken, daß er in eine solche Sache verwickelt wäre. Die meisten sagten gar nichts, weil es sie schließlich nichts anging. Einige von ihnen waren auch schon seine Patienten gewesen, als die Untersuchung im Bullock-Mord stattgefunden hatte.

Er war dankbar für die Unterstützung seiner Patienten, für die weit geöffneten Münder, für die lädierten Zähne. Die Leute vertrauten ihm. Sie gaben sich ganz in seine Gewalt, wenn sie sich auf den Stuhl setzten.

Gegen Ende des Tages rief Ruth an. »Willst du heute abend zum Essen kommen?« fragte sie, die Stimme locker, verführerisch. »David hätte gern eine Pizza. Ich dachte, du würdest uns vielleicht gern Gesellschaft leisten.«

Gestern hatte sie ihm noch Vorwürfe gemacht, weil sie diese komischen Anrufe erhielt. Sobald sie den Hörer abgenommen hatte, sagte jemand: ›Mörder‹ und legte rasch wieder auf. Offenbar hatte sie das jetzt vergessen. Sie konnte ihm ganz schön auf den Geist gehen. David und ich leiden so sehr unter dieser Sache, sagte sie mit jämmerlicher Miene. Warum hast du es getan? Sie wußte, warum: Geld. O ja, über Geld wußte Ruth Bescheid, schließlich brauchte sie genug davon. Sie war mit Begeisterung dabei gewesen, wenn er sich seine Betrügereien ausgedacht hatte.

»Ich bin um sechs da«, sagte er und bemühte sich um eine besonders rauchige Stimme. Wenn sie in Flirtstimmung war, sollte sie sie bekommen. Sie war ein heißes Weib, das war keine Frage, ganz egal, wie prüde sie sich in der Öffentlichkeit gab.

»Dad, kommst du mit mir nach Magic Market? Und können wir da die Pizza kaufen?« fragte David, kaum daß er die Tür hinter sich zugemacht hatte. »Um sieben kommt Buck Rogers im Fernsehen, dann will ich wieder zurück sein.«

Er war nicht überrascht, daß ihr Plan die Tatsache einschloß, daß *er* die Pizza kaufte. »Brauchst du sonst noch etwas vom Markt?« fragte er sie, und natürlich brauchte sie.

Dieses Mal machte es ihm nichts aus. Er reichte ihr einen Beutel mit Münzen. Er brauchte ihr nicht zu sagen, was sie damit zu tun hatte – er hatte ein Geheimfach in das Buchregal im Wohnzimmer gebaut. Er schätzte an Ruth am meisten, daß er ihr so wenig erklären mußte. Sicher, manchmal nervte sie ihn, aber öfter paßte sie zu ihm wie der Handschuh zu seiner Hand.

Nachdem Vater und Sohn gegangen waren, sagte sie in den Sender: »Leute, ich hoffe, ihr habt das gehört. Sie sind zum Markt gegangen. Er hat einen Beutel mit Kleingeld gebracht, das ich gerade verstecke. Irgendwie benimmt er sich komisch, ich weiß noch nicht, was ich davon zu halten habe.«

McGarvey lauschte der Übertragung in einem Lieferwagen, der als Kundendienstfahrzeug eines Kaufhauses getarnt war und auf einem angrenzenden Parkplatz stand. Kurz bevor der Doc an diesem Abend bei Ruth eingetroffen war, hatte eine zerbrechliche alte Dame an die Tür des Lieferwagens geklopft und gerufen: »Ist da jemand drinnen? Ihr steht schon eine lange Zeit hier.«

Aber Doc hatte nicht einmal einen Blick in die Richtung des Lieferwagens geworfen, als er eben, während Ruth redete, mit dem Jungen das Haus verlassen hatte. Er hatte die Hand leicht auf Davids Kopf gelegt. Beschützend.

Freitag, 25. Januar 1980

McGarvey stellte das Tonband ab. Die Qualität war schlecht. An den klaren Stellen hatten sie über die gefrorene Pizza gestritten, die der Doc mit nach Hause gebracht hatte. Sie insistierte, daß Tortino's Pizzi ihr Geld nicht wert seien, und beklagte, daß er keine Pizza in einer Pizzeria gekauft hatte.

Fluffy, die Katze, kratzte über den Teppich, genau an der Stelle, wo sie eines der Mikrofone versteckt hatten. Sie mußten sie anrufen. *Holen Sie die Katze da weg.* Dann hatte Doc dem

Jungen geholfen, ein Flugzeug aus einem Modellbaukasten zusammenzusetzen. Himmel, wenn so ihre Abende abliefen, dann hätten sie verheiratet bleiben können.

»Sie machen das gut«, sagte McGarvey. Er war zufrieden. Sein Eindruck, daß sie in der Beziehung das Sagen hatte, war noch verstärkt worden. Er sah Ruth an, die ihm am Konferenztisch gegenübersaß, geduckt, lauernd, wie eine Schülerin, die das Examen noch nicht bestanden hatte, aber eifrig bemüht, ihre Noten zu verbessern. Sie ging immer noch zur Arbeit, hatte sich heute aber frei genommen. »Sie hören sich entspannt an. Sie schaffen das schon.«

»Er hat nichts gesagt«, stöhnte sie. »Eigentlich hat er nichts gesagt.«

»Wir haben kein Geständnis in der ersten Stunde erwartet.« Er berichtete ihr von seiner Unterhaltung mit McCarthy, dem Reporter. »Ein Zeitungsbericht über seine früheren Verwicklungen wird Ihnen die Gelegenheit geben, diese Dinge noch einmal zur Sprache zu bringen.« Er zögerte. Er hatte von Anfang an darüber sprechen wollen, aber er wollte sie nicht mehr als nötig verunsichern. Jetzt, da er gesehen hatte, wie ruhig sie war und wie sehr sie in der Beziehung die Oberhand hatte, sprach er es an.

»Sie müßten doch wissen, Ruth, wann er am liebsten redet. Es gibt Männer, die erst im Bett richtig aus sich herausgehen.«

Sie nickte und sagte ohne Scheu: »Ja, am liebsten redet er im Schlafzimmer, gleich nach dem Sex. Bei einer solchen Gelegenheit hat er mir auch gesagt, daß er Peter Halm umbringen würde. Ich glaube, das gefällt ihm, im Bett über Mord zu reden. Es gibt ihm irgendwie ein Gefühl von Macht.« Sie trank einen Schluck Kaffee aus dem Styroporbecher und hinterließ am Rand eine Lippenstiftspur. »Warum legen wir nicht eine Wanze ins Schlafzimmer?«

Ihm gefiel, wie sie ›wir‹ sagte. Sie betrachtete sich nun als Teil des Teams. Er hatte seine Einschätzung ihrer Intelligenz schon nach oben korrigieren müssen: Sie war hellwach und sehr unerschrocken. Zwei wichtige Voraussetzungen für ihre schwierige Mission.

Nick fühlte sich unbehaglich, als er unterwegs war zum Essen mit Doc. Wahrscheinlich würde auch Handy dabei sein. Es war Nick bis heute nicht gelungen, sich von Doc zu lösen. Er hatte die Zeit hinter sich, in der er Doc für einen Gott gehalten hatte. Heute bewunderte er den Zahnarzt nicht mehr, jetzt band ihn nur noch die Angst an ihn.

Vor ein paar Monaten, während eines anderen Essens mit dem Doc, hatte Nick mitbekommen, wie Doc zu Handy gesagt hatte, daß Phase zwei des Plans mit Barbara, dem ›Goldmädchen‹, abgehakt wäre. Kurz darauf hatte Nick in den Zeitungen von Ron Gusewelles Tod gelesen. Und jetzt Sophie. Jedes Mal, wenn Nick etwas über die Tode hörte, in die Doc irgendwie verwickelt war, drehte sich ihm der Magen um wie damals bei Eric Frey.

Wegen der Autobombe ermittelten nun die Feds, die Bundespolizisten, das hatte er in den Zeitungen gelesen. Nick konnte sich vorstellen, daß Doc diesmal besorgter war als nach den vorausgegangenen Morden. Denn immer waren ihm große Fehler unterlaufen, die nur deshalb keine Konsequenzen nach sich gezogen hatten, weil Doc eben Glück hatte.

Doc und Handy warteten schon auf dem Parkplatz, als Nick mit seinem Wagen einbog. Sie standen neben Handys Auto und unterhielten sich. Ihr Gespräch endete abrupt, als Nick ausstieg. Sie begrüßten ihn knapp und gingen schweigend ins Restaurant.

»Ich hab' dem verdammten Reporter einen Fußtritt gegeben und ihn aus der Praxis geworfen«, sagte der Doc leise hinter der Speisekarte. »Und der Fotograf flog gleich hinterher.«

»Arschlöcher«, sagte Handy. Er lachte, aber nicht zu laut. Doc haßte es, wenn andere in seiner Umgebung laut waren. Wenn einer laut wurde, dann er.

»Sie haben doch nichts gegen dich in der Hand, Glen. Was wollen sie denn?« fragte Handy.

»Sie käuen das alte Zeug wieder, sonst nichts. Der Mord an Bullock.« Engleman klappte die Speisekarte zu und gab der Kellnerin ein Zeichen. Wie gewöhnlich ging er davon aus, daß die anderen auch gewählt hätten, wenn er soweit war.

Er berichtete von einem Gespräch mit einem jungen Detektiv über die Autobombe. »Sie haben nichts, aber auch gar nichts. Sie fischen nur ein bißchen herum.«

Die Kellnerin brachte ein Bier für Handy, Kaffee für die anderen. Nick nippte am Kaffee. »Was passiert denn jetzt?«

»Wie gesagt, sie haben nichts. Wenn die Zeitungen wieder Andeutungen machen, werde ich sie verklagen. Ich habe schon mit Dempsey gesprochen. Ich werde klagen.«

»Hast du von ›Goldmädchen‹ gehört?« fragte Nick. Er wußte, daß Doc noch immer eine Schwäche für Barbara hatte. Er hatte sie regelmäßig beschlafen, und Nick konnte sich vorstellen, daß Doc sie vermißte. Oder den Sex mit ihr. Aber es wäre zu gefährlich, wenn Doc und Barbara ihre Beziehung nach den Morden fortgesetzt hätten.

»Ich habe nichts von ihr gehört«, antwortete Doc. »Das erwarte ich auch nicht. Sie soll sich erst wieder bei mir melden, wenn die Sache abgekühlt ist.«

»Das Geld könnte dir jetzt gelegen kommen«, fuhr Nick fort. »Ich meine, du könntest verreisen, einfach mal untertauchen.«

»Warum denn das?« fuhr Doc ihn an. »Warum soll ich verschwinden? Die ganze Sache wird sich totlaufen, und wenn die Zeitungen mich nicht in Ruhe lassen, werde ich sie verklagen, bis ihnen der Arsch auf Grundeis geht.«

»Wieviel weiß Ruth eigentlich?« fragte Nick. Er traute Ruth nicht, und wenn Doc ihr traute, war er ein noch größerer Narr, als Nick geglaubt hatte. Ruth würde ihre eigene Mutter verkaufen, um die eigene Haut zu retten. »Hältst du es für eine gute Idee, daß sie auch noch jetzt, wo ihr geschieden seid, alles über dich weiß?«

»Viele Männer sind im Knast, weil sie ihren Ex-Frauen getraut haben«, sagte Handy. »Wirklich, Glen.«

»Ruthie weiß soviel, daß es gesünder ist, den Mund zu halten«, meinte Doc. »Macht euch um Ruth keine Sorgen.«

Nick war nicht so sicher, ob man Ruth trauen konnte, sie würde reden, wenn es sich für sie auszahlte. Er wäre nicht überrascht gewesen, wenn er erfahren hätte, daß Ruth ihre Kontakt-Leute von der ATF in einem Zimmer des Ramada Inn, nicht weit entfernt von ihrer Wohnung, traf. Dort sei es, sagte McGarvey ihr, sicherer als im Bundesgerichtsgebäude. Es bestand immer die Gefahr, daß sie beim Betreten oder Verlassen des Gebäudes von jemandem gesehen wurde.

Nick wollte seine Befürchtungen nicht vertiefen, denn er hielt es nicht für ausgeschlossen, daß Doc seine Ex-Frau töten könnte, wenn man ihn zu sehr gegen sie aufbrachte, und damit wollte Nick nichts zu tun haben. Er hatte genug andere Sorgen. Was war, wenn sie im Zuge ihrer Ermittlungen auf Carmen zurückkamen? Himmel, wenn Carmen jetzt etwas zustieße, nachdem sie sich endlich wieder gefangen hatte, nun, dann wäre er durchaus fähig, den Doc umzubringen . . .

Samstag, 26. Januar 1980

»Dr. Engleman, Sie sind ja in Ihrer Praxis!« rief Schwester Catherine mit ihrer gewohnt lauten Stimme ins Telefon. Engleman hielt den Hörer vom Ohr weg. Warum mußte eine Nonne so laut schreien? »Ich habe mir Sorgen um Sie gemacht.«

»Wo sollte ich denn sonst sein, Catherine?«

»Ich habe es gerade in der Zeitung gelesen . . . wie schrecklich!« Ihre schrille Stimme dehnte das Wort ›schrecklich‹.

»Ach, Sie meinen meine Altersversicherung?«

»Altersversicherung?«

»Catherine, wenn ich die Kerle verklagt habe und der Prozeß gewonnen ist, kann ich in Pension gehen.«

»Ah, das freut mich für Sie. Kann ich denn am Montag zu Ihnen kommen?«

»Ja, ich bin hier.«

»Das freut mich. Und es freut mich auch, daß Sie es so leicht nehmen. Gott segne Sie.«

Schwester Catherine war in Ordnung. Ihre Zähne waren kariös, und sie hatte einen schlechten Atem, aber der Doc mochte sie trotzdem. Er griff nach der Wochenendausgabe des *Globe* und betrachtete das Archivbild von 1958, das sie von ihm veröffentlicht hatten. Das Bild schmeichelte ihm. Hatte dieser Schwachkopf von Fotograf wirklich geglaubt, er könnte ein neues Foto von ihm schießen? Kannte ihre Unverschämtheit überhaupt keine Grenzen?

Der Artikel trug die Überschrift ›Zahnarzt profitiert von 3 Todesfällen‹. Was ihm besonders die Galle hochkommen ließ, war ein kleiner Kasten, in dem stand: ›Dieser Bericht wurde verfaßt von Bill Bryan, Dennis J. McCarthy und John C. Shelton.‹ Sie waren auch noch stolz auf sich, was? Er hatte versucht, seinen Anwalt anzurufen, aber der war nicht in der Praxis.

Wenn Dempsey mit ihnen fertig war, würden sie sich andere Jobs suchen müssen.

Ruth hatte gleich am Morgen angerufen, er hatte gerade die Praxis betreten. *Oh, Glen, hast du die Zeitung gelesen?* Jeder benahm sich, als sei es das Ende der Welt. *Oh, Glen, oh.* Ruth hielt dem Druck nicht stand, sie war nicht so zäh, wie sie sich gerne sah.

Er hatte ihr gesagt: »Siehst du, Ruth, ich bin ein verruchter Krimineller. Jeder glaubt, daß Verbrecher auch so aussehen, böser Blick und Schaum vorm Mund. Den richtigen Kriminellen sieht man es nicht an. Wie Richard Nixon und Jimmy Carter und Jimmy Hoffa. Die können sich vor aller Augen ihren Scheiß erlauben, ihnen geschieht gar nichts. Die verkaufen unser Land, wie dieser verdammte Ford, der unsere Cruise Missiles wegen des SALT-Abkommens opfert. Und da regt sich der

Globe über so eine lokale Affäre auf. Ich hoffe, daß ich noch lebe, wenn ich das Geld vom gewonnenen Prozeß gegen sie kassiere.«

Er las den Bericht noch einmal.

Dr. Glennon E. Engleman oder eine Firma, an der er beteiligt ist, verdienten an zwei ungeklärten Morden und an einem mysteriösen Unfalltod, ergab eine Untersuchung des *Globe-Democrat.*

Aus uns vorliegenden Akten ergeben sich folgende Zusammenhänge:

Ein Zahlungsbefehl über vierzehntausendfünfhundertvier Dollar gegen Engleman, erwirkt von Sophie Marie Berrera, die am 14. Januar 1980 von einer Autobombe getötet wurde, soll nach Aussagen ihrer Erben zurückgezogen werden.

Die Witwe von James S. Bullock, dessen Ermordung am Kunstmuseum von St. Louis am 17. Dezember 1958 eines der größten ungelösten Kapitalverbrechen unserer Stadt ist, investierte 15.000 Dollar in ein Rennbahnunternehmen, dessen Mehrheitsaktionär und Direktor Engleman war. Die Investition wurde getätigt, nachdem Bullocks Witwe der Betrag einer Lebensversicherung ihres Mannes ausgezahlt wurde.

Die Witwe eines Beschäftigten bei dem Rennbahnunternehmen, der am 26. September 1963 bei einer als Unfall angesehenen Explosion ums Leben kam, borgte dem Unternehmen sechzehntausend Dollar, nachdem ihr die Lebensversicherungssumme ihres Mannes ausbezahlt worden war.

Engleman, ein zweiundfünfzigjähriger Zahnarzt auf der Südseite von St. Louis, verweigerte am Freitag ein Interview und wies zwei Reporter aus seiner Praxis an der Gravois Avenue 4630.

Das reichte. Er knallte die Zeitung auf den Tisch. Was erwarteten sie denn von ihm? Sollte er sie zum Kaffee einladen? Er hob die Zeitung wieder auf, las weiter auf Seite 9 A. Der Artikel wärmte den Bullock-Fall noch einmal auf, aber er gab nur die wenigen Informationshappen wieder, die den Reportern zur Verfügung standen. Dann druckten sie Auszüge aus der Urteilsbegründung im Prozeß der Versicherung gegen Sandy Frey ab. Sandy hatte den Prozeß gewonnen. Die Reporter deuteten an, sie wüßten, wo Sandy sich jetzt aufhielt, aber Engleman bezweifelte das.

Dann brachten sie zum Schluß den Wortlaut des Dialogs, der gestern in seiner Praxis abgelaufen war. Die hielten sich wohl für besonders clever, diese Schmierfinken.

> Engleman öffnete die Tür seiner Praxis, nachdem ein Reporter den Summer gedrückt hatte. Als sich die Reporter ausgewiesen hatten, lehnte Engleman ein Interview ab. Dann versuchte er, die Reporter aus seinem Wartezimmer zu bugsieren.
>
> Engleman sagte: »Haut ab, verdammt! Raus hier! Raus hier!«
>
> »Doktor?«
>
> »Haut ab!«
>
> »Es ist wichtig für Sie!«
>
> »Haut ab, verdammt noch mal! Fahrt zur Hölle! Raus, hab' ich gesagt!«
>
> »Doktor...«
>
> »Verpißt euch!«

Er warf die Zeitung hin und ging zurück ins Behandlungszimmer. Eine ältere Frau saß im Stuhl, den Mund halb geöffnet. Sie hatte so lange gewartet, daß die Betäubungsspritze einen Teil ihrer Wirkung verloren haben mußte. Er zog eine neue Spritze auf. Sie hielt die Stuhllehnen umklammert, aber sie zuckte nicht, als er die Spritze setzte.

»Habt ihr schon gegessen?« fragte er, als er am Abend zur Tür hereinkam.

»Nein«, sagte Ruth. Ihr war bewußt, daß das Band lief, aber sie war inzwischen daran gewöhnt und empfand es kaum noch als störend. »Wir verhungern fast! Warum lädst du uns nicht zum Essen ein?«

»Dad, wir haben die Stadt fertig!« rief David, als er ins Zimmer stürmte. Sie hatten vor Wochen damit begonnen, aus einem Baukasten eine alte Westernstadt aufzubauen, und seit Wochen lagen die Plastikzäune und Häuserfronten und Brunnenteile in seinem Zimmer verstreut herum. »Sie ist oben! Komm, du mußt sie dir anschauen!«

»Okay«, sagte er und warf Ruth einen Blick zu, eine Augenbraue gehoben. »Ich bin mal gespannt, wie das Gefängnis geworden ist.«

Sie hielt seinem Blick stand. Während David ihm die Stadt zeigte, puderte sie sich die Nase und überprüfte den Draht zu ihrem Mikrofon, das sie versteckt am Körper trug. Sie war nicht mehr nervös. Wie sie McGarvey gesagt hatte, war sie jetzt davon überzeugt, daß sie mit der Aufgabe fertig wurde. Er hatte ihr gesagt, daß acht bis zehn Männer eingesetzt würden, wenn sie es schaffte, ihn zum Essen aus dem Haus zu locken. Sie mußten ihnen in einigem Abstand folgen, sonst liefen sie Gefahr, daß Engleman Lunte roch. Sie würden sich in der Verfolgung abwechseln. Es war genauso, wie sie es von den Krimis im Fernsehen her kannte, und das beruhigte sie.

»Oh, Dad, kannst du uns nicht was holen, damit wir nicht ausgehen müssen?« fragte David, als sie die Treppe hinunterkamen. »Ich habe keine Lust, zum Essen zu gehen.«

»Nein, David«, sagte sie streng. »Wir wollen ein anständiges Essen. Ich habe Hunger.« Sie wollte in diesem Szenario die Oberhand behalten. Außerdem wollte sie McGarvey nicht enttäuschen.

Sie wollte zu Leong's, einem guten Chinesen, aber dort war es überfüllt, und es hatte keinen Sinn, mit einem ungeduldigen Zehnjährigen lange zu warten. Schließlich fanden sie Platz im Ground Round, wo es David besser gefiel, denn man bekommt Hamburger, und im Foyer stehen viele elektronische Geräte.

»O, Glen, diese ganze Sache macht mich noch krank«, sagte sie, nachdem David den ersten Quarter in eines der Spielgeräte geworfen hatte. Sie überlegte, ob das Rattern der Geräte die Qualität beeinträchtigen würde. »Ich mache mir um David große Sorgen. Ich möchte nicht, daß er Probleme in der Schule bekommt.«

»Wird er nicht«, sagte Doc, während er eine Handvoll Popcorn zwischen den Zähnen mahlte. »Das wird alles vorübergehen, alles vergessen sein.«

»Hast du etwas von Barbara gehört?« fragte sie. McGarvey hatte sie gebeten, Barbara zu erwähnen, das Goldmädchen, von dem Ruth behauptete, daß es in weitere Engleman-Morde verstrickt gewesen sei. Wenn er aber nicht anbisse, hatte McGarvey geraten, sollte sie nicht insistieren. *Bringen Sie ihn nicht dazu, alles abzustreiten.* Sie wußte, daß McGarvey diesen Teil der Geschichte am meisten anzweifelte, deshalb hätte sie Glen gern in ein Gespräch über Barbara gezogen. »Solltest du nicht noch irgendwas von ihr bekommen?«

»Nein, ich habe nichts von ihr gehört, und ich nehme an, es wird auch noch eine Weile so bleiben.« Die Kellnerin brachte sein Steak mit der Ofenkartoffel. Sie lächelte ihn freundlich an, als sie ihm den Teller hinstellte. Es irritierte Ruth, daß diese jungen Dinger ihn so unverhohlen anschwärmten und sie einfach ignorierten. Selbst wenn sie ihnen eine Frage stellte, schauten sie ihn an, während sie antworteten.

»Ich hatte Steaksauce dazu bestellt«, murrte Ruth. »Nun ja, ich werd's mal ohne probieren, vielleicht brauche ich keine.« Sie kauten schweigend, bis David zurückkam. Jetzt ärgerte sie sich; aus lauter Irritation über die Kellnerin hatte sie ihre Unterhaltung nicht fortgeführt.

»Hallo, David. Meinst du nicht, du solltest dir Zeit zum Essen nehmen?«

Solange David neben ihnen saß, sprach Glen nur in knappen, zusammenhanglosen Sätzen. »Ich will ein Dessert, Mama«, quengelte David.

»Okay.« Sie hielt nach der frechen Blonden Ausschau. »Wie erklärst du dir das mit Marie?« fragte sie Glen. »Warum gab sie nach dem ersten Anschlag nicht einfach auf?«

»Sie wurde vom Bomben- und Feuer-Dezernat dreißig Tage lang überwacht«, sagte er und schob seinen leeren Teller von sich, während David mit der Ketchupflasche spielte.

»Woher weißt du das?« fragte Ruth. Sie sah der blonden Kellnerin direkt in die Augen, aber die freche Göre schaute einfach weg, bevor Ruth ihr ein Zeichen geben konnte.

»Weil ich jemanden abgestellt hatte, der das überprüfen sollte. Sie haben sie überwacht, aber nach dreißig Tagen gaben sie auf.«

»David, warum spielst du nicht noch ein bißchen?« fragte sie. »Wir bestellen das Dessert, wenn wir alle fertig sind mit dem Essen. Hier hast du noch etwas Kleingeld für die Automaten.«

»Ich habe ihr fünftausend Dollar angeboten . . . fünftausend auf einen Schlag. Diese Stinkerin sagt mir doch: ›Nein, wir wollen alles. Und natürlich auf einen Schlag.‹ Diese Hexe hat geglaubt, sie kann mich erledigen, Ruth. Heute arbeite ich mit Fine Laboratory zusammen. Weißt du, was ich bei Fine für einen Zahn zahle? Zehn Dollar plus Steuer. Bei ihr waren es achtzehn Dollar. Und sie verlangte zwei Prozent Zinsen für unbezahlte Rechnungen.«

»Ich verstehe nicht, warum du dir keinen Anwalt genommen hast, um die Sache zu regeln.«

»Baby, soll ich dieses jüdische Baby mit zwanzigtausend von meinem Geld davonkommen lassen? Nach all den Jahren, in denen sie Fred und dann mich fertiggemacht hat. He, Baby, hast du nicht selbst gesagt, laß dir von ihr nichts gefallen? Sie war eine Betrügerin.«

»Ja, war sie. Aber du hättest es trotzdem anders anpacken können.«

»O nein. Ich hätte es nicht anders anpacken können. Ich hatte es mit diesem arroganten Kerl, diesem Gartenberg, zu tun. Dempsey sagt, er wäre ein wirklich gerissener Hund. Nein, anders ließ es sich nicht machen, Babe.«

»Und was ist mit all den alten Geschichten, die sie in der Zeitung aufgewärmt haben?«

»Alles kalter Kaffee. Diese arroganten Affen.«

»Dad, ich brauche noch einen Quarter. Nein, einen Dollar.« David stand plötzlich am Tisch.

»Dollars wachsen nicht auf Bäumen. Das ist der letzte für heute.«

»Ich glaube trotzdem ...« Die Kellnerin näherte sich ihrem Tisch, schaute Glen an und fragte, ob jemand ein Dessert wünschte. Er bestellte den Eisbecher für David.

»Geh schon mal«, sagte Ruth zu David, »wenn du zurückkommst, steht dein Nachtisch da.« Dann wandte sie sich wieder an Glen. »Ich habe gar nicht gewußt, daß du so ein Experte in Sprengstoff bist, wie es in den Zeitungen steht.« McGarvey hatte ihr gesagt, sie hätten das in die Zeitungen lanciert. Es war ein Versuchsballon, und wenn er hochging, könnte das vor Gericht von Bedeutung sein.

»Ja, ist das nicht schrecklich, was sie mir alles für'n Scheiß anhängen?« sagte er, aber die Genugtuung auf seinem Gesicht strafte seine Worte Lügen, und Ruth hätte wetten wollen, daß er die Gelegenheit nutzen würde, seine Kenntnisse herauszustellen. »Sie hatten keinen Grund, mir das anzuhängen. Aber ich bin tatsächlich ein Experte.« Na bitte, dachte Ruth. Die Wette hätte ich gewonnen. Sie wußte, daß er dem Experten-Köder nicht widerstehen konnte.

»Ich habe meine Kenntnisse von einem der Besten überhaupt, von Tex, einem alten Sprengmeister aus dem Zweiten Weltkrieg«, prahlte er. »Als ich an dem Ding bastelte, sagte Handy zu mir: ›Das macht mich nervös. Wenn du die falschen Drähte zusammenknüpfst, gehen wir in die Luft.‹ Ich hab' ihm gesagt, er soll abhauen, wenn er feige ist.«

»Können Sie mir eine Schachtel Zigaretten bringen?« fragte Ruth die Kellnerin.

»Nun, Sie müssen schon warten, bis ich die Bestellung aufgegeben habe. Ich habe im Moment auch kein Kleingeld in der Tasche. Sie müssen warten.«

»Hast du den Bericht auf Kanal Vier über Maries Beerdigung gesehen? Sie haben einen Bibelspruch zitiert. ›Laß Gottes Engel jene verfolgen, die mir Schaden zufügen‹. Sie sagten, dieses Zitat sei in Maries Bibel unterstrichen gewesen. Himmel, wenn ich mit ihr gesprochen habe, hat sie nie die Bibel zitiert. Ihr Anwalt hätte sich mit einer Ratenzahlung zufriedengeben sollen. Fünfhundert im Monat. An seinen Händen klebt genauso viel Blut wie an anderen. Ich stand doch mit dem Rücken zur Wand. Sie hatten mir schon einen Kuckuck an die Tür geklebt. Ich mußte Marie achtzehn Dollar plus zwei Prozent Zinsen für einen Zahn zahlen. Laß mich eins sagen. Marie wußte genau, daß man mich nicht aufs Kreuz legen kann. Das wußte sie spätestens, als sie den ersten Liebesbrief erhielt. Mann, da wußte sie doch Bescheid. Sie hat doch selbst gesagt: ›Ich weiß, wer es getan hat.‹«

»Sie war eine Närrin«, bestätigte Ruth. Das Band an ihrem Knöchel irritierte sie, sie wollte sich kratzen. Hatte er genug gesagt, um ihn verhaften zu können? War es für McGarvey, der in seinem Lieferwagen lauschte, genauso deutlich wie für sie? »Marie war eine Närrin«, wiederholte sie.

»Eine Närrin«, sagte er. »Ruth, es soll mir keiner sagen: ›Dich mach' ich fertig.‹ Himmel, ich würde das nie zu jemandem sagen. Niemals. Das lassen sich die Leute nicht gefallen.«

»Er hat es gut, unser kleiner Junge, nicht?« sagte Ruth und deutete auf David, der gebannt auf das Videospiel starrte. Würde sie das auch in sechs Wochen sagen können, wenn sie ihn vor dem Vater in Sicherheit gebracht hatte?

»Ja, du hast recht. Mutter und Vater sitzen am Tisch. Er hat

Geld in der Tasche, und er hat alles genug mit diesen Geräten. Alles, was ein Junge braucht. Baby, jetzt braucht er dich noch, aber du wirst dich damit abfinden müssen, daß er einmal auf eigenen Füßen steht. Aber noch ist das deine Zeit. Sie wird noch dauern.«

»Ja«, sagte sie. »Ich weiß. Und ich genieße diese Zeit.« David kam an den Tisch zurück, und Ruth stand auf. »Ich geh' mir mal die Nase pudern.« Er wollte es ihr unter die Nase reiben: Das ist deine Zeit, und bald kommt meine Zeit. Ja, ihr und Davids Leben hing davon ab, ob es ihr jetzt gelang, Glen zu stoppen. Sie würde nicht zulassen, daß er sie tötete, und sie würde ihm auch David nicht überlassen.

RUTH: In ein paar Minuten gehen wir. Ich hoffe, daß Sie alles mitbekommen haben. Er hat zugegeben, daß er es getan hat. Ich bin jetzt auf der Toilette, also entschuldigt mich mal für eine Weile.
(Der Sender wird abgeschaltet)
RUTH: O Mann, ich hoffe, Sie haben was davon mitbekommen.

»War das nicht genug?« fragte sie besorgt. Sie war so froh gewesen, daß sie diese Aussage von ihm auf dem Band hatte, und nun mußte sie hören, daß sie mehr brauchten.

McGarvey erklärte: »In solchen Fällen will man so viel brauchbares Material haben, wie es nur eben geht.« Sie hatten sich nach dem Essen und nach Englemans Abschied getroffen und saßen jetzt im Badezimmer des Erdgeschosses. Es war ein kleiner Raum, und die Enge bedrückte McGarvey. Aber es war der einzige Ort im Haus, in dem sie sich sicher wähnten, auch für den Fall, daß David wach wurde.

»Hören Sie, Ruth, ich kann mir denken, wie Sie sich fühlen. Aber wir müssen weitermachen. Sie haben es bisher sehr gut gemacht, es wäre zu schade, jetzt aufzuhören. Vielleicht bekommen wir noch ein klareres Geständnis aus ihm heraus, einen Satz, den sein Anwalt Dempsey nicht zerpflücken kann. Es gibt noch viele Dinge, die er gestehen könnte, vor allem noch den einen oder anderen Mord. Solange Sie sein Vertrauen haben und Sie dazu in der Lage sind, ist es nur eine Frage der Zeit, bis er uns das gibt, was wir haben wollen.«

»Ja, über die anderen Morde hat er noch nichts gesagt«, meinte Ruth sinnierend. »Aber Sie haben gehört, wie ich ihn nach Barbara gefragt habe?« Sie saß auf dem Toilettensitz und rieb sich den Knöchel, an dem der Klebstreifen befestigt gewesen war.

»Sie haben bisher alles bestens erledigt«, sagte er wieder. »Aber wir können noch nicht aufhören.« Er hätte ihr am liebsten auf die Schulter geklopft, aber in dem engen Badezimmer wollte er das dann doch nicht. Es roch nach einem Fliederluftbefeuchter, überwältigend süß. Und er mußte die ganze Zeit an den Jungen oben in seinem Bett denken.

»Noch ein bißchen mehr«, sagte er nach einer Weile. »Wenn wir spüren, daß es für Sie gefährlich werden könnte, rücken wir an. Wir holen Sie da raus, ganz egal, ob wir einen Fall haben oder nicht. Sie wissen, daß wir das tun. Jemand überwacht ihn ständig.«

Er sagte ihr nicht, daß Doc sie beinahe am Vortag überrascht hätte, als sie gerade ihre Geräte zum Abhören aufbauten. Der Detektiv, der ihm auf den Fersen war, hatte ihn aus den Augen verloren. Sie konnten sich gerade noch durch die Hintertür verdrücken, während er vorne hereinkam.

»Himmel, Sie wollen jetzt doch nicht aufhören, Ruth, wo wir schon so viel erreicht haben. Nein, ich kenne Sie besser. Wir werden nicht zulassen, daß Ihnen irgendwas zustößt.«

Sie schaute zu ihm hoch und lächelte. Er kannte sie gut genug, um zu wissen, wie sehr ihr die Rolle im Team gefiel. Zu seiner Überraschung stellte er fest, daß ihm die Rolle auch gefiel.

Dienstag, 29. Januar 1980

»Woher rufst du an, Barbara? Ich habe dir gesagt, du sollst nur im äußersten Notfall telefonieren?« Dr. Glen Engleman wollte gerade seine Praxis verlassen, als sein ›Goldmädchen‹ anrief. Es tat gut, ihre Stimme zu hören, aber das Telefon war vielleicht angezapft. »Gibt es einen Notfall?«

»Ich rufe aus einer Zelle in Illinois an, genau wie du mir gesagt hast, wenn ich anrufen wollte.« Sie hörte sich verängstigt an. »Ich will von dir hören, ob es einen Notfall gibt. Ich habe den *Globe* gelesen und habe Angst. Was läuft denn da?«

»Was da läuft? Nichts, außer daß ich ihnen den Arsch aufreiße, Barbara. Ich habe schon mit Dick Dempsey gesprochen. Sie haben nichts, gar nichts. Ich wäre nicht überrascht, wenn meine Ex-Frau sie auch verklagt, weil sie all die alten Klamotten wieder aus dem Keller holen.«

»Meinst du die erste Ruth?« fragte sie. »Bist du sicher, Glennon, daß alles okay ist?«

»Honey, überstürz nichts, reg dich nicht auf. Das geht alles vorbei.«

»Was soll ich tun, wenn sie mich verhören?«

»Warum sollten sie? Dieser Dummfick von einem Nigger hat gestanden, deinen Mann umgelegt zu haben. Er hat uns einen großen Gefallen erwiesen, Honey. Damit haben wir nicht rechnen können, so'n Glück hatten wir. Nein, ich wüßte nicht, warum sie dich verhören sollten.«

Schließlich gelang es ihm, sie zu beruhigen. Es paßte gar nicht zu ihr, sich derart aufzuregen. Verdammt, warum reagierte jeder so, als käme das Ende der Welt? Er zog seinen Mantel an und öffnete die Tür. Der Wind hatte aufgedreht und war eisiger als am Morgen. Vielleicht würde es bald schneien.

»Ich habe im Rechtschreibetest mit hundert abgeschnitten«, rief David seinem Vater zu, als der zur Tür hereinkam. Der Junge wartete meistens schon an der Tür, wenn er eintraf, und das machte den Zahnarzt glücklich. Ruth hatte Schweinebraten zubereitet, es duftete köstlich. So sollten Familien leben, dachte er, und wenn Ruth nicht so starrsinnig wäre, könnte es immer so sein.

»Ich habe frisches Brot zum Braten gekauft«, sagte Ruth.

»Hm, hört sich gut an.« Sie setzten sich zu Tisch, und er sagte bewundernd: »Hm, Babe, das sieht fantastisch aus.«

Nach dem Essen ging David hinauf in sein Zimmer, und Glen brachte das Thema auf Sex. Er konnte sie gewöhnlich mit Geschichten in Stimmung bringen, die er in einer Bar oder von seinen Patienten gehört hatte. Dieses Mal erzählte er ihr von Bob Handys neuer Frau, die in Edwardsville wohnte, eine gut aussehende Frau, leer im Kopf und heiß zwischen den Beinen.

»Dann passen sie ja zusammen«, sagte Ruth. »Wo haben sie sich denn getroffen, wenn sie aus Edwardsville stammt?«

David kam zurück und sagte, daß er noch hungrig sei. Ruth schickte ihn zu den Crackers in der Küche.

Sie waren wieder allein, und Ruth wandte sich mit der Einladung an Glen, die dieser schon erwartet hatte. »Hast du Lust, unter die Decke zu kommen, dann schauen wir uns das Fernsehprogramm zusammen an.«

»Ah, du fühlst dich gut an, Babe«, schwärmte er und kuschelte sich unter der Decke an sie. Es war leicht, sie aufzuheizen. Er wußte nicht, ob es ihr bewußt war, wie heiß sie war, wie gut im Bett. Wie seine erste Frau Ruthie. Aber Ruthie hatte es gewußt. Ruth dagegen verhielt sich immer sehr reserviert, vor allem in der Öffentlichkeit und seit David größer geworden war. Aber im Bett legte sie los, sie schien sich jedes Mal selbst zu überraschen. Wenn es vorbei war, streckte sie sich, als wollte sie sagen: O Gott, was habe ich getan? Das wird nicht wieder geschehen.

Er schob eine Hand zwischen ihre Schenkel, eine vertraute Bewegung, die meist schon genügte, um sie in Stimmung zu bringen. In all den Jahren, in denen sie verheiratet gewesen waren, und auch jetzt noch, war er sicher, daß sie ihm treu geblieben war. In einem früheren Leben muß sie eine Kurtisane gewesen sein, dachte er. Deshalb hatte ihr Körper all diese Tricks noch gespeichert.

Sie rutschte in die Bettmitte, auf ihn zu, und stöhnte unterdrückt. Ihre Schenkel quetschten seine Hand.

»Du vermißt mich, Babe«, sagte er und zog sie über sich. »Fick mich«, forderte er. Sie hatte im Laufe der Jahre ein paar Pfund zugelegt, aber das machte ihm nichts aus. Unter seinen Händen begann sie sich langsam und rhythmisch zu bewegen. Wie gewöhnlich kam es ihm sofort. »O Babe«, keuchte er. »Laß mich zu Atem kommen.«

Sie lagen jetzt auf den Seiten nebeneinander und schauten sich an. Seine Hand fuhr fort, ihr Vergnügen zu bereiten. Als sein Atem sich beruhigt hatte, rutschte er an ihr hinunter und murmelte: »Süße Pussy, süße Pussy.« Er behielt seine Lustworte bei, auch während er mit dem Kopf zwischen ihren Beinen lag und sein Mund ihre Klitoris koste, eine Angewohnheit, die er schon lange, bevor es üblich geworden war, pflegte. Seine Sprache trug zu ihrem Höhepunkt ebenso bei wie seine Zunge.

»Saug mich«, sagte er schließlich. Er spürte, daß er wieder bereit war, voller Stolz auf sich selbst. Er, mit zweiundfünfzig, brachte es immer noch ein zweites Mal. Das würde er jedem, der es hören wollte, erzählen.

»Was hältst du von den ganzen Zeitungsberichten? Ich weiß nicht, was die wollen. Ich schaudere, wenn ich daran denke«, sagte sie. Sie lagen Seite an Seite im Dunkeln; das Zimmer wurde vom Fernseher beleuchtet.

»Ich mache mir Sorgen um Kimberley. Dieser Artikel muß sie verwirren. Sie weiß nicht, daß Nick Miranda, Jack Carter und Sandra Frey anwesend waren, als Eric sich selbst in die Luft gesprengt hat. Er kam vor sieben Menschen ums Leben. Ist das nicht ein klassischer Unglücksfall, Babe? Und Sophie, Babe . . .

he, wir waren dabei zu beweisen, daß sie den Prozeß nie gewinnen konnte . . .«

»Aber hast du nicht selbst gesagt, Glen, daß du den Prozeß verloren hättest?« unterbrach sie ihn. Sie konnte nicht zulassen, daß er sich mit Lügen herausredete. Schließlich hatte sie McGarvey gesagt, daß sie ihn diesmal zum Sprechen bringen würde. Von diesem Unsinn hatte sie genug. »Welches Recht hattest du, sie zu töten, Glen? Verstehst du, was ich meine?«

»O Babe, fang nicht wieder davon an. Ich spreche vom Standpunkt eines Anwalts aus, nicht von schuldig oder unschuldig. Diese drei dummdreisten Flegel vom *Globe* – hast du gewußt, daß keiner von denen über siebenundzwanzig ist? –, denen hat man eine Lizenz gegeben, in ihrer Zeitung Amok zu laufen. Dick wird sie auseinandernehmen. Was haben sie denn schon gemacht, außer ins Archiv zu gehen und den alten Scheiß aufzuwärmen? Sie stellen mich als Massenmörder dar, drei Morde, wenn es nach ihnen geht. Himmel, Charlie Manson hat nur fünf umgelegt.«

»Okay, Glen«, sagte sie verdrossen. »Kann ja sein, daß sie völlig unrecht haben. Aber ich frage mich immer noch, warum. Was hat dich dazu gebracht, so etwas zu tun? Vielleicht hätte sie den Prozeß gewonnen, vielleicht nicht. Warum mußtest du euren Streit auf diese Weise beenden?«

»Babe, diese ganze Angelegenheit ist gegessen. Jetzt will ich aus dieser Sache nur noch Geld machen.« Er begann wieder davon, wie er den *Globe* schon 1958 hätte verklagen sollen. »Jetzt versuchen sie, eine Verbindung zur Rennbahn herzustellen, aber Sophie hatte mit der Rennbahn nichts zu tun.«

»Ich will doch nur diese eine Frage aus dem Kopf haben. Wieso hast du es für notwendig angesehen, diesen Mord zum begehen? Du hattest doch Zeit abzuwarten, bis du mit Marie das Gerichtsverfahren . . .«

»Babe, in einem Jahr habe ich alle Schulden vergessen, nur durch die Arbeit in der Praxis.«

»Ja, sehe ich ein, in einem Jahr hättest du finanziell besser dagestanden.« Sie spürte, wie sein ganzer Körper sich anspannte. Die Wirkung des Sex war vorbei, aber sie beharrte auf ihrem Thema. »Du hättest Marie also nur ein Jahr hinhalten müssen . . .«

»Warum, Babe? Um sie dann zu bezahlen? He, Babe, ich will ganz offen zu dir sein: Ich habe diese Hexe nicht gemocht.«

Ruth überhörte die Warnsignale in seiner Stimme. »Warum hast du eure Meinungsunterschiede nicht anders beilegen können?«

»Ruth, Ruth . . .« Seine Stimme schwoll an, klang bedrohlich.

»Ich meine, außer sie zu töten«, insistierte sie. »Das war so schrecklich.«

»Verdammt, Ruth! Du hältst mich also für einen Hundesohn! Also, diese Hexe hat den Tod verdient. Sie war eine gemeine Hexe. Mir hat es gereicht. Es war die einfachste Lösung. Sie war hundsgemein, als sie noch jung war, und je älter sie wurde, desto unausstehlicher ist sie geworden.«

»Aber Glen, siehst du denn nicht, daß du nicht herumlaufen und Menschen töten kannst? Nur weil du sie nicht ausstehen kannst?«

»He, Babe!« rief er, und jetzt klang seine Stimme schrill, unbeherrscht. »Du kannst mir nicht sagen, was ich zu tun habe, wie ich Dinge löse. Du glaubst doch selbst nicht, daß ich mich von einer arroganten Jüdin, von dieser lausigen Hexe aufs Kreuz legen lasse!«

Er hielt inne. Sie hatten beide gleichzeitig die Schritte gehört. Verdammt, dachte sie, er war gerade so schön dabei . . .

»Er kommt«, flüsterte sie. »Sag nichts, laß mich das machen.«

»Da steht er schon«, flüsterte er zurück. »Schau einfach nicht hin.«

»Alles in Ordnung, David?« fragte sie. »Ah, mein kleiner Junge.«

»Mama«, jammerte David.

»Was ist mit ihm?« fragte Glen und tätschelte den Rücken des Jungen, während Ruth ihn ins Bett holte und zudeckte.

»Er hat schlecht geträumt, das ist alles.«

»Kinder träumen oft schlecht«, sagte er. »Das ging mir auch so. Dann bin ich zu Mom und Dad ins Bett gekrochen.«

»Ich geb' dir einen Kuß«, sagte sie zu David. »Du bist doch schon so ein großer Junge.«

»Mama«, sagte er, und dann hatte er schon die Augen geschlossen. Fünf Minuten später schliefen sie alle.

In dieser Nacht fielen fünfzehn Zentimeter Neuschnee, wodurch McGarvey und Bobb in dem Lieferwagen gefangen waren. Sie konnten nicht hinausgehen und Fußspuren hinterlassen.

»Haben Sie das Band schon abgehört?« fragte sie McGarvey. Ihre Wangen waren gerötet, sie verdrehte nervös die Telefonschnur. Sie war aufgeregt wie ein junges Mädchen, das sich mit einem Jungen verabreden will. »Haben Sie schon alles gehört?« wiederholte sie, als McGarvey zu lange mit der Antwort wartete. Als er schließlich verneinte, fragte sie drängend: »Wann kommen Sie denn dazu?«

»Ja, Ruth, ich habe die Bänder abgehört«, sagte er. Das war schon das zweite Mal, daß sie an diesem Morgen anrief. Er mußte zugeben, daß ihn das Abhören des Bandes verlegen gemacht hatte. Es war nichts, worauf er stolz sein konnte. Aber sie hatte ihn offenbar auch wissen lassen wollen, was in ihrem Bett geschehen war. Sie hatte den Sender eingeschaltet, kurz bevor sie Glen zum Bleiben einlud, und erst kurz vorm Einschlafen hatte sie abgeschaltet.

»Und?« drängte sie. »Was halten Sie davon?«

»Ruth, Sie waren sehr gut.« Er zögerte. Er war erleichtert, daß sie lachte. »Ich schlage vor, Ruth, daß wir uns über das, was er gesagt hat, unterhalten. Können wir uns am Nachmittag im Motel treffen?«

Sie stimmte zu, und er legte auf, nachdem sie eine Uhrzeit ausgemacht hatten. Er war froh, daß er das Gespräch hinter sich hatte. Himmel, er hatte gelauscht, wie sie's getrieben hatten, und sie hatte wissen wollen, was er davon hielt. Ob sie auch verlegen war?

Er zündete sich eine Zigarette an und schaltete das Tonband wieder ein. Es setzte bei dem postkoitalen Gespräch ein. Er hatte genug von dem, was der Doc unter Liebesgeflüster verstand. Er hatte schon im Office klargemacht, daß keine Kopien von diesem Band gezogen würden. Niemals. Die Leute, die es hören mußten, würden es hören können, aber er wollte unterbinden, daß es zukünftig auf Cocktailparties gespielt würde.

Nachdem er den ›Play‹-Knopf gedrückt hatte, hörte er Ruths Stimme, noch mädchenhafter als sonst, fragen: »Was hältst du von diesen ganzen Zeitungsberichten?« Sie hörte sich unverfänglich an, als ob sie nicht den geringsten Hintergedanken hätte und nicht wüßte, daß dieser Bericht lanciert gewesen wäre. Ruth war gut, gar keine Frage.

Er spielte die ganze Unterhaltung noch einmal durch und hörte zu, wie ein Anwalt zuhören würde. Würde es vor Gericht standhalten? Möglich, daß Engleman genug über den Mord an Sophie Berrera gesagt hatte, aber den Tod von Eric Frey hatte er nur gestreift, zugegeben hatte er nichts. Dann der aufsteigende Ärger, als Ruth immer wieder fragte: »Warum hast du den Mord ... für notwendig gehalten?«

McGarvey war besorgt. Der Ärger hätte leicht in Zorn umschlagen können. War Engleman in der Lage, sie plötzlich zu packen, seine Hände um ihren Hals zu drücken und sie zu erwürgen, bevor sie Ruth retten könnten?

Er wußte, daß es seine schwierigste Entscheidung sein würde, zu welchem Zeitpunkt er die Lauschaktion abbrechen und Ruth aus allem herausholen mußte. Immer wenn er ihr gesagt hatte, daß sie noch ein bißchen mehr brauchten, sah er die Angst in ihren Augen. Er wußte, daß sie ihn mochte und ihm vertraute, aber dieses Wissen erschwerte seine Aufgabe nur noch.

Sie unterdrückte die Angst und hatte bisher stets zugestimmt. Manchmal, wenn er der gedrungenen Gestalt nachsah, wie sie aus dem Motel schritt, kam er sich wie ein Bastard der übelsten Sorte vor. Fast so übel wie Doc.

Aber er wußte auch, daß er sie brauchte, damit der Doc das Wort ›töten‹ sagte. McGarvey nahm sich vor, Ruth zu empfehlen, Doc härter anzufassen.

Dienstag, 31. Januar 1980

McGarvey saß im Lieferwagen und hörte sich die Übertragung aus Ruths Wohnung an. Es wurde klar, daß der Doc über Nacht bleiben wollte. Er hatte sich ins Bett gelegt, aber diesmal blieben die verräterischen Geräusche aus. Er beklagte bei Ruth die hohen Mietpreise für zahntechnische Geräte, und irgendwie brachte sie das Gespräch wieder auf den Artikel im *Globe*.

Doc war irritiert und versuchte, das Thema zu wechseln. Wenn McGarvey eine Chance gehabt hätte, hätte er ihr empfohlen, sich zurückzuhalten. Der Klang von Englemans Stimme machte ihm angst. Aber Ruth ließ sich nicht einschüchtern.

»Himmel, warum gibt sie nicht auf?« fragte er John Bobb, der seinen Kaffee trank und den Blick auf einen kleinen Fernseher richtete. »Wenn er in dieser Stimmung ist, sollte sie ihm nicht derart zusetzen.«

»Dreh lauter«, sagte Bobb und schaltete den Fernseher ab. McGarvey drehte den Ton auf. In dieser Nacht kam die Übertragung deutlicher an als sonst.

> DOC: Ruth, ich hab' doch gesagt, geschehen ist geschehen. Bitte, fang keinen Streit an. Du kannst mich sowieso nicht ändern. Ich möchte die Nacht mit dir im Bett beenden, ich habe keine Lust auf den langen Heimweg. Ich kenne jedes Schlagloch von hier

zur Washington Terrace. Ruth, was du tust, nennt man nörgeln, Babe. Es gibt nichts, was du oder ich oder sonst einer ungeschehen machen könnte. Es ist vorbei.

RUTH: Mußtest du unbedingt diesen letzten, radikalen Schritt gehen?

DOC: Babe, hörst du schlecht? Ich hab' dir gesagt, du sollst damit aufhören! Du weißt doch nicht, wovon du sprichst, wenn du vom ›letzten, radikalen Schritt‹ redest.

RUTH: Gibt es denn nie Alternativen für dich?

DOC: Ruth, ich habe dir gesagt... Ich habe dich gebeten, damit aufzuhören. Und du fängst schon wieder damit an. Halt jetzt endlich deinen fetten Mund. Du...

RUTH: Ich versuche nur, es zu begreifen.

DOC: O Ruth, ich habe dir doch gesagt, du kannst nichts tun. Ich kann nichts tun. Es ist vorbei. Geschehen.

RUTH: Glen, du hast absolut keine Gewissensbisse, Menschen zu töten.

DOC: Ruth, ich töte keine Menschen. Wenn du mich beschuldigst, Menschen zu töten, dann fange ich mich an zu fragen, ob ich in einem Zimmer bin, das abgehört wird. Du bist nicht mehr meine Frau, Ruth, du kannst vor Gericht gegen mich aussagen. Das macht mir Bauchschmerzen, Ruth. Denk mal darüber nach. Ja, darüber solltest du mal nachdenken...

McGarvey wurde starr. Er konnte die Geräusche genau hören. Doc warf die Bettdecke zurück, stand aus dem Bett auf. Bobb trat an die Tür des Lieferwagens, McGarvey folgte, bereit, jeden Augenblick hinauszuspringen, aber dann hörten sie das Geräusch eines Reißverschlusses. Verdammt, er zog seine Hose an, er würde nach Hause gehen.

»Warte«, sagte McGarvey. »Er zieht sich an. Wenn sie den Mund hält, wird er einfach nur gehen.«

RUTH: Worüber soll ich nachdenken?
DOC: Die Tatsache, daß du in der Stille des Schlafzimmers immer wieder auf dieselben Sachen zu sprechen kommst. Du bist nicht meine Frau, das erzählst du den Reportern und der Polizei. Und jetzt willst du, daß ich irgendwas gestehe, damit du eine Aussage machen kannst.
RUTH: Ach, Glen, sei doch vernünftig.
DOC: Ja, ich bin vernünftig. Und du solltest es bald mal werden. Ich weiß, Ruth, daß Leute schon heftig dafür gebüßt haben, daß sie eine lockere Zunge hatten. Ruth, warum kannst du diese eine Sache nicht fallenlassen? Ich werde nicht hier bei dir in diesem Zimmer bleiben, wenn du es darauf anlegst, daß ich einen Mord gestehen soll. Warum, glaubst du, ist denn die Polizei überhaupt zu dir gekommen?
RUTH: Warum?
DOC: Weil du meine Ex-Frau bist, Ruth. Sie wollten, daß du aus dem Nähkästchen plauderst. Du hast es nicht getan. Und die Reporter. Warum kommen die immer wieder?
RUTH: Klar, sie hoffen, was zu erfahren.
DOC: So ist es. Sie warten darauf, daß du dich ausheulst. Handy hätte es mir nicht sagen müssen, ich weiß es auch ohne ihn. Er sagte, im Knast sitzen eine Menge Burschen wegen ihrer Ex-Frauen.
RUTH: Das hat er gesagt?
DOC: Und er sagte auch, viele bereuen es später.
RUTH: Dann gibt es wohl auch eine Menge tote Ex-Frauen, was?
DOC: Was, Babe?

RUTH: Ich sagte, dann gibt es wohl auch eine Menge toter Ex-Frauen.

DOC: O Babe, können wir nicht netter miteinander umgehen? Scheiße, deine Gedanken kreisen nur um diese eine Sache. Du hackst darauf herum, seit ich bei dir bin.

RUTH: Glen...

DOC: Laß es fallen, Ruth.

RUTH: Es tut mir leid, Glen.

DOC: Ruth, ich kann es nicht ändern. Warum fängst du immer wieder davon an? Du kannst auch mich nicht ändern. Kannst du das nicht verstehen, Ruth? Du kannst mich nicht ändern... Das ist so, als sollte ich nicht ich selbst sein.

Die Tür schlug zu. Die Erleichterung im Lieferwagen wurde deutlich, als die beiden Männer die Luft ausstießen. McGarvey wischte sich den Schweiß von der Stirn. Er schaute hinüber zu Bobb.

»Himmel«, sagte er mit einem Seufzer, »warum, zum Teufel, hat sie das gemacht?«

Dann sprach Ruth über den Sender zu ihm: »Bill, er geht gerade. Rufen Sie mich an, wenn er weg ist? Er steigt jetzt in sein Auto. Es wäre keine schlechte Idee, wenn Sie heute abend noch kommen könnten, um das Band zu holen, damit Sie es morgen schon auswerten könnten.«

Sie stellte den Sender ab. Er wartete auf den Bericht des Detektivs, den sie auf die Spur des Doc angesetzt hatten, daß Engleman zum Haus seiner Schwester Melody unterwegs war, vorher würde McGarvey Ruths Haus nicht betreten.

Ruth wartete im Badezimmer des Parterre auf sie. Sie war sichtlich erregt und zitterte leicht. Am liebsten hätte er sie in die Arme genommen, aber er beließ es bei einer leichten Berührung ihrer Schulter. Wenn sie ihr die Gelegenheit ließen, würde sie zusammenklappen.

»Himmel, Ruth«, sagte McGarvey. »Diesmal haben Sie uns mächtig Angst eingejagt. Ich glaube, es ist besser, wenn wir ein paar Tage aussetzen. Was meinen Sie?«

Dienstag, 12. Februar 1980

Am 1. Februar hatten sie das elektronische Gerät aus Ruths Wohnung abgezogen. Seither hatten sie gemeinsam die Bänder ausgewertet, die Abschriften durchgesehen und die fehlenden Wörter ergänzt, denn nicht alles kam hörbar herüber. Seit dem 31. Januar hatte sie sich erst einmal mit Engleman getroffen. Sie hatten David zu einem Sportereignis in der Messehalle ausgeführt. Sie trug den Sender bei sich, aber kaum ein Wort war angekommen. Es spielte keine Rolle, denn nichts von Bedeutung war gesagt worden.

Sie saßen fest, und Ruth wußte es. Sie hatten eine schwache Beweisführung, denn der Doc traute ihr nicht mehr. McGarvey hatte sich entschieden, sie nicht mehr einzusetzen. Sie hatte ihre Arbeitsstelle schon gekündigt, es lag nun an McGarvey, wann er sie aus St. Louis herausholte.

Er hatte nur noch einen letzten Wunsch an sie, dann würde er mit dem, was er hatte, zum Staatsanwalt gehen, Ruth in Sicherheit bringen und hoffen, daß es zu Prozeß und Verurteilung kommen würde.

Er rief Detective Sergeant John McCrady von der County Police St. Louis an. Am 19. Januar, nach Ruths erstem Einsatz, hatte McGarvey sich von dem Detective Sergeant die Unterlagen des Halm-Mordes geben lassen. Bisher hatte er den anderen Polizei-Organisationen nichts von seinen Ermittlungen berichtet. Er wußte, daß sie den Bundespolizisten aus genau diesem Grund – Vorenthaltung von Informationen – mißtrauten, aber McGarvey hatte es nur getan, um Ruth zu schützen. Je weniger von ihr wußten, desto sicherer war sie. Jetzt berichtete er McCrady von Ruths Informationen über den Mord an Halm und vereinbarte ein Treffen mit ihm im Ramada Hotel.

Schließlich rief er Dennis McCarthy an, den Reporter vom *Globe*, der sich in den letzten Wochen fast an ihm festgesogen hatte, um ihm Informationen zu entlocken. McCarthy hatte Ermittlungen auf eigene Faust angestellt und herausgefunden, daß Engleman auch von dem Mord an Peter Halm finanziell profitiert hatte.

McCarthy hatte einen weiteren Bericht schreiben und veröffentlichen wollen, aber McGarvey hatte ihn davon überzeugen können, daß es zu früh war und daß mit der Veröffentlichung sogar ein Leben gefährdet sein könnte. Und so hatte er bisher geduldig gewartet.

»Bringen Sie Ihre Halm-Story«, sagte McGarvey dem Reporter jetzt.

Donnerstag, 14. Februar 1980

»Frühere Engleman-Mitarbeiterin profitierte nach Mord an ihrem Mann«, lautete die Überschrift im *Globe*. Wieder waren Bryan, McCarthy und Shelton als Verfasser angegeben. Doc las den Bericht mit wachsender Wut. Sie nannten Carmen und auch Nick, ›ein Aktionär von Englemans Rennstrecke, die inzwischen in Konkurs gegangen ist‹.

Diese verdammten Pinscher hatten es wieder gewagt! Als sie gestern zu ihm gekommen waren und gesagt hatten, daß sie diesen Artikel schreiben würden, ob er eine Stellungnahme geben wollte, da hatte er ihnen mit einer Klage gedroht, falls sie den Artikel veröffentlichten. Selbst diese Drohung hatten sie wiedergegeben.

Er rief Nick an, holte ihn aus dem Bett, aber er war noch so verschlafen, daß Engleman kein vernünftiges Wort aus ihm herausbekam. Nick arbeitete jetzt als Manager einer Konzerthalle im Norden von St. Louis. Diese Art Publicity konnte seinen Ruf als Geschäftsmann schädigen, deshalb würde auch er genug Grund haben, die Zeitung zu verklagen.

Zwanzig Minuten später rief Ruth an. Ihr Telefon war an den Sender angeschlossen, damit das Gespräch aufgezeichnet werden konnte.

»Glen? Hast du die Zeitung gelesen?« fragte sie. Ihre Stimme klang wirklich besorgt, aber er würde vorsichtig bei allem sein, was er am Telefon zu ihr sagte.

»O ja. Ich habe eben schon mit Nick am Telefon darüber gesprochen. Aber ich weiß nicht, ob er was begriffen hat, er befand sich noch im Halbschlaf. Doch Dick Dempsey wird sich freuen, wenn ich mit ihm spreche. Nick sagt, er wird sie auch verklagen. Er war zu der fraglichen Zeit in Kalifornien. Ich will dir eins sagen, Ruth: Mir ist nicht klar, wie sie beweisen wollen, daß Carmen mir Geld gegeben hat.«

»Und was hat Nick gesagt? Ist er hier oder in Kalifornien?«

»Nein, er ist hier, Ruth. Seit über zwei Jahren schon. Carmen lebt in Kalifornien. Die Reporter vom *Globe* sind bei ihr gewesen und haben versucht, mit ihr zu sprechen, aber das hat sie abgelehnt. Sie hat sich geweigert, und die Kerle setzen sich ins Flugzeug und fliegen zurück und veröffentlichen den Bericht. Das sind kleine Pinscher, die einen anpinkeln.«

Er plapperte eine Weile drauflos, über Carmen und die Mirandas und was er für die ganze Familie alles getan hatte. Dann fuhr er fort: »Dick Dempsey, der vorsichtige Anwalt, hat nach dem letzten Artikel gesagt: ›Warten wir ein paar Wochen ab, ob sie sonst noch was auf der Pfanne haben.‹ Das war vor vier Wochen oder so, kurz nach Sophies Bombe, und seither haben sie darüber nichts mehr gebracht. Dafür graben sie jetzt die alte Sache mit Carmen aus. Vielleicht hat jemand ihnen einen Floh ins Ohr gesetzt.«

Er redete noch über eine Viertelstunde, und schließlich fragte er Ruth: »Wie ist es, seid ihr heute abend zu Hause?«

»Ja, sind wir – falls du uns zum Essen einlädst.«

»Ja, ja.«

»Zum Valentinstag.«

»Ich weiß. Melody hat David so ein großes Herz gekauft.«

»Fein. Warum gehen wir nicht früh, damit wir den Ansturm verpassen. David wird sowieso Hunger haben, sobald er von der Schule zurückkommt. Wie wäre es um fünf?«

»Einverstanden.«

Er legte den Hörer auf und nahm wieder die Zeitung in die Hand. Das Blut stieg ihm zu Kopf, als er zu lesen begann.

Eine frühere Praxishelferin von Dr. Glennon E. Engleman, Schwester eines früheren Geschäftspartners von Engleman, erhielt 1976 nach dem nicht aufgeklärten Mord an ihrem Ehemann mehr als 37.500 Dollar aus der Lebensversicherung.

Wie eine Untersuchung des *Globe* ergab, ist dies bereits der vierte gewaltsame Tod eines Bürgers aus St. Louis, aus dessen Ableben Dr. Engleman oder jemand aus der Umgebung von Dr. Engleman finanzielle Vorteile zog.

Sie rekapitulierten noch einmal, was sie bereits im letzten Bericht über Bullock, Frey und Berrera geschrieben hatten, dann gaben sie zu, daß sie von Carmen Miranda keinen Kommentar erhalten hätten. Verdammte Pinscher, sie würden sich noch wundern!

David wartete am Fenster auf ihn. Sobald sein Auto in die Parklücke bog, schoß der Junge aus der Tür. Sie wußte, es würde das letzte Mal sein, daß David je an diesem Fenster stehen würde, um auf seinen Vater zu warten. Sie spürte den Draht an ihrem Bein. Hitze wallte in ihr auf. Würde ihr Sohn sie eines Tages verstehen?

»Ich habe mich schon gewundert, wohin du so schnell geflitzt bist, mein Junge«, sagte sie, als sie zusammen durch die Tür kamen.

»Tante Melody hat mir diese Plätzchen mitgegeben!« rief David. Dann wandte er sich wieder seinem Vater zu. »Okay, Dad, mach wenigstens eine Andeutung, womit du mich am Sonntag überraschen willst.«

»Keine Andeutungen«, neckte er. Dann wandte er sich an Ruth. »Mein Anwalt ist begeistert. Er sagt, er hofft, daß sie in den nächsten Wochen noch ein paar weitere alte Hündchen aufwärmen.«

McGarvey hat recht, dachte sie, er ist geladen und bebt förmlich, über alles zu sprechen.

»Hast du Dempsey besucht?«

»Nein, ich habe ihn nur am Telefon gesprochen. Er hat viel zu tun.«

»Wann will er was unternehmen?«

»Er will noch ein paar Wochen abwarten.« Dann sagte er zu David: »Du willst bestimmt ins Ground Round, was?«

»Du kannst dir denken, warum«, sagte Ruth lachend. Sie zogen sich ihre Mäntel an und gingen aus der Tür wie ein durchschnittliches amerikanisches Ehepaar, das den Valentinstag feiert. Sie hörte die Quarter für die elektronischen Geräte in Glens Tasche klimpern, als sie ins Auto stiegen. »Ah, du bist vorbereitet«, sagte sie.

Nachdem sie bestellt hatten und David an den Apparaten beschäftigt war, sprach Ruth ihn auf eine rote Stelle an seiner Nase an. Es war ein Pickel gewesen, erklärte er, den Melody ausgedrückt hatte. »Diabetes, Babe«, sagte er, »jetzt macht er sich bemerkbar. Nichts heilt mehr.«

Sie erkundigte sich, ob er die richtige Salbe hätte. Sie wollte diesmal nicht auf die Morde zu sprechen kommen, jedenfalls noch nicht. Er war es, der damit anfangen sollte.

»McCarthy, der Reporter, der mich gestern anrief, sagte, er hätte Steve Schiff in der Leitung, den Mann von Kanal Vier, und ob ich ihm etwas zu der ganzen Geschichte sagen wollte.

Ich erwähnte, daß ich die Zeitung verklagen würde, und damit war die Sache für Kanal Vier gestorben, ich habe jedenfalls nichts mehr von ihm gehört.«

David kam zum Tisch und erhielt Nachschub.

»Melody meinte: ›Da machst du all diese Sachen, Glen, und dann verklagst du die Leute und sahnst auch noch ab.‹ Ich habe darauf gesagt: ›Richtig, Melody, ich bin ein ziemlich übler Bursche.‹«

»Nun ja, du hast schon ein Talent, das Gesetz für deine Zwecke auszunutzen«, meinte Ruth vorsichtig.

»Stimmt genau.«

»Du glaubst nicht daran, hältst nichts davon, aber du benutzt es für deine Zwecke.«

»Genau richtig. He, Babe, hier sitzt du mit deinem schönen Alter von neununddreißig Jahren, und unsere Regierung dreht Däumchen, während die Russen vielleicht gerade jetzt auf uns losgehen.«

David tauchte wieder auf, und Engleman sagte zu ihm: »Kannst du uns Popcorn besorgen? Zeig mal ein bißchen Initiative, David. Weißt du, was Initiative ist? Das heißt, man tut etwas, ohne daß man dazu aufgefordert wurde. Schau mal, ob du irgendwo eine Schüssel Popcorn auftreibst.«

»Ich hoffe, Melody hat dabei gelacht, als sie dir das sagte. Hat sie?« Ruth beobachtete ihren Sohn, der ein Eimerchen entdeckt hatte, das er mit Popcorn füllte. Initiative. Wenn er noch etwas länger in der Einflußsphäre seines Vaters blieb, würde er Glens Interpretation des Wortes Initiative übernehmen, wie auch die Mirandas sie übernommen hatten.

»Ich glaube, sie wollte mich ein bißchen aufziehen.« Er winkte die Kellnerin heran und bestellte ein Bier, dann begann er wieder über Geldprobleme zu reden. Sie fürchtete, er könnte vom Thema abweichen und nicht mehr darauf zurückkommen.

»Schau mal da drüben, Glen«, sagte sie und zeigte auf ein junges Pärchen, das über einem herzförmigen Dessert Küßchen tauschte. »Ist das nicht niedlich?«

»Ja, niedlich. Menschen, die ihre Zukunft planen. He, Babe, in zwanzig Jahren ... kannst du mir sagen, was in zwanzig Jahren mit der amerikanischen Rasse passiert sein wird? Denk noch mal darüber nach, Ruth.«

»Worüber, Glen?«

»Babe, wir sind Angehörige der Mittelschicht und können unseren Jungen nicht aufs College schicken. Sie haben unsere Gesellschaft verdorben mit den Niggern. Unsere Städte ... sie haben absichtlich unsere Städte zerstört.« Er zog eine Tirade über Schwarze und Fürsorge ab, die erst von der Kellnerin unterbrochen wurde: »Entschuldigen Sie, was darf der Kleine trinken?«

»Geben Sie ihm eine Coke«, sagte Ruth. »Glen, bist du sicher, daß du keinen Salat zu deinem Sandwich haben möchtest? Du hast sonst nicht genug.«

Er behauptete, keinen großen Hunger zu haben, und setzte seine Tirade fort. Sie hatte kaum noch Hoffnung, daß er auf das Thema zurückkam, das sie interessierte. Er würde ihr nie mehr genug vertrauen, um noch einmal etwas über die Morde zu sagen. In den nächsten Tagen würde sie St. Louis für immer verlassen. Dies war ihre letzte Chance.

Über den Lautsprecher wurde einem Edward zum Geburtstag gratuliert.

»Herzlichen Glückwunsch, Edward«, sagte sie. »Glen ...« Die Musik setzte wieder ein. David lief auf ihren Tisch zu. Glen hielt ihm ein paar Quarter hin. Er jammerte über die Höhe seiner Strom- und Gasrechnung.

»Hast du noch einmal mit Nick über den Artikel sprechen können?« fragte sie.

»Ehm ... ja.«

»Auch über das Geld? Hat Carmen viel erhalten?«

»Ja, eine ganze Menge. Am Telefon wollte ich mit dir nicht darüber reden, Babe. Wir hatten für Carmen hunderttausend vorgesehen. Ich sollte zwanzigtausend bekommen. Nun, es stellte sich heraus, daß eine Police noch nicht von den Eltern auf Carmen umgeschrieben war, und so habe ich mich mit zehntausend begnügt.«

»Glaubst du, daß Nick in dieser Sache drinhängt?« fragte sie und spürte ihr Herz rasen.

»Nein. Carmen und ich. Wir hatten mit hunderttausend gerechnet, aber wir haben uns getäuscht.«

»Warum, glaubst du, hat sie dir den Rest nicht bezahlt?« hakte Ruth nach. »Hat sie das alles geistig nicht verkraften können?«

»Nick sagt, daß sie in Ordnung ist.«

»Glaubst du, daß sie das Geld Nick gegeben hat? Und daß er es für sich behalten hat?« Das war eine Frage, die sie mit McGarvey verabredet hatte. Nick könnte die Schlüsselfigur werden. Glen würde ihn unter Druck setzen, wenn es ihr jetzt gelang, ihm Mißtrauen gegen Nick einzupflanzen. »Also, überraschen würde mich bei dem gar nichts.«

»Babe, die Zeit wird kommen, da gehe ich nach Kalifornien und rede mit Carmen. Und wenn sie mir das sagt, dann wird das Gespenst des Todes nie weit weg sein von Nick.«

»Weiß er das?«

»Himmel, klar weiß er das.«

»Trotzdem, er ist so ein hinterhältiger Typ«, zischte sie, ganz das Biest, das sie auch sein konnte. »Wie hättest du es je erfahren? Denk doch mal, wie lange es schon her ist. Hast du gewußt, daß die Reporter bei Carmen waren, oder hast du das erst in der Zeitung gelesen? Hat er dich angerufen und es dir gesagt? Nun? Hat er?«

»Nein.«

»Aha. Und warum nicht?« Sie spürte, daß sie bei ihm einen wunden Punkt getroffen hatte. »Warum nicht, Glen?«

»Wir wissen nicht einmal, ob er es gewußt hat. Wir wissen nicht einmal, ob die Reporter überhaupt bei Carmen waren. Sie lügen, daß die Balken brechen.«

»Aber sie haben geschrieben, daß Carmen achtzehn Monate für dich gearbeitet hat. Und daß es Nick war, der dich für die Rennbahn begeistert hat. Beide Dinge stimmen doch, oder?«

»Babe, du hast immer ein Vorurteil gegen Nick gehabt.«

»Geh spielen«, sagte sie zu David, der in seinem Teller herumstocherte. Sie schob ihm noch ein paar Quarter zu. »Glen, warum verabredest du dich nicht mit Nick und erzählst ihm, daß du zu Carmen fliegen willst. Sag ihm nur, daß er dir noch Geld schuldet – dann siehst du ja seine Reaktion. Wäre das nicht ein dicker Hund, wenn sie ihm das Geld für dich gegeben hätte, und er hat es für sich behalten? Bei den ersten zehntausend hat er keine Chance gehabt, es dir vorzuenthalten. Aber was ist, wenn er mehr kassiert hat?«

»Nick kam aus der Bank. Er hatte das Geld in einem Umschlag. Alles Einhundert-Dollar-Noten, die ich anschließend dir und Handy gegeben habe. Peter hat nie den Namen des Begünstigten auf der Police geändert. Er hat den Antrag von der Versicherung mit nach Hause gebracht und hat auch so getan, als würde er Carmens Namen einsetzen, aber er hat es nicht getan. Seine Mutter hat Carmen nie gemocht. Nach der Beerdigung ist sie zu Carmen gegangen und wollte, daß sie auch die neuen Versicherungen auf ihren Namen umschrieb – Carmen sollte gar nichts kassieren. Diese verdammte Mutter. Sie wollte alles, was ihr Muttersöhnchen besaß.«

Ruth schwieg eine Weile, dann fragte sie: »Glen, war das eigentlich ein Plan, der schon vor Carmens Ehe feststand, oder seid ihr erst danach auf die Idee gekommen?«

»Er hat sie mißhandelt, Babe. Er hat sie gedemütigt, weil sie aus einer ärmlichen Familie stammte. Hast du gewußt, daß er sie fast umgebracht hat? Er ist mit dem Motorrad über den Mittelstreifen gefahren, sie hinten drauf.« Er winkte der Kellnerin, wollte noch ein Bier. Dann wechselte er das Thema, sprach wieder vom Geld.

Ruths Puls raste. Sie riskierte einen Wutausbruch, wenn sie ihn zum alten Thema zurückholte. »Wie hat sich Nick verhalten, als du mit ihm telefoniert hast? Hat er dir die kalte Schulter gezeigt?«

»Babe, Nick zeigt mir nicht die kalte Schulter. Wolltest du jemanden wie mich zum Feind haben?«

Sie schüttelte den Kopf, dann fuhr sie fort: »Nick denkt, das ist alles längst vorbei, er braucht sich keine Sorgen zu machen.« Jetzt wurde ihr erst bewußt, daß er mit der Frage ›Wolltest du jemanden wie mich zum Feind haben?‹ eine Drohung ausgesprochen hatte. Sie dachte daran, daß er Sophie getötet hatte und daß sie vielleicht die nächste sein sollte. »Hat er nicht von Carmen gesprochen? Hast du ihn nicht nach ihr gefragt?«

»Er sagt, es ginge ihr gut. Also, Babe, Nick weiß, daß Handy und ich – und wir haben auch noch einen Dritten in der Hinterhand, der kleine simple Morde für tausend Dollar ausführt . . .«

»Was für ein Vogel ist das denn?« fragte sie, und sie spürte, wie sich ihr die Nackenhaare sträubten. Wäre sie jetzt schon tot, wenn Glen in dieser Woche tausend Dollar übrig gehabt hätte? »Macht ihm das Töten Spaß, oder braucht er dringend Geld?«

»Ich würde sagen, er macht es des Geldes wegen.«

»Aber er muß verrückt sein, Glen.«

»Ich glaube, er hat ein ausgeprägtes Selbstvertrauen. Laß dir eins sagen, Babe, ich verspüre nicht den Drang in mir, mich meiner Mitmenschen zu entledigen. Daran habe ich jetzt überhaupt kein Interesse. Ich will nur in Ruhe gelassen werden, in meiner Zahnarztpraxis arbeiten und dazu irgendein anderes Unternehmen aufbauen.«

»Bob Handy würde niemandem was sagen, oder? Ich meine, Glen, fragst du dich nicht, warum das jetzt wieder in der Zeitung steht? Ich mache mir Sorgen um Carmens Nerven, nachdem die Publicity jetzt wieder eingesetzt hat.«

»Ihre Nerven sind stabil, glaube ich. Als ich Carmen das letzte Mal gesehen habe, hatte ich den Eindruck, daß sie darüber hinweg war. Sie war über das Trauma hinweg. Weißt du was, Ruth? Ich werde dir was sagen. Du kannst sexuell mit einer Person intim sein, aber wenn du zusammen mit jemand in einen Mord verstrickt bist ...«

»Warst du sexuell intim mit Carmen?«

»Ach, nein, Honey. Ich erzähle dir das aus einem anderen Grund. Wenn du über Wochen und Monate etwas für dich behalten mußt und du schließlich zu deinem Partner zurückkehrst, dann strömt es förmlich aus dir heraus. Himmel, was für eine Erleichterung. Genauso war es mit mir und Carmen. Und mit Handy. Handy und ich, wir reden nie miteinander, wenn wir im Auto sitzen oder in meiner Praxis sind, oder wenn wir in einem Lokal essen. Meistens gehen wir in verschiedene Lokale ... Wir reden miteinander, wenn wir unterwegs sind, auf der Straße, auf einem Parkplatz. Es besteht immer die Möglichkeit, daß die Cops uns eine Falle stellen, daß sie uns abhören, wenn sie wissen, wo wir oft zusammen essen. Das schafft eine Intimität, diese Partnerschaft in einer Mordsache. Und die hatte ich auch mit Carmen, Babe. Als sie aus Kalifornien zur Beerdigung ihrer Mutter kam – die alte Frau hat ihr Leben lang hart gearbeitet –, hatte ich einen Augenblick allein mit Carmen. Sie sagte: ›Hallo, Glen, wie geht's?‹, und ich sagte: ›Fein.‹ Und da spürte ich sofort, daß diese Intimität noch da war, du konntest sie spüren.«

»Glen, aber nicht eine Sache ist glatt gelaufen, findest du nicht auch?«

»Nein, Babe, das stimmt so nicht. Wo würde ich denn sein, Babe ... Ich hätte nicht einmal meine Praxis da, wo sie heute ist, wenn ich von Carmen nicht die zehntausend Dollar bekommen hätte. He, David, glaubst du, du schaffst es, uns die Kellnerin an den Tisch zu bringen?«

»Aber warum, Glen?« Sie stellte diese Frage nicht wegen des Senders und der Übertragung, sie wollte selbst die Antwort wissen.

»Warum, Ruth? Warum? Du erlebst es doch gerade selbst,

genau hier.« Er deutete auf die Quarters, die er neben Davids Teller gelegt hatte. »Geld, Geld, Geld.«

Sie erwiderte nichts, und sofort ließ er sich aus über Frauen, die Männerarbeit verrichteten und zu selbstsüchtig wären, Kinder zu bekommen. Melody, sagt er, hätte es weiter gebracht als die meisten Frauen, und doch hätte sie auch Kinder.

Ruth ging zur Toilette. In der Zelle sagte sie ins Mikro: »Entschuldigt mal, aber ich bin auf der Toilette.« Sie schaltete den Sender ab und schloß die Augen. Sie wollte weinen, aber sie wußte, daß sie sich diese Gemütsregung nicht erlauben durfte. Er würde die Spuren der Tränen sehen und würde sie fragen, warum sie geweint hätte.

Zwei Minuten später war sie wieder auf Sendung. Sie raunte ins Mikro: »Ich werde versuchen, ihn noch ein bißchen über Carmen auszuquetschen. Aber eigentlich sind wir so weit, daß wir nach Hause gehen. Mal sehen, wie's läuft.« Ihre Stimme klang zittrig, aber triumphierend. Sie wußte, daß sie ihre Sache gut gemacht hatte. Sehr bald würde es vorbei sein. Sie würde Gewissensbisse bekommen, aber daran wollte sie nicht denken. Für den Augenblick zählte nur, daß sie ihre Sache gut gemacht hatte.

Jetzt hatten sie ihn. Er hatte zugegeben, mit Handy und Carmen eine ›Partnerschaft des Todes‹ zu haben, er hatte zugegeben, nach Peters Tod von Carmen Geld erhalten zu haben. Sie hatten es geschafft. *Sie* hatte es geschafft.

John Bobb hegte ähnliche Gedanken. Die kleine Frau hatte sich die Ruhe und den Frieden verdient, den sie in einer anderen Umgebung hoffentlich finden würde.

»Das war es wert, daß ich an meinem Hochzeitstag in diesem verdammten Lieferwagen festgenagelt war«, sagte er.

McGarvey hatte vergessen, daß sein Kollege heute seinen Hochzeitstag hatte.

»Was für ein Tag!« rief Bobby freudig. »Ich kann's kaum glauben!«

McGarvey nickte. »Und zu Anfang haben wir ihr nicht geglaubt.« Er war immer noch angespannt und würde erst aufatmen können, wenn Engleman an diesem Abend Ruths Wohnung verlassen hatte. Die Befriedigung, die er empfand, endlich seinen Fall vor Gericht bringen zu können, wurde von seiner Sorge um Ruth Engleman gedämpft. »Der Mordfall Peter Halm ist wasserdicht«, sagte er, »und den Mordfall Berrera boxen wir auch durch.« In den beiden anderen Fällen, Bullock und Frey, würde es wahrscheinlich nie eine Anklage geben.

Plötzlich fragte er: »Was hältst du von dieser Illinois-Geschichte?«

Bobb schüttelte den Kopf. Er hatte keine Meinung. In diesem Moment war ihm das auch egal. Konnte man mehr von einem Abend erwarten?

McGarvey zweifelte immer noch an den Illinois-Morden. Bisher hatte er keine Unterlagen aus Illinois angefordert, denn Madison County, das zuständig war, hatte einen schlechten Ruf, was Geheimhaltung betraf. Und ein kleiner Tip hätte Ruths Todesurteil sein können.

Er hatte herausgefunden, daß eine der Versicherungen 40.000 Dollar an Ron Gusewelles Witwe gezahlt hatte – genauso, wie Ruth gesagt hatte. Trotzdem mochte McGarvey noch nicht daran glauben, drei Morde wegen einer Lebensversicherung? Auf der anderen Seite konnte er jetzt nicht mehr an Zufall glauben. Oder hatte Barbara, das Goldmädchen, die Morde selbst geplant und ausgeführt und dann dem Doc alles erzählt?

Er wandte seine Aufmerksamkeit wieder Doc, Ruth und David zu. Sie verließen das Ground Round. Jetzt zur Wohnung. Himmel, hoffentlich ließ sie ihn nicht die Nacht über bleiben.

Glennon Engleman lehnte sich in der Badewanne seiner Ex-Frau zurück und seufzte. Das Wasser war so heiß, wie er es gerade noch ertragen konnte. Die Hitze tat ihm gut. Im Schlafzimmer alberte David mit Fluffy, der Katze herum. Fluffy.

Warum ließ Ruth das zu? *Fluffy, ich liebe dich, ich liebe dich.* So ein Unsinn.

»Brauch nicht das ganze heiße Wasser auf«, rief sie ihm zu.

»Zuletzt kam schon kaltes«, rief er zurück. »Komm, setz dich eine Weile zu mir.«

Sie blieb in der Tür stehen. »Richte dich nicht allzu häuslich ein, Mister«, sagte sie, »denn du kannst nicht über Nacht bleiben.«

»Aber ein Viertelstundenbad darf ich doch nehmen, oder?«

»Da du uns zu einem Valentinstagessen ausgeführt hast, sei dir das Bad vergönnt.«

»Oh, danke, das ist aber großzügig.« Er schaute hoch zu ihr. Ihre Frisur sah schrecklich aus. Sie wollte doch den Friseur verklagen. »Hast du schon von deinem Friseur gehört?«

»Ich sollte mich mal darum kümmern. Vielleicht ist es schon zu spät.«

»Du mußt sie verklagen, du darfst nicht nachgeben.«

»Glen, du denkst nur an Klagen. Ich habe dafür nichts übrig. Und meine Haare hab' ich fast schon vergessen.«

Plötzlich sagte er: »Eigentlich ist die Dentisterei ein schönes Leben. Es müßte mir erheblich besser gehen. Wahrscheinlich habe ich irgendwas falsch gemacht.«

»Du hast vieles falsch gemacht«, gab sie schnippisch zurück. »Dieser Steve Schiff hat mir einen großen Gefallen erwiesen, daß er im Fernsehen nichts gebracht hat.«

»Glaubst du, Steve Schiff will sein Auto in die Luft gesprengt haben? Nein. Und deshalb hat er die Geschichte nicht gebracht.«

»Ruth, man muß schon ein verdammter Narr sein, wenn man Cop oder vorwitziger Reporter wird. Ich wollte auch nichts mit einem Typen wie mir zu tun haben.«

Später saß er auf dem Bett und zog sich an, während sie mit jemandem am Telefon redete, wahrscheinlich mit ihrer Schwester. Mist, wenn das Telefon nicht geklingelt hätte, wäre sie vielleicht herumzukriegen gewesen, trotz ihrer ablehnenden

Bemerkung von vorhin. Nun ja, er war müde. Vielleicht am Wochenende. Es gab noch so viele Nächte. Dachte er jedenfalls zu diesem Zeitpunkt.

Dienstag, 19. Februar 1980

»Mama, sind das Polizisten?« flüsterte David seiner Mutter zu. »Ja, sind es Polizisten? Wohin bringen sie uns?«

Ruth versuchte, ihn zum Schweigen zu bringen. Sie versprach, es ihm später zu erklären. Sie würden an einen schönen Ort gehen und sie sei sicher, daß es ihm dort gefallen würde.

»Aber warum können wir Fluffy nicht mitnehmen?« jammerte er. »Wird Fluffy okay sein, wenn wir zurückkommen?«

McGarvey warf Steve Alsup einen raschen Seitenblick zu. Sie brachten Ruth und David zum Flughafen, an einen sicheren Ort, wo sie sechs Wochen lang bleiben würden, bevor sie an ihren zukünftigen ständigen Wohnort gebracht würden.

Zu den Verhandlungen würde Ruth zurückkehren, und sie würde auch zwischendurch immer wieder zur Verfügung stehen müssen. In ihre Wohnung in St. Louis – und zu Fluffy – würden sie nie mehr zurückkommen. »Warum kann der Junge die verdammte Katze nicht mitnehmen?« hatte Alsup gefragt. Weil es eben nicht geht, das Bundesumsiedlungsprogramm hatte seine Bestimmungen, und eine davon hieß: keine Tiere. Umgesiedelte Zeugen werden oft in Hotels untergebracht, wo Hunde und Katzen nicht gerade beliebt sind. Und außerdem ließen sich Personen, die sich aus gutem Grund versteckt hielten, durch ihre Lieblingstiere leichter ausfindig machen.

»Mama«, sagte David. »Mama.« Seine Stimme hörte sich klein und schwach an. Er hielt die Leinentasche mit seinem Spielzeug umklammert, das Ruth rasch zusammengesucht hatte, bevor sie den Jungen an der Schule abgeholt hatten. »Mama.« Die Stimme schlug McGarvey aufs Gemüt.

Er konnte nachempfinden, daß es für Ruth sehr schwer war, es war auch schwer für ihn. Und er brauchte heute abend nicht am Bett des Jungen zu sitzen und ihm zu erklären, daß sein Vater ein Mörder war, daß seine Mutter der Polizei geholfen hatte, ihn zu überführen, und daß sie die Stadt verlassen mußten, um ihr und sein Leben zu schützen.

Er blickte in den Innenspiegel und schaute Ruth an. Ihr Mund war ein schmaler Strich. Sie hielt sich gut, schien gefaßt zu sein. Am Vortag hatte sie Doc noch einmal getroffen, aber die Unterhaltung hatte nichts ergeben, und so hatten sie ganz spontan beschlossen, Ruth aus dem Fall herauszunehmen. Man sollte ihr Glück nicht zu lange versuchen.

Als sie sich nach dem Valentinstag in ihrem Badezimmer getroffen hatten, war Ruth euphorisch gewesen, aber nur für kurze Zeit, dann hatten bei ihr Zweifel eingesetzt. Hatte sie es richtig gemacht? Was wurde aus David? Was würde David von ihr denken, wenn er größer wurde?

»Mama, wann gehen wir denn ins Flugzeug?« flüsterte David. »Zwingen uns die Polizisten wegzugehen, Mama? Warum? Und wo ist Daddy? Mama, ich will zu Daddy.«

»Pst, David, pst«, raunte Ruth. »Die Polizisten helfen uns. Ich werde es dir später erklären. Für den Augenblick mußt du mir nur vertrauen. Und ihnen auch. Sie wollen uns helfen, David.« Sie hatte einen Arm um ihn gelegt und fuhr mit einer Hand über seine blonden Haare.

»Warum konnten wir Fluffy nicht mitnehmen?«

»Weil wir an einen Ort gehen, an dem man keine Katzen haben kann«, sagte sie. Sie fing McGarveys Blick im Innenspiegel auf.

Es war ausgemacht, daß jemand ins Haus ging und Fluffy noch an diesem Tag in ein Tierheim brachte. In den letzten Tagen, wenn sie nicht gerade an der Abschrift der Bänder arbeiteten, hatte er Ruth durch die Stadt gefahren, um ihr bei einer ganzen Reihe von Erledigungen zu helfen. Sie hatte über einen Bekannten ihr Auto verkauft. Es blieb noch eine Menge zu tun. Fluffy war das letzte Problem.

»Mama«, sagte David, als das Auto auf das Flughafengelände bog, »warum bringen uns diese Polizisten weg? Was haben wir getan?« Aber er stieg aus, als einer ihm die Tür aufhielt. »Ich wünschte, ich hätte Fluffy mitnehmen können«, sagte er, und zum ersten Mal schaute er McGarvey in die Augen.

Es war McGarvey, der dem Blick auswich.

Vierter Teil

DIE VERHAFTUNGEN

Freunden und Nachbarn gegenüber ist er ein netter, angenehmer Mensch, immer hilfsbereit. Privat hielt er sich meistens zurück.

– St. Louis Globe-Democrat,
Montag, 25. 2. 1980

Freitag, 22. Februar 1980

George R. ›Buzz‹ Westfall, Bezirksstaatsanwalt, ging nach dem Mittagessen mit Robert Kingsland, einem Bundesanwalt, in sein Office zurück. Westfall, noch unter vierzig und schon ergraut, galt als hart arbeitender Recht-und-Gesetz-Ankläger. Hinter seinem Schreibtisch hing ein Gemälde, das eine Gestalt aus irgendeinem alten Krieg vor einem Exekutionskommando zeigte; die Gestalt hielt in einer Hand die letzte Zigarette, und die andere Hand zeigte anklagend auf den Betrachter. Westfall sah sich das Gemälde nur selten an.

Wunschgemäß stellte seine Sekretärin die telefonische Verbindung mit Gordon Ankney her. Nach der Begrüßung sagte Westfall: »Gordon, ich hab' was für dich.«

Ihn und Ankney verband eine Freundschaft, deren Ursprung

schon lange zurücklag, wie sie immer erklärten. Sie hatten zusammen studiert, und sie hatten gemeinsam als junge Anwälte für die Stadt gearbeitet. Heute waren beide verheiratet, besaßen geräumige Häuser draußen auf dem Land, und ihre Ehefrauen zogen die Kinder auf und organisierten Parties.

Gordon Ankney und George Westfall übernahmen schwierige Fälle für die Stadt und den Bezirk. Ihr Stil vor Gericht hätte nicht verschiedener sein können. Ankney verkaufte sich gern als naiver Anwalt im Boston-Stil, und Westfall führte sich auf wie der personifizierte Superman von Wahrheit und Gerechtigkeit, *american way*. Aber ihre fundamentalen Überzeugungen waren dieselben. Niemand hielt einen Mörder für moralisch verwerflicher als Buzz Westfall, doch Gordon Ankney kam ihm am nächsten.

Trotz dieser starken Überzeugung durchlief Westfall, als er das erste Mal die Todesstrafe forderte, eine quälende Zeit, in der er sich fragte, ob ein Mensch überhaupt das Recht hatte, den Tod eines anderen Menschen zu verlangen.

»Was gibt's denn, Bussard?« fragte Ankney. Er gehörte zu dem ausgewählten Kreis derer, die wußten, das Westfalls Spitzname ›Buzz‹ nicht von seiner Neigung zu kurzen Haarschnitten rührte, sondern auf eine Ehre zurückging, die ihm ein indianischer Freund seines Vaters erwiesen hatte, als er ihn bei seiner Geburt mit dem Namen Großer Weißer Bussard versehen hatte.

»Ich komme gerade vom Essen mit Bob Kingsland. Er rief mich gestern an und sagte, er hätte was Besonderes mit mir zu bereden. Dann fragte er mich, ob mir aus dem Bullock-Fall der Name Glennon Engleman noch in Erinnerung sei.«

»Vor meiner Zeit«, warf Ankney ein. »Da ging es um den Mord am Kunstmuseum, nicht wahr?«

»Richtig. Kingsland saß damals im Büro des Staatsanwalts. Also, jetzt sagt Kingsland, sie hätten gute Gründe zu glauben, daß Engleman, der Zahnarzt von der Südseite, der damals der Hauptverdächtige im Bullock-Fall war, für mehrere andere

Morde verantwortlich sei. Er beschrieb ihn als so verrückt wie Hitler, und er sagt, er braucht unsere Mitarbeit, um ihn zu überführen.«

»Mit anderen Worten, sie glauben, da könnte was sein, aber sie wollen uns einschalten, damit sie nicht auf die Schnauze fallen, wenn's schief geht«, sagte Ankney trocken. Seine Abneigung gegen die Bundesstaatsanwälte war noch größer als die Westfalls. Der frühere Footballstar an der Universität von Washington und Marineoffizier im Vietnamkrieg verachtete die betuliche Vorgehensweise der staatlichen Ankläger, und er mißtraute dem FBI.

»Ist es ein FBI-Fall?« Es war Naturgesetz, daß die lokalen Polizisten und Ankläger, die mit Bundesorganen zusammenarbeiten mußten, immer in einer Einbahnstraße gefangen waren: Sie gaben alle Informationen weiter und erhielten lediglich das, was die Bundes-Leute für notwendig erachteten, und das war gewöhnlich so gut wie nichts. »Wenn sie uns dabei haben wollen, dann suchen sie einen, der ihnen die Drecksarbeit abnimmt.«

Westfall lachte. »Es ist nicht FBI, sondern ATF. Und es ist Bill McGarveys Baby, was mich davon überzeugt hat, daß es fair zugehen wird. Er hat bisher stets sauber mit uns gearbeitet.«

»Wie weit sind sie denn?« Auch er schätzte McGarvey als einen Mann, wie er sich einen guten Ermittler vorstellte – und wie sie gewöhnlich nicht waren. »Ich meine, anhören kann ich mir die Sache ja mal.«

»Er sagt, sie hätten es mit einem Teufel zu tun«, sagte Westfall, und in seiner Stimme schwang eine gehörige Portion Skepsis mit. »Sie haben mit einem geheimen Informanten gearbeitet, und nun glauben sie, daß das Leben des Informanten in Gefahr sei. Bob McGarvey hat sich mit Washington in Verbindung gesetzt, um die Erlaubnis zu erhalten, Englemans Anklage auf zwei Ebenen durchzusetzen – einmal wegen Verstößen gegen Bundesgesetze, zum anderen wegen Verstößen gegen lokale

Gesetze. Auf diese Weise, hofft McGarvey, könnte umgangen werden, daß Engleman gegen Kaution auf freien Fuß gesetzt wird. Aber er erhält nicht so schnell einen Haft- und Durchsuchungsbefehl aus Washington, wie er ihn von uns bekommen kann. Bob kennt meine Arbeitsweise. Er weiß, daß ich sofort einen Haftbefehl ausstelle, wenn ich ihn für gerechtfertigt halte.«

»Wie werden sie dich davon überzeugen, daß es gerechtfertigt ist?«

»Sie haben Tonbänder. Engleman ist drei Wochen lang unter elektronischer Überwachung gewesen. Wir sind zu einem Treffen morgen früh um neun bei ATF eingeladen.«

Nachdem sie sich beide versichert hatten, daß sie eigentlich Besseres zu tun hätten, als an einem Samstagmorgen zur ATF zu gehen, vereinbarten sie, um neun Uhr da zu sein.

Westfall rief seine Frau Laurie an. Sie würde alles andere als erfreut sein, denn für gewöhnlich reservierte er die Wochenenden für seine Familie, da er die Woche über meistens erst spät nach Hause kam. Während er mit ihr sprach, fiel ihm wieder ein, was Kingsland gesagt hatte.

»Wir haben es mit einem Teufel zu tun, der in St. Louis frei herumläuft. Wir müssen alle an einem Strang ziehen, damit wir ihn hinter Gitter bringen können.«

Bob Kingsland war im allgemeinen niemand, der die Dinge dramatisierte.

Samstag, 23. Februar 1980

Es war kurz vor acht Uhr, als McGarvey den Konferenzraum am Ende des Flurs, an dem auch sein Büro lag, vorbereitete. Er erwartete dreizehn Personen, darunter Kingsland und seinen eigenen Boß, den Leitenden Special Agent der ATF, Jim Elder. Außer Elder, der von Anfang an über jeden Schritt McGarveys informiert gewesen war, und Rick Buckles, dem Assistenten des Bundesstaatsanwalts, der die Basis für die Anklage gelegt hatte, wußten die anderen nichts über die Tonbänder, die sie hören würden. Das Abhören würde schwere Arbeit sein. Restaurantgeräusche, Fernsehgedröhne und Davids helle Stimme überlagerten oft Docs sanfte Stimme.

McGarvey hatte auch noch ein anderes Problem. Die häusliche Atmosphäre, die sich auf den meisten Bändern widerspiegelte, würde es einigen Leuten erschweren, die ganze Bedeutung der Sätze zu erfassen, mit denen Engleman sich selbst belastete. Wie so viele Mörder verfügte auch Glennon Engleman über eine Fähigkeit, wahre Emotionen zu zeigen, die in erster Linie seinem Sohn galten, aber auch Melody, Bob Handy und Ruth. Das kam in seiner Stimme auf den Bändern sehr gut über. Würden die Männer, die der Stimme lauschten, sich davon beeinflussen lassen?

Ich werde nie wieder in eines dieser Familienrestaurants gehen können, das Klappern von Geschirr hören, die Durchsage eines Geburtstags, das Surren der elektronischen Geräte, ohne an Ruth, Doc und David denken zu müssen. Selbst er war bei einigen Gelegenheiten von Docs Fürsorglichkeit gerührt gewesen.

Er überprüfte die Kopfhörer, die auf jedem Platz lagen, und richtete die Schreibblöcke und Stifte. Die Tür ging auf, und er war erleichtert, daß Buckles als erster eintraf. Er zeigte fast immer ein Lächeln, neigte zur Rundlichkeit und galt als der beste Ankläger im Office.

»Wir haben ihn«, sagte Buckles ermutigend. »Es ist undenkbar, daß eine Riege intelligenter, gutwilliger Juristen diesen Raum heute verlassen könnte, ohne bereit zu sein, etwas gegen Glennon Engleman zu unternehmen.«

»Mann, ich wünschte, Sie hätten recht«, sagte McGarvey. Er schenkte zwei Tassen Kaffee ein. »Ich mache mir Sorgen wegen der unterschiedlichen Zuständigkeiten. Ich weiß, daß die Leute von Stadt und Bezirk oft von den Bundesbehörden schlecht behandelt worden sind. Warum sollten sie jetzt bereitwillig mitarbeiten wollen?«

»Da stimme ich zu«, sagte Buckles. »Aber ich glaube, sie mögen ATF mehr als andere Bundesbehörden. Außerdem haben Sie die Beweise. Viel hängt von Westfall ab, da der Mord an Halm in seinen Bezirk gehört. Sie kennen Westfalls Ruf. Er läßt sich nicht von Gebietszuständigkeiten oder von politischen Erwägungen abhalten. Er reagiert schnell, wenn er von der Schuld des Mannes überzeugt ist.«

»Falls wir ihn überzeugen können. Wir haben die besten Aussichten, den Mord an Halm zu beweisen. Aber diese Anklage muß von Westfall kommen, er fällt in seine Zuständigkeit. Das einzige Bundesgesetz, das in diesem Fall gebrochen wurde, könnte Postbetrug sein, das würde zwar im Höchstfall auch fünfundachtzig Jahre bringen, aber es ist nicht so gut wie Mord. Dann das Bombenattentat auf Berrera, was natürlich lebenslänglich bringen kann, aber da Engleman offensichtlich einen anderen benutzte, der die Bombe legte, wird der Nachweis schwieriger zu erbringen sein. Der Halm-Fall ist astrein, aber vergessen wir nicht, daß auch wir zuerst skeptisch waren. Unsere Hörer müssen eine Menge verdauen.«

McGarvey nippte an seinem Kaffee und verbrannte sich die Zunge. Er versuchte, sich in die Situation der Leute hineinzuversetzen, die bei dieser einen Sitzung die ganze unglaubliche Geschichte schlucken mußten. Er war Stück für Stück an den Fall herangegangen, und er erinnerte sich noch gut an seine Zweifel zu Anfang. Und selbst jetzt blieb er noch skeptisch im Gusewelle-Fall. Das Material darüber würde er heute herunterspielen – vielleicht deshalb, weil er das Material auch für Hirngespinste hielt?

»Ich wünschte, die Bänder ließen sich leichter abhören, dann . . .«

Die Tür öffnete sich, und Jim Elder trat ein, gefolgt von Terry Adelman. Sie brauchten Westfall, um Engleman sofort hinter Gitter bringen zu können. Im Bezirk gab es keine Möglichkeit, in einem Mordfall gegen Kaution bis zur Verhandlung auf freien Fuß gesetzt zu werden.

McGarvey hatte in ihre Gesichter geschaut, während sie die Bänder abhörten, er watete mit ihnen durch die Bänder von dreieinhalb Wochen und versuchte sich vorzustellen, welche Wirkung sie hatten, wenn man sie das erste Mal hörte. Es gab einige Kernsätze. *Die lausige Hexe hatte den Tod verdient... Wie hätte ich es denn sonst regeln können, Ruth?...*

Jeder der Männer ließ erkennen, daß die anfängliche Skepsis gewichen war; der eine zeigte den Gefühlswandel durch stoisches Akzeptieren dessen, was man hörte, oder durch unverhohlene Entrüstung, als sie bei der Stelle während des Valentinstagessens angekommen waren: Carmen und ich... wir gingen davon aus, daß wir hunderttausend erhalten würden...

McGarvey hatte besonders Westfall beobachtet, den er für die Schlüsselfigur hielt, und Westfall schien überzeugt zu sein.

Sie debattierten über einen Satz, einen kritischen Satz, undeutlich zu verstehen durch die Hintergrundgeräusche. Sie hörten den Satz immer und wieder ab. »Ich habe nicht den Trieb in mir, immer wieder mal einen Mitmenschen loszuwerden«, hatte Engleman gesagt, dabei war aber gerade das ›immer wieder‹ besonders undeutlich. Der Unterschied konnte vor Gericht entscheidend sein.

McGarvey blickte in ihre Gesichter und sah seinen eigenen Kampf dort widergespiegelt. Inzwischen hielten sie Engleman für schuldig. Aber hatten sie einen Fall, der vor Gericht standhielt? Wieder spielten sie die Stelle ab. Zehn, zwölf, vierzehn Male. Dann sagte einer nach dem anderen: »Ich habe es gehört, ja. Er sagt: ›Immer wieder mal‹. Er hat es gesagt!«

Endlich nahm Westfall die Kopfhörer ab. Es war später Nachmittag. Erschöpft sah er sich am Tisch um, schließlich blieb sein Blick auf Ankney haften.

»Ich habe genug gehört«, sagte er. »Stellen wir die Haftbefehle aus. Der Halm-Mord ist klar, dafür haben wir ihn.«

»Wir können wahrscheinlich Nick zu einer Aussage überreden, und vielleicht Handy auch«, warf McGarvey ein. Er zerdrückte eine weitere Zigarette im Aschenbecher. »Wenn wir alle vier gleichzeitig verhaften – Carmen in Kalifornien und die anderen drei hier –, können sie sich nicht gegenseitig warnen, und wir minimieren die Gefahr, daß ein Vogel ausfliegt. Das Überraschungsmoment bewahrt uns auch davor, daß sie sich auf eine Geschichte festlegen, und wenn einer sich zum Reden entscheidet, können wir seine Einlassung mit denen der anderen vergleichen.«

»Wir müssen jemanden umdrehen«, sagte Westfall. »Wenn uns das nicht gelingt, haben wir einen schwachen Stand vor Gericht. Wie ist es mit Ruth?« fragte er, an McGarvey gewandt. »Wird ihre Glaubwürdigkeit halten?«

»Ich habe ihr gesagt, daß wir keine Überraschungen brauchen können, und ich glaube nicht, daß welche auf uns warten. Sie hat zugegeben, bei der Geldwäsche mitgemacht zu haben.« Er zündete sich eine neue Zigarette an. Er wußte genau, was ein guter Verteidiger mit Ruth anstellen würde. Er würde sie als habgierige, berechnende Ex-Frau zeichnen, die ihren Anteil der Beute aus den Verbrechen ihres Mannes eingesackt hatte und nun den Vater ihres Sohnes aus ihrem Leben werfen wollte. »Wir haben ihr von Anfang an gesagt, daß eine einzige Lüge den ganzen Fall platzen lassen kann. Ich glaube, sie ist sehr offen mit uns gewesen. Alles, was sie uns gesagt hat, ist überprüft worden.«

Sie besprachen die Pläne für vier getrennte Verhaftungen. Am nächsten Tag sollten Glennon Engleman, Robert Handy, Nick Miranda und Carmen Miranda Halm festgenommen werden. Bei den Verhaftungen würden Angehörige der ATF, der Stadt- und Bezirkspolizei anwesend sein. Niemand machte McGarvey das Vorrecht streitig, Doc zu verhaften.

Sonntag, 24. Februar 1980

Es war fast ein Uhr nachts, als Engleman an die Tür von Wayne Woodruft in der Goethe Street an der Südseite klopfte. Sofort hörte er die Hunde bellen. Diese verdammten Hunde. Wie konnten Wayne, Ruths Vetter, und seine Frau das ständige Bellen und diesen Gestank ertragen?

Es dauerte ein paar Minuten, bevor Woodruft die Fenstergardinen beiseite schob und dann zur Tür kam und öffnete.

»Glen.« Die Luft, die aus dem Haus kam, war heiß und voller Hundegestank. »Was, um alles in der Welt, suchst du hier mitten in der Nacht?«

»Ich suche Ruth. Hast du sie gesehen oder von ihr gehört?« Er schaute an Woodruft vorbei, aber er sah nur die hagere Frau in der Tür zum Wohnzimmer stehen, in ein Flanelltuch gehüllt. Ruth mochte sie nicht, sie erinnerte sie zu sehr an die Vergangenheit, und eigentlich konnte sich Engleman nicht vorstellen, daß sie hierhin geflohen war, wenn sie vor ihm davonlaufen wollte. Aber er hatte sonst überall schon gefragt. »Ich kann sie am Telefon nicht erreichen.«

»Glen, ich habe seit Wochen nichts von ihr gehört«, sagte Wayne. Er rieb sich das Stoppelkinn und genoß sichtlich die Situation. »Was ist denn los? Habt ihr zwei euch gestritten?«

»Ich muß mit ihr reden«, sagte er und schaute auf die Hunde, die schwanzwedelnd um die Beine des Mannes scharwenzelten. »Ich fürchte, sie will mir Ärger bereiten.«

»Glen, solange ich denken kann, habt ihr Streit gehabt über die eine oder andere Sache. Hast du Jeannie angerufen? Vielleicht ist sie dort.«

»Nein, ich habe noch nicht bei ihr angerufen.« Er glaubte nicht, daß Ruths Schwester ihm irgend etwas sagen würde, sie war nicht gerade ein Fan von ihm. Ruth könnte neben ihr auf der Couch sitzen, dann würde sie sagen: »Wieso? Nein, ich habe sie nicht gesehen, und ich habe auch keine Ahnung, wo sie sein könnte.«

Wieder schaute er an Woodruft vorbei ins Haus. Konnte ja sein, daß Ruth sich bei ihnen versteckte, gerade weil er damit nicht rechnen würde. Aber er sah sie nicht, und so sagte er: »Wenn du von ihr hörst, rufst du mich dann an, ja?«

»Klar, Glen, kein Problem.« Er war schon auf dem Rückweg ins Haus hinein, die Hunde folgten ihm. Himmel, dachte Engleman, der Mann hatte sich nicht verändert seit dem großen Krach bei einem Familien-Barbecue am See Tishamingo. Wayne hatte die Gabel hingeworfen und war aufgesprungen. »Warum fällst du immer über die Juden und Nigger her, Glen? Warum können wir nicht einmal zusammen essen, ohne daß du über irgend jemanden herziehst?«

Ein pathetischer Anblick. Der Kerl war ein Schwächling. Das erste Mal, daß er irgendwas zu sagen hat, und dann verteidigt er die verdammten Nigger. Er hatte Ruths kleinen Vetter rausgeworfen. Wenn Wayne glaubte, daß die zwei Jahre Sendepause zwischen ihnen bei ihm Bedauern ausgelöst hätten, dann mußte der Kerl verrückt sein.

Engleman hörte, wie die Kette vor die Tür gelegt wurde, als er die Treppe hinunterging.

»Verdammter Schwachkopf«, murmelte er und schlug die Autotür zu. Er startete und fuhr in Richtung Ruths Wohnung.

Ruth und ihre Geschwister waren nicht ganz so kleinkariert wie dieser Schwachkopf. Jeannie und einer der Brüder hatten gute Partien geheiratet, genau wie Ruth auch. Es wäre alles viel besser gelaufen, wenn Ruth seinen Erwartungen entsprochen hätte. Er war sicher, daß sie jetzt mit der Polizei geredet hatte. Es gab keine andere Erklärung für ihr Verschwinden. Wenn sie glaubte, daß sie ihn aufgrund ihrer Aussage hängen würden, war sie eine Närrin.

Er fuhr auf den Parkplatz. Sein Schlüssel paßte nicht mehr in die Tür. Das Schloß war ausgewechselt worden. Drinnen war alles dunkel. Vor ein paar Tagen war er noch mit seinem Schlüssel ins Haus gekommen.

Was plante sie? Wollte sie verkaufen und die Stadt verlassen?

Wohin, glaubte sie, konnte sie gehen, wo er sie nicht finden würde?

Es gab ihm eine grimmige Befriedigung, daß sie seine Botschaft gesehen haben mußte, wenn sie noch einmal zurückgekommen war. Er hatte das Ouija-Brett auf ihr Bett gestellt, er hatte die Tarot-Karte für Tod und Verrat herausgelegt und den Zeiger darauf gerichtet.

Als er zurück zu Melodys Haus fuhr, hatte er das Gefühl, verfolgt zu werden. Keine Sekunde lang dachte er an Flucht. Es lag nicht in seiner Natur, davonzurennen, vor nichts und niemandem, aber am wenigsten vor Cops. Er würde sie lieber bei ihrem eigenen Spiel schlagen. Am Samstagnachmittag war Melody zu dem Polizeiauto, das ihrem Haus gegenüber parkte, gegangen und hatte den Polizisten gefragt, was er dort zu tun hätte.

Ich stehe hier, weil man es mir gesagt hat, Lady, war die Antwort gewesen. Nun, seinetwegen konnten sie ihn solange beschatten, wie sie wollten. Sie vergeudeten Steuergelder, sie würden ihn nicht kriegen.

Engleman war nicht überrascht, als er gegen zehn vor eins am Sonntagmittag zwei Polizisten vor seiner Tür sah, und sonderlich besorgt war er auch nicht. Sie verhafteten ihn wegen des Mordes an Peter Halm, nicht wegen Sophie Berrera! Also doch Ruth, schoß es ihm durch den Kopf. Nick und Carmen würden auch verhaftet werden, aber auf die beiden konnte er sich verlassen. Sie würden es nicht wagen, den Mund aufzumachen. Er lächelte.

Zum Zeitpunkt seiner Verhaftung hatte Engleman 2.36 Dollar in der Tasche, einen Kamm, einen chapstick und ein Aspirin. Er wandte sich an Melody und sagte: »Keine Sorge. Sie können meinen Körper einsperren, aber sie können mich nicht dort behalten. Wir wissen beide, daß ich einen Astralkörper habe.«

Als Handy die Türklingel hörte, dachte er, es wäre Anne, die junge Frau aus Edwardsville, die er vor kurzem kennengelernt hatte. Die Polizeifotos werden Robert Handy nicht gerecht, er ist ein recht gutaussehender Mann. Er trug Jeans und ein Flanellhemd an diesem Mittag. Am auffälligsten an ihm waren die großen dunklen Augen und die zwar angegrauten, aber noch sehr dichten Haare. Seine Ex-Frau war ein Bunny im Playboy-Club von St. Louis gewesen, und er sah so aus, als hätte er in besseren Zeiten mit einem Bunny verheiratet sein können. Oder wie ein Preisboxer, der ein bißchen schlaff geworden war. Engleman hatte ihn ›diesen schönen Mann, diese Gestalt von einem Mann‹ genannt, was sicher eine Übertreibung war, aber Handy vermittelte den Eindruck, als ob er mal was Besseres gewesen wäre.

Jetzt fuhr er sich glättend übers Haar und ging durch den Flur, um der von ihm erwarteten Anne die Tür zu öffnen.

»Robert Handy?« fragte einer der beiden Männer, die dort standen. Natürlich waren es Cops. Sein Herz raste, aber sein Gesicht verriet nichts. »Wir haben einen Haftbefehl gegen Sie wegen des Mordes an Peter Joseph Halm junior.«

Verdammt, dachte Handy. Nach all diesen Jahren! Halm!

»Sie haben das Recht . . .«

Er seufzte. Er kannte alle seine Rechte. Er würde wieder seine Schwester Millie anrufen und bitten müssen, ihm einen guten Anwalt zu besorgen, und dann würde sie ihm wieder die Ohren vollabern über Glen. Die gute alte Millie. Sie würde ihm wieder sagen, daß sie ihn von allen Geschwistern am meisten mochte, immer schon und auch in Zukunft, trotz all des Kummers, den er ihr immer bereitet hätte. Und er würde zuhören müssen.

Die Handschellen wurden ihm angelegt. Er war sicher, daß er bald wieder frei sein würde. Er war sich auch sicher, wer ihnen das eingebrockt hatte: Ruth. Verdammt, er hatte Glen gewarnt.

»Glennon Engleman ist auch verhaftet worden«, sagte einer der Cops.

»Ich kann es kaum glauben«, sagte Handy. »Doch nicht Glen.« Er sah dem arroganten jungen Cop ins Gesicht – Glen sagt, sie seien alle arrogant, hätten einen Dünkel, weil sie ein bißchen Macht ausübten – und erkannte darin, daß er die Wahrheit sagte, noch bevor er eine Kopie des Haftbefehls aus der Tasche zog.

»Ich kann's immer noch nicht glauben«, murmelte Handy, aber er wußte instinktiv, daß es stimmte. Nichts als Glens Verhaftung hätte die Kerle so impertinent grinsen lasen. »Nicht Glen.« Diese verdammte Ruth. Er würde sie umbringen, er würde sie eigenhändig erwürgen.

Als sie Handy zum Wagen der St. Louis County Police führten, flossen bei ihm die Tränen. Er achtete nicht auf die Nachrichten, die über Funk kamen. Die Agenten, die in Kalifornien zu Carmen Miranda geschickt worden waren, hatten berichtet, daß sie ›keine Spur‹ von ihr gefunden hätten. Handy hatte kein Ohr dafür, er war erfüllt vom Gram über die Tatsache, daß Glennon Engleman im Gefängnis saß.

Carmen wußte, daß sie nach Hause gehen mußte, als der Reporter vom *Globe-Democrat* nach Kalifornien gereist war, um mit ihr über Peters Tod zu sprechen. Sie hatte ihm durch die geschlossene Tür zugerufen, daß er sich davonscheren sollte. Ihr Freund Rex Robinson, der zur Band von Frankie Valli gehörte, war hinausgegangen und hatte den Reporter freundlich gebeten, ihr Grundstück zu verlassen.

Am nächsten Morgen hatte sie den *Globe*, eingelegt in ihre Zeitung, auf dem Rasen vor dem Haus gefunden und den Artikel gelesen, der sich mit Peters Tod beschäftigte, und auch ihr Name war erwähnt worden.

Die Sonne Kaliforniens konnte sie nicht mehr schützen. Sie hatte ihre Schwester Sandy angerufen und gesagt, daß sie nach Hause kommen müßte; da sie aber kein Geld hätte, bat sie darum, daß Sandy ihr ein Ticket schickte.

Und so flog Carmen nach Hause, während ihr Bruder Nick den Reportern, die ihn angerufen hatten, berichtete: »Meine Schwester leidet unter einem traumatischen Schock, und ich will nicht, daß sie das alles noch einmal durchmachen muß. Sie ist immer noch nicht die Carmen, die wir von früher kannten, bevor das alles geschah.«

Nick redete immer noch so, als könnte er alle Probleme wegsprechen, aber Carmen ahnte, daß es diesmal nicht möglich sein würde.

Carmen saß auf dem Sofa im Wohnzimmer und unterhielt sich mit Barbara Miranda, Nicks Frau, als es an der Tür klopfte. Nick hatte dieses Klopfen seit 1963 erwartet, als Eric Frey gerufen hatte: »Warum wollt ihr mich umbringen?« Jetzt war es da. Er richtete sich auf.

»Nicholas Ralph Miranda? Wir haben einen Haftbefehl gegen Sie.«

Wenn es nur um ihn ging und nicht um Carmen, dann würde ihr das vielleicht erspart bleiben. Aber er konnte nicht sehen, wie dies möglich sein sollte. Wenn die Cops Informationen hatten, dann mußten sie sie von Ruth erhalten haben. Im Grunde hatte er immer gewußt, daß Ruth auspacken würde, sobald sich eine Gelegenheit bieten würde. Es gab nur eins, worüber er und Melody und Handy einer Meinung waren. Ruth. Er hatte sich nur immer gefragt: Was trifft zuerst ein? Ruth verrät Doc, oder Doc bringt Ruth um?

Er hielt die Hände für die Handschellen hin, während Barbara und Carmen entsetzt zusahen. Nicks Kinder, Chip und Mandy, spielten oben in ihrem Zimmer. Er wollte weg sein, bevor sie nach unten kamen und ihn in Handschellen sahen. Barbara weinte.

Auch er hätte am liebsten geweint, aber er mußte versuchen, einen klaren Kopf zu behalten.

Im Polizeiauto hörte er die Funknachricht, die Handy durch seinen Kummer hindurch nicht wahrgenommen hatte. Sie suchten Carmen Miranda, und in Kalifornien war sie nicht. Er wandte sich an einen der Cops. »Carmen ist in meinem Haus. Sie haben sie doch gesehen.«

Das Polizeiauto wendete und fuhr zurück. Nick betete intensiver, als er je im Leben gebetet hatte: Gib mir eine Minute allein mit Carmen. Nur ein paar Sekunden. Mehr brauche ich nicht, dann kann ich sie retten. Wenn ich mit ihr reden kann, bevor sie es tut ... Gott, sie hat genug gelitten.

Furcht stand in ihren feuchten braunen Augen, als Carmen zum Auto geführt wurde. Und dann hatte Nick seinen Augenblick allein mit Carmen.

»Sage nichts, bis ich dir sage, daß du sprechen sollst. Wenn sie dir sagen, ich hätte auch ausgesagt und sie sollten dir von mir ausrichten, daß du auch aussagen sollst, dann glaube ihnen nicht. Du wartest, bis du es aus meinem Mund gehört hast. Sage nichts, bis ich bei dir bin und dir sage, daß du reden kannst.«

Carmen konnte kein Wort über die Lippen bringen, sie nickte nur.

McGarvey schritt nervös den Flur des Bezirksgefängnisses von St. Louis auf und ab. Engleman und Handy waren in getrennten Aktionen verhaftet worden. Doc verhielt sich cool, er gab sich amüsiert und leutselig, tat alles als ein Spiel ab, als Spiel, das er gewinnen würde. Seine Augen leuchteten vor Aufregung. Er hatte Spaß an diesem Spiel und freute sich schon darauf, die Cops wieder zu besiegen. Und vielleicht würde es ihm gelingen, dachte McGarvey.

Sie hatten gehofft, Handy umdrehen zu können, aber bisher gab er sich stur und stumm. McGarvey glaubte nicht, daß er reden würde. Als er hörte, daß Handy geweint hatte, als er von Docs Verhaftung erfuhr, hatte sich McGarvey keine großen Hoffnungen mehr gemacht.

Und jetzt waren Nick und Carmen gemeinsam eingetroffen. Man hatte ihnen sogar ein paar Augenblicke gelassen, in denen sie untereinander reden konnten. Exakt das, was er hatte vermeiden wollen, war eingetreten: Zwei der Verschwörer hatten sich absprechen können. Jetzt würde es nicht möglich sein, den einen gegen den anderen auszuspielen. Sobald der eine etwas gesagt hatte, würden sie zum anderen gehen. »Wir wissen jetzt, wie es war. Willst du jetzt nicht auch aussagen?« Ohne diese Möglichkeit würde es schwieriger sein, Nick umzudrehen. Und Nick würde Carmen zumindest empfohlen haben, nichts zu sagen, bis sie einen Anwalt hatte. Sobald ein Verhafteter nach einem Anwalt fragte, war die Polizei angewiesen, keine Fragen mehr zu stellen.

McGarvey blieb stehen und zündete sich eine Zigarette an. Er versuchte meistens, an dieser Vorschrift vorbeizuarbeiten, indem er, solange es ging, keine Frage stellte, sondern berichtete, welche Beweise sie bisher zusammengetragen hatten, ohne alle Trümpfe aus der Hand zu geben. Solange er redete, konnten sie nicht nach einem Anwalt rufen. Er seufzte. Manchmal kam er sich wie einer vor, der Staubsauger an der Tür verkaufte.

Er zerdrückte die Zigarette im Aschenbecher und betrat wieder das Zimmer, in dem Handy saß.

»Ich will einen Anwalt«, sagte Handy, bevor McGarvey etwas gesagt hatte. McGarvey nickte und ging wieder, diesmal in das Zimmer, in dem Nick von John McGrady befragt wurde.

»Hat er schon einen Anwalt verlangt?« fragte Westfall, sobald McGarvey die Tür geöffnet hatte. Die vier Juristen Westfall, Ankney, Buckles und Adelman saßen in einem kleinen Zimmer und warteten auf Nachrichten, welche Fortschritte bei den Verhören erzielt wurden. Da Handy sich geweigert hatte, ohne Anwalt auszusagen, hatte McGarvey seine Aufmerksamkeit – und seine Hoffnung – auf Nick und Carmen konzentriert.

Sie machte klar, daß sie kein Wort sagte, solange sie es nicht von ihrem Bruder gehört hatte, und Nick forderte Straffreiheit für sie beide im Austausch für seine Zusammenarbeit. Westfall hatte zugesagt, daß Carmen mit lebenslänglich davonkäme, während er bei Nick gegen die Zusicherung, Straffreiheit zu garantieren, nichts einzuwenden hatte. McGarvey wußte, daß weder Nick noch Carmen darauf eingehen würden.

»Nick bewegt sich keinen Millimeter. Er lehnt Ihr Angebot ab und beharrt auf völliger Straffreiheit für sie beide«, berichtete McGarvey. Er hatte Nick erklärt, daß sie ihn nicht wegen Mordes anklagen könnten, wohl aber – nach Bundesgesetz – wegen Mordverschwörung, und deshalb würden auch die Tonbänder vor Gericht zugelassen. »Er schwitzt ganze Eimer voll, aber er bewegt sich nicht.«

»Wenn sie nach einem Anwalt verlangt, haben wir auch gegen sie nichts mehr in der Hand«, erinnerte Ankney.

McGarvey nickte. Sie erinnerten sich gegenseitig an die Fakten, die sie alle kannten, als hofften sie, durch die ständigen Wiederholungen auf eine Möglichkeit zu stoßen, die Fakten zu ändern.

Das einzige, was sie gegen Carmen in der Hand hatten, war Englemans Anschuldigung auf Band. Sie waren zwar davon überzeugt, daß sie Peter Halm mit der Absicht geheiratet hatte, bei der Mordverschwörung mitzumachen, konnten es aber nicht beweisen. Es gab keinen Hinweis, der sie mit dem Mord in Zusammenhang brachte. Ein guter Anwalt würde hereinkommen, sich über den Tisch lehnen und die vier Juristen fragen, was sie an konkreten Beweisen gegen seine Mandantin vorlegen könnten, und dann würde er zu Carmen gehen und ihr sagen, sie könne nach Hause gehen. Es würde nie eine Anklage geben, es sei denn, sie ließen sich auf einen Handel mit Engleman ein. Und jeder Anwalt, den sie verpflichten würde, konnte ihr sagen, daß sich die Justiz nicht auf einen Handel mit Engleman einlassen würde, denn *ihn* wollten sie ja schließlich vor Gericht bringen.

»Reden Sie noch einmal mit ihm«, sagte Westfall. »Falls er noch nicht einen Anwalt verlangt hat, tuckert er nur auf sieben von acht Zylindern, ganz egal, wie hart er sich gibt. Wenn er wirklich so gerissen wäre, hätte er sofort einen Anwalt verlangt. Probieren Sie es noch einmal.«

»Es könnte unseren Fall schwächen, wenn wir sie beide laufenlassen«, mahnte Buckles. »Zeugen, denen Straffreiheit zugesichert worden ist, genießen bei den Geschworenen keine hohe Glaubwürdigkeit. Und diese beiden verdienen auch nicht, ungeschoren davonzukommen.«

»Wie lange wollen Sie ihm Zeit geben, bis er auf den Gedanken kommt, daß wir keinen starken Fall haben?« fragte McGarvey auf dem Weg zur Tür. Er war bereit, den Mirandas Passierscheine zu geben, denn er wollte Nicks Aussage. Er hatte gewußt, daß Nick darauf bestehen würde, als er ihm das erste Mal am Tisch gegenübergesessen hatte. Der Schlüssel zu Carmen hieß Nick, und Nick würde alles tun, ihren Hals zu retten.

McGarvey spürte, daß Ankney auf seiner Seite war, aber Westfall, der die Verantwortung vor der Öffentlichkeit übernehmen mußte, wenn die Zeitungen berichteten, daß man eine Mörderin laufenließ, hielt sich zurück. Die Öffentlichkeit haßte nichts mehr als Händel mit Kriminellen. Und Buckles ging es genauso. McGarvey hatte Sympathie für diese Einstellung, aber . . .

McCrady trat auf den Flur hinaus, um sich an der Kaffeemaschine zu bedienen. Nick saß allein im Zimmer, er wußte nicht, wo McGarvey war. Dieser McGarvey sauste rein und raus, sprach mit ihm, verhandelte mit den Anklägern, die irgendwo in einem Zimmer hockten, kam zurück, hörte zu, redete auf ihn ein, und immerzu wippte er mit dem Fuß.

Nick wischte sich mit einem weißen Taschentuch über die Stirn. Er wünschte, er wüßte alles, was Ruth erzählt hatte. McGarvey hatte ihm eine Bandstelle vorgespielt. Ruth und Doc unterhielten sich über den Verbleib von Carmens Versicherungsgeld. Puh, diese Geschichte war noch schlimmer, als sie sich auf dem Band anhörte. Ob Handy auch ausgepackt hatte? Das hielt er für unwahrscheinlich. Wenn Handy gesungen hätte, dann hätten sie ihm das unter die Nase gerieben. Dann bräuchten sie sich auch nicht auf einen Handel mit ihm und Carmen einzulassen.

Ihr letztes Angebot, zwanzig Jahre für Carmen wegen Mord und eine geringere Verurteilung für ihn, war immer noch nicht akzeptabel. Er würde auf Straffreiheit bestehen. Er könnte vielleicht ein paar Jahre im Gefängnis überleben, aber Carmen ... Carmen würde es nicht überstehen. Konnten sie das nicht sehen? Sie brauchten sie doch nur anzuschauen.

Er mußte wieder an Ruth denken. Sie gehörte in den Knast, nicht Carmen. Sie war Docs Partnerin gewesen, seine Vertraute. Bei jedem Coup. Diese hinterhältige Hexe ...

»Nick«, sagte McGarvey, als er zur Tür hereinkam, »versuchen wir es noch einmal.«

»Ich will Straffreiheit für uns beide«, sagte Nick. »Das ist nicht verhandlungsfähig. Nur dann sind wir zur Zusammenarbeit bereit.«

»Das ist nicht so einfach, Nick, Sie bringen mich in eine verzwickte Lage. Ich will Ihre Zusammenarbeit. Ich will mit Ihnen beiden zusammenarbeiten, damit wir Engleman hinter Gitter bringen können. Wenn ich zu entscheiden hätte, Nick, würde ich zustimmen.«

»Sie können sie überreden«, antwortete er, und in dem Moment, in dem er es aussprach, wußte Nick, daß es stimmte. In all den Jahren, in denen er mit Doc gelebt hatte, hatte er ein Gespür für Macht entwickelt, für Menschen, die etwas bewegen konnten, die andere Menschen manipulieren konnten. »Wenn Sie es wollen«, sagte er, »dann können Sie es auch.« Eine Weile sahen sie sich an.

McCrady kam mit dem Kaffee zurück. Nick beobachtete, wie sie Blicke tauschten. Daraus las Nick, daß Carmen standhaft blieb. Es vergingen ein paar weitere Sekunden, dann verließ McGarvey wieder das Zimmer.

»Wir haben keine Wahl«, sagte McGarvey den Anklägern. »Er gibt nicht nach. Spätestens morgen wird er einen Anwalt haben, dann ist das Spiel vorbei.«

Westfall fuhr sich mit einer Hand durchs Gesicht. Es waren Stunden vergangen, seit er im Restaurant ausgerufen worden war. Er hatte mit seiner Familie zu Mittag gegessen, als Gordo ihn angerufen hatte. Engleman und Handy waren bereits inhaftiert, hatte Gordo gesagt, und Westfall hatte vor Aufregung keinen Bissen mehr herunterbekommen und war sofort ins Bezirksgefängnis gefahren.

»Es geht nur so, Buzz«, sagte Ankney.

»Mir gefällt es nicht«, meldete sich Buckles. Er wußte, daß er die Arbeit zu erledigen hatte, ganz egal, wie sich Westfall entschied, denn der Bezirk erwies ihnen ja einen Gefallen. »Wenn wir aber beiden Straffreiheit gewähren sollten, muß ich Kingslands offizielle Zustimmung einholen.«

Westfalls und Ankneys Blicke begegneten sich. Ankney hob amüsiert die Brauen bei dem Wort ›Zustimmung‹. Komm schon, Buzz, sagte Ankneys Miene, du kannst deine eigene Entscheidung treffen. Natürlich konnte er das. Aber er mußte sie auch vor der Presse verteidigen. Wie viele Bürger würden empört anrufen? Und konnte er es ihnen verdenken?

»Nun?« fragte McGarvey. »Je länger wir ihm Zeit geben, desto wahrscheinlicher wird sein Ruf nach juristischem Beistand.«

»Vom Intellekt her ist es keine schwierige Entscheidung«, gab Westfall zu. »Ohne Carmen oder Handy haben wir einen schwachen Fall gegen Engleman. Handy werden wir nicht umdrehen können. Also haben wir keine große Auswahl.«

»Also?« drängte McGarvey.

»Vom Gefühl her ist es eine sehr schwierige Entscheidung. Für das, was sie getan hat, müßte sie ins Gefängnis. Die Wähler hassen es, eine Mörderin laufen zu lassen. Himmel, McGarvey, ich hasse es auch, sie laufen zu lassen.« Sie warteten. Langsam wandte sich Westfall an Buckles. »Wir bekommen sie nicht ohne Opfer. Ich bin für den Handel. Rufen Sie Kingsland an, um zu hören, wie er darüber denkt.«

Buckles nickte, stand auf und ging zum Telefon. Zehn Minuten später hatten sie Kingslands Zustimmung. McGarvey stand schon an der Tür.

»Sagen Sie ihm, daß er seiner Schwester was Gutes getan hat«, gab ihm Westfall mit auf den Weg. »Aber sagen Sie ihm nicht, daß er mit einem Anwalt noch besser gefahren wäre«, fügte Ankney hinzu.

Fünfter Teil

NICK UND CARMEN

Zögern Sie nicht, Mademoiselle,
wenn Sie den Schmerz spüren,
kommen Sie zu Svengali zurück,
er wird ihn Ihnen nehmen und
als Andenken an Sie behalten, und
Sie werden nichts sehen, nichts
hören und nichts denken außer
Svengali, Svengali, Svengali.

Aus: ›Trilby‹ von George du Maurier

Er las die Vereinbarung noch einmal, bevor er sie unterschrieb.

Nicholas Ralph Miranda wird wegen des Mordes an Peter Halm am 5. September 1976 in St. Louis County nicht angeklagt. Das trifft auch auf Carmen Miranda Halm zu.

Im Gegenzug stimmt Nicholas Ralph Miranda zu, den Detektiven von St. Louis County und St. Louis City sowie den Agenten von A. T. F. (Alkohol, Tabak und Feuerwaffen) alles über den Mord an Halm, über den versuchten Bombenanschlag auf Sophie Berrera und ihre anschließende Ermordung sowie über andere

Verbrechen zu berichten, die Dr. Glennon Engleman zur Last gelegt werden.

Mr. Miranda ist darüber informiert worden, daß seine Aussagen den Detektiven und Agenten gegenüber gegen ihn und seine Schwester Carmen verwendet werden können, falls er sich nicht zu 100 Prozent an die Wahrheit hält und falls er die Anklage gegen Glennon Engleman und Robert Handy nicht rückhaltlos unterstützt.

Carmen Halm stimmt einer identischen Vereinbarung zu. Diese Vereinbarung schließt auch eidesstattliche Erklärungen in allen Prozessen gegen Glennon Engleman und Robert Handy ein.

Zum ersten Mal, seit er nicht eingegriffen hatte, um den Mord an Eric Frey zu verhindern, fühlte sich Nick Miranda gut. McCrady, McGarvey und Steve Burris, auch ein Detektiv des County, saßen vor ihm, einer stellte das Tonband ein. McCrady würde die Fragen stellen, die beiden anderen würden zuhören.

Nick trank ein Glas Wasser in einem Zug aus. Er hatte immer noch Durst, und Hunger hatte er auch. Es war jetzt halb elf Uhr abends, und seit Mittag hatte er nichts mehr gegessen.

»Dies wird ein informelles Interview, Nick«, sagte McCrady. »Wann immer sie etwas sagen wollen, tun sie es. Stellen Sie Fragen, wann immer sie wollen. Wir wollen uns jetzt auf den Mord an Peter Halm konzentrieren.«

McCrady testete das Aufnahmegerät, dann las er die Vereinbarung vor, die sie eben unterschrieben hatten. Als er den Text hörte, lobte sich Nick im stillen, daß er diese Vereinbarung erzwungen hatte. Zwei kleine Papiere bewahrten ihn und Carmen vor dem Gefängnis. Sie erteilten ihm auch im religiösen Sinne die Absolution. Sie gaben ihm die Erlaubnis zu sprechen, zu beichten. Er wartete darauf, daß er endlich loslegen konnte. Sein in Schweiß gebadetes Gesicht glühte vor Erleichterung.

MCCRADY: Warum fangen Sie nicht damit an, daß Sie uns erklären, wie Sie in diese Sache hineingezogen wurden oder wann Sie davon erfuhren?
NICK MIRANDA: Nun, ich war 1976 in Kalifornien. Wenn ich mich richtig erinnere, ging im im März oder April dorthin, weil ich eine Karriere beim Film machen wollte, entweder als Produzent oder als Manager von TV-Schauspielern. Ich war schon ein paar Monate da, als ich eines Abends einen Anruf meiner Frau erhielt. Sie war sehr aufgeregt. Es war der Tag, an dem Peter erschossen worden war.

»Erschossen?«, fragte er ins Telefon. Sein erster Gedanke war, daß es sich um einen Jagdunfall handelte. Obwohl er nicht wußte, daß Peter auf die Jagd ging. »Was ist denn passiert?«

Barbara Miranda konnte die Tränen nicht mehr zurückhalten und schluchzte ins Telefon: »Es wäre besser, wenn du sofort zurückkommst.«

Als er den Hörer aufgelegt hatte, konnte er sich nicht mehr erinnern, ob sie ›erschossen‹ oder ›angeschossen‹ gesagt hatte. Jedenfalls hatte sie nichts davon gesagt, daß Peter tot war. Aber hätte sie sonst gedrängt, daß er nach Hause käme?

Er stand am Fenster, schaute hinaus auf die Palmen, die die Straße säumten. Er glaubte nicht an Geister, aber plötzlich sah er Eric Frey vor sich. Am liebsten hätte er Barbara jetzt zurückgerufen, aber er wußte, daß sie nicht die Antworten auf seine Fragen wußte.

Seine ganze Familie war bestürzter, als sie hätte sein sollen, dachte er. Carmen war weniger als ein Jahr mit Peter verheiratet gewesen, und in dieser Zeit hatte der Ehemann nichts getan, sich in die Familie seiner Frau zu integrieren. In Wirklichkeit hatte er sich verhalten, als wäre er eines Morgens aufgewacht und hätte erfahren, daß er mit einem armen mexikanischen Mädchen verheiratet war, ohne zu wissen, wie das geschehen konnte. Seinen einzigen Trost hatte er darin gefunden, Carmen und ihrer Familie vorzuwerfen, daß sie mexikanisch war.

Peter war der typische amerikanische Arbeiterjunge: Stur, rassistische Vorurteile, interessiert an Autos und Sport (aber nur als Zuschauer), eigentlich gutmütig, ein Arbeitstier, das wahrscheinlich bis ins hohe Alter sein Bier in derselben Kneipe mit denselben Kumpels getrunken hätte, wenn er nicht ermordet worden wäre. An Peter war nichts außergewöhnlich – nur sein Tod.

Vielleicht waren sie wegen Carmen bestürzt, die noch in einer Art Schock zu verharren schien. Seine Schwestern Nedra und Lupie kamen Nick nervös und sprunghaft vor. Als sie ihn am Flughafen abgeholt hatten, beantworteten sie seine Fragen nach dem Wie sehr zögerlich. Es war, als wenn sie was wüßten, es aber nicht auszusprechen wagten. Er fragte sie nicht, ob sie glaubten, daß an Peters Tod irgend etwas faul war.

»Unbekannter Schütze«, sagten sie, wie es auch in den Zeitungen gestanden hatte. Das stank, dachte Nick. Später sagten die Schwestern: »Glen war bei der Totenwache. Er hat gefragt, wann du kommst.« Da stank es noch mehr.

Ein Tag nach der Beerdigung sah er Carmen auf der Couch im Wohnzimmer sitzen. Seine Schwestern hielten sich mit Barbara in der Küche auf. Die Kinder spielten draußen. Himmel, was geht hier vor?, dachte er, als er Carmens Gesicht sah. Er setzte sich neben sie und nahm sie in die Arme.

»Carmen, was ist eigentlich los?« flüsterte er. Sie schaute ihn nur mit ihren großen Augen an, und darin stand so viel Angst, daß sie sich sofort auf ihn übertrug. Sie hatte alle Tränen geweint, jetzt flossen keine mehr. »Ist es das, was ich vermute?«

»Ja«, flüsterte sie und schlug die Augen nieder, beschämt darüber, daß sie trocken waren.

»Er hat ihn umgebracht, nicht wahr?« Nicks Arm zog sie fester an sich. Der Bastard hatte es getan, er hatte Carmens Mann getötet. »Glen hat ihn umgebracht, nicht wahr?«

»Ja, Glen und Bob Handy.« Sie schluckte, dann hatte sie sich gefaßt. »Wir sind nach Pacific gefahren, wo ich vorher schon einmal mit Glen war. Er sagte mir, ich sollte mit Peter an diesem Tag hingehen, und er und Bob Handy würden auf uns warten und Peter töten. Sie hatten schon zweimal vorher vergeblich versucht, ihn zu töten, und so habe ich nicht mehr damit gerechnet, daß sie es tun würden. Ich habe Peter also an die verabredete Stelle geführt, und sie haben ihn erschossen. Ich habe nie gedacht, daß sie es wirklich tun würden.«

»Carmen«, sagte er und hielt sie fest an sich gepreßt, denn sie zitterte, »weiß sonst jemand davon?« Er fürchtete, sie würde einen Nervenzusammenbruch erleiden, wenn er mehr Fragen stellte, deshalb wollte er nur das Nötigste wissen. »Hast du mit jemandem darüber gesprochen?«

»Nein.« Sie schwieg eine Weile, dann sagte sie: »Er hat gesagt, wenn ich dazu bereit wäre, hätte ich genug Geld, um Mutter ein Haus zu kaufen. Er sagte, er würde es nur tun, um mir zu helfen. Aber jetzt will ich das Versicherungsgeld nicht, Nick. Ich will gar nichts.«

»Wir reden später darüber. Aber sprich mit niemandem über diese Geschichte, ja?«

Sie nickte, und er hielt sie weiter fest. Barbara wollte hereinkommen, sah sie und blieb in der Tür stehen. Ihre Augen füllten sich mit Tränen, dann wandte sie sich ab. Mit seiner Frau konnte er über diese Sache nie reden. Sie war eine sehr religiöse Frau, es würde ihr einen Schock versetzen.

Auch für ihn war es ein Schock, und er war nicht der Mann, der leicht zu schocken war. Er hatte all die Jahre an Madres Tisch gesessen, hatte zugehört, wenn sie und Glen ihre makabre Lebensphilosophie entwickelt hatten. Und doch schockierte ihn der Mord an Peter. Madre war der Meinung, daß die großen anonymen Gesellschaften, Banken und Versicherungen ein riesiges Spielfeld für clevere Leute waren; sie zu bestehlen war eigentlich kein Diebstahl. Man nahm sich nur, um was sie einen vorher betrogen hatten. Glen hatte diese Philosophie angenommen und sie zur Leitlinie seines Handelns ausgebaut. Madre hielt alles, was Glen unternahm, für richtig, ob er ein Mädchen schwängerte oder einen Mord beging.

»Was wird geschehen?« flüsterte Carmen.

»Nichts«, sagte er und berührte ihre Schulter. »Nichts. Ich werde mich um dich kümmern. Dir wird nichts geschehen.«

Ein paar Tage später einigten sich die Geschwister bei einem Familientreffen darauf, daß Carmen eine Weile ins Krankenhaus gehen sollte. Sie hatte ihnen gesagt, daß ihr fast immer ›schwarz vor Augen‹ sei, und ihr sei egal, was mit ihr geschehe. Sie hatten Angst um sie und befürchteten, sie könnte sich das Leben nehmen.

Während sie im Krankenhaus lag, gelang es der Familie, die Polizei von ihr fernzuhalten. Sie könne keine Fragen zu dem Unfall beantworten, sagte die Familie, und die Ärzte bestätigten diese Ansicht. Nach mehreren Wochen, als es ihr wieder so gut ging, daß sie das Krankenhaus verlassen konnte, entschied Nick, sie mit nach Kalifornien zu nehmen, wo er sie beschützen und vor Fragen der Polizei bewahren konnte.

»Was springt für ihn dabei heraus?« fragte Nick sie. Er saß an ihrem Krankenbett und hielt ihre Hand. Sie waren allein im Zimmer, es war am Tag vor ihrer Entlassung. Sie mied seinen Blick. »Sag's mir, Liebling, ich werde mich darum kümmern. Ich werde dafür sorgen, daß er das erhält, was ihm zusteht, und du kannst alles andere vergessen.«

»Zehntausend Dollar. Er sagte, er würde es für zehntausend Dollar tun. Es hätte eine höhere Versicherung da sein sollen, aber die gab es nicht. Peter hat ...« Sie brach ab, und ihre Augen glänzten. »Zehntausend«, wiederholte sie, »das ist alles, was er will.«

»Ich will nicht, daß du ihn noch einmal siehst. Du darfst nicht einmal mehr in seiner Nähe sein. Ich nehme dich mit nach Kalifornien, und dann werde ich mich um dich kümmern.«

Er rief Glen an diesem Abend an und sagte, er hätte ihre Vollmacht. Er würde die Versicherungssumme in Empfang nehmen und ihm seinen Anteil auszahlen. Glen sagte, das wäre fein, dann erzählte er, wie schwierig es gewesen wäre, Nicks Schwager zu erschießen.

»Wir mußten drei Anläufe nehmen«, sagte er, »Aber beim dritten Mal hat es ›klick‹ gemacht.« Nick hörte ihn lachen. »Ja, dein Schwager war verdammt schwer umzulegen.«

Auf dem Rückflug mit Carmen nach Kalifornien fiel Nick plötzlich eine Unterhaltung von vor zwei Jahren ein. Carmen hatte ihm berichtet, daß Glen einen Plan für sie hätte, einen Plan, der ihr helfen würde, es zu was zu bringen. Es war ein schlechter Plan, hatte sie gesagt, und zugehört hatte sie nur, weil sie ihrer Mutter helfen wollte.

Nick machte sich Vorwürfe, daß er Carmen damals nicht herausgeholt hatte. Er hatte ignoriert, was sie erzählte, hatte sie im Einflußbereich des Mannes gelassen, der genau wußte, welche Knöpfe er drücken mußte, um die gewünschte Reaktion zu erhalten. Das machte Glen ja so gefährlich, daß er bei jedem Menschen in seiner Umgebung die richtige Kombination der zu drückenden Knöpfe kannte, damit sie das taten, was er haben wollte.

MCGARVEY: Haben sie gesagt, warum sie es getan haben? Ich meine, hat es eine Unterhaltung mit Carmen gegeben, warum sie Peter Halm getötet haben?
MIRANDA: Sie meinen das Motiv?
MCGARVEY: Ja, das Motiv.
MIRANDA: Es war eine Kombination von Gründen. Sie sagte mir, daß er ihr helfen wollte, sie wollte unserer Mutter helfen, Glen sagte damals auch, daß Peter meine Schwester verprügelte. Ich weiß nicht, ob das stimmte oder nicht.
MCCRADY: Hat Dr. Engleman nach Ihrer Kenntnis irgendeine Kontrolle über Carmen gehabt? Ich meine, hat er sie erpreßt oder so etwas in dieser Richtung?

MIRANDA: Nicht, daß ich wüßte.
MCGARVEY: Erinnern Sie sich daran, daß sie einmal Furcht vor Dr. Engleman oder Handy geäußert hat?
MIRANDA: Ja.

Er wischte sich übers Gesicht und bat um mehr Wasser. Sie brachten Wasser und Essen und stellten das Tonbandgerät ab, damit er essen konnte. Womit konnte er ihnen begreiflich machen, wie Glen die Menschen beherrschte, wenn er es selbst nicht verstand? Wie konnte er die Furcht erklären, mehr noch die Loyalität und die Zuneigung zu einem Menschen, von dem du wußtest, daß er jemand war, den man eigentlich nicht lieben konnte?

Als Glen noch auf der Compton wohnte, hatten die Englemans eine schwarze Bügelfrau, Lavenia, die einmal in der Woche die ganze Wäsche wegbügelte. Es gehörte zur Absprache, daß sie an diesem Tag mit den Englemans zu Mittag aß, oft mit Glen und Nick. Nick hatte sich oft gefragt, warum Lavenia den Doc so sehr mochte, wo er doch die Schwarzen fast immer attackierte. Weißt du, Lavenia, daß achtzig Prozent deiner Rasse mit dreizehn schon Geschlechtsverkehr haben? Kennst du, Lavenia, die Kriminalstatistik über die Beteiligung deiner Rasse an Vergewaltigung, Inzest und so? Und Lavenia würde hm, hm, hm machen und sagen: Diese bösen Mädchen, diese bösen Männers. Sie sagte immer ›Männers‹, ganz egal, wie oft der Doc sie verbesserte. Obwohl Nick damals noch sehr jung war, erkannte er, daß Lavenia ein Onkel Tom war, sie hielt sich für privilegiert, daß sie mit einem Weißen an einem Tisch sitzen durfte, mit einem Mann, der ihre eigene Rasse verachtete. Aber was war denn mit Nick Miranda? Was wäre die richtige Bezeichnung für ihn?

Während Nick, McGarvey und McCrady ihre Sandwiches aßen, erzählte ihnen Nick eine Geschichte über Glen, wie er eine Bombe in Bobby's Books geworfen hatte, eine Buchhandlung, die sich auf Pornographie spezialisiert hatte. Glen wollte

Bobbys Geschäft vernichten, weil er sich durch Pornographie beleidigt fühlte. Man mußte lachen über einen Mann, der mordete, sich aber von Pornographie beleidigt fühlte. Es war die erste von vielen Geschichten, die Nick ihnen über Glen erzählen würde. Er kam sich wie ein Clown vor, der sich sein Essen mit Schelmenstücken verdiente, aber er war dankbar, daß sie ihm zuhörten, und so erzählte er weitere Geschichten. Er hatte den besten Handel der Welt mit ihnen abgeschlossen, das wußte er, und deshalb würde er ihnen alles erzählen, was er wußte.

Ich kenne so viele Geschichten, daß Sie es kaum glauben werden. Seit Jahren versuchte Glen, etwas gegen einen Kaufmann zu unternehmen, dessen Geschäftsräume neben seiner Praxis lagen. Als er entdeckte, daß die Klimaanlage des Kaufmanns auf den Bürgersteig tropfte, dachte sich Glen eine Masche aus, seinen Nachbarn endlich um sein Geschäft zu bringen. Er gab einem Landstreicher zwanzig Dollar, spritzte ihn mit Novocain voll, schürfte seine Stirn mit einer Feile auf und wollte ihn dann auf den Bürgersteig legen.

Der Plan war, daß der Tramp den Geschäftsinhaber verklagen sollte, weil er auf dem nassen Bürgersteig ausgerutscht war. Nick und Glen schleppten den halb bewußtlosen Penner zum Bürgersteig. Sie suchten die nasse Stelle und schauten hoch, um festzustellen, daß die Klimaanlage nicht mehr da war. Der Bastard hatte sie weggenommen, um sie reparieren zu lassen. Sie ließen den Penner liegen.

Alle lachten über den betrogenen Betrüger.

»Habt ihr schon von dem Taco-Stand gehört?« fragte Nick. »Wir haben ihn abgebrannt, um das Versicherungsgeld zu kassieren.«

MCGARVEY: Hat er Ihnen gegenüber jemals die zehntausend Dollar erwähnt?
MIRANDA: Ja. Er hat mich eines Tages zu Hause angerufen und gesagt, er wollte mit mir über das Geld

sprechen. Ich habe ihn ganz, ganz selten angerufen. Aber er schien es zu riechen, wenn ich in der Stadt war, und dann würde er mich anrufen.

»Ich muß dich sehen«, sagte Doc zu ihm. »Komm zu mir in die Praxis, dann gehen wir zusammen essen.«

»Warum mußt du mit ihm essen gehen?« fragte Barbara ihn. »Wir haben so wenig Zeit zusammen. Warum kannst du nicht bei uns bleiben und mit uns essen?«

»Ich muß gehen«, blaffte er sie an, und er schämte sich dafür, daß er sie so unfreundlich angefahren hatte. Er und Doc trafen sich immer in der Praxis und gingen dann zusammen essen. Es war immer so.

Und er mußte gehen, das war gar keine Frage. Peter war seit fast vier Monaten tot, und die Versicherung hatte noch nicht gezahlt. Er hatte Briefe geschrieben, aber die Versicherungsleute traten auf der Stelle. Carmen ging es besser, aber längst noch nicht gut. Sie flog oft nach St. Louis, weil sie ihre Familie vermißte. Sie verpraßten Geld, das sie nicht hatten. In St. Louis konnte sie nicht bleiben wegen Doc, und in Kalifornien konnte sie nicht bleiben wegen ihrer Familie, nach der sie sich sehnte. Sie fühlten sich beide zerrissen.

»Was läuft denn da?« wollte Glen von Nick wissen. »Warum dauert es so lange? Mir sitzt die Steuer im Nacken. Ich brauche das Geld.«

»Meine Schwester hat bisher noch nichts erhalten. Und sie hat das Geld nicht, um Sie zu bezahlen, Doc. Sie müssen warten.« Er zeigte Doc einen Brief von der Versicherung, der bewies, daß er Dampf machte, wenn auch bisher erfolglos.

Doc musterte den Brief gründlich. »Okay, aber wenn das Geld kommt, läßt du's mich wissen, ja?«

Ein paar Wochen später erhielt Carmen einen Scheck über elftausend Dollar. Der Scheck wurde an ihre Adresse in Kalifornien geschickt. Sie flogen nach Hause und lösten den Scheck bei der Commerce Bank ein. Nedra wartete auf sie und verließ mit Carmen das Gebäude durch eine Hintertür, damit sie dem Doc nicht begegnen würde, falls er vor der Bank wartete. Der Bankmanager versuchte ihnen auszureden, sich die volle Höhe des Schecks in Bargeld auszahlen zu lassen. Er sprach nur mit Nick, der offenbar das Sagen hatte, obwohl der Scheck auf Carmens Namen ausgestellt war.

Nick ließ sich die Summe in Hundert-Dollar-Scheinen auszahlen. Doc wartete auf einem Parkplatz in der Nähe.

»Es überrascht mich, daß es nicht mehr ist«, sagte Doc. Inzwischen hatte er begriffen, daß sie nicht soviel Versicherungsgelder bekommen würden, wie sie erwartet hatten. »Sie hätte sich davon überzeugen sollen, daß der Name des Begünstigten auf der anderen Police geändert wurde. Was für eine Verschwendung! Die alten Halms kriegen die dicke Versicherung. Was für eine verdammte Verschwendung.«

Bald kam noch einmal Geld – Geld, das sie nicht an Glen weitergeben mußten. Nick konnte sich nicht mehr erinnern, um welche Summe es sich handelte. In Kalifornien eröffnete er ein Konto unter dem Namen ›C & N Enterprises‹, wobei C und N für Carmen und Nick standen. Sie planten, das Geld zu investieren, damit es mehr Ertrag abwarf, ganz egal, durch welche Umstände sie an das Geld gekommen waren. Carmen wollte von diesen Plänen nichts wissen, sie wollte nur Geld für ihre Heimflüge haben. Daher interessierte sie auch nicht, was Nick mit seinen Plänen erreichte. Viel war es nicht. Er investierte in die falschen Dinge und schließlich auch in einen Mercedes Benz, an dem er nicht die große Freude hatte, die er sich erhofft hatte. Nein, sagte er den Cops, die seiner Geschichte lauschten, er könne sich nicht mehr an die Summe erinnern und auch nicht mehr, wohin das Geld geflossen war. Einige Unterlagen habe er bestimmt noch, er werde sie finden.

Es war 0 Uhr 32 am Montag, 25. Februar, als sie das Interview beendeten. Als nächste war seine Schwester dran, sagten sie ihm.

Carmen besah sich die drei Männer, von denen Nick gesagt hatte, daß sie ihnen trauen müßte. Mußte, nicht: konnte. Ihr blieb keine andere Wahl. Wie sie auch keine Wahl gehabt hatte, dem Doc zu trauen. Diesmal konnte wenigstens jeder verstehen, warum sie keine andere Wahl hatte. Der Mann, der Burris hieß, sagte, daß er die Fragen stellen würde, aber auch die anderen konnten die eine oder andere Frage einwerfen, und sie konnte natürlich auch fragen. Was hätte sie fragen sollen? Was wußten die drei, was sie hätte wissen wollen?

BURRIS: Okay, Carmen, warum erzählen Sie uns nicht von Ihrer Beziehung zu Dr. Engleman? Wie sind Sie überhaupt mit ihm bekannt geworden, wie genau war die Beziehung?
CARMEN MIRANDA HALM: Ich habe Dr. Engleman mein ganzes Leben lang gekannt.
BURRIS: War er ein Freund der Familie?
HALM: Ja, er war ein Freund der Familie.
BURRIS: Waren Sie bei ihm beschäftigt?
HALM: Ja.

Sie erinnerte sich nicht daran, wann sie sich des Doktors das erste Mal bewußt wurde. Er sagte, er kenne sie besser als sie sich selbst. Oft überraschte er sie mit Einzelheiten aus jener Zeit, als sie noch klein war, wie sie erzogen worden war, Dinge, die sie vergessen hatte. Er sagte, ihr Vater wäre ein Trunkenbold und ihr Bruder Bobby tauge nichts und würde eines Tages im Gefängnis enden und daß sie und ihre Familie nicht genug zu essen hatten. Solche Dinge wußte er. Sie und Nedra und Lupie, sie alle hatten sein Haus saubergehalten, und später hatten sie sich als Babysitter für Sandy Freys Baby Melissa abgewechselt, von dem er sagte, daß es auch sein Baby war. Nein, sie konnte sich nicht erinnern, wann der Doc in ihr Leben getreten war. Er war immer schon dagewesen.

»Warum hast du das getan?« schrie ihre Mutter sie an. »Wie willst du je was erreichen, einen anständigen Job zu bekommen, wenn du keinen Schulabschluß hast?«

Sie hatte mitten im zehnten Schuljahr die High School verlassen, einfach so, und ihre Mutter war wütend. Nick war damals nicht oft da, sonst wäre auch er wütend gewesen. Ihr großer Bruder Nick las oft in dicken Büchern, und er hatte heute einen größeren Wortschatz als der Doc. Ja, der Doc, was würde er dazu sagen? Während Mama schrie, dachte sie daran, was Glen wohl dazu sagen würde, daß sie die Schule verlassen hatte. An seiner Meinung lag ihr mehr als an jeder anderen.

Zu der Zeit ging Carmen mit ihrem Freund Joe. Es war so verlockend, nicht mehr zur Schule zu müssen, lange schlafen zu können, ein bißchen putzen zu gehen und dann mit Nedra im Auto ihrer Freundin herumzufahren.

Verlockend war auch die Zeit mit ihrem Freund. Er war wie ein Hündchen, eifrig, anhänglich, klebte wie eine Klette an ihr, und sie ließ ihn gewähren, weil es zuviel Energie kostete, sich zur Wehr zu setzen. Es löste ein gewisses angenehmes Gefühl der Melancholie in ihr aus, einfach dazuliegen, sich ihm zu ergeben, sein Küssen und Streicheln zu genießen, und das andere nahm sie auch hin.

Sie wurde schwanger.

Es war einfach passiert, ihr passierten eben solche Dinge, und später reute es sie. Sie war siebzehn. Nedra und ihre Freundin brachten sie in die Praxis von Dr. Engleman. Es war an einem Abend, und er sagte, damit würde er leicht fertig.

»Ich schiebe einen Schlauch in deine Vagina, Carmen«, sagte er mit seiner sanften Stimme, die ihr das Gefühl gab, doch nicht so ein schlechtes Mädchen zu sein. Kein anderer Mann hatte eine so sanfte Stimme und so sanfte, weiße Hände. Es hatte weh getan, als er den Schlauch einführte, aber er hatte gesagt, daß sie keine Schmerzen spüren würde, und wenn er das sagte, dann stimmte es auch. »Ich lasse den Schlauch drin«, sagte er. »Wenn du anfängst zu bluten, ziehst du ihn heraus. Es wird wie eine ganz normale Periode sein, Carmen, vielleicht ein bißchen heftiger, das ist alles. Kein Grund zur Sorge.« Sie hätte für immer und ewig dieser Stimme lauschen wollen.

Als später die Krämpfe einsetzten, erinnerte sie sich an seine Worte: »Kein Grund zur Beunruhigung.« Sie begann zu bluten und zog den Schlauch heraus, wie er es ihr gesagt hatte. Dann legte sie sich ins Bett. Später mußte Nedra kommen und mehrere Tücher unter sie legen, so stark blutete sie. Trotzdem drang das Blut zum Laken vor. Wie sollte sie das Bettuch waschen, ohne daß Mama es sah?

»Carmen, Carmen«, weinte Nedra, die neben ihrem Bett saß. Es war zwischen drei und vier Uhr morgens, und Carmen fühlte sich matt und schwach und benommen. »Carmen, du blutest zu stark.«

Nedra schlug die Decke zurück. Carmen stützte sich auf die Ellbogen. Das Bett war voller Blut und Blutklumpen. Carmen mußte sich wieder hinlegen, ihr war schwindlig, und sie fürchtete, sich übergeben zu müssen. Er hatte gesagt, sie brauche sich keine Sorgen zu machen, und das mußte stimmen.

»Ich rufe lieber einen Krankenwagen, Carmen«, rief Nedra aufgeregt. »Du blutest zu stark!«

»Nein, Ned. Warte noch. Er hat gesagt, es würde bluten, und ich sollte mir keine Sorgen machen.« Nedra wartete noch eine Stunde. Sie wußte nicht, was sie tun sollte. Carmen ging es immer schlechter, von Zeit zu Zeit wurde sie ohnmächtig. Nedra rief ihren Namen, aber sie reagierte nicht.

»Ich rufe Mama«, sagte Nedra, und die Tränen liefen ihr übers Gesicht. »Besser, daß sie es erfährt, als daß dir etwas zustößt . . .«

Plötzlich stand Mama am Bett, das Gesicht schneeweiß. Ihre Stimme zitterte, als sie Nedra fragte, was mit Carmen sei.

Carmen wußte nur noch, daß sie dann endgültig ohnmächtig geworden war. Sie wachte erst wieder im Krankenhaus auf, neben ihr stand die weinende Mama.

»Wer hat Ihnen das gemacht?« fragte der Arzt sie. Zu Carmens Mutter gewandt, sagte er: »Sie wäre verblutet, wenn Sie noch länger gewartet hätten.« Dann wieder zu Carmen: »Sagen Sie mir, wer Ihnen das gemacht hat.«

»Niemand«, flüsterte sie und schaute Mama an, die nie zu wissen brauchte, daß es Glen war. »Ich habe es selbst gemacht.« Es konnte nicht Glens Schuld sein. Wenn etwas schiefgelaufen war, dann hatte sie etwas falsch gemacht.

Ich will, daß du für mich arbeitest, Carmen«, sagte er eines Tages. »Ich bilde dich zu einer Dentaltechnikerin aus. Dann findest du immer Arbeit, ganz egal, was kommt. Du hast einen Beruf.«

»Aber ich habe die High School nicht abgeschlossen«, wandte sie ein. Seit der Abtreibung hatte sie Scheu vor ihm, obwohl sie Nedra das Versprechen abgerungen hatte, ihm gegenüber nie etwas vom Krankenhaus zu erwähnen. Irgendwie hatte sie das Gefühl, ihn zu verletzen, wenn er das mit dem Krankenhaus wüßte. »Ich habe keinen Abschluß«, sagte sie wieder, »und Mama sagt, ohne Abschluß könnte ich nichts werden.«

»Grundsätzlich hat sie recht. Niemand sonst würde dich anstellen. Aber ich will dir helfen, dir was beibringen.«

»Vielen Dank.« Niemand sonst würde ihr eine Chance geben. Sie war ihm erneut dankbar.

Kurz nachdem sie beim Doc angefangen hatte, ging sie mit Freunden auf einen Floßtrip. In der Nacht schlüpfte einer der Jungs zu ihr in den Schlafsack. Es war eine warme Nacht, und sie hatte den Reißverschluß nicht hochgezogen. Plötzlich lag der Junge über ihr, sie spürte seinen Penis zwischen ihren Schenkeln. Er keuchte und küßte sie, leckte ihr Ohrläppchen. Sie mußte kichern, und das nahm er als Zustimmung.

Eine Woche später rief der Junge sie an und sagte, er wäre beim Arzt gewesen und könnte sie angesteckt haben. Sie sollte sich untersuchen lassen.

Sie wußte nicht, warum sie immer zu Glen ging, aber sie war beschämt und wußte nicht, zu wem sie sonst gehen sollte. Sie kannte keinen anderen Arzt.

Er sagte, sie sollte sich in den Zahnarztstuhl setzen, dann würde er sie untersuchen. Mit einem Wattestab fuhr er in ihre Vagina. Das tut nicht weh, sagte er, warum zuckst du? Komm schon, Carmen, du hast eine Abtreibung hinter dir, da wird dich so was doch nicht schrecken. Sie sah, wie er den Wattestab herauszog und mit dem dicken Ende über ein dünnes Glasplättchen strich. Damit wollte er zu einem Freund gehen, der den Abstrich untersuchen würde, dann wüßten sie, ob sie was gefangen hätte oder nicht.

Natürlich hatte sie. Er gab ihr Penicillin.

BURRIS: Hat Dr. Engleman auch in dieser Zeit, als er Ihnen mehrmals geholfen hat, keine sexuelle Beziehung mit Ihnen begonnen?
HALM: Nein. Er hat es einmal versucht, Aber ich hab's ihm gesagt.
BURRIS: Was haben Sie ihm gesagt?
HALM: Er hat es einmal versucht, und ich bat ihn, es nicht zu tun. Er sprach ein paarmal darüber, daß wir es zusammen tun könnten, aber ich sagte ihm, ich möchte das nicht. Einmal hat er es dann trotzdem versucht, aber ich sagte: Bitte nicht.

»Es wäre nicht das erste Mal«, sagte er. Sie waren allein in der Praxis und bereiteten sich für den ersten Patienten vor. Dies war die Zeit, in der sie meist mit ihm redete, ihm von ihren Problemen erzählte. Seit Tagen hatte er ihr gesagt, er hätte die Lösung für ihre Probleme, die Lösung wäre ganz einfach. Sie sollte jemanden heiraten, und er würde ihn umbringen.

»Es wäre nicht das erste Mal«, wiederholte er. »Ich habe Bullock umgebracht. Du warst damals noch ein kleines Mädchen. Erinnerst du dich an das Weihnachtsfest, als ich deiner Mutter das Geld für die Geschenke brachte? In diesem Jahr hätten keine Geschenke unterm Baum gelegen, Carmen, wenn Doc sie nicht hingelegt hätte. Und das war nicht das einzige Mal. Ich habe auch Peter Frey getötet. An ihn erinnerst du dich noch, du kennst auch die Wohnung, in der Sandy nach Erics Tod gelebt hat. Du bist mit Nedra dort oft schwimmen gewesen.«

Sie hörte zu, glaubte nicht so recht daran, fand sich aber gefangen von der Welt, die er mit seiner sanften Stimme schuf; eine Welt mit einer eigenen Wohnung und einem Swimmingpool, der zum Apartmenthaus gehörte.

Jeden Tag fügte er mehr Einzelheiten seines Plans an. Sie glaubte nicht viel von dem, was er sagte, aber sie zog alles in sich auf; seine Worte und Ideen und Pläne waren wie der Nachtisch eines guten Essens für sie, und wenn ihr Dinge in seinen Erzählungen nicht gefielen, dann überhörte sie sie einfach.

»Was mich«, sagte sie eines Tages zu ihm, »an meinem Leben stört, ist, daß ich nicht vorankomme, daß ich nur existiere, mehr nicht.«

»Du existierst einfach nur so wie deine Mutter, Carmen. Sie ist eine hart arbeitende Frau, aber sie hat nie die Chance gehabt, es zu etwas zu bringen in ihrem Leben. Menschen wie du, Carmen, müssen sich Chancen suchen und sie wahrnehmen. Sie fallen dir nicht in den Schoß.«

Er redete endlos mit ihr, seine Stimme war wie ein Strom. Meistens mied er all die Dinge, die sie nicht hören wollte, er sprach nicht vom Töten und schimpfte nicht über die Homosexuellen und Juden und Neger, nicht in ihrer Gegenwart, oder höchstens, wenn ein Patient ihn rasend gemacht hatte.

»Ich möchte mehr haben als meine Mutter«, sagte Carmen ihm. »Ich möchte Mama helfen. Es ist nicht fair, daß sie so hart arbeiten muß und nicht einmal ein eigenes Haus hat.«

»Ich kann dir helfen«, sagte er. »Wenn du jemand heiratest, bringe ich ihn um. Dann hast du einen guten Start in dein Leben.«

Sie hörte zu, doch sie glaubte nicht an das Umbringen. Aber

was er über den Start sagte, mit einem Haus für die Mutter und eine Wohnung für sie, zu der ein Swimmingpool gehörte ... das gefiel ihr, und das wollte sie glauben. Es hörte sich wie im Märchen an. Im Märchen starb man nicht wirklich.

Doc schien zu bemerken, wann sie besonders niedergeschlagen und deprimiert war; dann fing er wieder von seiner Idee an, einen Mann zu heiraten, den er töten würde.

»Woher soll ich wissen, wen ich heiraten soll?« fragte sie. Zu diesem Zeitpunkt hatte sie keinen Freund. Es war harmlos, über einen Ehemann in spe zu reden, wenn sie nicht mal einen Freund hatte. Außerdem war er der gebildete, angesehene, erfahrene Mann, sie wollte so viel lernen von ihm, wie es nur ging. »Wo soll ich einen Mann finden? Ich kenne keine reichen Männer.«

»Carmen, du würdest keinen reichen Mann heiraten wollen. Es gibt zu viele Fragen, wenn ein reicher Mann stirbt. Halt dich fern von Ärzten, Geschäftsleuten, Polizisten und Juristen. Du mußt alle meiden, deren plötzlicher Tod Aufsehen erregen würde. Du mußt dir einen Mann mit einem anständigen Job in einer großen Firma suchen, einen durchschnittlichen Mann. Die großen Firmen zahlen gut. Wenn du geheiratet hast, schließt du eine Versicherung auf ihn ab, das geht einfach über den Postweg. Und dann bringen wir ihn um. Bob Handy und ich killen ihn für dich. Es wird wie ein Unfall aussehen. Wir wollen einen Anteil vom Versicherungsgeld haben, der Rest ist für dich.«

Sie hatte Kopfschmerzen. Sie schloß die Augen und sah vor sich das verhärmte Gesicht ihrer Mutter, voller Tränen, bleich, wie sie neben ihrem Krankenbett gestanden hatte. Wie stolz würde sie sein, wenn sie ein eigenes Haus hätte.

Fast ein Jahr lang redete er davon. Sie würde heiraten und ihren Mann zu einem einsamen Waldstück locken, irgendwo im Franklin County, wo sie auch Eric Frey getötet hatten und wo der Sheriff keine Fragen gestellt hatte. Bob Handy und er würden dafür sorgen, daß es einen Unfall gab.

Sie hatte die Geschichte schon so oft gehört, daß sie gar nicht mehr so häßlich klang wie zu Anfang, aber es war romantisch, sich als schöne Witwe vorzustellen, deren Ehemann im Wald getötet worden war und der ihr sein Vermögen vermacht hatte. Romantisch. Keiner der Männer, mit denen sie bisher ausgegangen war, eignete sich für den Plan, entschied der Doc. Bis sie ihm von Peter Halm erzählte.

BURRIS: Während Sie also bei Dr. Engleman beschäftigt waren, fingen Sie an, sich mit Peter Halm zu verabreden?
HALM: Nun ja, ich ging mit Peter schon aus, als ich noch viel jünger war, fünfzehn oder sechzehn. Aber dann machten wir Schluß. Später fingen wir wieder an, machten wieder Schluß. So ging das ein paarmal.
BURRIS: Wann begann denn die letzte Freundschaft mit ihm vor ihrer Ehe?
HALM: Ich glaube, das war ein Jahr vor der Ehe.

»Er ist der Richtige, Carmen«, sagte der Doktor. Sie waren wieder allein in der Praxis, kurz bevor die ersten Patienten kamen. Wieder erzählte er ihr von seinem Verhältnis mit Sandy Frey, und dann sagte er, daß das Goldmächen Barbara sich genau nach seinem Plan verhielt.

Sie wußte, wer Barbara war. Sie hatte Barbara kurz vor ihrer ersten Ehe kennengelernt, derjenigen, die mit der Scheidung endete, und vorher und danach hatte sie Barbara oft in der Praxis getroffen.

»Er arbeitet bei Southwestern Bell, Liebling, die haben gute Sozialleistungen. Ich habe mich erkundigt. Nach seinem Tod zahlen sie dir noch ein Jahr lang sein Gehalt, zusätzlich zu der Versicherungssumme. Er ist der richtige Mann für dich, Carmen. Ein Durchschnittsarbeiter aus einer Durchschnittsfamilie.

Niemand wird allzu große Bemühungen anstellen, um die genauen Umstände seines Todes herauszufinden. Sie sehen sich den Unfallort an und werden sagen, es war ein Unfall, weil Handy und ich es so aussehen lassen, als wäre es ein Unfall gewesen.«

»Und wenn er mir keinen Antrag macht?« fragte sie. »Ich habe ihn schon ein paarmal getroffen, und er hat noch nicht vom Heiraten gesprochen.«

»Schatz, du mußt ihn dazu bringen«, sagte Doc und lächelte sie in einer Art an, die ihr sagen sollte, daß sie eine naive Frage gestellt hatte. »Du wirst ihn auf dieselbe Weise dazu bekommen, dich zu heiraten, wie Frauen in allen Zeiten ihre Männer dazu gebracht haben, sie zu heiraten – durch Sex.«

Sie errötete, und als ob er ihre Gedanken erraten könnte, sagte er: »Ich weiß, daß du Sex mit ihm machst, Carmen, aber du mußt mehr tun, als nur da liegen und es über dich ergehen lassen, wenn du willst, daß er dich heiratet. Du mußt verführerisch sein, Liebling.«

Am nächsten Morgen brachte er eine Ausgabe der *Riverfront Times* mit. Er hatte eine Anzeige eingekreist, eine Anzeige für einen Bauchtanzkursus. »Den machst du mit«, sagte er. »Dann tanzt du für Peter. Das wird ihn wild machen.«

Er wies sie an, welche Geräusche sie von sich geben sollte, während Peter Liebe mit ihr machte. »Du mußt seufzen und stöhnen, Liebling«, sagte er, »ob dir danach zumute ist oder nicht. Nicht einfach daliegen und es erdulden. Das kann er bei jeder Frau haben.« Er beschrieb sein Sexualleben mit Ruth und Barbara und den anderen Frauen, die er geliebt hatte, darunter auch Lupie, ihre Schwester, aber da hatte sie gesagt, nein, ich will es nicht hören, nicht das mit Lupie.

Er erklärte ihr, wie sie Peter aufgeilen konnte. Fellatio, sagte er, treibt einen Mann in den Wahnsinn. Sie hatte das Wort Fellatio noch nie gehört. Den Kopf gesenkt, denn sie wollte nicht in seine Augen sehen, falls es ein schlimmes Wort war, fragte sie: »Was ist das?«

»Lutschen, Carmen, lutschen. Das kennst du doch, oder? Das macht du doch auch? Saugst du nicht seinen harten Schwanz in deinen Mund?«

Diese harten Wörter waren wie Stromschnellen auf dem Strom seiner Stimme, aber sie war schon solange auf dem Stom unterwegs, daß sie die Stromschnellen hinnahm, fast ohne zusammenzuzucken. Sie mochte diese Ausdrücke nicht, und er wußte das. Sie glaubte, er wollte sie bestrafen, indem er die Wörter benutzte.

»Nun, Schatz? Vielleicht machst du's ihm so ja gar nicht. Also, von jetzt an machst du es so, wie ich es dir sage, Carmen. Nichts kann schiefgehen, wenn du das tust, was ich dir sage.«

Sie nickte. Vielleicht würde ihr Peter tatsächlich einen Antrag machen, wenn sie das tat, was der Doktor ihr riet. »Ja.«

»Okay, Honey, du nimmst ihn in die Hand, seinen Schwanz, und faßt ihn ganz unten an.« Er drückte zwei Finger zusammen und umfaßte sie mit der anderen Hand. »Und dann stülpst du deinen Mund darüber.« Sie mußte lachen, als sie sah, wie er den Mund über seine eigenen Finger senkte. »Du leckst am Schaft auf und ab, mal von dieser, mal von der anderen Seite, dann nimmst du seine Eier mal in den Mund, aber behutsam, und keine Zähne! Du saugst sie vorsichtig in deinen Mund, dann zurück zum Schaft, laß ihn wieder in deinen Mund eintauchen. Saug die Eichel, Carmen, bis deine Kinnladen schmerzen, immer nur saugen.«

Als sie die Ratschläge später bei Peter verwirklichte, hörte sie im Hinterkopf die Stimme des Doc. Daß sie seiner Stimme auch dann lauschen mußte, wenn sie gar nicht sprach, war vielleicht ein Teil ihrer Buße.

BURRIS: Wann haben Sie Dr. Engleman das erste Mal gesagt, daß Sie beabsichtigen, Peter zu heiraten?

HALM: Dr. Engleman hat mir gesagt, wenn es zwischen Peter und mir ernst würde, müßte ich aufhören, bei ihm zu arbeiten. Als er mir dann einen Antrag

machte, hat Dr. Engleman mir einen Job bei Dr. Albair besorgt. Ich sollte ihn jeden Tag anrufen, oder wenigstens jeden zweiten Tag, um ihm zu sagen, wie sich alles entwickelte. Das habe ich auch getan.

BURRIS: Sie haben ihm gesagt, daß Sie heiraten würden, und blieben trotzdem mit ihm in ständigem Kontakt?

HALM: Ja.

BURRIS: Als Sie ihm sagten, daß Sie heiraten würden, hat er da die Tatsache erwähnt, daß er immer noch plante, den Mann zu töten?

HALM: Jedes Mal, wenn wir zusammen sprachen.

BURRIS: Blieben Sie mit Dr. Engleman in Kontakt, auch nachdem Sie und Peter verheiratet waren?

HALM: Ja, ja.

»Carmen, wir sollten uns treffen, um den Plan zu diskutieren. Kannst du am Samstagnachmittag in die Praxis kommen?«

»Nun ja . . .« Sie zögerte, aber er bestand darauf. *Carmen, wir müssen den Plan diskutieren.* Sie war jetzt verheiratet, und sie glaubte nicht, daß es geschehen würde. Es war schwer zu glauben, daß er überhaupt jemanden getötet hatte. Vielleicht sagte er solche Dinge, um sich wichtig zu machen. Sie war jetzt verheiratet, und wie die Prinzessin in dem Märchen, an das sie sich noch vage erinnern konnte, wollte sie nun nicht den Preis an den Mann zahlen, der die Hochzeit arrangiert hatte.

»Du weißt, Carmen, daß du mich alle zwei Tage wenigstens anrufen solltest, und seit fünf Tagen habe ich nichts mehr von dir gehört. Seit fünf Tagen! Also, jetzt will ich, daß du am Samstagnachmittag in die Praxis kommst.« Dann noch mal, die Stimme nun schärfer: »Samstagnachmittag, hast du verstanden?«

»Ja«, sagte sie, »ja, ich komme.«

Sie war verheiratet, und sie wollte am Samstagnachmittag nicht bei ihm sein. Die Ehe war nicht das, was sie sich erträumt hatte, aber sie war auch nicht so schlecht, wie sie hätte sein können. Manchmal stritten sie sich, und wenn Peter richtig wütend war, schubste er sie auch schon mal herum. Sie wußte, daß auch er enttäuscht war. Was immer er glaubte, geheiratet zu haben – er hatte es nicht.

Carmen wollte nicht da sein, aber am Nachmittag saß sie auf der Theke in dem Raum, den er gern sein Labor nannte. Hier wurden die Abdrücke der Zähne gemacht; die Abdrücke wurden dann in ein Dentallabor geschickt, wo die richtigen Zähne angefertigt wurden. Engleman hatte noch einen Patienten, er hatte ihr gesagt, sie solle warten. Er stand vor ihr, drückte ihr seine Hände auf die Brüste, berührte sie dann zwischen den Beinen.

»Bitte, nicht.«

Sie hatte Angst, daß er wieder damit anfangen würde, wenn er zurückkam, aber er stellte sofort eine Menge Fragen.

»Hast du dich davon überzeugt, daß er den Namen des Begünstigten auf der Police seiner alten Versicherung geändert hat? Oder steht noch der Name seiner Eltern da? Bist du sicher, daß das Haus auch auf deinen Namen eingetragen ist? Hat er eine Hypothekenversicherung?«

Sie sagte zu allem ja, aber sie log.

»Hast du die Versicherungsgesellschaft angerufen und eine weitere Versicherung auf sein Leben abgeschlossen?«

Wieder sagte sie ja, und wieder log sie. Sie hatte eine zusätzliche Versicherung abgeschlossen, aber nur wegen seines Freundes, mit dem er gemeinsame Motorradfahrten unternahm und der eine weitere Versicherung empfohlen hatte.

»Okay«, sagte Dr. Engleman und rieb sich die Hände. »Das hast du gut gemacht, Carmen. Der Rest ist einfach. Nichts kann schieflaufen. Handy und ich sind bereit.«

Er sah sie so eindringlich an, daß sie die Augen schließen mußte. Das letzte Mal, als sie darüber gesprochen hatten, hatte sie gesagt, daß sie es nicht wolle, aber da war er sehr wütend geworden, sehr enttäuscht über sie. Glen wurde nicht wütend wie andere Menschen. Er lief rot an, als ob alles in ihm zu kochen anfinge. Sie hatte noch nicht erlebt, wie er explodierte, und sie hatte Angst davor, dann in seiner Gegenwart zu sein. Wenn er platzte, würde sie bei der Explosion Schaden nehmen, das wußte sie genau.

Als er ihr gesagt hatte, wie enttäuscht er wäre, da hatte sie rasch gesagt: »Ja, gut, ja gut, ich mach's, es tut mir leid.« Und dann war das Rot in seinem Gesicht langsam gewichen, als ob es sich in sein Inneres zurückverkroch, und sie konnte wieder frei atmen.

Auch jetzt stimmte sie wieder zu und hoffte, es würde nie geschehen.

»Wenn ich Peter töte, dann will ich deinen Bruder Bobby auch töten. Bring ihn mit.«

Er haßte Bobby, sie wußte nicht genau, warum. Vielleicht haßte er Bobby, weil er nie so fasziniert von ihm war wie Nick.

»Ja«, sagte sie, obwohl sie nie die Absicht hatte, ihren Bruder in den Tod zu führen.

> **BURRIS: Wurden zwischen Ihnen ganz gezielte Pläne über die Art des Todes von Peter erörtert?**
> **HALM: Ja, etwa einen Monat vor seinem Tod haben wir Pläne diskutiert, aber sie schlugen fehl.**

Sie und Peter waren mit einem Mann namens Tim befreundet, der in High Ridge wohnte, einer bewaldeten Gegend, die dem Doc zusagte, weil sie außerhalb des Zuständigkeitsbereiches der St. Louis County Police lag. Er sagte ihr, sie sollte Peter an einem bestimmten Tag zu einem Besuch bei Tim überreden. Er und Handy würden sich im Wald versteckt halten und Peter bei dieser Gelegenheit töten. Es war nicht schwierig, Peter zu überreden, denn er mochte Tim.

»Nörgle nicht wieder, daß ich zuviel Bier trinke«, sagte er ihr unterwegs im Auto. Sie hatte ihn schon verärgert, weil sie darauf bestanden hatte, im Auto zu fahren, nicht mit dem Motorrad. Sie hatten sich gestritten, aber er hatte ihr verziehen. Das zeigte er dadurch, daß er ihren Nacken kraulte, was sie so gern mochte. »Ich will mich amüsieren, also laß mich ein paar Bier trinken.«

»Okay, aber dann will ich das Auto auf dem Heimweg fahren«, sagte sie. Plötzlich fiel ihr ein, daß er die Heimfahrt nicht mehr erleben sollte. Sie mußte an Doc und Handy denken, die in der Nähe von Tims Haus im Gebüsch lagen, die Flinte im Anschlag. Aber sie konnte es nicht glauben. Peter saß voller Leben neben ihr, er würde heute nicht sterben.

Sie saßen ungefähr eine Stunde bei Tim, als sein Hund einen Mann im Wald aufstöberte und angriff. Tim sah noch, wie der Mann davonrannte, aber er erkannte ihn nicht.

Am anderen Tag erfuhr Carmen, daß Dr. Glennon Engleman dieser Mann war. »Der verdammte Köter hat mich ins Bein gebissen«, fluchte er. »Ich sollte den Bastard verklagen, dem das Vieh gehört.«

Als sie den nächsten Plan durchgingen, wie Peter umzubringen wäre, redete sich Carmen ein, daß es auch diesmal fehlschlagen würde. Vielleicht waren es auch nur Hirngespinste vom Doc.

»Weißt du, was du mit dem Geld tun solltest, Carmen? Kauf dir eine Eigentumswohnung im Süden von St. Louis oder noch weiter südlich auf dem Land. Das wäre eine prima Investition.«

Sie waren in seinem Wagen unterwegs, um sich eine Stelle anzusehen, die er sich als nächsten Tatort ausgesucht hatte. Es war eine überdachte Brücke, und sie lag in der Nähe der Adresse, wo sie eine Standuhr abholen sollte. Sie hatte die Uhr bei einem Telefonverkäufer gewonnen – er hatte ihr eine Frage gestellt, und sie hatte die Antwort gewußt. Glen war überrascht, daß sie gewonnen hatte. Aber als sie ihm von dem Telefonverkäufer erzählte, lachte er nur.

»Das ist doch ein ganz mieser Trick. Sie geben dir einen wertlosen Preis, vielleicht eine zehn Zentimeter hohe Uhr, damit sie dich in ihr Geschäft kriegen, und wenn du einmal da bist, schwatzen sie dir ein Grundstück zu einem horrenden Preis auf. Aber das kommt uns gerade recht, es gibt dir einen Vorwand, Peter in diese Gegend zu locken.«

Vor der Brücke stiegen sie aus dem Auto und gingen zu Fuß hinüber. Es war eine hübsche Brücke, das Dach war rot angestrichen, und unten plätscherte das klare Wasser des Flusses. Sie hatte noch nie eine solche Brücke gesehen.

»Warum hat sie ein Dach?« fragte sie, und er erklärte ihr, daß es davon nicht mehr viele gäbe im Land, und das Dach und die Seitenverkleidung wären für den Viehtrieb erforderlich gewesen: »Kühe werden nervös, wen sie woandershin als geradeaus schauen können.« Wieder einmal wunderte sie sich darüber, was er alles wußte. Er nahm sie am Arm und führte sie auf die andere Seite, ganz väterlich. Sie fühlte sich sicher bei ihm.

Als sie Peter über die Brücke führte, erzählte sie ihm die Geschichte mit dem Vieh, aber er sagte, das wäre ausgemachter Quatsch. »Woher hast du eigentlich so einen Unsinn? Du hast nicht mal die High School abgeschlossen und willst alles wissen. Genauso mit deiner verdammten Uhr. Wir sind den ganzen Weg gekommen, um eine wertlose verdammte Uhr in Empfang zu nehmen. Irgendein Arschloch will dir was andrehen, und du fällst darauf rein.«

Sie blieben eine Weile auf der Brücke stehen und schauten dem fließenden Wasser zu. Er war nicht eigentlich wütend auf sie, eher gelangweilt, vielleicht enttäuscht. Sie waren nicht die einzigen Leute, die wegen der Uhr gekommen waren, einige in feinen Kleidern und teuren Autos. Ob die auch alle so dumm waren? In der Ferne hörten sie Kinder herumtoben und Hundegebell.

Nichts geschah. Sie hatte es auch nicht erwartet. »Das mit dem Vieh stimmt«, sagte sie. »Ich habe es in einem Buch gelesen.«

»Diese verdammten Kinder«, sagte der Doc am anderen Tag. »Die Kinder und ihre Hunde. Wir mußten uns verziehen. Sie haben uns gesehen. Wir konnten nicht schießen. Der Kerl hat mehr Glück als Verstand.«

BURRIS: Der dritte Versuch führte dann zu Peters Tod, ist das richtig?
HALM: Ja.
BURRIS: Wann begann die Diskussion über den dritten Versuch?
HALM: So etwa drei Wochen vor seinem Tod. Ich habe mich mit Dr. Engleman in seiner Praxis getroffen, und dann sind wir zu dieser Stelle gefahren.
BURRIS: Hat er Sie hingefahren?
HALM: Ja.

Das Wetter war heiß, und ihr Auto hatte keine Klimaanlage. Die Fahrt dauerte nur fünfzehn Minuten, aber als sie ihr Auto in der Nähe der Praxis parkte, war ihr Hemd durchgeschwitzt und klebte an ihrer Haut fest.

Es war Donnerstag, und nachmittags hatte der Doc keine Sprechstunde, deshalb wartete er schon auf sie. Voller Ungeduld, endlich abfahren zu können. Diesmal, sagte er, würde nichts dazwischenkommen. Er und Handy würden auf der Lauer liegen.

»Ich bin durstig«, sagte sie und hielt nach einem Restaurant Ausschau. »Können wir nicht irgendwo ein Soda trinken?«

»Es geht nicht, daß man uns zusammen sieht, Carmen«, erklärte er. »Unterwegs werde ich irgendwo anhalten und dir ein Soda kaufen, aber du mußt im Auto bleiben.«

Als er ihr eine eiskalte Cola brachte, saugte sie die Flüssigkeit gierig durch einen Halm, während er ihr erzählte, daß sie nach Pacific führen, dort in der Nähe gäbe es Höhlen, und dort würde er Peter töten.

Dort würde er Peter töten ... Wie lange noch würden sie

diese Pläne schmieden? Seit er sich mit diesem Plan verzehrte, konnte sie ihm nicht mehr von ihren Problemen erzählen, und das vermißte sie. Sie konnte ihm nicht beichten, daß ihre Ehe mit Peter nicht glücklich war und daß sie mit anderen Männern flirtete. Sie wollte ihn aus der Fassung bringen, wollte, daß er sie verließ.

Er parkte den Wagen und führte sie einen schmalen Pfad entlang auf eine Gruppe kleiner Höhlen zu. »Du brauchst mit ihm nur den Pfad zu gehen«, sagte er, »und dann bleibst du vor einer Höhle stehen, die wir markiert haben. Auf sie richtet Handy sein Gewehr. Das ist alles, mehr brauchst du nicht zu tun, den Rest übernehmen wir. Diesmal klappt es, das wirst du sehen.«

Er erzählte ihr von dem Gewehr, das Handy von jemandem gekauft hatte, der gestohlene Sachen verhökerte. »Handy kennt alle und alles, Carmen. Er wird dabei sein, aber ich will nicht, daß du mit ihm darüber redest, verstehst du?«

Es ging jetzt bergauf, und er hatte eine Hand gegen ihren Rücken gedrückt, als wolle er ihr den Anstieg erleichtern. Hinter ihnen folgten ein paar Leute. Er hielt den Kopf gesenkt, sie ebenfalls.

»Es ist gefährlich, jetzt zu reden«, raunte er. »Wir sind jetzt Mordverschwörer, deshalb darfst du mit niemandem darüber sprechen, selbst nicht mit Handy, nicht einmal mit mir, es sei denn, ich sage dir, daß du darüber reden darfst. Verstehst du das?«

Er wollte Peter am Sonntag töten, aber am Sonntag wurde ihre Garageneinfahrt gepflastert, deshalb mußten sie noch eine Woche warten.

HALM: Als Nick aus Kalifornien kam, hatte er nur gehört, daß Peter erschossen worden war. Er sagte zu mir, daß er Dr. Engleman verdächtige. Er fragte mich, warum.
MCGARVEY: Was war Ihre Reaktion?

HALM: Ich weiß nicht, ich fühlte mich wie in einer Falle.
BURRIS: In wessen Falle? Dr. Englemans? Oder in der Falle der Ehe, verheiratet mit einem Mann, den Sie nicht liebten?
HALM: Alles zusammen.
MCCRADY: Hatten Sie Angst vor Dr. Engleman?
HALM: Manchmal hatte ich Angst, manchmal nicht. Er konnte wahnsinnig lieb und schrecklich grausam sein. Ich sagte ja schon, wenn er wütend war, dann hatte ich Angst, daß er mich schlagen würde.

Carmen wachte am Sonntag, 5. September, mit einem flauen Gefühl im Magen auf. Am Vorabend hatten sie sich wieder gestritten, deshalb war Peter in einer lausigen Stimmung. Er rutschte zu ihr, legte einen Arm um sie, aber sie rollte sich zusammen. Peters Atem stank nach Bier. Sie stieß ihn an und sagte, sie müßten aufstehen, denn sie hätten ja Pläne für diesen Sonntag.

Er knurrte sie an, ihn schlafen zu lassen. Sie hatten sich eine Stunde verspätet, als sie an den Höhlen eintrafen. Carmen war gereizt, denn wenn es heute nicht klappte, würde der Doktor ihr die Schuld zuschieben.

Sie parkte ihr Auto genau an der Stelle, an der Dr. Engleman bei der Besichtigung seines geparkt hatte. Zuerst nahm sie ihre Handtasche mit, aber dann fiel ihr ein, daß sie hinderlich sein könnte, deshalb lief sie zurück und legte sie wieder ins Auto.

»Was willst du mir eigentlich zeigen, verdammt?« fragte er, und der Ton und die Fragestellung erinnerten sie an den Tag, als sie ihm sagte, daß sie schwanger sei. »Was willst du mir eigentlich sagen, verdammt?« hatte er sie damals angeblafft. Wahrscheinlich hätte er nichts dagegen gehabt, wenn sie das Kind bekommen hätte, aber sie war zur Familienplanung gegangen, und sie hatten ihr das Kind weggemacht. Nachher hatte er ihr fast zärtlich gesagt, sie hätte wohl das Richtige getan, denn sie wollte ja das Haus renovieren, und das würde eine Menge Geld verschlingen. Aber sie war überzeugt davon, wenn sie geweint hätte und wenn sie ihm gezeigt hätte, daß sie unbedingt das Kind behalten wollte, dann hätte er nichts dagegen einzuwenden gehabt.

»Was willst du mir eigentlich zeigen, verdammt?« wiederholte er. Sie befanden sich jetzt auf dem Pfad.

Sie suchte überall nach dem Doc, und es beruhigte sie, daß sie ihn nicht sah. Sie erwartete ihn auch gar nicht. Sie glaubte nicht, daß es geschehen würde – sie glaubte es erst, als es geschehen war.

Der Schuß explodierte, und Peter fiel hin, tot, ihr zu Füßen. Seit diesem Tag ließ das Gefühl sie nicht los, zu versinken. Ihr wurde oft schwarz vor Augen. Das war besonders so in den ersten Tagen, nachdem es geschehen war. Sie brachten sie in ein Krankenhaus. Nick hielt das für gut, damit die Polizei nicht an sie heran konnte. Er hatte ihr gesagt, sie wäre im Krankenhaus sicherer. Ihr war alles egal.

BURRIS: Carmen, wir möchten mit Ihnen über die finanzielle Situation sprechen. Als Ergebnis von Peters Tod – welches Geld haben Sie erhalten, und wieviel haben Sie davon ausgezahlt? Und welche Vereinbarungen hatten Sie getroffen? Können Sie darüber reden?

HALM: Ich weiß die genaue Summe nicht, denn Nick hat sich darum gekümmert. Und mir war es egal, es war mir wirklich egal. Ich wollte das Geld nicht, und zu der Zeit war mein Bruder in finanziellen Nöten. Er hatte viele Außenstände. Als er mein Haus verkaufte, eh ... habe ich ihm das ganze Geld gegeben, oder er hat das ganze Geld geborgt, und damit hat er ... eh ... sein Haus bezahlt. O Gott, ich war nicht in der Lage, irgendwas zu unterzeichnen, überhaupt etwas zu tun. Und ich habe auch Peters Mutter etwas Geld

gegeben, weil sie es zu der Zeit auch gut gebrauchen konnte, und ich wollte es nicht haben. Meine Mutter und meine Schwestern, die von nichts wußten, sagten zu mir: ›He, das ist aber verrückt, weißt du.‹ Ich konnte ihnen doch nicht sagen, warum ich mich so verhielt, ich wußte nur, daß ich das Geld nicht haben wollte.

BURRIS: Was ist mit der Vereinbarung, mit den zehntausend Dollar, die an Dr. Engleman gingen? Haben Sie sich darum gekümmert?

HALM: Nein, Nick hat ihn bezahlt.

MCGARVEY: Hat er Ihnen je das Geld zurückgezahlt, das er geborgt hat? Haben Sie irgend etwas von dem Versicherungsgeld gekauft? Ein neues Auto? Eine Eigentumswohnung?

HALM: Nein. Für eine Weile hatte ich immer Geld, dann habe ich mir ein paar neue Kleider gekauft. Oder Lebensmittel. Aber größere Dinge habe ich nie gekauft. Und Nick, er gibt mir Geld, wenn ich welches brauche. Ich habe ihm gesagt, daß er mir nichts zurückzuzahlen braucht.

Um 3 Uhr 31 sagten sie ihr, daß das Verhör beendet war, jedenfalls der Teil, der sich mit dem Tod von Peter Halm beschäftigte. Sie sagte mehrmals, daß ihr dazu nichts mehr einfiele.

»Wir würden Ihnen gern noch ein paar andere Fragen stellen«, sagte McGarvey. »Doc hat gesagt, daß er schon andere Morde begangen hätte. Nimmt er uns damit auf den Arm, oder glauben Sie, daß es auch andere Morde gegeben hat?

Als McGarvey aus dem Verhörraum trat, fragte er nach Buckles, aber er erfuhr, daß Buckles um halb drei nach Hause gegangen war. McGarvey konnte es ihm nicht verdenken. Er rieb sich die tränenden Augen und überlegte, ob er nicht auch nach Hause gehen sollte, aber er wollte einige Stellen des Verhörs noch einmal zurückspulen. Er wartete, bis Carmen zurück zu Nick und dann beide aus dem Gebäude geführt wurden, dann setzte er sich zu McCrady an den Tisch.

»Unglaublich«, murmelte McCrady. »Ich dachte schon, sie würde nie fertig.« Er schüttelte den Kopf. »Es ist schwer zu verstehen, nicht wahr? Ich begreife es immer noch nicht.«

McGarvey hielt sich mit einer Beurteilung noch zurück, er war sich noch nicht im klaren darüber, welche Motive Doc und Carmen getrieben hatten. Er und McCrady lauschten der dünnen, freundlichen Stimme Carmens, die beinahe flüsternd über Pläne sprach, von denen sie glaubte, daß sie nie ausgeführt würden. Es war fast so, als hätte der Doc sie in einen Bann geschlagen. Selbst wenn man den Unterschied an Jahren und Bildung berücksichtigte, wie hatte er es geschafft, sie – und nicht nur sie, sondern auch die anderen Frauen – seinem Einfluß zu unterwerfen?

McCrady drückte einen Knopf, und wieder hörten sie Carmens Stimme. »Ich ging jeden Tag zur Arbeit. Ich kam mit meinen Problemen zu Dr. Engleman, denn ich schaute zu ihm auf, ich respektierte und bewunderte ihn. Für mich war er ein gebildeter Mann, und ich hoffte, daß ich einiges von seiner Bildung mitbekommen würde. Manchmal konnte er mir wohl ansehen, daß ich nicht glücklich war und deprimiert darüber, daß ich es im Leben zu nichts bringen würde. Er schlug vor, daß ich jemanden heiraten sollte, den er dann, eh ... umbringen würde.«

Es war fast sechs Uhr in der Früh, als sie das Gebäude gemeinsam verließen. Der *Globe-Democrat* lag schon in den Straßenverkaufskästen. Die Überschrift lautete: ZAHNARZT DES MORDES AUS PROFITSUCHT ANGEKLAGT. Engleman war abgebildet, der Doc in Handschellen. Ein eingerahmter Artikel trug die Überschrift: FREUNDE NENNEN ENGLEMAN EINEN NETTEN MANN. McGarvey las die erste Zeile und lachte.

»Für die Polizei, die mit ihm in den letzten zweiundzwanzig Jahren immer mal wieder zu tun hatte, ist er ein unheimliches Rätsel, für seine Freunde und Nachbarn ist er ein netter, angenehmer Mann, stets hilfsbereit, oft zurückhaltend, der sein Privatleben nicht an die große Glocke hängt.«

McGarvey warf die Zeitung auf den Beifahrersitz. Er sehnte sich nach einer Dusche und nach einer Rasur. Zum ersten Mal in den letzten vierundzwanzig Stunden dachte er an Sophie Berrera, deren Tod sie zu diesem Punkt geführt hatte. Diesen Fall würden sie dem Bastard auch noch beweisen.

Sechster Teil

DIE SUCHE NACH GOLDEN GIRL

Bevor sie sich zur Heimsuchung auswuchs, war sie nur ein feines Glitzern in der Ferne. Wir konnten sie vor uns sehen, nur noch so eben, aber genug, um an ihr dran bleiben zu können.

Don Weber, früherer Staatsanwalt
von Madison County

Freitag, 14. März 1980

McGarvey las den *Globe-Democrat*. ›Dr. Glennon E. Engleman wurde nach einer Voruntersuchung von einer *grand jury** am Donnerstag des vorsätzlichen Mordes angeklagt. Seine frühere Ehefrau, die nur als Informant X bezeichnet wird, hatte Gespräche mit ihm heimlich aufgezeichnet, die ihn offensichtlich belasten.‹

Die Mord-aus-Gewinnsucht-Schlagzeile des *Globe* wurden der komplizierten Geschichte nicht gerecht, dachte McGarvey.

* grand jury – ein Untersuchungsgremium von Bürgern, die über eine öffentliche Anklage entscheiden.

Welchen Gewinn hatte Dr. Engleman eigentlich aus seinem Mordgeschäft gezogen? Sieben Morde hatten ihm etwa fünfzigtausend Dollar eingebracht, dazu noch die Einstellung des Zahlungsbefehls von Sophie Berrera über fünfzehntausend Dollar. Wenn er seine Zahnarztpraxis ernsthafter betrieben hätte, wäre er leicht auf diese oder eine höhere Summe gekommen.

Daß er allerdings kein guter Zahnarzt war, wurde rasch deutlich. Nach seiner Verhaftung meldeten sich frühere Patienten, die Tausende Dollar gezahlt hatten, um seine unzureichende Arbeit korrigieren zu lassen. Zu ihnen gehörte auch Bob Handys Schwester Millie. Es wurde auch geklärt, warum Sophie Berrera für ihre Leistungen von Engleman mehr Geld verlangte als von anderen Zahnärzten. Seine Abdrücke für Brücken oder Gebisse waren so schlecht ausgeführt, daß die Techniker erheblich mehr Arbeit damit hatten.

Während McGarvey die Zeitungsberichte über Doc las, wurde ihm klar, daß der wirkliche Fall, der sich in den Voruntersuchungen schon abgezeichnet hatte, erheblich spannender war. Sie hatten Ruth vor die *grand jury* gebracht, und sie hatte sich tapfer gehalten. Er hätte sie sich nicht besser wünschen können.

Doc und Handy blieben beide in Haft, es wurde keine Kaution zugelassen, und sie wurden sowohl vom Bundes- wie vom Bezirksgericht des Verstoßes gegen das Postgesetz in sechzehn Fällen und einer Mordverschwörung, der Peter Halm zum Opfer fiel, angeklagt. Doc wurde sogar des zweifachen Mordes angeklagt, neben Halm auch des Mordes an Sophie Berrera. Die Postbetrügereien und die Mordverschwörung würden zusammen verhandelt werden. Ursprünglich wollten sie die beiden Morde zusammen verhandeln, aber das war nicht möglich, weil Handy eine Beteiligung am Berrera-Mord nicht nachgewiesen werden konnte.

Das, dachte McGarvey, war die gute Nachricht. Es gab aber auch eine schlechte. Der Mord an Peter Halm ereignete sich, als die Todesstrafe noch nicht wieder eingeführt war, deshalb würde der Doc in diesem Fall nicht die Todesstrafe erhalten. Es war zweifelhaft, ob er nach all den Jahren je der Morde an Bullock und Frey angeklagt werden würde.

George Peach, der städtische Ankläger, hatte die Bullock-Akte durchgearbeitet und dazu das neue Beweismaterial gewürdigt, und danach war er zu dem Beschluß gekommen, den sein Vorgänger vor zweiundzwanzig Jahren auch gefaßt hatte: Die Beweise reichten nicht aus. Und Eric Frey war ohne Autopsie ins Krematorium gekommen. Es war schwer, ohne Leiche vor Gericht aufzutreten und zu bestehen. Es gab nur eine Hoffnung, für den Doc die Todesstrafe zu erwirken, und das war der Fall Sophie Berrera.

McGarvey schob die Akten Bullock und Frey beiseite und widmete sich dem Material, das er von den Gusewelle-Morden vorliegen hatte. Er fand die Geschichte jetzt noch weniger phantastisch als vor ein paar Wochen, als Ruth sie ihm das erste Mal erzählt hatte und sie sich nicht mehr richtig an die Namen erinnern konnte. Griswell, hatte sie gesagt. Unglücklicherweise hielten die Behörden des Staates Illinois die Geschichte für noch phantastischer. Sie hatten nicht den Vorteil, mit der Story des Doc vertraut zu sein. Es handelte sich schließlich um eine Erzählung, an die man sich erst gewöhnen mußte.

Als er Nick das erste Mal am 28. Februar mit zu den Anklagebehörden des Staates Illinois genommen hatte, hatten sie höflich gelächelt und sich offen über ihn lustig gemacht, was er ihnen nicht einmal verdenken konnte. Sie hatten das schriftliche Geständnis von Andre Jones, und sie sahen keinen Grund, an dem Geständnis zu zweifeln. Auch McGarvey konnte nicht erklären, woher Jones alle Einzelheiten über Ron Gusewelles Ermordung kannte, wenn er nicht der Täter war. Aber Jones hin oder her, McGarvey hielt es für mehr als wahrscheinlich, daß Engleman den jungen Gusewelle getötet hatte, weil das Verbrechen in das Muster von Versicherungsbetrug und Mord paßte – eine unter Docs Einfluß stehende Frau heiratet Ron, schließt eine Versicherung ab, Doc führt den Mord aus. Dieses Muster wurde nur bei Sophie Berrera durchbrochen. Hatte ein anderer Rons Eltern ermordet? Oder hatten der Doc und sein Golden Girl einen Zwei-Stufen-Plan ausgetüftelt? McGarvey nahm sich die Akte vor und begann zu lesen.

Der vierte und der fünfte Mord: Arthur und Vernita Gusewelle

Donnerstag, 3. November 1977

»Ich bin angeschossen worden, ich brauche einen Krankenwagen ... Es ist dringend ... dringend ... Meine Frau ist erschossen worden.«

»Wo sind Sie? Ich brauche Ihre Adresse.«

»Ich bin angeschossen worden ... Meine Frau ... Beeilen Sie sich ...«

»Wo sind Sie, Sir? Bitte, ich brauche Ihre Adresse.«

»Zwei Meilen südlich ... Carpenter Road.«

Die Vorderseite des Hauses war dunkel, deshalb gingen die Krankenwagenfahrer zur Rückseite und betraten das Haus durch die Hintertür. Sie schritten durch eine Abstellkammer in die Küche, und dort fanden sie eine weiße Frau, die später als Vernita Gusewelle identifiziert wurde, fünfundfünfzig Jahre alt, auf dem Bauch liegend, der Kopf dicht beim Spülbeckenabfluß. Einer der Männer drehte den Körper auf den Rücken und untersuchte ihn auf Lebenszeichen.

Das Blut lief schon nicht mehr aus den drei Kugelwunden in ihrem Kopf. Die schwarzen Schmauchspuren zeigten an, daß der Mörder die Waffe dicht an ihren Kopf gehalten hatte, bevor er abfeuerte. Vernita Gusewelle trug purpurrote Hosen, ein buntes Hemd und weiche schwarze Schuhe. Die Uhr an ihrem

Arm, mit Blut bespritzt, war um zehn Minuten vor sieben stehengeblieben. Dicke Blutkrusten hatten sich um die Ringe an beiden Händen gebildet.

Der Mann konnte kein Lebenszeichen entdecken und legte eine Decke über den Körper. Sein Kollege hatte inzwischen Arthur Gusewelle, einundsechzig Jahre alt, im angrenzenden Wohnzimmer gefunden. Sein Haar war voller Blut, und das Blut lief noch aus einer Wunde am Hinterkopf. Er saß in einem Schaukelstuhl und sagte leise: »Ich bin überfallen worden ... Ich kann nicht sehen ... Ich bin angeschossen und beraubt worden ... Meine Frau ist verletzt. Sie braucht einen Krankenwagen ... Ich kann nicht sehen ... Ich brauche einen Krankenwagen ...«

Die beiden Krankenwärter hoben die Couchkissen auf, die auf dem Boden verstreut lagen, dann holten sie eine Trage und legten Gusewelle darauf. Sie mußten ihn durch die Terrassentür tragen, und dazu schoben sie das Fernsehgerät aus dem Weg, das umgekippt war und vor der Tür lag.

»Zwei«, murmelte Gusewelle. »Zwei.«

Es fiel leichter Regen, als der erste Polizist am Tatort, einer Farm bei Edwardsville, Illinois, eintraf. Es war kurz nach halb acht an diesem Abend. Joseph Urban war vor zehn Minuten informiert worden, daß die Feuerwehr von einem offensichtlich alten, geschwächten Mann um Hilfe gerufen worden war.

Als Urban aus seinem Auto stieg, kam der Fahrer der Ambulanz zu ihm. »Wir haben ihn schon eingeladen«, sagte er. »Drinnen ist noch die Frau, sie ist tot.«

»Hat er etwas gesagt?« fragte Urban.

»›Zwei‹ hat er mehrmals wiederholt. Ich schätze, daß er zwei Männer meint.« Dann schlug die Tür zu, der Krankenwagen fuhr los. Arthur Gusewelle würde nie wieder ein anderes Wort sagen, wohl wiederholte er noch ein paarmal ›zwei‹. Er starb kurz vor halb zehn Uhr an diesem Abend.

Urban ging ins Haus. In dem Vorratsraum waren Pakete mit gefrorenen Lebensmitteln auf den Boden geworfen worden,

Erbsen und Pommes frites, selbstgezogenes Gemüse und eine Reihe von Pasteten. In der Küche war der Kühlschrank mit Blut bespritzt, genau wie die Wand am Telefon, der Boden und eine Wand des Wohnzimmers.

Urban sah, daß jedes Zimmer durchwühlt worden war, aber eine Handtasche mit sechzig Dollar lag mitten im Flur. Es gab keine Spur eines gewaltsamen Eindringens.

Kurz nach acht Uhr benachrichtigten Deputies des Sheriffs die beiden Söhne des Ehepaars, Richard und Ronald. Richard wohnte mit seiner Frau Donna und ihren beiden Kindern gleich hinter der Farm seiner Eltern, und Ronald wohnte mit seiner Frau Barbara und ihren drei Kindern aus einer vorangegangenen Ehe zwei Häuser weiter nördlich. Die Söhne und ihre Frauen fuhren zum Anderson Hospital in Edwardsville.

Sie erfuhren im Krankenhaus, daß Arthur Gusewelle, blind von dem Augenblick an, in dem die Kugel in seinen Schädel einschlug, noch lebte. Er würde in Kürze in ein Krankenhaus in St. Louis gebracht werden. Die Leiterin der Notaufnahme, Donna Marshall, wurde gefragt, ob sie etwas Näheres über das wüßte, was geschehen war.

»Er sagte, daß es zwei waren«, antwortete Donna Marshall. »Er wurde von zweien angeschossen.«

Eine der Ehefrauen, die hübsche Blonde, wurde daraufhin sehr aufgeregt. »Ist das alles, was er gesagt hat?« fragte sie ein paarmal. »Wird er noch mehr sagen können?«

Er starb, bevor sie ihn nach St. Louis bringen konnten. Als die Verwandten die Nachricht erhielten, begann die blonde Frau laut zu schluchzen. »Erst heute nachmittag habe ich meine Tochter zu ihnen geschickt, um Waschmittel zu borgen, und es ging ihnen gut, richtig gut.«

Donna Marshall fand es bemerkenswert, daß die junge Frau derart mitgenommen war, aber später sagte sie einer anderen Schwester: »Man kann nie voraussehen, wie jemand auf einen Schock reagiert.«

In die Ermittlungen schaltete sich vorübergehend das FBI ein, weil die Morde mit denen vergleichbar waren, die eine organisierte Einbruch-Bande in der ganzen Gegend verübte. Aber niemand konnte eine Verbindung zwischen den Gusewelles, einem hart arbeitenden Farmerehepaar, und dem Mob herstellen. Nur die Art der Morde, aus kürzester Distanz Schüsse in den Kopf, erinnerte an die Mafia und ihre Exekutionen. Die Gusewelles waren redliche Menschen, die ihr ganzes Leben lang hart gearbeitet hatten, die sparsam lebten und nicht zu denen gehörten, die hoch hinaus wollten. Wer würde solche Menschen ermorden?

Die Kugeln waren aus ein und derselben Waffe abgefeuert worden, aus einem Revolver, Kaliber .22, und das war fast alles, was die Polizei auch nach monatelangen Ermittlungen wußte. Das Haus mit dem Land der Gusewelles, dessen Wert auf über ein halbe Million Dollar geschätzt wurde, konnte wegen testamentarischer Unklarheiten erst nach einem Jahr auf die beiden Söhne aufgeteilt werden.

McGarvey schloß die Akte. Es lag nahe, in dem Verbrechen die Handschrift des Doc zu sehen. Das .22er Kaliber, das durchwühlte Haus, das Raubmord vortäuschen sollte, der zweite Mann, die plötzlich hysterische Schwiegertochter, alles zeigte in seine Richtung.

Auf der anderen Seite gab es keinen konkreten Hinweis, der ihn mit diesem Verbrechen in Verbindung brachte: keine Fingerabdrücke, keine Zeugen, kein Motiv. Vielleicht hatte Engleman bei Ruth und Nick geprahlt, daß er der Killer wäre. Doc, der viel von der Mafia hielt, wäre vielleicht gern ein Killer im Mafia-Stil gewesen. Es konnte gut möglich sein, daß die Gusewelle-Morde nur in seiner Phantasie auf sein Konto gingen.

Die einzige Chance, ihm diese Morde nachzuweisen, würde darin bestehen, einen der beiden Beteiligten umzudrehen. Barbara bot ein leichteres Ziel als Handy. McGarvey suchte die Abschrift von Nicks letztem Verhör heraus. Nick hatten sie jetzt in der Hand; er fühlte sich zwar nicht wohl in dieser Situation, aber er begriff, daß es so sein mußte. Nick könnte vielleicht der Türöffner zu Barbara sein. Sie hatte ihm in der Vergangenheit vertraut, vielleicht auch diesmal noch. Die Polizei hatte Nicks Rolle in der Untersuchung noch nicht an die Öffentlichkeit gebracht.

Nick könnte bei Barbara die Furcht verstärken, die sie ganz bestimmt empfinden mußte, seit sie von Docs Verhaftung gehört hatte. Er müßte sie davon überzeugen, daß ihrer aller Spiel nun vorbei war. McGarvey erwartete keine Wunder, aber er wollte die Chance nicht verstreichen lassen. Die Zeitungen hatten Wind davon bekommen, daß die Polizei sich noch einmal um die Gusewelle-Morde zu kümmern begann. Das könnte vielleicht nützlich sein, dachte McGarvey.

Sonntag, 16. März 1980

Dr. Glennon Engleman, der Zahnarzt aus St. Louis, dessen Anklage wegen Mordes an Sophie Marie Berrera am Freitag beschlossen wurde, steht auch im Verdacht im Fall des älteren Ehepaars in Madison County, das 1977 ermordet wurde. Siebzehn Monate später wurde auch ihr Sohn, dreiunddreißig Jahre alt, umgebracht. Ein Zeuge soll ausgesagt haben, Engleman hätte sich mit diesem Fall gebrüstet, er hätte es ›sein größtes Projekt‹ genannt. (*St. Louis Post-Dispatch* am Sonntag, 16. März 1980)

»Okay, Nick, mal sehen, was wir mit einem Telefonanruf erreichen«, sagte McGarvey. Zusammen mit ein paar Cops saßen sie im hinteren Teil von Stagger Inn, einer Bar in Edwardsville. »Es genügt schon, wenn Sie Barbara überhaupt dazu bewegen können, mit ihnen zu sprechen. Überziehen Sie am Anfang nichts, stellen Sie keine kritischen Fragen. Am besten wäre es, Sie würden sich mit ihr verabreden. Zunächst wollen wir herausfinden, wie Barbara zu Ihnen steht, ob sie Ihnen noch vertraut. Dann könnte sie bei Ihrem Treffen vielleicht den einen oder anderen belastenden Satz sagen.«

Nick hielt nicht viel von der Idee. Warum sollte sich Barbara mit ihm treffen wollen? Wenn sie einwilligte, mußte sie verrückt sein.

»Ich glaube, Barbara ist zu gewieft, um irgendwas am Telefon zu sagen, und ich kann mir auch nicht vorstellen, daß sie sich mit mir treffen will . . .«

»Nun, wir können es versuchen, Nick.«

Wenn sie glaubten, daß sie Barbara so manipulieren konnten wie ihn und Carmen und vorher schon Ruth, dann hatten sie sich geschnitten. Er glaubte nicht, daß sie jemals Angst vor dem Doc hatte, anders als er und Carmen und auch Ruth. Außerdem konnte sie sich sicher fühlen. Doc und Handy saßen im Gefängnis, und sie würden nichts tun und nichts sagen, was ihr Schaden zufügen konnte. Wieso sollten sie drei weitere Morde gestehen, während sie auf ihren Prozeß warteten? Irgendein Schwachkopf hatte den Mord an Ron gestanden, also konnten sie weder Barbara noch Doc diesen Mord anhängen.

Nein, Barbara würde schweigen und ihr Geld zählen. Sie war nicht wie Carmen, sie würde keine Gewissensbisse wegen der Herkunft des Geldes haben, sie hatte keine Skrupel, die sie auffraßen. ›Mein Goldmädchen‹, hatte Doc sie genannt. Golden Girl, eine treffende Bezeichnung.

MCGARVEY: Wann wurde Ihnen bewußt, daß Engleman, Handy und Barbara an diesen Morden beteiligt waren?

MIRANDA: Vor ein paar Jahren. Ich habe Barbara kennengelernt, als sie auf der oberen Etage im Haus von Docs Mutter wohnte. Das muß '60 oder '61 gewesen sein. Er hatte eine Affäre mit ihr. Sie heiratete dann

einen Zahnarzt aus St. Louis, er war ein Bekannter von Glen. Nachdem sie geheiratet und drei Kinder bekommen hatte, verlor ich sie aus den Augen. Ich hörte erst wieder von ihr, als sie geschieden war. Doc erzählte, daß er für ihren Lebensunterhalt aufkam, weil ihr Ex-Mann nicht genug zahlte. Er gab ihr vierhundert Dollar oder mehr im Monat. Er prahlte auch damit, daß er wieder sexuelle Beziehungen zu ihr unterhielt. Aber er sagte, sie auszuhalten würde sich bezahlt machen, sie sei sein Golden Girl. Später erfuhr ich, daß sie Ron Gusewelle geheiratet hatte. Sie fand heraus, daß seine Eltern Geld besaßen. Er sagte mir, er und Handy hätten einen Zwei-Stufen-Plan, zuerst würden sie die Eltern umbringen, dann den Ehemann. Er rechnete damit, daß für ihn etwa fünfzigtausend dabei heraussprangen.

Der sechste Mord: Ron Gusewelle

Montag, 31. März 1979

Ronald Allen Gusewelle, dreiunddreißig Jahre alt, verbrachte den letzten Tag seines Lebens damit, den gebrauchten Chevy zu reparieren, den er für seine Stieftocher Jamie Boyle gekauft hatte. Während er an dem silberfarbenen 72er Camaro arbeitete und sich der Schweiß mit dem Öl auf Gesicht und Händen zu einem glitschigen Schmier vermischte, bereitete seine Frau in der Küche sein Lunchpaket zu, daß er zur Abendschicht bei der Amoco Oil Refinery im nahen Wood River, Illinois, mitnehmen würde. Sein Leben war, bis auf die Ermordung seiner Eltern vor siebzehn Monaten, ganz gewöhnlich und ereignislos verlaufen.

In der stillen ländlichen Gegend nordöstlich von Edwardsville werden Männer in zwei Kategorien aufgeteilt, diejenigen, die dort geboren sind und entweder gut oder schlecht sind, und diejenigen, die hinzugezogen sind und Außenstehende bleiben. Die meisten Außenstehenden haben etwas mit der Universität von Süd-Illinois in Edwardsville zu tun, sie werden gemocht oder gar bewundert, aber nie als Teil der Gemeinschaft angesehen.

Ron Gusewelle gehörte dazu. Er war ein zuverlässiger Arbeiter, brachte seinen Lohn nach Hause, reparierte gern Autos und trank gelegentlich ein Bier.

Seine Frau jedoch, die schöne blonde Barbara Varney Boyle Gusewelle, sah in dem ländlichen Umfeld neben Frauen wie ihrer Schwägerin Donna wie eine falsche Rollenbesetzung aus. Ein Fremder, der Barbara gesehen hätte, mit ihren sanft gestylten goldfarbenen Locken und den langen polierten Fingernägeln und dem wohlgeformten Körper (obwohl sie seit der Ehe Gewicht zugelegt hatte), würde sich wahrscheinlich wundern, was sie in diesem Haus zu suchen hatte. Auch wenn sie in der Küche arbeitete, kleidete sie sich teuer und geschmackvoll, selbst das Stirnband war auf Bluse oder Kleid abgestimmt. An der Tür stand ein Paar hochhackige Schuhe. In Edwardsville heiraten solche Frauen eher Anwälte mit einer Schwäche für glitzernde Blondinen.

Ron hatte sie in einem Restaurant getroffen und später in einem Waschsalon wiedergesehen, und am 28. Mai 1976 heiratete er sie, sechs Wochen nachdem ihre blauen Augen ihn das erste Mal angeblitzt hatten.

Falls er an diesem Tag traurigen Gedanken nachhing, dann beschäftigten sie sich mit seinen Eltern. Seine Freunde sagten, er und Barbara hätten sich nach der Ermordung seiner Eltern oft gestritten. Ihre Freunde sagten, sie hätte sich nach diesem schrecklichen Ereignis Sorgen um ihren Mann gemacht, der oft draußen stand und stumm in die Richtung starrte, wo er das Haus seiner Eltern wußte.

Ihre Freunde sagten auch, daß sie sich glücklich fühlte in dem bescheidenen Ranchhaus an der Carpenter Road, wo ihr das Tapezieren und Dekorieren Spaß gemacht hätte, wo sie gern für Ron und ihre drei Kinder aus der ersten Ehe kochte. Ron und Barbara gingen gemeinsam einkaufen und pflanzten Bäume in ihrem Garten.

»Sie hat ihn schließlich ›Ronnie‹ genannt«, sagte ihre Mutter zu einem Reporter des *Edwardsville Intelligencer,* als ob das schon ein Beweis dafür wäre, daß ihr nie in den Sin gekommen wäre, ihn zu verletzen. Wahrscheinlich hat sie sich auch an diesem letzten Tag mit ›Ronnie‹ von ihm verabschiedet.

Er sagte Barbara, daß er mit dem Camaro zur Arbeit fahren werde, damit er sich davon überzeugen konnte, ob das Auto einwandfrei funktionierte. Bevor er das Haus verließ, kurz vor zwei Uhr am Nachmittag, gab er Barbara zum Abschied einen Klaps auf den Hintern. Er hatte ihr ein Auto versprochen, einen bonbonroten Corvette, wenn sie einiges von dem Gewicht verlöre, das sie während der Ehe zugelegt hatte, und der Klaps auf den Hintern sollte sie an die Abmachung erinnern. Er wollte nicht zuviel nörgeln, aber er war schon etwas enttäuscht bei der Vorstellung, daß sie genauso fett werden würde wie die anderen Frauen in der Umgebung.

Er fuhr über die Route 111 auf die niedrigen Steingebäude zu, die in einiger Entfernung von den hohen weißen Behältern überragt wurden, die Raffinerie, wo er arbeitete. Richard Baum, der Schichtvorarbeiter an diesem Tag, sagte, daß Gusewelle gegen halb drei eingetroffen sei. Der Arbeitsplatz zwischen Meßgeräten und Kontrollanzeigen war eng, die Arbeit einseitig und langweilig, aber Ron Gusewelle störte sich nicht daran.

Niemand erinnert sich an irgendwelche Besonderheiten an diesem Arbeitstag, bis Gusewelle gegen halb zehn Uhr einen Anruf von außerhalb erhielt. Es war ein kurzes Gespräch. Kenneth Davis, der neben ihm an den Kontrollgeräten saß, hörte Ron sagen: »Danke für die Information«, dann legte er auf. Er schien nicht irritiert zu sein nach dem Gespräch, aber er sagte zu Davis: »Das wird heute nichts mit dem Bier. Wir holen das ein anderes Mal nach, ja?«

Um halb elf wurde Gusewelle abgelöst, seine Schicht war zu Ende. Er fuhr zum Duschen, dann ging er zurück zum Camaro. Es war fünf Minuten vor elf Uhr abends. Davis, der neben ihm parkte und ein paar Minuten später dran war, konnte noch sehen, wie Gusewelle den rechten Blinker betätigte und rechts auf die 111 einbog. Das beschwor Davis später vor Gericht.

Als Gusewelle in seine Einfahrt einbog, wurden zwei Männer, die in seiner Garage warteten, durch den knirschenden Kies unter den Reifen alarmiert. Ron Gusewelle stieg aus dem Auto, öffnete das Garagentor und wurde in die Brust geschossen. Im Fallen schlug ihm noch jemand mit dem Hammer auf den Kopf. Als die beiden Männer den Körper auf den Rücksitz des Camaro bugsierten, brachen sie eines seiner Beine.

Der Camaro wurde zu einem verlassenen Parkplatz von Coleman Plaza, einem früheren Holiday Inn, gefahren, im Nuttenviertel vom östlichen St. Louis, dem vielleicht schmutzigsten Ort im ganzen Land, sobald die Sonne untergeht. Die meisten Straßenlaternen brennen nicht, die Erwerbslosenquote liegt bei fünfundsiebzig Prozent, und zuckende Neonlichter künden von Girls und Schnaps. Man kann am hellichten Tag eine Leiche vor zwanzig Menschen hinlegen, und keiner wird es sehen.

Während der fünf Tage, in denen Ron Gusewelles Leiche im silberfarbenen Camaro auf dem Parkplatz lag, kümmerten sich die Nachbarn liebevoll um Barbara, sie spendeten Trost und brachten Essen, eingepackt in Aluminiumfolie, damit es den weiten Weg über warm blieb. Die Mitglieder der Eden Church in Bethalto hielten einen Bittgottesdienst für die Familie ab, an dem auch Barbara mit geschwollenen, rotgeweinten Augen teilnahm.

Am Abend des 4. April, einem Mittwoch, entschied der Hausmeister des Coleman Plaza, sich den silberfarbenen Camaro, der seit einigen Tagen dort parkte, näher anzusehen. Er sah die zur Seite gekippte Gestalt, mit Tüchern und Müllsack bedeckt, und rief sofort die Polizei. Bevor sie eintraf, hatte sich eine Neugierigenmenge um das Auto versammelt. Mit einem Draht öffnete ein Polizist die Wagentür. Vor dem Gestank, der aus dem Auto quoll, wichen die Neugierigen automatisch zurück.

Gekleidet in Blue Jeans, mit einem rot-gelb-grün karierten Hemd und einem beigefarbenen Kordhemd darüber, hatte sich der Körper in eine Art Embryo-Position gerollt. Der Polizist sah die Schußwunde im Brustbereich. In seinen Taschen fand man eine Schachtel Winston, ein Feuerzeug, drei Dollar neunzehn sowie ein Päckchen Präservative.

Die inoffizielle Theorie der Polizei lautete, Gusewelle sei nach Ost-St. Louis gekommen, weil er auf der Suche nach ›schwarzem Fleisch‹ gewesen wäre, und dabei sei er erschossen worden. Einer der Labortechniker bemerkte, daß die Handtücher, die benutzt worden waren, das Blut aus dem Gesicht zu wischen, nicht so aussahen, als kämen sie aus einem Hurenhaus. Sie waren groß und flauschig und offenbar mit einem Weichspüler behandelt worden.

Na und? hielt ein Kollege dagegen. Kann eine Nutte nicht auch einen Weichspüler benutzen?

Die Nachricht von einem dritten Mord in der Familie löste Entsetzen in der ländlichen Gemeinde aus. Mrs. Chester Buchta, Barbaras Nachbarin, sagte dem *Edwardsville Intelligencer*: »Also, ich kann nichts mehr sagen. Gestern abend habe ich Barbara noch das Essen gebracht, Hühnchen mit Püree und Mais, aber sie hat keinen Bissen hinuntergebracht. Sie sagte, vielleicht wäre Ronnie nur auf einer Spritztour unterwegs. Sie klammerte sich fest daran, daß er wiederkommen würde, das arme Ding. Wer hätte denn glauben können, daß so etwas noch einmal passiert? Beim ersten Mal haben wir gedacht, es müßte ein Ungeheuer sein, vielleicht ein Irrtum? Aber jetzt? Man weiß nicht mehr, was man denken soll.«

Zwei oder drei Tage nach dem Fund der Leiche stimmte Barbara einer Hausdurchsuchung zu. Sie bestand geradezu darauf, daß die Polizei auch in Rons Kommode nachschaute. Als man eine Packung mit Präservativen fand, sagte Barbara unter Tränen, daß sie nicht wüßte, warum er Gummis brauchte, denn sie hatte sich vor Jahren die Eileiter durchtrennen lassen. Die Polizei fand auch Müllsäcke von der Marke, die seine Leiche bedeckt hatten. Aber Müllsäcke wurden in jedem Haushalt benutzt. Im Oktober gestand Andre Jones, ein zum Tode verurteilter Mörder, die Gusewelles ermordet zu haben.

MCGARVEY: Hat Dr. Engleman Ihnen gesagt, daß er und Handy die Morde begangen hätten?
MIRANDA: Ja. Ich erinnere mich an ein Gespräch im Mai '78, in dem er mir sagte, einige Phasen ihres Plans mit Golden Girl hätten sie schon hinter sich: Sie hätte einen wohlhabenden Mann geheiratet, und sie hätten seine Eltern getötet. Nach dem Mord an Ron Gusewelle teilte er mir mit, es sei geschafft. Ich erinnere mich an ein Gespräch nach dem Geständnis von Andre Jones. Glen sagte mir: ›Das Glück ist auf unserer Seite. Barb steht nicht mehr im Kreuzfeuer‹. Er war mächtig stolz auf seinen ganzen Plan. Er pflegte zu sagen, daß er seine Verbrechen vom Zeugenstand aus rückwärts plante, und diesen Fall hielt er für besonders sorgfältig durchdacht.

Nick nippte an seiner Cola und sah sich in der Bar um. Ihm gefiel die alte Eichentheke. Er fand, daß er der Polizei in den Gusewelle-Fällen soviel geholfen hatte, wie er konnte. Mit den Morden selbst hatte er nichts zu tun. Seine Kenntnisse beschränkten sich auf ein paar Gespräche, über die er gewissenhaft berichtet hatte. Was konnte er mehr tun?

McGarvey hatte ihn in der letzten Woche ein paarmal nach Edwardsville gefahren. Er war losgeschickt worden, an Barbaras Tür zu klingeln, wie ein Schuljunge, der Bonbons verkaufen wollte. Sie hatte nie geöffnet. Und er war rasch die Einfahrt hinunter gelaufen, als hätte er Angst, jemand würde ihm den Hintern wegschießen.

»Nick, versuchen wir es jetzt.« McGarvey stand auf und trat auf das versteckte Telefon zu, das mit einem Aufzeichnungsgerät eigens für diesen Anruf gekoppelt war.

Er arbeitete gern mit McGarvey und McCrady zusammen, aber dieser Bulle von Madison County, der ihn nicht aus den Augen ließ, war das genaue Gegenteil von ihnen. Er kaufte ihnen die Geschichte des Doc einfach nicht ab. Nick war das egal. McGarvey erwies ihnen eigentlich einen Gefallen, den Leuten von Madison County, aber wenn sie es vorzogen, mit dem falschen Geständnis dieses Andre Jones zu leben, statt sich um die Wahrheit zu kümmern – ihm sollte es recht sein.

Er hob den Hörer ab und tippte Barbaras Nummer. Er hoffte, daß sie endlich an den Apparat gehen und ihm sagen würde, er sollte sich zum Teufel scheren, dann wäre er endlich von der Angel.

Eine Frau antwortete. Er glaubte, es sei Barbara, aber er war sich nicht sicher. Sie hörte sich betrunken an. Sie konnte auch die Tochter sein.

»Barbara, bitte.«

»Wer ist da?«

»Ein Freund von ihr. Ich muß mit ihr reden.«

»Hallo«, sagte eine Männerstimme.

»Ja? Ich möchte gern Barbara Varney sprechen.«

»Ich bin ihr Anwalt. Wer ist da, bitte?«

»Ich hab' nicht verstanden ... Wer ist da?«

»Ihr Anwalt. Wer ruft an?«

»Ich bin ein Freund von ihr.«

»Wie heißen Sie, Sir?«

»Das möchte ich lieber ihr sagen, wenn Sie nichts dagegen haben.«

»Ich würde es vorziehen, Sir, wenn Sie sie nicht mehr anriefen. Danke.«

Nick schaute McGarvey an, der sagte: »Wir wollten eine Reaktion haben, Nick, das ist alles. Und wir haben die Reaktion bekommen?«

Sie gingen zurück an ihren Tisch und spielten den anderen das Band von der Unterhaltung vor. Gelächter. Offenbar hatte Nick den Anwalt in ihrem Haus ›erwischt‹, eine Bestätigung für den Verdacht in ihren Köpfen, daß die beiden eine Affäre hatten.

Nick wunderte sich, daß die Polizisten so fröhlich waren. Sahen sie nicht, daß sie keine Chance hatten, an Barbara heranzukommen. Das Gespräch hatte doch nur eins ergeben: Sie ließ sich von der Polizei nicht einschüchtern, und sie hatte sich einen Anwalt genommen, der sie beschützen sollte.

Unterwegs nach St. Louis sagte McGarvey: »Im Augenblick kommen wir wohl nicht weiter.«

»Sie wird niemals reden«, sagte Nick, erleichtert darüber, daß es vorbei war und daß man ihm offensichtlich keinen Vorwurf wegen des Scheiterns machte. »Barb ist vielleicht nicht die klügste Frau in der Welt, aber von Mauern versteht sie was.«

SIEBTER TEIL

DIE PROZESSE

. . .hatte zu Anfang die Schwierigkeiten darin bestanden,

den Körper Jekylls abzustreifen, hatte sie sich in letzter Zeit allmählich, aber entschieden ins Gegenteil verwandelt. Alles schien auf eins hinauszulaufen: daß ich langsam den Halt meines ursprünglichen und besseren Selbst verlor und mich langsam in mein zweites und schlimmeres entwickelte.

Aus: Dr. Jekyll und Mr. Hyde
von Robert Louis Stevenson

St. Paul, Minnesota, 4. August 1980

Frederick ›Rick‹ Buckles hatte noch nie so viele Vorbereitungsstunden in einen Fall gesteckt. Er wurde als einer der besten Juristen des Staates angesehen, einer mit der besonderen Fähigkeit, die wahrscheinliche Verteidigungsstrategie vorauszusagen. Angesichts des Wirbels, den der Engleman-Fall in der Öffentlichkeit entfacht hatte, wäre eine Niederlage vor Gericht mehr als eine Demütigung. Aber Buckles ließ sich von der Spannung nichts anmerken, als er selbstbewußt die Anklage vortrug. Er gab eine Erklärung ab, die bereits die Richtung für die folgenden Prozesse wies.

Die Ankläger des Bundes und der Stadt hatten entschieden, daß aus verschiedenen Gründen der Postbetrug und die Verschwörung zwischen Engleman und Handy im Fall Peter Halm in einem vorgezogenen Prozeß behandelt werden sollten, bevor der eigentliche Mordprozeß stattfand. Das Justizministerium legte Wert auf das erste Anklagerecht, denn nur so konnte Ruth und den Mirandas ihre Immunität garantiert werden. Sonst hätte die Gefahr bestanden, daß lokale Ankläger die Zeugen später doch noch vor Gericht gestellt hätten.

Außerdem war man in Washington besorgt über die Grauzone des Gesetzes über *double jeopardy**; es bestand die Gefahr, daß der Doc wegen seiner Verbrechen gegen Bundesgesetze nicht mehr angeklagt und verurteilt werden konnte, falls der lokale Ankläger den ersten Prozeß führte. Und schließlich sollte der erste Prozeß hieb- und stichfest sein. Falls die Verteidigung irgendwelche Schlupflöcher ausfindig machte oder Zeugen diskreditierte, würden auch die zukünftigen Prozesse gegen Engleman davon beeinträchtigt werden. Der Bundesankläger verfügte über genug Experten und über hinreichend Geld, um eine solche exzessive Prozeßvorbereitung zu betreiben, während sich Stadt und Bezirk St. Louis das nicht leisten konnten.

Deshalb also fiel Buckles die Aufgabe der Prozeßvorbereitung zu, denn sie würde die Basis für die weiteren Prozesse sein. Gordon Ankney, der die Anklage für den Bezirk von St. Louis im Mordfall Peter Halm vertreten würde, wollte den ersten Prozeß von Anfang an verfolgen. Trotz des Drucks, der auf Buckles lastete, schien er mehr über Carmen Miranda besorgt zu

* *double jeopardy* – das Gesetz, nach dem niemand ein zweites Mal wegen derselben Straftat vor Gericht gestellt werden darf

sein. In den fünf Minuten, in denen er und Ankney mit ihr gearbeitet hatten, waren sie sich einig geworden, in ihr ein weiteres Opfer des Doc zu sehen.

»Sie ist ein armes Ding«, hatte Buckles kürzlich gesagt, obwohl er zunächst ihr gegenüber eine harte Haltung vertreten hatte. Er hielt es für durchaus möglich, daß sie während des Prozesses zusammenbrechen könnte.

»Die Anklage wird zeigen, wie Dr. Glennon Engleman einen Plan entwarf und in die Tat umsetzte, der die Heirat von Carmen Miranda und Peter Halm einschloß. Carmen Miranda, eine junge Frau, die er von Kind an kannte, und Peter Halm, der getötet werden sollte, weil Engleman von der Lebensversicherung profitieren wollte. Er beriet Carmen Miranda in der Auswahl des in Frage kommenden Ehemannes, und danach erhielt er zehntausend Dollar von Carmen und ihrem Bruder Nicholas Miranda. Den größten Teil der Summe hat er verwendet, um eine Steuerschuld in Höhe von sechstausendneunhundert Dollar zu begleichen.

Von Anfang an erhielt Buckles die ungeteilte Aufmerksamkeit der Jury. Wie oft geschieht es schon, daß ein Mörder sein Verbrechen begeht, um Steuerschulden zu bezahlen? Der Prozeß war nach Minnesota verlegt worden, weil die Öffentlichkeit in St. Louis regen Anteil an der Vorverhandlung genommen hatte. So hörten diese Geschworenen die Geschichte zum ersten Mal, und in ihren Gesichtern standen Entsetzen und Ungläubigkeit.

Als Doc diese Reaktionen bemerkte, lehnte er sich zu seinem Verteidiger Dick Dempsey und flüsterte ihm etwas zu. Sein kühles, überlegenes Verhalten hatte sich in der fünfmonatigen Untersuchungshaft nicht geändert. Oft schien er sich zu amüsieren. Während er den Tonbändern lauschte, riß er an einer bestimmten Stelle die Kopfhörer ab und rief voller Hohn: »Ha, Gentlemen, damit ist Ihr Fall dahin!« An der Stelle hatte er im Gespräch mit Ruth gerade versichert, einen Mord nicht begangen zu haben.

Er beharrte auf seiner Unschuld und gestattete Dempsey nicht, auf Unzurechnungsfähigkeit zu plädieren. Er weigerte sich standhaft, sich von einem Psychiater untersuchen zu lassen, was die Ankläger begeisterte und Dempsey bekümmerte.

»Wir haben den Weg der Mordwaffe verfolgen können von einem Einbruch in Steelville, Missouri, zu einem Mittelsmann, der sie für dreihundert Dollar an Bob Handy verkauft hat, der sie an Engleman weiterreichte«, sagte Buckles. Der Mittelsmann, Kenneth Cope, war von McCrady entdeckt worden, was McGarvey als eine der besten Polizeiarbeiten wertete, die er je erlebt hatte.

Nachdem Buckles die Anklage umrissen hatte, wandte er sich Carmen Miranda zu. Sie würde die wertvollste Zeugin der Anklage sein. Sie hatten versucht, sie auf die Methoden der Verteidigung vorzubereiten, die sicherlich alle Register ziehen würde, sie selbst als Mörderin darzustellen, aber Buckles war sicher, daß nichts ausreichte, um sie auf die emotionale Schlacht einzustimmen, der sie im Gerichtssaal ausgesetzt sein würde.

»Sie kannte Engleman ihr ganzes Leben lang, sie putzte seine Praxisräume und paßte auf sein Kind auf, wenn er mit seiner Frau verreiste«, fuhr Buckles fort. »Sie verließ die Schule im neunten Jahr und begann, für Engleman zu arbeiten, einen Mann, den sie respektierte und dem sie vertraute. Und dieser Mann redete ihr ein, sie würde ihr Leben lang arm bleiben, wenn sie sich von ihm nicht helfen ließe. Und wie wollte er helfen? Er sagte: ›Du heiratest jemanden, und den bringe ich um.‹ Er wies sie an, Juristen und Polizisten zu meiden und lieber einen Mann zu suchen, der für eine große Firma arbeitete.«

Immer wieder blickten Geschworene an Buckles vorbei zu dem braven Zahnarzt in dem alten blauen Anzug. Engleman sah, wie sich die Brauen der Geschworenen zusammenschoben, wenn sie versuchten, die Aussage Buckles' mit diesem Mann in Verbindung zu bringen. Glennon Engleman sah wie ein Zahnarzt aus. Er wirkte genau wie der freundliche Zahnarzt, den man sich als Nachbarn wünschte.

Dienstag, 5. August 1980

Nach Bundesgesetz sind Zeugen nur während ihrer eigenen Aussage im Gerichtssaal zugelassen. So konnte Carmen die anderen Aussagen erst am folgenden Tag in den Zeitungen lesen. Nach dem ersten Tag las sie, daß der Vater der kleinen Familie ihr bei den Höhlen ein Kissen mit einer Zeichnung der Mickey Mouse gegeben hatte, um es auf Peters Wunde zu legen, aber als der Krankenwagen gekommen war, stand sie immer noch da, das Kissen in der Hand. Daran konnte sie sich nicht erinnern. Der Fahrer des Krankenwagens sagte aus, er hätte versucht, den Sand von Peters Mund zu wischen, damit er besser atmen könne, aber dann hätte er festgestellt, daß er bereits tot war. Auch daran konnte sich Carmen nicht erinnern. Ihre eigene Aussage begann nach der Mittagspause am zweiten Tag.

> **Sehen Sie Glennon Engleman in diesem Gerichtssaal?**

Sie hatte ihn nicht ansehen wollen, aber jetzt mußte sie es tun.

> **Ja.**
> **Würden Sie auf ihn zeigen und mir seine Kleidung beschreiben?**
> **Er sitzt da drüben, und er trägt einen blauen Anzug mit Streifen.**

Sie konzentrierte sich auf den Anzug, mied zuerst seinen Blick, dann schaute sie rasch hoch. Er musterte sie mit offenem, freundlichem Interesse, genau auf die Art, die sie kannte, wenn sie mit ihren Problemen zu ihm gekommen war. Er hatte so geschaut, als er ihr sagte, sie würde ihr ganzes Leben lang arm bleiben, wenn sie nichts dagegen unternahm.

Ja, er war ihr Arbeitgeber. Mit neun Jahren hatte sie bei ihm zu putzen angefangen, und sie hatte in einer Verkaufsbude an der Rennstrecke gestanden, als sie zehn war. Ja, sie war etwa fünfzehn oder sechzehn gewesen, als sie Peter Halm jun. kennengelernt hatte. Sie wußte, wohin Mr. Buckles sie führen wollte, zurück auf den Pfad, der sie zu der Stelle brachte, an der Peter getötet worden war. Er hatte die Aussage aus ihr herausgeholt »Ja, er hat mir gesagt, ich sollte jemanden heiraten, den er dann töten würde«, als die Verhandlung vertagt wurde.

Am Mittwoch setzte sie ihren Bericht in derselben betonungslosen Stimme fort. Diesmal schaute sie direkt zum Doktor, und er hielt dem Blick stand, starrte intensiv zurück. Sie trug ein beigefarbenes, zweiteiliges Kleid mit kurzen Ärmeln sowie ein breites Uhrenarmband am linken Handgelenk. Ein Zeichner skizzierte sie, sie bemerkte die flotten Bewegungen seiner Hand über dem Zeichenblock, und am liebsten hätte sie sich abgewandt und ihr Gesicht versteckt, wie man es bei Leuten sieht, die bei der Verhaftung fotografiert werden, aber sie widerstand dem Impuls.

BUCKLES: Nachdem Dr. Engleman diesen Vorschlag gemacht hatte, stellten Sie dann Fragen über den Plan und wie er sich die Verwirklichung vorstellte?
HALM: Ja. Ich habe ihn gefragt, wie er sich das vorstellte. Und er sagte, man brauchte nur ein paar Versicherungen auf Peter abzuschließen.
BUCKLES: Was hat er Ihnen sonst noch über seinen Plan erzählt?
HALM: Nun, er sagte, der Plan funktionierte, denn er hätte früher auch schon funktioniert. Er sagte mir, er hätte Eric Frey getötet, und er und Sandy hätten die Versicherungssumme kassiert.

Buckles hatte ihr gesagt, wie wichtig es wäre, Eric Frey zu erwähnen. Die Geschworenen sollten begreifen, daß der Doc es schon einmal getan hatte und es noch einmal tun würde, während es für Carmen das erste und einzige Mal war. Das war wichtig, damit der Handel, den die Staatsanwaltschaft mit ihr abgemacht hatte, weniger negativ bewertet wurde.

Als Carmen aussagte, daß sie Eric Frey gekannt und später auch auf Sandys Baby aufgepaßt hatte, schaute sie wieder zu Glen. Er sah sie immer noch recht freundlich an, aber jetzt lag auch Traurigkeit in seinem Blick. Sie suchte in seinem Gesicht nach Verärgerung, aber sie fand keine. Jedenfalls noch nicht. Sie hatte Angst, obwohl sie wußte, daß er nicht an sie herankam, erst recht nicht im Gerichtssaal. Wozu also sollte sie Angst haben.

BUCKLES: Erinnern Sie sich an den Tag Ihrer Heirat?
HALM: Es war der 31. Oktober 1975.
BUCKLES: Etwas lauter bitte, wir können Sie nicht verstehen.

Der Richter erinnerte sie daran, daß es keine Lautsprecher im Gerichtssaal gab, sie müsse also lauter sprechen, damit die Geschworenen sie verstehen könnten. Sie wiederholte also: »Es war der 31. Oktober 1975.«

Engleman hatte seinen Blick wieder auf sie gerichtet, und diesmal lag die Frage in seinen Augen: Carmen, Liebling, warum willst du mir das antun? Ihre Antworten kamen jetzt zögernder. Ihr war bewußt, daß Mr. Buckles vor ihr stand und darauf wartete, daß sie redete. Er wollte, daß sie von dem Pfad sprach. Ja, sie wußte, wo Peter arbeitete und daß er gerade ein Haus gekauft hatte. Sie legte den Kopf eine Weile auf ihre Arme. Dann: Ja, sie wußte von den Prämien, von seiner Lebensversicherung.

BUCKLES: Als Sie Dr. Engleman all diese Dinge berichteten, was hat er dazu gesagt?
HALM: Er sagte, Peter sei der richtige Mann.
BUCKLES: Richtig – wozu?
HALM: Zum Töten.

Ihre letzte Antwort hatte so lange auf sich warten lassen, daß jemand im hinteren Gerichtssaal eingeschlafen war. Der Richter schlug mit seinem Hammer auf das Pult, und jeder zuckte zusammen, jeder bis auf Carmen und den Doktor. Ihre Blicke ließen einander auch nicht los, als der Richter den Schläfer belehrte. Erst jetzt kam Carmens Antwort: »Zum Töten.«

Sie hörte, wie der Richter sich an Mr. Buckles wandte und fragte, warum seine Zeugin so lange zum Antworten benötigte und ob sie sediert oder stimuliert sei, oder ob jemand ihr die Antworten signalisierte. Seine Geduld schien erschöpft.

Nachdem Mr. Dempsey das Kreuzverhör beendet hatte, sah sie wieder zum Doc. Tränen liefen über sein Gesicht.

Freitag, 8. August 1980

BUCKLES: Mr. Miranda, wie würden Sie Ihre finanzielle Situation im Sommer und Herbst 1976 bezeichnen?
MIRANDA: Nicht zu gut.
BUCKLES: Wäre ›verzweifelt‹ nicht das treffendere Wort?
MIRANDA: Es wäre ein gutes Wort.

Als er Nick im Zeugenstand beobachtete, erinnerte sich McGarvey daran, wie weit sie seit jener Nacht im Februar gekommen waren, als sie um den Handel gefeilscht hatten. Fünf Monate lang hatten sie ihn auf diese Aussage vorbereitet. Sie hatten ihm gesagt, daß er jedes krumme Ding auspacken mußte, das er je gedreht hatte, denn die Verteidigung würde eine ganze Reihe von Zeugen auffahren, die nur darauf warteten, vor Gericht auszusagen, wie Nick sie gelinkt hatte. Kein trocken werdender Alkoholiker hatte in seiner Gruppe je sein Innerstes derart nach außen gekehrt wie Nick. McGarvey hatte das Gefühl, jedes noch so schmutzige und noch so kleine Geheimnis dieses Mannes zu kennen, bevor sie ihn nach St. Paul brachten, um dort auszusagen.

Kurz vor dem Prozeß war Nick, den sie inzwischen in ihr Herz geschlossen hatten, mit einem Schreiben der Steuerbehörde gekommen. Er wurde aufgefordert, seine Einkommensteuer zu erklären. »Was soll ich tun?«

Sie hatten ihm gesagt, daß es immer den einen oder anderen saueren Apfel gab, in den man beißen mußte.

Natürlich kam das Thema auch auf, als Dempsey ihn ins Kreuzverhör nahm. Dempsey wußte, daß er keine Steuern bezahlt hatte, und er wußte auch, wie sehr Geschworene Leute haßten, die eine Menge Geld machten und keine Steuern zahlten. Himmel, dachte McGarvey, es war nicht leicht zuzugeben, daß man fast 75 000 Dollar an illegalen Versicherungsgeldern eingenommen und alles in Jahresfrist vergeudet hatte, das meiste mit einem Mercedes Benz und einer erfolglosen Filmproduktion, und dann noch zu gestehen, daß man keine Steuern bezahlt hatte.

Dempsey mochte Erfolg damit haben, Nick als Opportunisten darzustellen, als kleinen Betrüger und Steuerhinterzieher, aber er konnte seine Aussage über den Mordfall Peter Halm nicht erschüttern.

Nick Miranda berichtete den Geschworenen, daß Englemans einziges Bedauern über den Mord an Peter Halm darin bestand, die Schüsse in St. Louis County abgefeuert zu haben und nicht in Franklin County, wo der Mord an Eric Frey nicht einmal untersucht worden war. Mit viel Emotion in der Stimme schilderte er den Mord an Eric Frey, bei dem er Docs Gewalttätigkeit erlebt hatte, und seine Rolle bei den finanziellen Abmachungen nach dem Mord an Halm. Während er Docs Telefonanrufe wiedergab, als er ihn drängte, endlich das Geld beizubringen, beobachtete McGarvey die Geschworenen. Sie schienen ihm zum Schluß zu glauben, als er die Übergabe von zehntausend Dollar in Hunderter-Scheinen beschrieb, so geschehen auf einem Kirchparkplatz in Kirkwood. Vielleicht wurde ihnen bei dieser Aussage klar, daß sich Nick niemals derart selbst belastet hätte, wenn er sich nicht in einer Zwickmühle befunden hätte – auf der einen Seite die Polizei und die Staatsanwaltschaften, auf der anderen Seite ein Mörder.

Nick hatte während seiner Aussage so stark geschwitzt, daß sein Anzug feucht geworden war. Als er aufstand, um den Zeugenstand zu verlassen, klebte die Hose zwischen seinen Hinterbacken fest. Er blickte geradeaus, als er auf den Ausgang zuschritt.

Ruth, die Nick in den Zeugenstand folgte, vermied sorgfältig, Docs Blick zu begegnen. Sie sprach seinen Verteidiger mit einer festen Stimme, die selbst ihn entmutigte, übers Ziel hinauszuschießen, mit ›Mr. Dempsey‹ an. McGarvey hatte den Eindruck, daß Dempsey Angst vor ihr hatte. Während der Befragung durch Dempsey wurde McGarveys Ansicht über Ruths Intelligenz bestätigt. Sie war klug und zäh.

Aber es war Jack Carter, nach Ruth in den Zeugenstand gerufen, der zu Docs Sargnagel wurde, dachte McGarvey. Niemand konnte den echten Kummer in seiner Stimme überhören, als er über den Mord an Eric Frey berichtete. Diese Aussage war für die Staatsanwaltschaft bedeutend, denn sie würde die Geschworenen davon überzeugen, daß der Doc jener ruchlose Killer war, als den Buckles ihn hingestellt hatte.

McGarvey beobachtete Doc, während Ruth aussagte, und der Agent war enttäuscht über die geringe Reaktion auf dem Gesicht des Mannes. Doc behandelte die ganze Verhandlung immer noch wie ein Spiel, das er gewinnen wollte. Als die Verteidigung einen Einspruch gewann – Richter Hungate hatte es abgelehnt, den Geschworenen die Abschrift der Tonbänder auszuhändigen – rief Doc höhnisch: »Schade für euch, Jungs!« und lachte irre und flappte die Arme wie ein tobender Vogel. Es schien ihm Spaß zu machen.

Dienstag, 12. August 1980

Doc war überzeugt, daß er in seinem blauen Nadelstreifenanzug einen guten Eindruck hinterließ. Wie die Juroren ihn da sitzen sahen, entspannt und selbstsicher, mußten sie sich doch fragen, ob die verstümmelten Tonbänder, denen sie am Samstag gelauscht hatten, wirklich das aussagten, was sie vorgaben. Die Leute wollten Dinge so sehen, wie sie zu sein schienen.

Als ihm der Eid abgenommen wurde, lächelte er Melody und Kim im Zuhörerraum zu, dann schaute er direkt in Dempseys Augen, wie ein ehrlicher, aufrechter Mann einem Erschießungskommando entgegenblicken würde – als ob er sie entwaffnen wollte.

Er würde Ruth, diese verdammte habgierige Hexe, an die Wand nageln mit seiner Aussage, und dabei den lausigen Bundesagenten McGarvey ganz schön alt aussehen lassen. Die Bastarde hatten sich fair verhalten, bis sie in sein Schlafzimmer hineinhorchten und damit das Heiligtum eines jeden Mannes entwürdigten. Damit waren sie zu weit gegangen. Ja, er war selbstsicher. Er würde sie schlagen. Sie hielten sich für klug, aber er würde sie schlagen.

DEMPSEY: Würden Sie den Geschworenen sagen, wie lange Sie die Mirandas kennen?
ENGLEMAN: Wie meine Schwester schon sagte, von klein auf. Mrs. Miranda ist eine Mexikanerin, wie auch Nicks Vater war. Nick ist Mexikaner. Meine Mutter war Texanerin. Sie wuchs im Tal des Rio Grande auf, daher kannte sie viele Mexikaner. Sie sprach spanisch und so – nun ja, es war fast eine Adoption, wir haben sie, sie haben uns adoptiert. Kurz nach ihrem letzten Kind – sie hatten neun Kinder – starb Mr. Miranda.
DEMPSEY: Doktor, wie lange kennen Sie Carmen?

ENGLEMAN: Carmen wurde mir in die Arme gelegt, als sie ein Säugling war.

Er erzählte, daß alle Miranda-Kinder sich bei ihm zu Hause fühlen. Er sprach länger, als nötig gewesen wäre, belehrte die Zuhörer über den einen oder anderen Punkt, weil das eben seine Art war. Die Mirandas waren alle vorzeitige Schulabgänger, aber er half ihnen auf jede erdenkliche Weise. Oft lud er sie alle in sein Auto und fuhr mit ihnen zu einem Picknick an den See. Vor Carmen hatte er zwei ältere ihrer Geschwister zu Zahnarzthelferinnen ausgebildet, und auch Carmen ließ sich gut an. Sie begriff rasch, und wenn sie Blut sah, wurde ihr nicht übel.

Ihm entging nicht die Reaktion der Jury. Ja, Blut bekümmerte sie überhaupt nicht.

»Sie bedauerte, die High School abgebrochen zu haben, und war froh über die Gelegenheit, sich als Zahnarzthelferin zu verbessern, statt, wie sie sagte, verhascht herumzuhängen. Carmen hatte einen Punkt in ihrem Leben erreicht, an dem sie etwas mehr aus sich machen wollte. Und das ist eigentlich schon alles.«

Und über Nick: »Er wäre der letzte Mensch überhaupt, dem ich etwas gestehen würde, wenn ich mich dem Verbrechen verschrieben hätte.«

Ja, er besaß eine umfangreiche Sammlung an Feuerwaffen und war auch ein ausgezeichneter Schütze, aber er hatte Peter Halm nicht erschossen.

Seine Schwester, sagte er seinen Zuhörern, wohnte in einer Neunzehn-Zimmer-Villa mit Swimmingpool und sieben Badezimmern. Ihre Tochter stand kurz vor der Heirat, und er hatte alle Hände voll zu tun, die tropfenden Hähne in den Badezimmern zu reparieren, just an dem Tag, an dem Peter umgebracht wurde.

Nachdem er diese kleine Geschichte zum besten gegeben hatte, belehrte er die Zuhörer darüber, daß es drei überdachte

Brücken in Missouri gab, und dann erklärte er die Geologie der Kalksteinhöhlen.

Dann begann er, Ruth auseinanderzunehmen. Was diesem Prozeß zugrunde lag, sagte er, war Geld und das Sorgerecht für ihren Sohn. Sie waren geschieden, aber sie schliefen noch zusammen, Zweckgemeinschaft, oder wie man es nennen wollte. Er hatte noch einen Schlüssel zu ihrer Wohnung. Sie waren nur dem Gesetz nach geschieden, de facto waren sie noch eine Familie. Sie hatte seine wertvolle Münzsammlung gestohlen, und nun wollte sie auch noch seinen Sohn stehlen.

Er hatte diese wilde Geschichte erfunden, daß er Leute umbrachte. Es war kurz nach dem Tod von Sophie Berrera gewesen, und er hatte Ruth Angst einjagen wollen. Er wollte sie einschüchtern, damit sie ihm die Münzsammlung zurückgeben und David aufgeben würde.

DEMPSEY: Hat sie je eine Andeutung gemacht, wie Sie Ihr Geld zurückbekommen könnten?
ENGLEMAN: Es war die reine Erpressung. Ruth hatte seit unserer Scheidung und den Umständen, die dazu führten, einen abnormen, neurotischen Besitzanspruch über unseren Sohn. David ist ein sehr schöner, intelligenter Junge. Und Ruth hatte viele verrückte Vorstellungen über das Verhalten von Vater zu Sohn. Man trägt ab einem gewissen Alter keine Ringkämpfe mit einem Jungen aus, das könnte zu einer homosexuellen Neigung führen. Also, es tut mir leid. Man trägt Ringkämpfe mit einem Jungen aus, das hält ihn davon ab, homosexuell zu werden. Und so in der Art waren unsere Meinungsverschiedenheiten.

Als David zu seiner Blasenoperation ins Krankenhaus mußte, ging sie mit ihm, wie jede gute Mutter es tun würde. Abends kroch sie zu David ins Bett, sogar in der Nacht vor der Operation. Es stand ein zusätzliches Bett im Zimmer, aber das benutzte sie nie, sie kroch zu ihm ins Bett. Die Operation fand am nächsten Tag statt, und Ruth legte sich zu ihm, blieb auf den Ellbogen aufgestützt da liegen und sah die Schläuche und Flaschen, und dazwischen waren die Krankenschwestern und der ganze Betrieb im Krankenhaus.

Wenn David von draußen hereinkam, heiß und verschwitzt, und er wollte was aus der Eisbox haben, hieß es: »Gib Küßchen.« und David mußte zu ihr gehen und ihr einen heißen, verschwitzten Kuß geben, bevor er etwas aus der Eisbox erhielt.

Ruth war eine gute Mutter, aber in solchen Situationen hakte es bei ihr.

DEMPSEY: Welchen Vorschlag hat sie Ihnen denn gemacht, Doktor, was David und das Geld angeht?

ENGLEMAN: Sie wollte nach Memphis. Wenn ich ihr das dauernde Sorgerecht für David überließ, würde sie mir das Geld zurückgeben, alles.

DEMPSEY: Nun frage ich Sie, Doktor, ob es zwischen Winter '79 und Anfang '80 eine Entwicklung in der Beziehung zwischen Ihnen und Ihrer früheren Ehefrau gegeben hat?

ENGLEMAN: Seit die Münzsammlung verschwand, verfiel die Beziehung, daran gibt es keine Zweifel. Wir stritten uns, ich wollte die Münzen zurück. Ich würde sie aber nur zurückbekommen, wenn ich auf David verzichtete, und auf David würde ich nie verzichten. Ruth hatte aber damit angefangen, und das ist alles, was dahintersteckt. Ruth hat mir dann auch noch Affären mit meinen Patientinnen vorgeworfen. Ich habe das abgestritten. Es stimmte auch nicht.

DEMPSEY: Hat sie auch einmal zur Sprache gebracht, daß Sie ein Verhältnis mit Carmen Miranda hätten?

ENGLEMAN: Ja, sicher.

DEMPSEY: Hat sie Ihnen vorgeworfen, Doktor, daß Sie irgendwo in den Tod von Peter Halm verstrickt sind?

ENGLEMAN: Ruth war immer mißtrauisch, was die Umstände anging, unter denen Carmens Ehemann gestorben ist. Als sie erfuhr, daß Carmen Geld geerbt hatte, grübelte sie, ob Nick seine Hand im Spiel gehabt hatte. Sie ging sogar so weit, mich zu fragen, ob ich etwas damit zu tun hätte.

DEMPSEY: Was war Ihre Reaktion darauf?

ENGLEMAN: Nein, sagte ich ihr einfach, ›hör schon auf, Babe‹, sagte ich.

DEMPSEY: Haben Sie danach je ihr gegenüber diese Aussage geändert?

ENGLEMAN: Ja. Ich wollte sie reinlegen. Ich wollte Ruthie glauben lassen, daß ich etwas mit der Ermordung Peters zu tun hätte.

Donnerstag, 14. August 1980

Die Geschworenen berieten schon seit fast zwölf Stunden, aber jetzt kehrten sie zurück. Zwölf Stunden waren mehr, als McGarvey erwartet hatte, und die Verzögerung brachte Buckles ins Grübeln. Während der Beratung hatten die Geschworenen gebeten, das Band vom Valentinstag noch einmal zu hören. Zu ihrer aller Überraschung hatte Richter Hungate abgelehnt. Aber Hungate hatte sich immer gegen Abhörgeräte ausgesprochen, und er war auch während der ganzen Verhandlung nicht glücklich über die Bänder gewesen.

McGarvey fand, daß sie Glück hatten, weil jetzt die Aussagen über den Mord an Frey im Protokoll standen. Nach Bundesgesetz dürfen Beweise zu früheren Verbrechen nur in sehr beschränkten Fällen zugelassen werden. Erstens mußte das vorherige Verbrechen exakter oder sehr vergleichbarer Natur sein – das war kein Problem, und zweitens durfte das frühere Verbrechen nicht allzulange vor der zu verhandelnden Tat geschehen sein. Der Mord an Frey lag dreizehn Jahre vor dem Mord an Halm, aber Buckles erwirkte die Zulassung der Aussage mit dem Argument, daß die besondere Natur des Verbrechens eine Ausnahme rechtfertigte, weil es den Zeitabstand quasi aufhob.

Während sich die Geschworenen wieder setzten, suchte McGarvey in den Gesichtern nach Hinweisen auf die Art des Spruchs. Buckles' Schlußplädoyer am Vortag war eine wortgewaltige, beeindruckende Zusammenfassung der Fakten gewesen.

Der Doc blieb sich treu. Während einer Pause sagte er dem Ankläger, jetzt begriffe er, warum man einen solchen Bammel vor den Bundesbehörden hätte.

»Ihr habt so hart an der Sache gearbeitet«, neckte er, »es tut mir fast leid, euch Jungs verlieren zu sehen.«

Dempsey und Marty Hadican, Handys Anwalt, hatten (natürlich) an Carmen und Nick Miranda kaum ein gutes Haar gelassen. Hadican hatte Carmen »eine Königin der Finsternis, eine Prinzessin des Bösen« genannt und Nick einen »Schneller-Dollar-Künstler. Er ist die Inkarnation der Eigensucht und Habgier.«

Dempsey behauptete, Carmen hätte ihren Mann selbst umgebracht, weil Peter sie verprügelt habe und sie einen anderen Mann liebte. Beide Anwälte griffen Ruth an. Hadican unterstellte, daß sie sich von Handy sexuell zurückgewiesen fühlte, und Dempsey wiederholte die Vermutung, daß sie getrieben würde von dem Wunsch, das alleinige Sorgerecht für David zu bekommen und Englemans Münzsammlung zu behalten.

McGarvey schaute wieder in das Gesicht der Juroren und war sicher, daß sie diesen Quatsch nicht abgekauft hatten. Als die Urteile verlesen wurden – schuldig in jedem Punkt – beobachtete er den Doc, der sich gelassen gab, die linke Hand in der Tasche des Jacketts. Als alles vorbei war, setzte er sich und starrte die Jury aus dumpfen Augen an. Er hatte nicht damit gerechnet, verlieren zu können.

Hinter ihm weinte seine Schwester Melody, und seine Nichte Kim schien entsetzt zu sein. McGarvey dachte, daß sie vermutlich die einzige im ganzen Gerichtssaal war, die an Docs Unschuld geglaubt hatte. Er wandte sich von dem zerbröckelnden Gesicht ab und gratulierte Buckles in gedämpftem Tonfall zu dem Ergebnis.

Die Geschworenen sprachen bereits mit den Reportern und gaben ihre Eindrücke von den Hauptdarstellern preis: Der Doktor war geldgierig, fühlte sich den Mirandas überlegen und hatte sie benutzt; Nick war ein Schmarotzer, und Carmen war ›zerstört‹ worden.

Die Beratungen hatten sich so lange hingezogen, weil ein junger Mann nicht glauben wollte, daß ein Zahnarzt zu so etwas fähig war. Schließlich hatte er sich den Überzeugungen der anderen elf angeschlossen.

Ruth wurde wegen ihres Mutes gelobt. Dieser Meinung schloß sich auch Peter Halms Mutter an, die ebenfalls Ruth hieß und in einem Telefon-Interview mit dem Globe-Democrat gesagt hatte: »Ich glaube, es war seine Frau, die alles ausgelöst hat.«

Jefferson City, Missouri,
Mittwoch, 10. September 1980

Es war der dritte Tag des Mordprozesses Halm, und McGarvey war mit der Entwicklung zufrieden. Ankney, der Ankläger des Bezirks von St. Louis, durfte die Abschriften der Tonbänder benutzen, und er hatte bereits in der Anklageeröffnung ausgiebig aus ihnen zitiert, was auf die Geschworenen – für sie war das alles neu – Eindruck zu machen schien. Ankneys Stil war emotionaler als Buckles', aber er entsprach dem Verbrechen.

Dempsey mußte sich wieder an die Verteidigungsstrategie

halten, die Doc vorgegeben hatte: Sein Mordgeständnis war bloß ein kleiner Gag, bestimmt, Ruth einzuschüchtern.

Carmen schien mit der traumatischen Erinnerung diesmal besser fertig zu werden als in St. Paul beim ersten Prozeß, bis Dempsey im Kreuzverhör Techniken anwandte, die sie zum Weinen brachten. Danach war Nick in den Zeugenstand gerufen worden.

Nach seiner Aussage wollte er die Bank verlassen, als Engleman ihm etwas zuraunte.

»Was haben Sie da gesagt?« fragte Nick laut, dann wandte er sich an Ankney: »Er hat mir gerade gesagt: ›Ich werde dich umbringen.‹«

»Du hast mich gehört, Fettsack«, rief Doc. Gekicher und Raunen im Grichtssaal.

Während einer Unterbrechung bestritt Dempsey, daß sein Klient Nicks Leben bedroht habe. »Sonst hat es doch niemand gehört als er«, behauptete er. »Diese Anschuldigung ist so wahr wie alles, was Nick Miranda sagt.«

Der Streit heizte Docs Stimmung noch mehr an. Nach Nicks Aussage berief er eine improvisierte Pressekonferenz ein. Er beantwortete bereitwillig die Fragen der Reporter und beharrte darauf, unschuldig zu sein.

»Man hofft immer auf einen Freispruch«, sagte er. »Ich habe jetzt, nachdem ich zwei Prozesse über mich ergehen lassen mußte, die Rechte, die unsere Verfassung einem gewährt. In Rußland hätte ich diese Rechte nicht.«

Als einer der Reporter sich nach seiner Gesundheit erkundigte, antwortete Engleman, er hätte ein paar Pfund verloren, das läge an der Gefängniskost, aber er hätte seine geistige Kraft erhalten.

Ankney sah McGarvey an und grinste. Doc machte den Reportern Appetit für morgen, wenn er in den Zeugenstand treten würde. Trotz der einen Verurteilung wegen Postbetrugs und Mordverschwörung gab er sich selbstsicher und herablassend wie eh und je.

»Glauben Sie, daß Sie ihn morgen erschüttern können?« fragte McGarvey den Staatsanwalt, als sie den Gerichtssaal verließen.

Ankney zuckte die Achseln.

Engleman entließ die Reporter mit der abschließenden Bemerkung: »Ich möchte Ihnen noch sagen, daß ich Dock Dempsey, meinen Rechtsberater, für den F. Lee Bailey* von St. Louis halte. Mit seiner Hilfe erwarte ich, freigesprochen zu werden. Ich bin ein unschuldiger Mann.«

Donnerstag, 11. September 1980

Der Tag hatte damit begonnen, daß Ankney Ruth Engleman im Zeugenstand befragte. Er hielt sie für übler als jeder ahnte – war sie nicht erst mit ihrem Wissen herausgerückt, als ihr eigener Hals unter der Klinge lag? – aber sie war eine glaubhafte Zeugin.

Nach ihr wurde Doc Engleman in den Zeugenstand gerufen. Er hob an zu einer langen Verteidigungsrede. Ankney hörte nur mit einem halben Ohr zu. Der gestrige Wortwechsel zwischen Carmen Halm und Dempsey klang noch in seinen Ohren nach.

> **DEMPSEY: Sie haben wissentlich und willentlich bei einem Plan mitgemacht, einen unschuldigen Mann zu ermorden?**
> **HALM: Ja.**
> **DEMPSEY: Lautet Ihre Aussage also, daß Sie nicht schreiend aus der Praxis gelaufen sind, als dieser Mann Ihnen den entsetzlichen, haarsträubenden Vorschlag machte, einen Mann zu heiraten, den er dann töten würde?**

*Lee Bailey – berühmter Strafverteidiger in Kalifornien

HALM: Ja.
DEMPSEY: Berichten Sie der Jury Ihre Reaktion, als er Ihnen sagte, daß er einen unschuldigen Jungen für Geld metzeln würde.
HALM: Ich kann mich nicht erinnern.

Kurz darauf war sie in Tränen ausgebrochen. Es tat ihm leid für Carmen – und für Nick. Er mochte Nick. Sicher, der Mann war zeit seines Lebens ein Gauner gewesen, aber wer hatte ihm das Betrügen denn beigebracht? Im Grunde, so glaubte Ankney, war Nick ein liebenswerter Bursche, der als Kind in eine kriminelle Allianz hineingestolpert war. Jetzt zog der Doc über Nick und Carmen her und versuchte, ihre Aussagen zu widerlegen.

»Nick Miranda lügt schneller, als ein Mensch denken kann«, sagte Doc. »Er ist einer der größten Lügner, dem Gott Verstand gegeben hat. Wenn er stirbt, werden sie ihn in die Erde schrauben müssen. Ja, er kann schneller lügen, als ein Mensch denken kann, sogar ein Jurist.«

Seine letzte Bemerkung brachte die berechneten Lacher von den Zuhörern. Wie kann ich ihn packen? schrieb Ankney auf seinen Notizblock. Wie? Er und Buckles hatten über diese Frage gegrübelt und waren zu keinem Resultat gekommen. Eingeschränkt durch Richter Hungates Abneigung gegen Tonbänder, hatte Buckles ihn im ersten Prozeß nicht zu den Tonbändern befragen können. Er selbst war enttäuscht gewesen, daß er den Doc nicht hatte packen können, obwohl Ankney ihm versicherte, daß er das einzig Richtige gemacht hatte – den Doc einfach quasseln lassen, damit die Geschworenen sich ein Bild von seiner Großmannssucht machen konnten.

»Im Grunde«, hatte Buckles ihm gesagt, der Docs Intelligenz geringer einschätzte als manche seiner Berater, »ist er ein Psychotiker. Er ist intelligenter als der durchschnittliche Kriminelle, aber nur wenig. Doch wenn Sie ihm mit einer zurechtgelegten Strategie kommen, wird er den Braten riechen und Ihnen nicht folgen. Wenn jemand ihn packen will, dann muß es aus dem Bauch kommen.«

Ankney malte Dudel auf seinen Notizblock, während Dempsey die Befragung seines Klienten beendete. Aus dem Bauch. Ankney glaubte, daß Buckles ihm den richtigen Weg gezeigt hatte. Ein unerwarteter Schuß aus dem Bauch – in den Bauch.

»Mister Engleman«, begann er.

»Doktor Engleman«, berichtigte der Angeklagte, und Irritation flackerte in seinen Augen auf. »Ich bin Doktor Engleman.«

»Entschuldigen Sie«, sagte Ankney mit ausgesucht übertriebener Höflichkeit. »Doktor Engleman.«

Er begann die Befragung. Der Doktor versuchte wieder denselben Hürdenkurs zu gehen wie in St. Paul, aber gleich nach der dritten Frage, die er mit langen, unnötigen Erklärungen beantwortet hatte, wies Richter Byron Kinder ihn an, ›die Fragen zu beantworten und dem Gericht die Bildungsausflüge zu ersparen‹. Ärger funkelte in Englemans Augen auf.

Als Dempsey später dazwischenrief: »Wenn Sie die Fragen nicht beantworten, sitzen wir in der Nacht noch hier!« rief er zurück: »Ich werde fünfzig Jahre hier sein!«

Ankney bat ihn, das Mordgeständnis auf dem Tonband zu erklären. Er wiederholte seine Einlassung, daß er Ruth nur habe einschüchtern wollen. Außerdem, sagte er, hätte sich dieses Geständnis nicht auf Peter Halm bezogen.

> **ANKNEY: Von welchem Mord haben Sie denn geredet, wenn nicht von Peter Halm?**
> **ENGLEMAN: Irgendeinen Mord! Ich wäre jedes Mordes fähig, wenn es darum geht, diese Frau einzuschüchtern!**

Seine Stimme blieb schrill, als er seine Tirade über Ruth losließ, Diebin seiner Münzsammlung und, schlimmer noch, Diebin seines Sohnes. Ankney ließ ihn schwadronieren, er schaute auf den Boden, schaute später in seinen Unterlagen nach, während Engleman Gift und Galle spuckte. Richter Kinder mußte wieder einschreiten und den Doc ermahnen, was ihm sicher einen Stich versetzte, aber das wäre gar nicht nötig gewesen. Es war Ankney nicht entgangen, daß Schmerz in Englemans Stimme mitgeschwungen hatte, als er ›Sohn‹ sagte. Er trat mit voller Absicht auf dieses Wort, als wäre es ein blank liegender Nerv.

ANKNEY: Doktor Engleman, wollen Sie uns sagen, daß Sie ein paar Mordgeschichten erfunden haben, um Ihren Sohn öfter zu sehen?
ENGLEMAN: Eines Tages wird er erwachsen sein, und er wird fragen: ›Mom, was ist eigentlich mit meinem Dad?‹ Herrlich, einfach herrlich, wie diese Hexe ihn aus meinem Leben genommen hat. David gehört halb zu mir! Er ist halb mir! Mister Ankney...

Sein Gesicht wurde von roter Farbe überflutet, und er umpackte die Armlehnen des Sessels fester, als ob ein Schwall Energie aus diesem Stuhl in seinen Körper flösse. Seine Stimme klang jetzt tiefer, hörte sich fast wie ein tierisches Knurren an. Die beiden weiblichen Geschworenen in der ersten Reihe wichen auf ihren Stühlen zurück.

Ich würde meiner Frau jedes verdammte Ding erzählen. Mister Ankney!

Sein Gesicht war jetzt tiefrot, mit purpurnen Flecken besprenkelt, und Blut schien in seine Augen zu schießen. Sein Kinn sackte herab, der Hals wurde unsichtbar, der Kopf schien zwischen den Schultern zu sitzen. Schließlich blickte er wieder hoch.

... nur um meinen Sohn wiederzubekommen. Diesem Weib Angst einflößen, ja! Ich würde ihr alles erzäh-

len, jede erdenkliche Lüge. Ist es zuviel verlangt, das zu glauben? Mein Sohn ist weg. Weg! Er ist einfach nicht mehr da.

Ankney hatte den Zahnarzt ganz genau beobachtet, fasziniert und ... ja, furchtsam. Dieser Mann hätte ihn töten können, dachte er; er wäre fähig gewesen, aus seinem Sessel aufzuspringen und ihn zu töten. Ankney glaubte, gerade die Transformation von Dr. Jekyll zu Mr. Hyde gesehen zu haben. Im Gerichtssaal war es völlig still.

»Wo ist David?« fuhr Engleman fort, seine Stimme klang so, als ob er sich wieder leicht beruhigt hätte. »Ich habe hier ein kleines Bild von ihm ... ist das alles ...«

Der Richter übertönte ihn, verkündete eine Unterbrechung und ordnete an, daß Engleman den Zeugenstand verließ und in sein Zimmer kam. Dempsey versuchte, seinen Klienten am Arm zu fassen, aber Engleman schüttelte ihn ab.

»Verdammt, Dick! Sie wollen mich für fünfzig Jahre ins Gefängnis schicken. Hier geht's nicht um einen Parkzettel ... David ... Ich würde alles sagen, um ihn wiederzubekommen.«

Er hatte der Jury das Gesicht eines Mörders gezeigt und Gordon Ankney den Griff geliefert, womit er ihn packen konnte. Das richtige Argument für das Schlußplädoyer.

Gordon Ankney sprach leise und mit wohlmodulierter Stimme. Er bestritt gar nicht, daß nicht auch Carmen Miranda sich einer Mordverschwörung schuldig gemacht hatte. Damit hoffte er, den schwachen Punkt der Anklage bei den Geschworenen ein wenig zu glätten. Aber, fügte er gleich an, ihr und ihrem Bruder, dessen Beteiligung sowieso nur peripher gewesen wäre, hätte für ihre Kooperationsbereitschaft Immunität gewährt werden müssen, denn ohne dieses Angebot wäre die Kooperation nicht zustande gekommen, und ohne die Kooperation hätte man keine so überzeugenden Beweise gegen Engleman in der Hand gehabt.

Er zeigte auf Engleman und sagte: »Dies ist Mr. Hyde. Aber die Geschichte, die Sie gehört haben, ist kein Roman. Und so, wie Sie ihn jetzt sehen, hat er nicht ausgesehen, als er auf Peter Halms Rücken gezielt hat.«

»Carmen Miranda Halm, diese Agentin des Todes, diese Giftfrucht, diese Verkörperung des Bösen... sie ist ein böser Geist...«

Dempsey schrie zum Schluß seines Plädoyers. Ankney wußte nicht, ob die Geschworenen erkannten, welche Taktik Dempsey verfolgte – laut reden und die Zeugen der Anklage attackieren –, aber er ging davon aus, daß Dr. Engleman ihnen die Entscheidung erleichtert hatte. Er beobachtete, wie sich der Verteidiger bis zur Erschöpfung in Rage redete, und beinahe tat er ihm leid. Er mochte Dempsey. In diesem Fall stand er dem Angeklagten ein bißchen zu nahe, um ihn zu respektieren, aber Ankney mochte ihn trotzdem.

Es war interessanter, in diesem Stadium Engleman statt Dempsey zu beobachten. Ganz offensichtlich hatte sich Engleman zusammengerissen. Jetzt trug er wieder die Haltung des respektierten Zahnarztes zur Schau, während er seinem Verteidiger zuhörte, der ihn gerade als einen Mann beschrieb, dem durch den Verlust des Sohnes fast das Herz gebrochen war.

Das, dachte Ankney, mochte vielleicht die einzige Wahrheit sein, die Dempsey an diesem Tag gesagt hatte.

»Sie packte ihren Sohn in die eine Hand, in die andere das Geld... Ruth ist eine Lügnerin, eine kaltblütige, durchtriebene Lügnerin...«

Nachdem die Geschworenen ihr Urteil gesprochen hatten – lebenslänglich, mit der Möglichkeit der Begnadigung nicht vor fünfzig Jahren –, sagte Dr. Engleman, der einen entspannten Eindruck machte: »Ich bin dreiundfünfzig Jahre alt. In fünfzig Jahren ist von mir nur noch Staub übrig. Natürlich schmeckt mir das Urteil nicht, aber wir gehen in die Berufung.« Er klopfte Dempsey auf den Rücken. »Ich habe alles Vertrauen der Welt in diesen Mann.«

In der anderen Ecke des Gerichtssaals sagte Melody zu Gordon Ankney: »Mein Bruder ist wirklich zwei verschiedene Menschen. Sie haben das auch in Ihrem Schlußwort gesagt, aber Sie wissen nicht einmal die Hälfte. Niemand weiß es.«

St. Louis,
Samstag, 6. Dezember 1980

Dr. Glennon E. Engleman bewahrheitete heute die Prophezeiung seiner Schwester, ›daß ich am Ende meines Lebens weit weg von Freunden und Familie sein würde‹, als er am Freitag das Missouri-Gefängnis betrat, wo er sein Lebenslänglich wegen Mordes absitzen muß.

St. Louis Globe-Democrat am 6. Dezember 1980.

Obwohl er schon seit seiner Festnahme im Februar in Haft war, bezog Engleman erst jetzt seine endgültige Zelle. Nach dem Mordprozeß Halm, in dem er so überraschend seine Gelassenheit verloren hatte, war er wegen Postbetrugs zu dreißig Jahren Haft verurteilt worden, und danach hatte ein Prozeß stattgefunden, in dem es um die Bombe ging, die in Sophie Berreras Auto gelegt wurde, nicht um die Ermordung von Mrs. Berrera; das Herstellen und Legen einer Bombe ist ein eigenes Bundes-Verbrechen, während die Ermordung wieder in lokale Zuständigkeit fiel. In dem Bomben-Prozeß wurde er ebenfalls zu dreißig Jahren verurteilt.

Danach sollte der Prozeß stattfinden, in dem über die Ermordung von Sophie Berrera verhandelt wurde. Er stand von Anfang an unter einem ungünstigen Stern.

McGarvey hatte Bilder des Doc in der gestreiften Sträflingskleidung gesehen, und jetzt sah er tatsächlich wie ein Killer aus. Das Leben im Gefängnis schien die glatte Oberfläche des Zahnarztes aufgerauht zu haben. Ankney würde wahrscheinlich sagen, daß Mr. Hyde jetzt sichtbarer wurde.

Der Mordprozeß im Berrera-Fall wurde erneut aus St. Louis verlegt, wieder mit der Begründung, daß es in der Stadt kaum einen fairen Prozeß geben könnte, weil zuviel über den kriminellen Zahnarzt geschrieben worden war. Man würde kaum einen Geschworenen finden, der unvoreingenommen urteilen konnte. Deshalb entschied man sich für das Gerichtshaus in Hermann, Gasconade County.

Der Beginn des Prozesses verspätete sich, weil man vergessen hatte, dem Bezirksgefängnis in St. Louis zu sagen, daß man den einsitzenden Dr. Engleman als Angeklagten benötigte. McGarvey und Tom Dittmeir, der städtische Ankläger, konnten sich ihr Lachen kaum verbeißen, als sie Englemans Ankunft hörten – da er Beineisen trug, klirrten sie auf der Treppe bei jedem Schritt. Er betrat den Gerichtssaal mit zweistündiger Verspätung – und der Richter kochte.

Am nächsten Tag trafen sich Dempsey und der Richter zum Essen in einem der wenigen Gasthäuser der Stadt. Wenig später kam auch der Sheriff herein, dessen Aufgabe es eigentlich war, bei der eingeschlossenen Jury zu bleiben. Der Sheriff ging weiter in das Lokal hinein, an Dempsey und dem Richter vorbei, und gesellte sich zu einem weiblichen Deputy, die in einer Nische saß und sich einen Drink mit einer Geschworenen genehmigte.

Dempseys Mund klappte auf. Dann schrieb er auf eine Serviette ›mistrial‹* und schob sie dem Richter zu, bevor er sich noch einen Drink bestellte.

* mistrial – fehlerhaft geführter oder ergebnisloser Prozeß

Das war für den Doc natürlich ein gefundenes Fressen. Er hatte eine Kopie seines Horoskops mitgebracht, das seine Schwester Melody ihm erstellt hatte. Er sagte den Reportern, dieses Horoskop bewies, daß Einkerkerung sein Schicksal war und daß er dem Verrat durch Frauen ausgesetzt sei. Durch das vorzeitige Ende des Prozesses war das Interesse der Medien erheblich gestiegen, und so fand er eine beträchtliche Bühne für die Verkündung seines Schicksals nach Horoskop.

»Es war mir schon bei meiner Geburt bestimmt«, sagte er den Reportern. Er wies sie auch darauf hin, daß er am 6. Februar geboren ist, er hatte Geburtstag mit Ronald Reagan, den er unterstützte. Das war McGarvey peinlich, denn auch er unterstützte Reagan.

Er redete immer häufiger über Astrologie. Einem Gefängniswärter empfahl er eine Reihe von Büchern, die er über Okkultismus lesen sollte. Aber in seinem besten Kommentar zum geplatzten Prozeß sagte er vor laufenden Fernsehkameras: »Ich möchte gern Mrs. Berrera zitieren: ›Was sein wird, wird sein‹.«

Die Anekdoten um ihn herum wuchsen und schwollen fast zur Legende an. Er verglich sich schon mit Jesse James und den Dalton-Brüdern. McGarvey regte das nicht mehr auf. Bald würde die Party vorbei sein. Er war davon überzeugt, daß Doc in Hermann beim nächsten Prozeß die Todesstrafe bekommen würde.

Etwas anderes nagte in McGarveys Innern. Die Gusewelles. Der Gedanke, daß das ›Goldmädchen‹ ihr Vermögen genoß, störte ihn. Aber er konnte nichts daran ändern, oder?

Er blätterte durch die Zeitungsausschnitte auf seinem Schreibtisch. Da war einer, der kurz nach Nicks ergebnislosem Telefongespräch veröffentlicht worden war: GUSEWELLE-MORDE GEKLÄRT, SAGEN BEHÖRDEN, lautete die Überschrift. Für die Behörden war es so am bequemsten, dachte McGarvey, und er konnte es ihnen nicht einmal verübeln. Oder?

ACHTER TEIL

HANDY

Svengali hatte nur zwei Freunde. Da war Gecko, der . . . in der Nähe lebte . . . und seinem Herrn sein großes Talent verdankte, das er der Welt noch nicht enthüllt hatte.

Aus ›Trilby‹ von George du Maurier

Edwardsville, Illinois,
Montag, 31. August 1981

Während er über die Poplar Street Bridge nach Illinois hineinfuhr, grübelte McGarvey wieder über den Gusewelle-Fall nach. Die ersten Ermittlungen hatten ergeben, daß Engleman und Handy auch in diesem Fall des Mordes und des Postbetrugs schuldig waren, aber niemand der darin Verwickelten, darunter auch Barbara, hatte sich auf einen Handel eingelassen. Die Strafverfolgungsbehörden von Madison County zogen es vor, sich auf Andre Jones' Geständnis zu berufen. Wenn Doc in Hermann die Todesstrafe erhalten hätte, ging es McGarvey durch den Kopf, dann hätte er die Akte Gusewelle wohl ruhen lassen.

Aber die Geschworenen hatten auf lebenslängliche Haft

erkannt. McGarvey schätzte, daß zwei Dinge den Doc gerettet hatten: Einmal war er nicht selbst in den Zeugenstand getreten, und zum zweiten mochte die Tatsache eine Rolle gespielt haben, daß er die Bombe nicht selbst ins Auto gelegt, sondern jemanden dafür angeheuert hatte. In den Augen der Geschworenen war Doc durch den winzigen Abstand, den er zwischen sich und der in Stücke gerissenen Sophie Berrera gehalten hatte, etwas weniger schuldig. Es war McGarveys Erfahrung, daß eine Jury nicht den Hauch eines Zweifels haben durfte, bevor sie ein Todesurteil sprach.

Doc hatte alle überrascht, daß er sich an Dempseys Rat gehalten und nicht ausgesagt hatte. Und auch dadurch, daß er zum ersten Mal Angst vor dem Tod zeigte. Er hatte zwar mit den Reportern herumgealbert und ihnen Melodys Schicksalsbestimmung für ihn erklärt, aber diesmal konnte man nicht den Eindruck haben, daß er selbst daran glaubte.

McGarvey erinnerte sich, wie sich ihre Blicke auf der Gerichtstreppe begegnet waren, als Doc seinen Zuhörern einen Vortrag über Gefängnisinsassen hielt. Unter ihnen waren ›furchterregende Leute‹, wie der Doc sich ausdrückte, ›Soziopathen‹ und ›Psychopathen‹, also Männer – so Doc –, ›die gefährlich‹ sind, weil gewalttätig. Andere Insassen waren ›schöne, intelligente Seelen‹. Bei diesem Satz waren sich ihre Blicke begegnet.

Wenn sich die Dinge für Doc geändert hatten, dann hatten sie sich auch für Handy geändert. Die ursprüngliche Verurteilung im Mai 1981 wegen Postbetrugs und Mordverschwörung war später von einem Berufungsgericht aufgehoben worden. In einem neuen Prozeß war er im August 1981 wieder verurteilt worden, und nun streckte er Fühler aus. Durch seinen Anwalt ließ er wissen, daß er interessiert sei, ›die Möglichkeit zu erforschen, der Regierung bei der Untersuchung der drei Morde im Osten von St. Louis zu helfen‹, im Gegenzug erwarte er, daß ›seine Mitarbeit dem Richter mitgeteilt wird im Hinblick auf eine mögliche Verminderung seiner siebzehnjährigen Haftstrafe‹.

In anderen Worten: Handy wollte einen ›Deal‹, aber es

würde ein lohnender Handel sein müssen, denn Handy war ein zu gewiefter Mann, um für sein Singen nicht das meiste herauszuholen.

Als McGarvey sein Auto vor dem Bezirksgefängnis von St. Clair parkte, hatte er nur eine vage Hoffnung, daß ein solcher Handel mit Handy möglich wäre.

»Ich will wissen, wie ich meine Haftzeit abkürzen kann«, sagte Handy. Er sah schlanker aus als im Gerichtssaal, und die Falten hatten sich tiefer in sein Gesicht gegraben.

»Ich kann Ihnen nichts versprechen, Handy«, sagte McGarvey und zündete sich eine Zigarette an, damit seine Hände etwas zu tun hatten. Er hatte versprochen, sich keine Notizen zu machen. Er posierte als Handys neuer Anwalt, was zwischen ihnen abgesprochen war. Dadurch würden sie Schwierigkeiten für Handy vermeiden, wenn er von seinen Kameraden als Verräter verdächtigt würde. »Ich muß wissen, wie tief Sie in die einzelnen Verbrechen verstrickt sind, und Sie müssen ehrlich mit mir sein. Wir können nichts für Sie tun, wenn Sie nicht völlig offen sind.«

»Sie wissen, daß ich von den ganzen Sachen nicht profitiert habe, kein Geld und nichts«, sagte er. »Kann sein, daß ich vorher etwas über den Mord an Halm gewußt habe, und ich mag auch Glen unbeabsichtigt bei seinen Plänen geholfen haben, aber ich habe kein Geld dafür bekommen. Und ich habe Ruth auch nicht bei der Geldwäsche geholfen.«

»Nein?« McGarveys Brauen hoben sich.

»Und vor den Treffen mit Glen und Nick in den Restaurants habe ich Nick seit 1974 nicht mehr gesehen, als er hinter meiner Tochter her war.« Er hatte sichtlich Spaß an dem Gespräch. Mit Cops zu reden war eine Möglichkeit, ein paar Stunden seiner Zelle zu entkommen, und weil er offiziell mit seinem neuen Anwalt sprach, ging er kein Risiko ein.

»Die meiste Zeit haben sie bei diesen Treffen über die Ermordung von Michael Spinks gequatscht, und damit hatte ich gar nichts zu tun. Ja. Ich war damit beschäftigt, Glens Praxis zu renovieren, als Halm getötet wurde. Ich weiß jetzt, warum es ihm nicht wichtig war, wann ich damit fertig wurde. Er war mit Carmen an der Sache dran. Wissen Sie, ich hätte mich an Carmen wenden sollen, um zu versuchen, ihr den Plan auszureden, nachdem ich davon erfahren hatte, aber dann hätte er mich umgebracht. Deshalb habe ich gedacht, es sei besser, nichts zu tun.« Er war jetzt gut drauf. »Wissen Sie, ich habe versucht, ihm den Mord an Sophie Berrera auszureden.«

»Hören Sie, Handy, ich will Ihnen ja glauben, aber wenn Sie mir etwas erzählen, was den Tatsachen zuwiderläuft, habe ich Schwierigkeiten, das zu akzeptieren.«

»Glen hat Ruth eine Menge Dinge über mich und die Mordsachen erzählt, die nicht unbedingt stimmen müssen«, verteidigte er sich. »Also gut, warum fangen wir nicht von vorn an? Sagen Sie mir, wann Sie Engleman kennengelernt und woran Sie im einzelnen beteiligt waren.«

Er begann mit ihrem ersten Treffen am Tishamingo-See in den frühen Sechzigern und plauderte dann entspannt über ihre Freundschaft. Alles war harmloser und rosiger, als McGarvey es bisher gehört hatte, deshalb glaubte McGarvey ihm nicht. Er war nicht sicher, ob Handy das überhaupt erwartete. Dies sollte wohl nur die erste Strophe seines Singens sein. Er würde wohl nicht mehr mit der Darbietung der zweiten beginnen, bis er so ungefähr wußte, was in dieser Partnerschaft für ihn drin war. Aber auf der Basis dessen, was Handy bisher aufgetischt hatte, könnte McGarvey ihm nichts versprechen.

»Ich glaube nicht, daß ich Glen noch irgend etwas schulde«, sagte er. »Er hat mich benutzt, wie mich so viele Menschen benutzt haben. Da hat meine Schwester Millie ganz recht. Wissen Sie, Melody steckt hinter vielem, was Glen tut. Sie weiß über alles Bescheid, worin Glen verwickelt ist. Ich glaube, er hat viele dieser Sachen angeleiert, um ihren Lebensstil zu finanzieren. Er hat eine Menge Geld in ihr Haus gesteckt, haben Sie das gewußt? Also, ich mag sie nicht.«

McGarvey unterdrückte ein Lachen. Alle von Docs engen Mitarbeitern mochten sich gegenseitig nicht. Er war über den

Fluß gefahren, nur um zu hören, was ein Mitglied dieser kuriosen Verbrecherfamilie über die anderen dachte, aber er hatte auch für den Anfang nicht viel mehr erwarten können. Wenn ein Mann sein Leben lang die Polizei belogen und seine kriminellen Aktivitäten verborgen hat, ist es nicht leicht, mit der Wahrheit zu beginnen.

»Nun ja«, sagte Handy, »ich habe mit Glen keinen direkten Kontakt mehr, nur noch über einen alten Freund. Ich war in Terre Haute mit ihm zusammen, und jetzt ist er bei Glen in Jeff City. Durch ihn höre ich von Glen.

Er sagte, er wollte später wieder ein solches Gespräch haben, und McGarvey antwortete, dann müßte er aber mehr ins Detail gehen und rückhaltslos mit der Wahrheit herauskommen, denn wenn er nur einmal bei einer Lüge erwischt würde, wäre seine Glaubwürdigkeit dahin, und dann könnten sie seine Informationen nicht als Beweise vor Gericht vorbringen. Seltsam, dachte McGarvey, diese Leute hacken alle auf Ruth herum, aber ihre Glaubwürdigkeit hat vier Prozesse überstanden. Alle hatten angedeutet, daß sie an den einzelnen Verbrechen mehr beteiligt gewesen wäre, als sie zugegeben hätte, aber wenn das zuträfe, davon war McGarvey überzeugt, hätten sie es längst herausgefunden, und Dempsey hätte sie ans Kreuz genagelt. Handys Glaubwürdigkeit konnte an Ruths nicht tippen.

»Ich will Ihnen glauben, Handy, aber ich habe meine Zweifel«, sagte er und blieb an der Tür stehen, um eine letzte Erklärung abzugeben. »Im Augenblick haben wir gegen Sie nicht so viel in der Hand, daß wir Sie anklagen können, aber wenn wir durch weitere Nachforschungen Beweise gegen Sie finden, haben Sie für einen Deal entsprechend schlechtere Karten.«

»Das Risiko gehe ich ein«, sagte er. »Wissen Sie, ich will nicht, daß meine Familie erfährt, meine Schwester und meine Kinder, daß ich in so was Schlimmes wie Mord verwickelt gewesen wäre.«

Das widerrufene Geständnis von Andre Vernell Jones

Dienstag, 22. Mai 1984

Am 15. Mai betrat Robert Hertz aus dem Sheriff's Office von Madison County, begleitet vom Spezialagenten Dennis Kuba vom Gesetzesvollzug des Staates Illinois und vom Ankläger des Madison County, Donald Weber, das Gefängnis in Chester, Illinois, um Andre Jones zu vernehmen, der dort in der Todeszelle saß. Er weigerte sich zunächst, mit ihnen zu reden, bevor er nicht mit seinem Anwalt gesprochen hatte. Die drei Männer fuhren zurück nach Belleville zu Jones' Anwalt, der sich aber nicht in seinem Büro aufhielt. Später wurde ein neues Treffen vereinbart, und diesmal wurde Jones nach Edwardsville gebracht.

Um zehn Uhr morgens wurde Jones von seinem Anwalt beraten, und fünf Minuten später konnten Hertz, Kuba und Weber mit ihm sprechen. Sie waren alle in den Dreißigern, aber das war auch schon ihre einzige Gemeinsamkeit. Hertz, ein äußerst beherrschter Mann mit kurzem, schütterem Haar, entschlossen, makellos dazustehen in einem Staat, der wegen seiner Skandale und Korruptionsfälle berüchtigt war; Kuba, ein unauffälliger, intelligenter Detektiv mit einem Aussehen und einem Auftreten, das man mit Fernsehhelden verband; und Weber, der rundliche, schlachterprobte, aggressive Staatsanwalt, der auf seinem Gebiet so besessen um Gerechtigkeit kämpfte wie Hertz auf seinem.

Sie fragten Jones, ob er dabeiblieb, die Person zu sein, die für den Mord an Ronald Gusewelle verantwortlich war.

Er sagte aus, daß er und seine Freundin, die inzwischen an einer Überdosis gestorben war, direkt und allein für den Mord verantwortlich gewesen wären. Die Freundin hätte Gusewelle in ein Zimmer des Coleman Plaza Hotels gelockt, wo Jones ihn ausrauben wollte. Gusewelle, ›ein Brocken von einem Kerl‹, hätte sich gewehrt. Dann, sagte Jones, hätte er eine Lampe gepackt und sie dem Weißen dreimal über den Schädel gezogen, bis sein Opfer tot gewesen wäre. Er und Lori hätten die Leiche in den Camaro gesetzt. Hertz und Kuba erinnerten ihn daran, daß er bei seinem ursprünglichen Geständnis mehr Einzelheiten erzählt hätte. Tatsächlich hatte Weber gesagt, die Fülle an Einzelheiten käme ihm verdächtig vor.

Jones sagte, seitdem sei eine Menge Zeit vergangen, und er hätte diese Details vergessen. Er hatte insgesamt sechs Morde gestanden, darunter auch das Erschlagen eines älteren weißen Mannes, das wegen seiner Brutalität besonders herausstach. Nach seinem schriftlichen Geständnis hatte Jones damals Krach mit seiner Großmutter gehabt, er war wütend herausgestürmt, auf der Suche nach etwas oder jemandem, woran er seine Wut auslassen konnte. Eine Stimme in seinem Innern hatte ihm gesagt, er sollte zu einem Haus gehen, an die Tür klopfen und das alte Ehepaar, das dort wohnte, umbringen. Offenbar sagte dieselbe Stimme dann auch zu ihm, er solle den Kopf des Mannes vom Rumpf trennen, den Kopf in einen Papiersack stecken und den Sack zu dem Wohnblock bringen, in dem seine Mutter wohnte.

Als sein Bruder ihm im Haus begegnete und er ihn fragte, was in diesem Sack sei, antwortete Jones, er würde es ihm später sagen, er sei jetzt zu müde und brauche Schlaf.

Wenn Ron Gusewelle im Ostteil von St. Louis getötet worden war, dann wäre Andre Vernell Jones die Art Killer, die dazu in der Lage gewesen wäre.

»Wollen Sie mit uns zum Tatort gehen, damit Sie uns zeigen können, wie es passiert ist?« fragte Weber. Jones stimmte zu.

Zu ihrer Überraschung traf es zu, daß Jones im Coleman Plaza ein Zimmer gehabt hatte, in unmittelbarer Nähe des Parkplatzes, auf dem Gusewelle in seinem Auto gefunden worden war. Als Jones ihnen die Ecke zeigen wollte, wo der Camaro geparkt hatte, entschied er sich für die falsche Ecke.

Als sie es ihm sagten, versicherte er: »Aber ich hab's getan! Es ist nur schon so lange her!«

Am folgenden Tag jedoch gab er derselben Besuchergruppe

im Gefängnis eine Erklärung ab, daß er *nicht* für die Ermordung von Ron Gusewelle verantwortlich wäre. Sie sagten ihm, wenn er ihnen die Wahrheit sagte, würden sie es ermöglichen, daß er seine Großmutter in die Arme nehmen könnte. Er hatte ihnen vorher gesagt, wie sehr es ihn betrübe, daß er sie nur durch die Glasscheibe sprechen könnte, und wie gern er sie noch mal in den Arm nehmen würde.

Sie nahmen sein widerrufenes Geständnis auf Video auf.

HERTZ: Wir haben am Dienstag dieser Woche, also am 22. Mai, über den Gusewelle-Fall gesprochen, ist das richtig?
JONES: Das ist richtig.
HERTZ: Bei dieser Zusammenkunft haben wir die Möglichkeit angesprochen, daß wir am Wahrheitsgehalt Ihrer Aussage zum Gusewelle-Mord Zweifel haben könnten. Was haben Sie uns am Dienstag über Ihre Verwicklung in den Gusewelle-Mord gesagt?
JONES: Nun, ich habe wiederholt, daß ich das Verbrechen begangen habe, aber in Wirklichkeit habe ich es nicht begangen. Mein Grund dafür, daß ich sagte, ich hätte es getan, liegt darin, daß ich, sozusagen, unter Druck gesetzt wurde, weil ich eine Aussage unterschreiben sollte, daß ich das Verbrechen begangen habe, weil ich damit meine Familie schützen konnte.
HERTZ: Gut. Aber am Dienstag haben Sie davon noch nichts angedeutet.
JONES: Nein, nein.
HERTZ: Gut. Wir haben uns dann gegen halb vier am heutigen Nachmittag wieder getroffen, und erneut haben wir Sie gefragt, ob Sie sich an weitere Einzelheiten des Mordes an Mister Gusewelle erinnerten, und bei dieser Gelegenheit haben Sie uns was gesagt?
JONES: Daß ich Ronald Gusewelle nicht getötet habe.

HERTZ: Dann möchte ich Sie jetzt bitten, uns zu berichten, was genau vor sich ging. Haben Sie Ronald Gusewelle wirklich nicht getötet?

JONES: Nein, habe ich nicht.

HERTZ: Warum haben Sie dann Ende 1979 und am 31. Januar 1980 in allen Einzelheiten den Behörden gegenüber ausgesagt, Sie hätten ihn getötet?

JONES: Eh ... Nun, also, ich habe das gesagt, weil ... man legte mir Polizeiberichte vor und Autopsieberichte, und man sagte mir, ich sollte alles lesen und mir die Einzelheiten einprägen, was ich auch getan habe. Man hat mir damals ... eh ... indirekt zu verstehen gegeben, wenn ich kein Geständnis unterschreibe, daß ich es getan hätte, dann ... ja, es wäre nicht im besten Interesse für meine Familie, wenn ich ... eh ... das Geständnis nicht unterschreibe. Und deshalb habe ich es unterschrieben.

HERTZ: Wer hat zuerst mit Ihnen über den Gusewelle-Fall gesprochen?

JONES: Detective Robert Miller.

HERTZ: Und wie ist er auf Sie gekommen? Ich meine, wie hat er Sie mit dem Gusewelle-Fall in Verbindung gebracht?

JONES: Nun, er kam damals wegen eines anderen Falles zu mir ... ein paar Leute waren im Mexico City Café getötet worden, und er hatte Informationen von ein paar Typen, daß ich das wäre ... Ich war's auch tatsächlich, aber ich habe ihm gesagt, ich wär's nicht gewesen ... Dann hat er einen Ronald Gusewelle erwähnt. Ich weiß nichts über Gusewelle, sagte ich. Er sagte, es wäre im Ostteil von St. Louis passiert, nahe beim Coleman Plaza. Ob ich das Coleman Plaza kenne? Ich sagte ihm, klar kenne ich das, und da sagt er, er hat mit meinen Leuten gesprochen, mit meiner Großmutter und besonders auch mit meiner Mutter und mit einer Freundin von mir, und wenn ich das Geständnis nicht unterschreibe und die Berichte nicht lese, dann würde mit meiner Familie was passieren. Er hat das auf so eine indirekte Weise gesagt, aber das hat er gemeint, und das war der Grund, warum ich zugegeben habe, Ronald Gusewelle getötet zu haben.

Er gab ferner zu, daß er zwar der drei Morde schuldig sei, für die er die Todesstrafe erhalten hätte, daß er aber zwei weitere Morde gestanden hätte, die nicht auf sein Konto gingen. Er habe Mr. Miller nachgegeben, weil er niedergeschlagen gewesen sei und weil es ihn auch nicht interessierte, was mit ihm geschehe – und um seine Familie zu beschützen. Nachdem er mit seiner Großmutter gesprochen hätte, sagte er, und gebetet hätte, daß seiner Familie nichts passierte, fand er nun, daß es an der Zeit war, mit der Wahrheit herauszurücken.

Während Jones redete, überlegte Weber, ob Miller seit der Klärung der Fälle zwei oder drei Beförderungen erfahren hatte. Wahrscheinlich waren es zwei.

HERTZ: Hat Miller Ihnen gesagt, welches Interesse er dabei verfolgte, von Ihnen Geständnisse zu hören, obwohl Sie darauf beharrten, die Morde nicht begangen zu haben?
JONES: Ja... eh, er sagte, er wolle... eh, den Fall abschließen. Ich hatte das Gefühl, daß er mit den Ermittlungen in diesen Fällen betraut war... Ich fand später heraus, daß das aber nicht so war, eh... daß er mich nur benutzt hat, um selber gut dazustehen.

Hertz zeigte Jones das Geständnis, das er unterschrieben hatte. Jones sagte, Detective Miller hätte es geschrieben, aber er selbst hätte den Teil ›erfunden‹, in dem Gusewelle durch eine Prostituierte gelockt wird, weil solche Dinge eben so gehandhabt würden.

HERTZ: Hat Miller Ihnen gewisse Privilegien gewährt, während Sie im St. Clair Bezirksgefängnis einsaßen?
JONES: Ja ... eh ... nun, Geld, eh, ich bekam Geld ... Damals bekam ich kein Geld von meiner Familie, und ich konnte das Geld gut gebrauchen, ich zahlte damit bei der Verpflegungsstelle ... eh, ja, mir wurden Valiums gegeben, weil ... damals litt ich unter Depressionen ... Mister Miller hat mir die Valiums gegeben, ich weiß nicht, woher er sie hatte ... eh ... es ist mir auch egal, aber so etwa ist das gelaufen.

Weber blickte zu Hertz, dem aufrechten, Streng-nach-den Regeln-Hertz, der gerade die abschließenden Sätze in die Videokamera sagte. Weber mußte bewundern, wie der Mann seine Gefühle verbergen konnte. Er mußte kochen vor Wut.

Edwardsville, Illinois,
Samstag, 9. Juni 1984

»Okay, Nick, wir haben alles vorbereitet für den Telefonanruf«, sagte McGarvey.

Seit Jones das Geständnis widerrufen hatte, war Nick wieder gefordert. Sie hatten ihn schon ein paarmal abgeholt und mit einem Sender versehen, bevor er an Barbaras Tür geklopft hatte. Entweder war sie nicht zu Hause, oder sie ging einfach nicht an die Tür. Mann, war er froh, daß sie nicht öffnete. Was wurde aus ihm, wenn sie plötzlich eine Kanone zog? Und nun wollten sie ›einen letzten Anruf, Nick‹.

McGarvey hatte ihm erklärt, daß sie entweder Barbara oder Handy umdrehen mußten. Nick versprach sich von diesen Versuchen nicht viel. Oder zumindest nicht von seiner Hilfe. Das war, so hoffte er, endgültig das letzte Mal, daß er in irgend etwas verwickelt war, was mit dem Doc zu tun hatte. Mit Hertz zu arbeiten war wie Zahnschmerzen. McGarvey verfügte über einen trockenen Humor, den Nick mochte, McGarvey akzeptierte einen auch als Mensch, solange man ehrlich mit ihm war. Bei Hertz hatte er ständig das Gefühl, daß er ihn ans Jüngste Gericht auslieferte. Nervös wählte er die Nummer von Barbaras Haus, das sie nach dem Verkauf von Rons Haus für hunderttausend Dollar erworben hatte.

MIRANDA: Hi, Barb?
BARBARA: Ja?
MIRANDA: Barb, hier spricht Nick Miranda. Wie geht es Ihnen?
BARBARA: Ich kenne Sie nicht einmal, also belästigen Sie mich nicht mehr.
MIRANDA: Hören Sie, ich habe eine Nachricht für Sie ...

Sie hatte schon aufgelegt. »Versuchen Sie es noch mal, Nick«, sagte Hertz. Er drückte die Zahlen. Eine Männerstimme meldete sich. Offenbar war es diesmal nicht ihr Anwalt, weil die Augen der Lauscher nicht aufblitzten. Der Mann verwahrte sich gegen weitere Anrufe. Nick Miranda legte auf.

Alton, Illinois,
Donnerstag, 28. Juni 1984

Nach dem Widerruf von Jones ging es jetzt darum, einen der drei Beteiligten, Engleman, Handy oder Barbara, umzudrehen. An diesem 28. Juni waren Kuba und Weber sowie Detective Donald Spaul mit McGarvey unterwegs zu Handy. McGarvey wurde über einen Kontakt mit Barbara, die sich wieder ›Boyle‹ nannte, informiert. Sie hatten sie auf dem Polizeirevier von Alton, Illinois, abgefangen, wo sie die Kaution für ihren Sohn hinterlegen wollte, der kurz vorher wegen Einbruchs verhaftet worden war (Später wurde die Anklage gegen ihn fallengelassen). Sie sagten ihr, sie überarbeiteten die Akte, da Andre Jones wegen des Mordes nie angeklagt worden wäre. Barbara entgegnete, es errege sie zu sehr, über die Morde zu sprechen. Als Kuba ihr sagte, sie wären daran interessiert, mit ihr die einzelnen Versicherungspolicen auf das Leben von Ron Gusewelle zu besprechen, wurde sie sehr nervös.

»Ich will das nicht wieder durchmachen. Drei Jahre lang habe ich jede Nacht durchheult«, sagte sie, und ihr rechter Arm zitterte stark.

Als sie aus der Tür ging, rief Kuba ihr nach: »Wir werden mit Glennon Engleman sprechen. Sollen wir ihm irgend etwas ausrichten?«

Sie drehte sich um, und sie sahen ihre weit aufgerissenen Augen, dann hastete sie davon. »Good-bye, Jungs.«

Weber hatte ihr Hochzeitsbild in seinem Büro aufgehängt, neben einem Bild von General Custer mit der Zeile UNTERSCHÄTZE NIE DEINEN FEIND sowie einem Foto von Karla Brown, deren Ermordung ihn besessen gemacht hatte, den Täter zu finden – es hatte fünf Jahre gedauert. Diese Besessenheit hatte er in Barbaras Fall nicht, aber er wollte sie anklagen und dafür sorgen, daß sie verurteilt wurde. Er hatte Andre Jones das Geständnis nie abgekauft, und es erfüllte ihn jeden Morgen mit kalter Trauer, wenn er an den Häusern der Gusewelles vorbeifuhr.

Seit McGarvey im März mit den Informationen über die Versicherungen und dem Material, das er von Ruth und Nick Miranda erhalten hatte, zu ihm gekommen war, festigte sich in ihm die Überzeugung, daß Barbara den jungen Gusewelle geheiratet hatte, um ihn ermorden zu lassen. Dafür wollte er sie im Gefängnis sehen. Aber ohne Handy würden sie es schwer haben, sie dorthin zu schaffen. McGarvey hatte ihm eingeredet, daß er der Mann wäre, Handy umzudrehen. Viele Leute hatten ihre Rolle dabei gespielt, Engleman zu überführen. Vielleicht sollte dies seine Rolle werden. Der Gedanke behagte Weber.

»Handy ist ein Gauner, ein furchtloser Ganove«, sagte McGarvey, als sie sich dem Gefängnis näherten. »Er ist schon so oft im Knast gewesen, daß er genau weiß, wie alles läuft. Sie können ihm nichts vormachen. Er weiß, wann er reden muß und wann es besser ist, den Mund zu halten.«

Soweit McGarvey ihn durchschaut zu haben glaubte, würde Handy nicht mehr reden, bis er den Mann vor sich hatte, mit dem er den Deal ›durchziehen‹ konnte. Handy würde sich nicht auf einen Handel einlassen, wenn man zwischendurch unterbrechen mußte, um die eine oder andere Genehmigung einzuholen. Er wollte mit dem Mann reden, der den Einfluß hatte, und im Gusewelle-Mord war Weber dieser Mann.

»Sagen Sie nichts, was Sie nicht vertreten können«, riet McGarvey. »Man kann ihn nicht reinlegen. Wir haben gute Karten. Sein Anwalt hat ihm gesagt, er könnte sich auf Sie verlassen.«

Auf den ersten Blick entsprach Handy genau dem Bild, das sich Weber von ihm gemacht hatte, rauh, wachsam, auf der Hut. Handy lächelte freundlich beim Händedruck. Es war klar, daß er die Aufmerksamkeit genoß, die ihm jetzt zuteil wurde. Und natürlich die paar Stunden, die er außerhalb der Zelle verbringen konnte, in denen er die Hamburger essen konnte, die sie von draußen mitgebracht hatten. Weber dachte an die Ironie des Schicksals – sobald ein Mann drinnen war, wurde der Besuch eines Bullen zum Tageshöhepunkt.

»Ich werde Ihnen den Tag vermasseln«, sagte Weber zu Handy. »Ich habe in diesem Jahr schon zwei Jungs in die Todeszelle geschafft, und wegen der Gusewelle-Morde werden noch zwei hinzukommen. Einer der beiden wird Engleman sein.«

Er beobachtete, wie das Lächeln auf Handys Gesicht zerrann wie Make-up auf dem Gesicht einer fetten Frau im August. »Der zweite werden entweder Sie oder Barbara sein. Mit einem von euch muß ich einen Handel machen.«

Dann trug er die Beweise vor, die er gegen Handy und Engleman hatte – die Unterlagen der Versicherungen, die Aussagen von Ruth und Nick Miranda sowie einige kleinere Details, die

die Beweise stützten, darunter ein Telefongespräch, das von Ruths Telefon mit der Wood River Raffinerie geführt wurde, dem Arbeitsplatz von Ron Gusewelle.

»Reden Sie heute mit mir, oder ich rede mit Barb.«

Handy warf McGarvey einen raschen Blick zu, bevor er zu Weber sagte: »Okay, ich rede.«

»Ich will keine Märchen hören. Sagen Sie mir nicht: ›Ja, Engleman hat's getan, und Barbara hat mitgemacht.‹ Ich will alle Einzelheiten, die Sie kennen.«

»Ich bin schon eine Weile im Gefängnis. Ich weiß, was Sie brauchen.«

Sie redeten zweieinhalb Stunden lang.

Wood River, Illinois,
Frühjahr 1971

Glen fuhr gerne selbst, wenn sie eine Tour machten, und so fuhr er auch an diesem Tag. Er fuhr gern, und er bezahlte gern, ob sie essen oder ins Kino gingen. Seinen Freunden gegenüber verhielt sich Glen großzügig. Er besaß einen Anzug, und der Inhalt seines Kleiderschranks war wahrscheinlich nicht mehr als zweihundert Dollar wert, Socken und Schuhe einbezogen. Er fuhr ein bescheidenes Auto, aber er wollte der Mann sein, der die Brieftasche aufmachte. Handy hatte nichts dagegen, weder gegen das Fahren noch gegen das Bezahlen. Ihm gefielen die Touren, besonders an einem solchen Tag, wenn man das Fenster öffnen und den Fahrtwind im Gesicht spüren konnte.

»Das ist etwas, was dir im Gefängnis fehlen wird«, sagte er zu Glen, »der Wind, der dir ins Gesicht bläst.«

Glen kicherte. Handy hatte nicht oft vom Gefängnis gesprochen, seit er im September 1968 entlassen worden war. Er hatte die Falschgeldsache ausbaden müssen, die natürlich Glens Idee gewesen war, aber er wußte, er hatte es sich selbst zuzuschreiben, daß sie aufgeflogen waren. Deshalb hatte er nicht oft über den Knast geredet, das letzte Mal auf der Willkommensparty, die Glen ihm am ersten Abend gegeben hatte. Er erinnerte sich noch, wie wütend seine Schwester Millie gewesen war. Sie hatte ihn am Gefängnis in Terre Haute in Indiana abgeholt und nach Hause gebracht, und sie hatte erwartet, daß er den ersten Abend bei ihr und den Kindern bleiben würde. Nun ja, er war dankbar, daß sie sich während seiner Haftzeit um die Kinder gekümmert und die Zahlungen für sein Haus geleistet hatte, aber er wollte sie nicht mit auf die Party nehmen – Millie war eine Langweilerin auf Parties, und außerdem kamen sie und Glen nicht klar.

»Barbara wird dir gefallen«, sagte Glen, »sie ist ein liebes Mädchen, häuslich und hübsch. Ihr Mann hat sie mit irgendeiner Nutte betrogen, Gesicht wie eine Dogge, sie erinnert mich an das Flittchen, an dem Melodys Mann geschnüffelt hat. Barbs Mann ist ein Zahnarzt, macht eine Menge Moos, das weiß man, wenn man seine Praxis sieht, aber ihr gibt er nur ein paar Dollar im Monat. Davon kann sie nicht leben. Es ist hart für sie, die Umgebung von St. Louis zu verlassen und sich hier auf dem Land mit drei kleinen Kindern durchzuschlagen.«

Handy nickte zustimmend, aber er war an Barbara und ihrem Schicksal nicht sonderlich interessiert. Er wußte von Barbara nur, daß sie eine Wohnung im Haus von Glens Mutter gehabt und dann einen Zahnarzt geheiratet hatte.

Er war gerne mit Doc zusammen. Bei ihm war immer etwas los. Den ersten gemeinsamen Plan verwirklichten sie 1963 am Tishamingo-See bei Glens Bruder Vernon. Damals war er noch nicht verheiratet gewesen. Inzwischen war er von June geschieden, die Kinder hatte sie ihm überlassen.

Sie bogen auf den Parkplatz seitlich des kleinen Apartment-Komplexes aus Stein und gebeiztem Holz ein. Jede kleine Apartmenttür sah gleich aus, und fast vor jeder Tür stand ein Topf mit Blumen oder sonst etwas Grünem.

Glen ging mit festen Schritten auf eine Tür zu. Auf sein Klopfen hin öffnete sie die Tür. Sie trug Jeans und hochhackige

Schuhe, eine lavendelfarbene Bluse mit Rüschen an Armen und Hals. So eine Bluse, dachte Handy, tragen Frauen, wenn sie in eine Bar gehen und abgeschleppt werden wollen. Als sie seine Hand schüttelte, fuhr sie mit den langen, lavendelfarben lackierten Fingernägeln über seine Handfläche.

Er und Glen bauten ein Etagenbett für die fünfjährigen Zwillinge David und James zusammen, während sie Kaffee braute und Plätzchen auf einen Teller häufte. Es war eine Arbeit für zwanzig Minuten, und Glen hätte sie leicht allein erledigen können. Handy hatte das unangenehme Gefühl, daß er nur mitgenommen worden war, damit er Barbara kennenlernte, und er wußte nicht, warum. Sie führte sich auf, als ob sie auf einem Kaffeekränzchen wäre, wedelte mit Stoffservietten herum und spreizte den kleinen Finger ab, als sie ein Plätzchen nahm. Ja, dachte er, sie ist hübsch auf eine reife Art, ähnlich wie Marilyn Monroe, nur noch etwas reifer, so reif, daß sie bald schlecht wurde. Und sie war nicht so sexy wie Marilyn Monroe, und sein Typ war sie auch nicht. Sie rieb ein paarmal an Glen herum, und Handy konnte noch weniger verstehen, warum er unbedingt hatte mitkommen müssen. Vielleicht suchte Glen nach einem Weg, unter ihr wegzukommen, oder vielleicht war Ruth ihm auf die Schliche gekommen, und er suchte nun jemanden als Ablenkungsmanöver.

»Was hältst du von ihr?« fragte Glen auf dem Heimweg.

»Hübsch«, sagte er. Glen wartete, offenbar wollte er mehr hören, deshalb fügte Handy hinzu: »Ein weiter Weg, um einer Frau den Hof zu machen.«

Handy hörte nicht mehr viel von Barbara, bis er im folgenden Frühsommer von Glen gebeten wurde, sie zu einem Barbecue am Tishamingo-See mitzunehmen. Inzwischen glaubte Handy, daß Doc eine Affäre mit ihr hatte. Glen war heiß auf sie, da bestand kein Zweifel. Er, Handy, hatte keine große Lust, mit ihr zum See zu fahren, aber Doc wollte sie dabeihaben, aus welchem Grund auch immer, und so mußte er es tun. Er rief sie an, und sie sagte, sie würde gern bereit sein, zu seinem Haus zu kommen.

Sie trug einen kuscheligen weißen Jumpsuit mit kurzen Ärmeln, und man konnte den Ansatz ihrer Brüste sehen. Und wieder trug sie diese ungeheuer hohen Absätze. Ihre Zehennägel waren pink, passend zu den Fingernägeln, lackiert, die blonden Haare frisch frisiert. Handy bereute jetzt, daß er Millie und den Kindern gesagt hatte, sie könnten mitkommen, aber sie standen alle bereit, mit Hotdogs für den Grill und Kartoffelsalat in der Kühlbox, alles schon in den Kofferraum gepackt. Er konnte keinen Rückzieher mehr machen. Als sie sich begrüßten, wiederholte sie dieses leichte Schrammen der langen Nägel über seine Handfläche. Er war sicher, daß sie es absichtlich machte. Ihm lief es kalt über den Rücken.

Sie und Millie sprachen auf der vierzigminütigen Fahrt kaum ein Wort miteinander. Er konnte sehen, daß Millie, unauffällig wie sie war und bleiben wollte, Barbara nicht mochte. Als June ihn verlassen hatte, sagte sie: »Das ist alles, was du erwarten kannst, wenn du dich mit solchen Frauen einläßt. Sie interessieren sich nur für das Färben ihres Gesichts und fürs Ausgehen. Wenn du sie nicht mehr ausführst – schwupp, sind sie weg.« Himmel, sie ging ihm auf die Nerven.

Die übliche Gruppe, fünfundzwanzig oder dreißig Leute, die meisten Verwandte, war schon da, als er auf den Parkplatz einbog. Er sah in einige Gesichter, während Barbara aus dem Wagen stieg, und da wußte er sofort, daß es ein Fehler gewesen war, sie mitzubringen. Ruth, die ziemlich plump in ihren rotkarierten Bermudas aussah, starrte erst Barb an, dann ihn. Niemand konnte Ruth etwas vormachen, auch Glen nicht. Handy erkannte, daß Ruth in dem Augenblick, in dem Barb ihre hochhackigen Schuhe auf den unebenen Boden setzte, die Situation erfaßt hatte. Wer könnte sie aber auch übersehen, wenn man Glen vor sich hatte, dem fast der Speichel aus den Mundwinkeln floß, als er nur ihre Waden sah.

Melody und Glens Mutter gingen auf sie zu und begrüßten Barbara, was Ruth noch mehr irritierte. Die Dinge standen nicht gut zwischen Melody und Ruth, erst recht nicht, seit Melody sich als Hexe mit psychischen Fähigkeiten erklärt hatte. Das war ihre Masche, dachte Handy, sich allen anderen überlegen zu fühlen. Glen hatte versucht, auch ihn für diesen magischen Quatsch zu gewinnen. Der Zauber machte ihn nervös. Denn irgend etwas an Melody konnte einem schon Gänsehaut erzeugen.

Die Situation beim Barbecue blieb unerträglich, und Handy ignorierte Barbara und hielt sich nur bei den anderen auf. Schließlich erbarmte sich Millie, sie ging zu ihr und spazierte mit ihr um den See, bis sich die Party auflöste. Die zwei Frauen hatten sich schon ins Auto gesetzt und warteten darauf, daß Handy nach Hause fuhr. Nachdem sie Barb bei ihrem eigenen Auto abgesetzt hatten und sie weiter nach Wood River fuhr, mußte sich Handy Vorwürfe Millies anhören. Sie war so unglücklich darüber, daß du sie ignoriert hast. Merkst du so was nicht? Warum hast du sie eingeladen, wenn du mit ihr nichts zu tun haben wolltest? Er sagte ihr, sie sollte mit dem Nörgeln aufhören.

Nach diesem Tag sah er Barbara noch einmal im Sommer 1972 – und nur, weil Glennon Engleman ihn drängte, sie anzurufen.

»Geh mit ihr aus«, sagte er. »Sie fühlt sich einsam. Sie mag dich.« Einmal gab er nach. Er fuhr nach Wood River und blieb eine Stunde, vielleicht auch eineinhalb. Sie schenkte Wein ein, aber er war kein Weintrinker. Sein Rücken schmerzte, deshalb ging er nach Hause. Er war sicher, daß ›Sex mit ihr möglich gewesen wäre, wenn ich gewollt hätte‹, und er wußte nicht so genau, warum er nicht gewollt hatte.

»Es ist zu weit, jedes Mal dahinzufahren«, sagte er zu Glen, als das Thema wieder aufkam, und danach bedrängte Glen ihn nicht mehr. Hin und wieder erwähnte Glen, daß er bei ihr gewesen wäre, und ein paarmal traf er sie in seiner Praxis. Dann begrüßten sie sich, aber es kam nie zu einem Gespräch. Seit Glen nicht länger versuchte, sie mit Handy zu verkuppeln, sprach er offen über den Sex mit ihr. Er liebte es, Handy die Details zu erzählen. Am liebsten hatte sie es im Zahnarztstuhl, bekannte Glen, und mehr als einmal hatte sich Ruth in die Praxis geschlichen und draußen zugehört, wie sie es trieben.

Im Frühjahr fiel Handy auf, daß Barbara ihre blonden Locken unter einem Schal verbarg, wenn sie in die Praxis kam. Er sprach sie schließlich darauf an, und dann erfuhr er von dem Plan.

»Das Goldmädchen heiratet nächste Woche«, sagte Glen voller Befriedigung. »Sie benimmt sich viel besser als Carmen, da gibt es kein Gejammer, da höre ich kein ›O Glen, jetzt will ich es nicht mehr‹ und so. Barb ist erwachsen genug, um zu wissen, was sie will.«

Am Anfang war es der Standard-Plan. Barb würde einen Mann mit einem soliden Job in einer großen Firma heiraten und dann noch die eine oder andere Versicherung auf sein Leben abschließen. Dann würden sie ihn umbringen. Glen sagte, er bräuchte das Geld für die Steuer, und er ging davon aus, daß Handy bei dem Plan dabei war.

Ganz flüchtig kam ihm der Gedanke, daß er vielleicht zu Beginn eine andere Rolle hatte spielen sollen, als Glen ihn bedrängt hatte, sich um Barb zu kümmern. Vielleicht wäre er derjenige gewesen, dessen Leben zusätzlich versichert worden wäre. Ja, diesen Gedanken hatte er, aber er schob ihn gleich zur Seite – er konnte sich nicht erlauben, darüber zu grübeln, und er konnte sich auch nicht erlauben, Glen zu sagen, er wollte mit dem Plan nichts zu tun haben.

Nachdem sie verheiratet war, kam Barbara eines Tages, als Handy und Glen Engleman gerade essen gehen wollten, in die Praxis.

»Seine Eltern haben ziemlich viel Geld«, sagte sie ihnen. Ihre Augen glitzerten, sie glänzten mehr als ihre Haare. »Was sagt ihr dazu?«

»Nun ja . . .«, sagte Glen gedehnt, und Handys erster Gedanke war, daß sie in den folgenden Tagen eine Menge zu planen hatten. Glen unternahm nie etwas, ohne lange darüber nachzudenken und zu reden, und er wiederholte dann jedes Detail so oft, bis er es in deinen Kopf gemeißelt hatte. Glen stellte Barbara ein paar Fragen, und er sah sie dabei so schmachtend an, daß Handy sich verabschiedete, weil er noch einige andere Dinge zu erledigen hatte.

SPAUL: Der Plan sah also vor, die Eltern zu töten. Die beiden Söhne der Gusewelles würden alles erben. Hat Engleman Ihnen gesagt, daß dieser Plan auch die spätere Ermordung von Ron Gusewelle enthielt?
MCGARVEY: Und das war des Geldes wegen, nicht wahr? Hat Engleman Ihnen gesagt, wessen Idee es war, die Eltern zu töten? War es Englemans eigene Idee, oder hatte sie ein anderer?
HANDY: Es ist schwer zu sagen, ob es Englemans Idee war oder Barbaras, aber ohne Barbara hätte Glen die Information über die Eltern gar nicht bekommen können.

Morde vier und fünf

Donnerstag, 3. November 1977

Glennon Engleman kleidete sich mit Bedacht. Er trug seinen einzigen Anzug, blauer Nadelstreifen, weißes Hemd und eine dunkelrot gemusterte Krawatte, die Ruth ihm einige Weihnachten zuvor geschenkt hatte. Seit eineinhalb Jahren hatten er und Barbara und Handy die Ermordung von Arthur und Vernita Gusewelle, Barbs Schwiegereltern, geplant. Nach Barbs Wegbeschreibung hatte er die Lage des Hauses in einem Mietwagen ausgekundschaftet. Jetzt drückte er den Krawattenknoten zurecht und betrachtete sich im Spiegel. Ja, er sah genauso aus wie ein Vertreter des Farm Bureau. Sie würden ihn ganz sicher hineinbitten, und sie würden sich auch hinlegen, wenn er es ihnen sagte, denn sie waren einfache Leute vom Lande, die von einem Weißen nichts zu befürchten glaubten. Er steckte den 22er langläufigen Revolver und zwei Paar Gummihandschuhe in seine Tasche, während er die neue Wäscheleine in die Manteltasche stopfte. Auf seine Waffe war er besonders stolz, er hatte oft Zielschießen damit geübt, sowohl draußen wie auf dem Übungsschießstand, den er sich in Melodys Keller gebaut hatte.

Handy hatte den Fernseher an, als Engleman an die Tür klopfte, gleich öffnete und hereinkam. Handy stellte den Fernseher ab und zog eine kurze hellbraune Jacke an. »Die Aktentasche steht da«, sagte er und wies auf einen schwarzen Fiberglaskoffer auf dem Sofa. Engleman öffnete ihn und legte die Wäscheleine hinein.

Sie fuhren mit Handys Auto, einem 72er Chrysler. Unterwegs sagte Engleman: »Ron schlägt Barb, und außerdem geht er fremd. Er taugt nichts. Sie hat Besseres verdient, und er bekommt genau das, was er verdient hat, sobald das Testament vollstreckt ist und das Goldmädchen alles hat.«

Engleman befand sich in einem hypernervösen, erregten Zustand, wie er oft geplanten Verbrechen, besonders Mord, vorangeht, und auch Handy war nervös. Er mußte sich die Tiraden Glens über die Regierung und die Steuern anhören, was zusammengefaßt darauf hinauslief, daß die Gusewelles sterben mußten, weil Glennon Engleman Steuern zu bezahlen hatte. Wenn jemand schuld an ihrem Tod ist, sagte er zu Handy, dann ist es das verdammte Steuersystem Washingtons. Sein Partner stimmte zu. An der Route 140 lenkte Engleman den Wagen zu einer Tankstelle und benutzte die Telefonzelle.

»Ich habe Barb angerufen. Sie hat die Kinder zum Haus geschickt, um Waschpulver zu borgen, damit wir sicher sein können, daß die Eltern auch zu Hause sind. Nun, sie sind zu Hause. Wenn das hier gelaufen ist, wird es dein Schaden nicht sein«, versprach er. »Es wird eine Weile dauern, bis die Formalitäten erledigt sind, dann bringen wir Ron um. Wir wußten von vornherein, daß es ein Langzeit-Plan ist, aber es wird sich lohnen. Wir werden reich sein, du und ich, Handy, wenn das vorbei ist.«

Sie fuhren hinter das Haus und parkten das Auto. Es war dunkel, das Licht an der Veranda brannte. Engleman stieg zuerst aus und schritt zur Tür. Er klopfte, und Arthur Gusewelle öffnete. Engleman wies sich aus als ein Vertreter des Farm Bureau, und daraufhin wurde er von einem Mann ins Haus gebeten, der sein Leben lang in Edwardsville gewohnt und nie einen Grund gehabt hatte, einem Fremden zu mißtrauen, wenn er weiß war.

Sobald Arthur Gusewelle die Tür hinter sich geschlossen hatte, zog der Zahnarzt seine Waffe und befahl dem Ehepaar, sich auf dem Küchenboden auf den Bauch zu legen. Er zeigte ihnen die Wäscheleine und sagte: »Wenn Sie still liegenbleiben, damit ich Ihnen die Hände zusammenbinden kann, brauche ich Ihnen nichts anzutun.«

Sie sagten ihm, er könnte alles aus dem Haus mitnehmen, was er haben wollte, wenn er ihnen nur nichts tun würde. Gehorsam legten sie sich auf den Boden. Er steckte den Schalldämpfer auf die Waffe und hielt sie zuerst an den Kopf der Frau.

Während Handy, gemäß Plan, draußen wartete, schoß Engleman drei Kugeln in Vernita Gusewelles Kopf, der völlig verformt und voller Blut war. Dann schoß er Arthur Gusewelle in den Kopf, bevor er jedes Zimmer im Haus durchwühlte, damit es wie die Arbeit eines Einbrechers oder Räubers aussehen sollte. Auf dem Rückweg blieb Engleman an der Kühltruhe stehen, öffnete sie und warf tiefgekühlte Gemüsepackungen auf den Boden. Sein Hintergedanke dabei war, daß viele Leute Geld im Gefrierschrank oder Kühlschrank aufbewahren.

»Es ging alles ganz einfach«, prahlte er bei Handy, als sie zurückfuhren. »Ich zeigte ihnen die Wäscheleine, und als ich ihnen sagte, sie sollten sich auf den Boden legen, haben sie es anstandslos getan. Der Rest war einfach.«

Die beiden Männer waren angespannt und entkrampften sich erst, als sie auf den Highway nach St. Louis einbogen. Sie wären noch angespannter gewesen, wenn sie gewußt hätten, daß Arthur Gusewelle nicht tot war und das Bewußtsein noch einmal erlangt hatte, blind und voller Blut zur Wand kroch, das Telefon erreichte und um Hilfe rief.

Wieder sagte Engleman, daß er Handy nach der letzten Phase des Plans üppig entlohnen würde. Das war etwa zu der Zeit, als Arthur Gusewelle wieder in seinem Sessel saß und auf Hilfe wartete.

Am nächsten Tag berichteten alle Medien über den Doppelmord. Ein grinsender Engleman brachte einen kleinen Ausschnitt aus dem Illinois-Teil des *Globe* mit zu Handys Haus. »Diese Ärsche von Cops in Illinois werden nie herausfinden, was da passiert ist«, sagte er.

> SPAUL: Haben Sie in der Zeit zwischen dem Mord an den Eltern und dem Tod von Ron Gusewelle mit Engleman über die Vollendung des Plans gesprochen?
> HANDY: Er rief mich gelegentlich an, um mir zu sagen, er müsse bis zur Testamentseröffnung warten, und danach würde es dann schnell gehen, nun ja, dann würde er Ron Gusewelle erschießen.
> SPAUL: Hat er je mit Ihnen darüber gesprochen, wie er vorgehen würde?
> HANDY: Einmal hat er gesagt, er würde ihm am Straßenrand auflauern, wenn Ron Gusewelle von der Arbeit käme, er würde ihn mit der Taschenlampe anhalten und vorgeben, sein Auto wäre kaputt, und dann würde er ihn direkt am Straßenrand erschießen. Ja, das war sein Plan.
> SPAUL: Wußten das auch noch andere Leute außer Ihnen, zum Beispiel Barbara?
> HANDY: Ja, sicher, sie wußte es. Er hatte sich noch einen anderen Plan überlegt, der sah vor, daß er Barbara fesselte und ins Bett legte, und dann hätte er Ron

Gusewelle erschossen. Das hätte so ausgesehen, als hätte sich Ron gegen einen Einbrecher zur Wehr gesetzt.

Sechster Mord

Samstag, 31. März 1979

Es war kurz nach halb neun an diesem Abend, als Engleman seinen 73er Ford Maverick vor Handys Haus parkte. Er sah sich nach allen Seiten um, nachdem er ausgestiegen war. In den Häusern brannten Lichter, die Jalousien waren heruntergelassen, die Menschen drinnen. Erst in vier oder sechs Wochen würde man um diese Zeit an der frischen Luft sitzen können. Mit entschlossenen Schritten lief Engleman die Treppe zu Handys Haustür hoch, klingelte, wartete. Diesmal ging er nicht hinein, denn er wußte, daß Handy bereit sein würde.

Während er wartete, federte er auf den Fußballen auf und ab. Er war aufgeregt und fühlte sich gut dabei. Die Leute in der kleinen Gemeinde hatten Barbara nie gemocht, nie akzeptiert, und bald würde sie eine wohlhabende Witwe sein und das Provinznest hinter sich lassen. Rons neues Testament, das sie zu seiner Alleinerbin einsetzte, war zu Anfang des Jahres unterschrieben worden, und gleich nach der Hochzeit hatte sie Versicherungspolicen gekauft. Er schätzte, daß sie fast Zweihunderttausend Dollar an Lebensversicherungssummen bekommen würde, dazu noch die Beihilfe von seinem Arbeitgeber und schließlich ihren Anteil am Vermögen der Eltern, das würden zusätzliche dreihunderttausend Dollar sein. Handy hatte keine Ahnung, wieviel Geld zur Debatte stand, aber er würde mitmachen, weil er wußte, daß er nicht im Stich gelassen wurde.

Er drückte noch einmal auf die Klingel. Gewöhnlich brauchte er nicht auf Handy zu warten. Er klopfte auf die Tasche seiner blauen Windjacke, und als Handy die Tür öffnete, zog Engleman einen .38er Revolver mit perlmuttbesetztem Griff aus der Tasche, damit Handy ihn sehen konnte.

»Bist du bereit?« fragte Engleman grinsend. Handy grinste zurück. Sie fuhren mit Englemans kleinem Ford. Auf dem Rücksitz lagen zwei Paar Handschuhe und ein Karton mit Müllsäcken.

»Wie geht's Barb?« fragte Handy. Sie sollte Engleman nicht aus Illinois anrufen, weil er fürchtete, man könnte später einen solchen Anruf zu ihm verfolgen. Deshalb mußte sie zum Northland Einkaufscenter nach St. Louis fahren, wenn sie mit ihm sprechen wollte. Wenn sie ihn nicht erreichen konnte, rief sie Handy an. Seit Anfang des Jahres waren es immer mehr Anrufe geworden. Und sie hatte ihn auch immer häufiger sehen wollen. »Sie verliert doch nicht den Kopf?«

»Das Goldmädchen?« fragte er lachend. »Sie nicht. Barbara ist ein Fels, auf sie kannst du dich verlassen.«

Sie fuhren den gleichen Weg, den sie 1977 gefahren waren, Highway 55 über den Fluß, aber dann verließen sie die alte Route und bogen zu einem Einkaufszentrum in Fairmont City ab, wo Barbara auf sie warten sollte.

Auf dem Parkplatz sagte Engleman: »Wenn sie kommt, setze ich mich nach vorn, und du gehst nach hinten, aber wir müssen uns beide ducken, damit uns niemand sehen kann.« Sie warteten, und Engleman verkürzte ihnen die Zeit, indem er Witze erzählte. Danach ging er noch einmal den Ablauf durch und gab Handy das letzte Mal genaue Instruktionen.

Gespräche fanden zwischen den beiden Männer ganz selten statt. Meistens gab der Doc seine Anweisungen, und sein Gefolgsmann hörte zu. Während er redete, griff er nach hinten und nahm zwei Müllsäcke aus dem Karton, verstaute sie in seine linke Tasche. Er reichte Handy ein Paar Handschuhe und steckte sich sein Paar ebenfalls ein.

Als Barbara Gusewelle auf den Parkplatz fuhr, liefen sie

rasch zu ihrem blauen Oldsmobile und blieben gebückt auf ihren Plätzen, so daß man von draußen glauben mußte, nur eine Frau säße im Auto.

Das Goldmädchen war nicht gerade redselig, aber sonderlich angespannt schien sie auch nicht zu sein. Sie sagte, die Kinder seien bei ihrem Vater, dem Zahnarzt aus St. Louis, und würden auch über Nacht bei ihm bleiben. Sie machte sich Sorgen über Rons Bruder Rich und dessen Frau Donna, die sie nicht leiden konnten. Es war schwer vorauszusagen, was sie unternehmen würden. Barbara glaubte, sie wären nicht intelligent genug, um etwas zu vermuten, deshalb konnte sie eigentlich beruhigt sein. Außerdem hatte es immer schon Spannungen zwischen den Brüdern gegeben, die noch länger zurücklagen als die Morde an den Eltern. Ron hatte einmal den Lastwagen des älteren Bruders ausgeliehen und war mit einer leichten Beschädigung nach Hause gekommen, ohne anzubieten, den Schaden beheben zu lassen. Warum sollte er auch, sagte Barbara, als sie ihnen die Geschichte erzählte, wo die anderen doch so viel Geld hatten? Rich hatte auf stur geschaltet. Und bei der Erbschaft hatte Rich das Gefühl gehabt, daß Ron ein bißchen besser abgeschnitten hatte.

Die Morde hatten die beiden Brüder für eine Weile näher zusammengebracht, dann aber kehrten die alten Abneigungen wieder, und heute waren sie einander genauso entfremdet wie vor dem Tod der Eltern.

Engleman sagte, sie hätte keinen Grund zur Beunruhigung. Sie könnte nie mit einer Leiche, die man im Osten von St. Louis finden würde, in Verbindung gebracht werden. Dann wiederholte er seine Instruktionen. Eine Weile warten, nachdem sie die Leiche weggeschafft hatten, dann die Raffinerie anrufen und fragen, ob er länger arbeiten müßte. Du bist eine besorgte Ehefrau, und du willst nur wissen, ob er noch arbeitet, sie sagen dir natürlich, daß er nicht mehr arbeitet, dann wartest du noch eine Stunde oder zwei, bevor du die Krankenhäuser anrufst, und gegen Morgen schließlich die Polizei.

Sie sagte: »Ronnie ist pünktlich. Er kommt immer gleich nach Hause.«

Sie blieben zusammengekauert auf dem Boden, während Barbara die 140 nach Edwardsville fuhr, vorbei an weiten Feldern, vereinzelten kleinen, verfallenen Farmen und auch großen Produktionsstätten wie die Rapp Farms, die an die Sechshundert-Morgen-Farm der Gusewelles grenzte.

Als sie die sich windende hundert Meter lange Zufahrt zu ihrem Haus erreicht hatten, kamen die beiden Männer aus der Hocke hoch und streckten sich auf den Sitzen, denn nun waren sie vor den Blicken der Nachbarn sicher; die Zufahrt wurde von dicht nebeneinander stehenden, über vier Meter hohen Pinien gesäumt.

Das Haus, eineinhalb Stockwerke hoch mit senffarbenem Anstrich der Türen und Fenster, lag plötzlich vor ihnen, und die letzten Meter der Zufahrt, die zur Garage führten, waren asphaltiert. Das rechte Garagentor wurde von Barbara automatisch geöffnet, dann fuhr sie hinein.

»Ich dachte, mein Rücken bricht, als ich ausstieg«, klagte Handy. Er hatte schon vorher unter Rückenproblemen gelitten, und die kauernde Haltung hatte ihm nicht behagt. »Hübsche Aussicht«, sagte er, als er unter einem Vordach aus Rotholz stand und auf einen nierenförmig angelegten Teich schaute, der ihn an die Swimmingpools der Filmstars erinnerte. »Hat er das selber gebaut?«

»Er hat das Vordach gebaut, und er hat den Teich angelegt«, sagte Barbara. Dann beendete sie die Besichtigung abrupt. »Er ist pünktlich. Macht euch bereit. Ich gehe rein und ziehe mich um.«

Sie ging von der Garage ins Haus. Die Lichter flammten auf. Engleman und Handy schlossen das Garagentor und warteten.

In der dunklen Garage wurde Handy zunehmend nervöser. Engleman blieb cool, er spazierte herum und spreizte die Finger wie ein Klavierspieler, der sich vor dem Auftritt aufwärmt. Hin und wieder knackten seine Gelenke, dann fuhr Handy zusammen.

»Keine Sorge«, sagte Engleman. »Du hast das alles schon mal gemacht. Es ist überhaupt nichts dabei. Wenn er hereinkommt, schieße ich. Dann setzen wir ihn ins Auto und fahren weg.«

Das Knirschen der Reifen auf dem nicht asphaltierten Weg kündete an, daß sich ihr Opfer näherte. Dann sahen sie schmale Lichtstreifen, die von den Scheinwerfern durch die Ritzen der Garage fielen. Engleman stellte sich vor der leeren Garagenhälfte in Positur.

Sie hörten, wie Gusewelle ausstieg. Sie wußten, daß er aussteigen mußte, denn das rechte Garagentor ließ sich nur manuell öffnen, und die andere Seite mit dem Automatik-Tor war für Barbara reserviert, damit sie nicht aussteigen mußte, wenn sie im Dunkeln nach Hause kam.

Sie hörten seine Schritte. Das Garagentor wurde hochgezogen.

»Du hast es hinter dir«, raunte Engleman, als er den Revolver anlegte, direkt aufs Herz zielte und abdrückte. Gusewelle beschrieb eine Drehung und schaute an Engleman vorbei zum Küchenfenster, einen verdutzten Blick im Gesicht, als ob er plötzlich wüßte, daß Barbara dort gewartet hatte.

Engleman hob einen Vorschlaghammer auf und schlug ihm im Fallen heftig auf den Kopf. Gusewelle stürzte zu Boden, und Blut floß aus Brust und Kopf.

»Barb!« rief Engleman. »Bring ein paar Handtücher!«

Sie kam aus dem Haus, in einen unförmigen Hausmantel gehüllt und barfüßig, auf dem Arm einen Stapel ordentlich gefalteter, duftender Handtücher in Blau und Gold. Das Blut ihres Mannes breitete sich schon auf dem Garagenboden aus. Sie zuckte mit keiner Wimper.

Sie und Engleman arbeiteten zusammen, legten Handtücher unter den Körper, wickelten den Kopf darin ein. Engleman streifte Rons Uhr vom Arm, dann nahm er ihm die Brieftasche ab. Dafür steckte er ein Päckchen mit Präservativen in seine Hemdtasche. Er packte den Körper an der Hüfte und begann, ihn über den Asphalt zum Camaro zu schleifen.

»Handy, komm her und hilf mir, ihn ins Auto zu setzen!« rief er. Zu Barbara sagte er: »Mach alles sauber.«

Handy rannte zur Fahrertür und riß sie auf, lehnte sich ins Auto und zog Gusewelle an Schultern und Armen, während Engleman seine Beine hob und von draußen schob. Der Mann war ein Meter fünfundachzig groß und wog zwei Zentner, da war es gar nicht einfach, ihn auf den Rücksitz eines Camaro zu hieven. Etwas knackte.

»Mein Rücken«, stöhnte Handy, aber dann war er erleichtert, als er begriff, daß es Gusewelles Bein war.

Als sie ihn im Auto hatten, warf Engleman die Uhr, den Hammer und die Brieftasche in einen kleinen Küchenabfallbeutel, während er den Körper mit einem großen Müllsack abdeckte.

»Denk dran, warte ein paar Stunden, bevor du mit den Anrufen beginnst«, sagte er Barbara. »Und laß dir Zeit zwischen den Anrufen. Du wirst zunehmend besorgter, je länger die Nacht dauert und du immer noch nichts von ihm gehört hast. Und vergiß nicht, daß du mich nur im äußersten Notfall anrufst. Wenn, dann benutze das Telefon im Einkaufszentrum. Spritz die Garage mit dem Schlauch sauber.«

Barb kniete sich hin und legte die letzten Handtücher auf den Boden, um das Blut aufzusaugen. Sie nickte zu allem, was Engleman sagte und schaute nicht hoch, als die beiden Männer in den Camaro stiegen und davonfuhren.

»Ich habe ihm Präservative in die Hemdtasche geschoben«, sagte Engleman, als sie die Zufahrt hinunterfuhren. Er saß am Steuer, Handy neben ihm, diesmal nicht auf dem Boden gekauert.

Handy lachte. »Warum?«

»Damit es wie ein Sex-Mord aussieht oder so, Raubmord und Sex, irgendwas in der Richtung. Sie werden denken, daß er von einer Niggerhure angelockt und ausgeraubt und von ihrem Zuhälter getötet wurde.« Er lachte. »Das liegt doch auf der

Hand, oder? Pariser in der Tasche, die Leiche in Ost-St. Louis. Was sollen sie denn sonst denken? Da passieren doch immer solche Sachen. Die Gegend ist ein Dreckloch; wenn Nigger sich selbst regieren, kriegt man so was, und die Idioten von Bänkern und Anwälten gehen dahin, weil sie schwarze Pussys haben wollen und glauben, was Besonderes zu kriegen.«

»Haha«, lachte Handy nervös. Er war wie aufgedreht. Wie andere Leute Drogen nehmen, dachte er, werde ich high, wenn ich bei Glen bin.

Auch Englemans Atem kam hechelnd, als ob er gelaufen wäre oder Sex gehabt hätte. Vom Rücksitz drang der Geruch von Blut nach vorne. Sie schwiegen eine Weile, und das Schweigen tat ihnen gut. Dann sagte Engleman, er hätte Gusewelle mit dem Hammer eins über den Kopf gezogen, um sich dafür zu rächen, daß er mit Barb geschlafen hätte. Er hatte alles in diesen Schlag hineingelegt, und er fühlte sich gut dabei, fast so, als ob man ›eine Frau besteigt‹.

Sie fuhren auf den Parkplatz in Fairmont City, wo Englemans Auto stand. Handy stieg aus, und Engleman gab ihm die Schlüssel. »Fahre mir nach«, sagte er, »sonst gehst du da unten noch verloren.« Handy folgte dem Camaro in Englemans Ford ins östliche St. Louis, an verbrannten und verfallenden Häusern vorbei, an flackernden Neonlichtern und toten Straßenlaternen. Sie bogen auf den Parkplatz bei Coleman's Plaza ein, der zwischen der Siebten und Broadway lag. Engleman stellte den Wagen vor eine Wand mit lauter kleinen Türen, Eingängen zu Apartments, die fast ausschließlich von Nutten bewohnt wurden. In diesen ersten Minuten des April war der Parkplatz fast leer. Dünner Nebel hing über der Stadt.

Er wies auf Coleman's Plaza. »Weißt du eigentlich«, sagte Engleman, als er zu Handy in den Ford stieg, »daß dies erst das zweite Holiday Inn ist, das geschlossen werden mußte?« Er saß hinter dem Steuer, Handy rutschte auf den Beifahrersitz. »Das geschieht, wenn man nur kurze Zeit dem ätzenden Gift im östlichen St. Louis ausgesetzt ist.«

»Die Gegend verursacht mir Gänsehaut«, murmelte Handy. »Hier kann man leicht den Tod finden.«

Nachdem er Handy abgesetzt hatte, fuhr Engleman zu Ruth. Es war etwa zwei Uhr morgens, und Ruth war wach und wartete auf ihn mit der Nachricht, daß Melody angerufen und ihn gesucht hatte. In seine Praxis war eingebrochen worden. Er war wütend. Ruth war auch wütend. Sie hatte den Verdacht, daß er bei einer anderen Frau gewesen war, und sie dachte nicht daran, seine an den Haaren herbeigezogene Geschichte zu glauben, daß er einen Mann in Edwardsville getötet hatte. Wenn er ihr gesagt hätte, er wäre bei Barbara gewesen, nun, das hätte sie geglaubt. Er schlug die Tür hinter sich zu und fuhr in seine Praxis, um sich den Schaden anzusehen. Es war nichts gestohlen worden. Er war sicher, daß der Einbrecher nach Drogen gesucht hatte. Diese verdammten Junkies.

MCGARVEY: Haben Sie die Nachrichten verfolgt oder die Zeitungen gelesen, während Ron Gusewelles Leiche unentdeckt in seinem Auto lag?

HANDY: Also, Glen hat sich die Zeitungsartikel immer ausgeschnitten, und dann kam er zu mir und ließ mich lesen. Wir haben dann darüber diskutiert und anschließend die Ausschnitte weggeworfen. Er hat mich auch ein paarmal angerufen, wenn sie im Fernsehen was in den Nachrichten gebracht hatten.

SPAUL: Wissen Sie, wo er die Nacht verbrachte, nachdem er Sie abgesetzt hatte?

HANDY: Nein. Er war... wahrscheinlich, aber ich weiß es nicht... bei seiner Schwester Melody. Er lebte eine Weile bei seiner Schwester, dann wieder eine Weile bei seiner Frau. Ruth wurde fuchsteufelswild und warf ihn raus, dann ging er wieder zu seiner Schwester.

NEUNTER TEIL

BARBARA

Kalte Schauer liefen über Trilbys Rücken, während sie Svengali lauschte. Sie hatte eine leicht zu beeinflussende Natur, die sich in ihrer raschen und willigen Empfänglichkeit für Svengalis hypnotischen Einfluß zeigte.

Aus: ›Trilby‹ von George du Maurier

Edwardsville,
Dienstag, 31. Juli 1984

»Wir haben uns den richtigen Tag dafür ausgesucht«, sagte McGarvey zu Kuba.

Es war ein heißer Tag, und mit dem Handrücken wischte er sich den Schweiß von der Stirn. Er und Kuba sowie drei Techniker untersuchten das Innere der Garage von Gerald Peters, um Beweise für Blutspuren zu finden, die dort vor fünf Jahren gewesen sein müßten.

Das Haus und die Garage, früher der ganze Stolz von Ron Gusewelle, gehörte jetzt Peters, und er hatte sich sofort bereit erklärt, die Untersuchung zu gestatten. Seine beiden Kinder,

Teenager, schauten ab und zu um die Ecke, damit sie etwas von der Arbeit der Techniker mitbekamen. Viel mehr als die Kinder konnten McGarvey und Kuba auch nicht tun.

»Glauben Sie, daß sie was finden?« fragte Kuba. »Fünf Jahre ist eine lange Zeit.«

»Peters sagt, daß er den Boden nicht gestrichen hat, seit er das Haus gekauft hat. Wir haben eine gute Chance, daß sie die Blutspuren noch nachweisen können.«

Die drei Techniker bedeckten den Boden und die Wand in dem Teil der Garage, in dem laut Handy der Mord passiert sein sollte, mit einer chemischen Flüssigkeit, die in der Dunkelheit dort aufleuchten mußte, wo einmal Blut gewesen war. Die Spuren wären auch dann noch nachzuweisen, wenn Barbara gründlich gewischt hätte. Der Hammerschlag auf Rons Kopf hatte vielleicht bewirkt, daß auch die Wand mit Blut bespritzt worden war. Die Techniker, zwei Männer und eine Frau, arbeiteten wie ein eingespieltes Team, ohne viele Worte.

Einer der Techniker wußte bereits alles über den Gusewelle-Mord, denn er hatte auch die Spuren im Camaro gesichert, in dem Rons Leiche gefunden worden war. Er sagte ihnen, Engleman müsse der Schütze gewesen sein, denn die Handtücher wären beste Qualität gewesen, ›und bei den Nutten in diesem Viertel findet man solche Handtücher nicht‹.

»Das wäre eine Ironie des Schicksals, wenn wir die Blutspuren noch nachweisen könnten, was?« sagte Kuba. »Nachdem sie sich solche Mühe gemacht hatte, alles aufzuwischen – und vor allem nach dem Schrecken mit dem Katzenblut.«

McGarvey lachte. Er hatte in den Akten die Vernehmung von Donna Gusewelle gelesen, bei der es um Katzenblut gegangen war. Donna war an einem Tag, bevor man die Leiche gefunden hatte, bei ihrer Schwägerin zu Besuch gewesen, sie hatte sie ihres Mitgefühls versichern wollen. Als sie aus ihrem Auto stieg, hörte sie ein wimmerndes, beinahe menschliches Geräusch. Sie erschrak und öffnete die Kühlerhaube, denn von dort war das Geräusch gekommen. Eine Katze, das Lieblingstier von Barbaras Kindern, sprang heraus. Offensichtlich war sie vom Ventilator am Ohr verletzt worden, denn Blut tropfte auf den Asphalt. Als Barbara das Blut sah, geriet sie in Panik.

»Sie werden glauben, daß es Menschenblut ist«, rief sie. »Wir müssen es aufwischen!«

Die Schwägerinnen hatten Eimer um Eimer Wasser angeschleppt und das Katzenblut vom Asphalt gewischt. McGarvey mußte lachen, als er sich die schrubbenden Frauen vorstellte. Trotz all ihrer Mühe hatten sie jetzt doch noch das Blut von Ron Gusewelle gefunden. Auf dem Boden und an der Wand breitete sich das phosphoreszierende Glimmen aus und erzählte die Mordgeschichte wie eine Stimme aus dem Grab. Es war deutlich zu erkennen, daß Barbara die Wand überstrichen hatte, wo sie die Blutspritzer gesehen hatte, aber im Winkel zwischen Wand und Boden hatte sie nachlässig gearbeitet. Dort glomm es am stärksten.

McGarvey und Kuba blickten sich an und nickten befriedigt. Die Techniker begannen den mühsamen Prozeß, die Flecken zu sichern, damit sie im Labor analysiert werden konnten. Das würde ein bedeutsamer Beweis sein, um Handys Aussage zu unterstützen.

Für seine Zusammenarbeit war Handy mit einem blauen Auge davongekommen: Er bekannte sich der Mordverschwörung in drei Fällen und für schuldig und erhielt dafür eine Freiheitsstrafe von jeweils vierzehn Jahren, die nacheinander verbüßt werden mußten. In diese Strafe waren die achtzehn Jahre, die er für seine Beteiligung am Halm-Fall schon erhalten hatte, einbezogen. Außerdem wurde ihm gestattet, im Bundesgefängnis zu verbleiben, wo er sich sicherer wähnte.

Als er in Gerald Peters' Garage stand und darauf wartete, daß die Techniker ihre Arbeit beendeten, fragte McGarvey sich, ob Handy von dort aus zugesehen hatte, wie Engleman den Schuß auf Ronald Gusewelle abgegeben hatte, genau durchs Herz, und wie er dann sein Opfer mit dem Hammer niedergestreckt hatte. Und er fragte sich auch, wann es Handy bewußt geworden war, daß er für seinen Teil an der Mordverschwörung nichts erhalten hatte. Barbara hatte dem Doc vor seiner Verhaftung viertausend Dollar gegeben; damals mußte sie noch geglaubt haben, daß sie ungeschoren aus der Sache herauskam. Ihre Mitverschwörer im Gefängnis, das Geständnis eines anderen Mannes, das die Polizei akzeptiert hatte – und sie mit dem ganzen Geld.

Als die Techniker ihre Arbeit beendet hatten, warf McGarvey noch einen letzten Blick auf den Garagenboden, auf den Gusewelle gestürzt war. Missy, Peters' junge Tochter, schaute auch hin. Angewidert verzog sie das Gesicht. Eine solche Reaktion würde vielleicht auch der Teenager Barbara bei einer ähnlichen Begebenheit gezeigt haben, dachte McGarvey. Oder auch nicht.

Er fragte sich nicht nur, wer diese Barbara eigentlich war, mehr noch interessierte ihn, *wo* sie war. Eine Vorladung zur *grand jury* hatte ihr nicht zugestellt werden können, weil sie nicht in der Stadt war. Ihr Hunderttausend-Dollar-Haus in Glen Carbon stand zum Verkauf, und sie war verschwunden.

Alton, Illinois,
Donnerstag, 9. August 1984

Die Anhörung vor der *grand jury* verlief glatt. Weber hatte Hertz in den Zeugenstand gerufen, der die Einzelheiten über die Tatorte vortrug und dazu Bilder zeigte. Ein Bild ging Weber besonders nahe, es zeigte Mrs. Gusewelles Leiche, über die ein Tuch gebreitet war, neben einer großen Blutlache auf dem Küchenboden. Es war Mister Gusewelles Blut. Ihr Mann hatte neben ihr gelegen, und nachdem die Schüsse gefallen waren, hatte er es geschafft, sich aufzuraffen und sich zum Telefon hochzuziehen. Es war das beredteste Bild, noch magenumdrehender als das Foto von Rons Gesicht, als man ihn aus dem Auto geholt und in den Sarg gelegt hatte.

»Wenn Sie genau hinsehen, zeigt das Foto, daß Mrs. Gusewelle eine Uhr trägt«, sagte Hertz. »Sie war um 6 Uhr 52 stehengeblieben. Die Uhr wurde nach Washington, D. C., ins Labor geschickt, und dort stellten sie fest, daß der Mechanismus der Uhr nicht mehr funktionierte, weil Blut hineingeflossen war. Als das Blut trocknete, blieb die Uhr stehen. In dem Laborbericht heißt es, daß die Uhr wieder einwandfrei funktionierte, nachdem das getrocknete Blut entfernt worden war.«

Weber hörte zu, wie Hertz mit seiner sachlichen Stimme die Beweise vortrug, die die Juroren davon überzeugen mußten, daß der Mann wußte, wovon er sprach. Er gab zu, der erste Verdacht wäre gewesen, daß die Gusewelles einem Raubmord zum Opfer gefallen wären, aber dann hätte man festgestellt, daß nichts gestohlen worden war. Nun wechselte Hertz das Thema und lenkte die Aufmerksamkeit der Geschworenen auf die Nutznießer der Tat, Ron und Richard Gusewelle. Von dort sprang er zum Mord an Ron Gusewelle.

»Im Laufe unserer Untersuchungen stießen wir auf die Tatsache, daß Mister Gusewelle am 31. März 1979 nur deshalb mit dem Camaro zur Arbeit fuhr, weil seine Tochter sich darüber beklagt hatte, daß das Auto zuviel Sprit brauchte«, sagte Hertz. »Als wir das Auto fanden, entdeckten wir im Inneren einen Zettel mit dem Meilenstand. Wir gingen davon aus, daß Mister Gusewelle sich die Zahl notiert hatte, als er zur Arbeit fuhr, damit er den genauen Benzinverbrauch feststellen konnte.

Ich bin die Strecke von Gusewelles Haus zu seiner Arbeitsstelle, zurück zum Haus und dann zu Coleman's Plaza in Ost St. Louis gefahren. Die Differenz von dem notierten Meilenstand zum Meilenstand, den der Zähler zeigte, als wir das Auto fanden, entsprach genau den Meilen, die ich für diese Strecke gebraucht habe, eine Bestätigung für folgende Vermutung: Mister Gusewelle fuhr an diesem 31. März zur Arbeit, kam abends nach Hause, wurde dort getötet, und dann wurde seine Leiche mit dem Camaro auf den Parkplatz vor Coleman's Plaza gefahren.«

Hertz zeigte weitere Fotos, dann wechselte er erneut das Thema und berichtete, wie es dazu gekommen war, daß Andre Jones sein Geständnis widerrief. Als nächstes legte er Versicherungsunterlagen vor. Eine Police nach der anderen, alle unterschrieben von Ronald Gusewelle, aber Handschriftenexperten hatten nachgewiesen, daß diese Unterschriften dieselben Merkmale aufwiesen wie Barbara Gusewelles Handschrift.

Während Hertz sprach, schaute sich Weber immer wieder die Fotos an. Rons Hand mit dem Ehering. Die Seite seines Schädels, wo der Hammer getroffen hatte. Das Hochzeitsfoto: Ron und Barbara, er lächelte, als ob er einen besonderen Fang gemacht hätte, und sie, das blonde Haar in dicken Locken unter einem breiten Hut, ein herrliches Bouquet in den Armen.

Weber rief Edith Lovato, Barbaras Mutter, in den Zeugenstand, denn er wollte sie, wenn sie unter Eid stand, nach dem Aufenthaltsort ihrer Tochter befragen. Seine erste Frage beantwortete sie damit, daß sie sich auf die Möglichkeit einer Aussageverweigerung berief, weil sie sich unter Umständen selbst belasten könnte.

Nach einer kurzen Konsultation mit dem Obersten Richter Philip J. Rarick gewährte man ihr Immunität für alle Aktivitäten, die sie während ihrer Aussage beschreiben würde.

Als sie erneut den Zeugenstand betrat, versuchte Weber, eine Ähnlichkeit zwischen ihr und ihrer attraktiven Tochter auszumachen, aber das war sehr schwer. Sie war dünn, schlanker als Barbara, und auf dem Wege, eine verschrumpelte alte Frau zu werden. Ihre Hände zitterten merklich. Sie war sehr nervös, ob ihretwegen oder wegen ihrer Tochter, konnte Weber nicht sagen. Er glaubte nicht, daß sie ihn belügen würde, aber er war auch davon überzeugt, daß sie nicht mehr erzählte als unbedingt nötig war. Wenn er nicht direkt fragte, würde sie nicht direkt antworten.

Er begann damit, daß er nach dem Geburtsdatum ihrer Tochter fragte, und die Antworten, die er auf die folgenden Fragen erhielt, waren auch nicht erhellender als die erste, die er bereits wußte: 1942. Während Edith Lovato erzählte und in kurzen, widerwilligen Strichen das Bild eines Mädchens malte, das die High School beendet hatte und dann in die große Stadt gezogen war und jung geheiratet hatte, fragte sich Weber, ob Barbara für ihre Mutter so unscharf und ausdruckslos war, wie sie von ihren Lehrern, Klassenkameradinnen und Nachbarn gesehen wurde, die sich kaum an sie erinnern konnten.

Nachdem sich die Eltern scheiden ließen – Barbara war damals elf –, wohnte sie bei der Mutter und den Großeltern, sie sang in einem Chor der Alton High School mit, und nach der Schule arbeitete sie als Stenotypistin für eine Traktorenfabrik in St. Louis.

Weber registrierte, daß die Geschworenen brav und höflich zuhörten und sich fragten, wieso soll diese ganz gewöhnliche hübsche Frau zum Mord fähig sein?

»Wann heiratete sie Dr. Boyle?« fragte er.

»Als sie zwanzig war.«

»Das müßte also 1962 gewesen sein?«

»Ja.«

»Dann steht jetzt also fest, daß sie wenigstens zwischen 1960 und 1962 in diesem Apartment an der Compton Street gewohnt hat?«

»Ja.«

»Hat sie in dieser Zeit je mit Ihnen über Dr. Engleman gesprochen?«

»Ich kann mich nicht daran erinnern.«

Ihre Antworten auf die ähnlich wichtigen Fragen waren ähnlich kurz. Nein, sie wußte nicht, welche Art oder Marke Handtücher Barbara zu Hause hatte. Es waren ›schöne‹. Einige hatte sie selbst gekauft, bei Stix oder Famous, sie konnte sich nicht erinnern. Die Frage schien sie nicht aus dem Gleichgewicht zu bringen, und sie gab auch bereitwillig zu, daß Vernita Gusewelle sie oft zum Einkaufen mitgenommen und Barbara stets Dinge geschenkt hätte wie Gardinen oder Handtücher.

Nein, sie wußte nicht genau, wo sich ihre Tochter aufhielt. Sie war mit ihrer Tochter und einem Sohn in Ferien gefahren. Nach Tennessee oder Florida.

»Hat Barbara in der Gegend von St. Louis einen Freund?« fragte er.

»Ja, sie ging mit einem Mann aus St. Louis.«

»Wie heißt er?«

»Paul.«

»Paul – und wie weiter?«

»Paul Mills.«

Weber fragte sie, wo Paul Mills wohnte. Sie antwortete, in St. Louis. Weber konnte es ihr nicht verübeln, sie war schließlich die Mutter. Und sie hatte ihnen schon einen deutlichen Anhaltspunkt gegeben, als sie den Namen des Freundes preisgab.

Als nächsten rief er Kuba in den Zeugenstand und ließ sich von ihm die Aussagen berichten, die er von Ruth kannte. Danach folgte Handy, der genauso aussah wie jene Art Mann, die Barbara gemeint haben mußte, als sie einer Freundin gegenüber klagte, daß sie nach ihrer Scheidung keine netten Männer mehr treffe.

Die Geschworenen entschieden, daß gegen Barbara Gusewelle Anklage erhoben werden sollte, weil sie im Verdacht stand, an den Morden an ihrem Mann und seinen Eltern beteiligt gewesen zu sein. Die Anklageerhebung wurde zunächst nicht bekanntgegeben, um der Polizei eine größere Chance zu geben, ihren Aufenthaltsort zu finden und sie zu verhaften.

Später an diesem Abend fanden Kuba und Spaul nach einem Gespräch mit der Familie von Paul Mills heraus, daß Barbara und Mills sich im Sandy Shoes Hotel in Lauderdale-by-the-Sea in Florida aufhielten. Kurz vor ein Uhr nachts informierten sie die dortige Polizei über den Haftbefehl gegen sie und erbaten die Festnahme.

Lauderdale-by-the-Sea,
Freitag, 10. August 1984

Das Auto hatte das Motel einmal umrundet, bevor die Insassen ihre ›Beute‹ aus der entgegengesetzten Richtung kommen sahen. Barbara Jean Boyle, blond und hübsch wie ihre Mutter, reihte sich mit Mutters Auto auf den Parkplatz ein. Die Beamten hielten sie an und fragten, wo ihre Mutter sei. Als die einundzwanzigjährige junge Frau sagte, das wüßte sie nicht, hielten die Polizisten sie fest.

Ein paar Minuten später entdeckten sie ihren sechzehnjährigen Bruder Brian David am Strand. Er wurde zum Auto geführt und mit seiner Schwester festgehalten.

Auch Barbara spazierte am Strand entlang, ein bißchen weiter weg als ihr Sohn. Nach dem Telefongespräch war sie zu nervös gewesen, um mit Paul allein im Motelzimmer zu bleiben. Sie ging barfuß, hielt ihre Riemchenschuhe in einer Hand. Sobald ihre Tochter zurückkam, würden sie abfahren. Die Koffer lagen schon im Auto. Paul hatte sogar gesagt, daß er sie am Strand mit dem Wagen abholen würde, sobald er die Kinder aufgetrieben hatte. Wenn Jamie bei ihnen im Zimmer gewesen wäre, als der Anruf kam, wären sie jetzt schon weg. Wo blieb Jamie? Sie war versucht zu laufen, zu laufen und sich irgendwo zu verstecken, bis Paul die Kinder eingesammelt hatte und mit dem Auto kam. Aber wo sollte sie sich verstecken, wenn Paul sie doch finden mußte?

»Entspann dich«, hatte Paul gesagt und sie noch einmal an sich gezogen, bevor sie das Zimmer verlassen hatte. »Sie wird jeden Augenblick kommen, und dann fahren wir los.«

»Was ist, wenn es dann schon zu spät ist?« fragte sie. »Was hat die Polizei genau gesagt, als sie angerufen hat?«

»Liebling, sie haben nur gefragt, ob ich wüßte, wo du dich aufhältst, weil du in Illinois gesucht würdest. Ich sagte, ich wüßte es nicht.«

»Gesucht«, wiederholte sei. »Gesucht wegen was? Wofür? Für eine Aussage?«

Diese Frage hatte sie sich seither immer wieder gestellt, sie ging ihr die ganze Zeit im Kopf herum. Paul hatte versucht, sie zu trösten, er war ein lieber Kerl, er hatte ihr auch geglaubt, als sie ihm gesagt hatte, alles sei nur ein Mißverständnis, die Gerüchte seien Lügen, sie wüßte nichts, hätte nichts getan, niemanden ermordet.

Sie sah das Gesicht vor sich, als er das Telefon abhob und erfuhr, daß die Polizei am anderen Ende der Leitung war. Überraschung und Angst hatten ihm im Gesicht gestanden. Hatte er Angst um sich oder um sie?

Die Brise, die vom Ozean heranwehte, kam ihr plötzlich kühler vor als in den Wochen bisher. Sie schüttelte sich. Ihr breitrandiger weißer Hut drohte vom Kopf zu fliegen, sie hielt ihn mit der freien Hand fest. Tränen kullerten aus ihren Augen. Sie wollte diese ... diese Freiheit nicht verlieren, jetzt nicht. Sie hatte sie sich verdient, sie hatte dafür bezahlt. Sie hatte in winzigen Apartments gewohnt, wo die Wände so dünn waren, daß sie die Federn quietschen hörte, wenn ihre Kinder sich in den Betten umdrehten.

Die Tränen liefen ihre Wangen herunter, und mit einer wütenden Handbewegung wischte sie sie weg. Sie hatte es sich verdient, das Geld, die Freiheit. Viele Jahre hatte sie von dem gelebt, was Männer ihr zukommen ließen, und das war nie mehr, als sie nach Meinung dieser Männer unbedingt brauchte. Als ihr erster Mann soviel zu verdienen begann, daß sie davon bequem leben konnten, war er ihrer überdrüssig geworden. Ihre Mutter hatte ihr geraten, ihn trotzdem nicht zu verlassen, und verbittert sah sie nun ein, daß ihre Mutter vom wirklichen Leben mehr verstand als sie. »Er wird mich unterstützten müssen«, hatte sie getobt. »Er wird bluten, das sage ich dir!« Ihre Mutter hatte nur gesagt: »O Liebling, wenn du wüßtest ...« Dreihundertfünfzig Dollar im Monat hatte sie für die Kinder erhalten, dreihundert Dollar für sich. Nicht annähernd genug. Ohne Glen hätte sie es nicht geschafft.

»Du glaubst mir doch?« hatte sie Paul immer und immer wieder gefragt. Er hatte in ihr Haar gemurmelt, in ihr goldenes Haar, das er bewunderte, aber nicht so sehr liebte, wie Glen es getan hatte, und ihr versichert, daß er ihr glaubte. Gestern waren ihre Pässe eingetroffen, und rückblickend wünschte sie jetzt, daß sie sofort ein Flugzeug in die Schweiz bestiegen hätte, statt zu warten. Warum hatte sie gewartet?

Als sie sich dem Motel wieder näherte, setzte sie den Hut auf und schlüpfte in ihre Schuhe. Sie bückte sich, um die Riemchen zu schließen. Bücken war keine beschwerliche Mühe mehr, nach Ronnies Tod hatte sie das Gewicht verloren, wegen dem er sie immer geneckt hatte. Als er noch lebte, hatte sie ihr Gewicht behalten, um ihm zu demonstrieren, daß sie ihm nicht gehörte, daß er nicht alles von ihr haben konnte, was er wollte.

Sie sah das Polizeiauto, bevor sie die Tür zu ihrem Zimmer öffnete, aber sie öffnete die Tür trotzdem. Was hätte sie sonst auch tun können? Sie trat ins Zimmer. Ein Polizist ging auf sie zu und behauptete, er hätte einen Haftbefehl gegen sie. Entsetzen überkam sie, stand in ihrem Gesicht. Sie wich einen Schritt zurück, da war er schon bei ihr und packte sie. Dann war es auch schon vorbei. Wenn sie sofort geflogen wäre, als sie den Paß erhalten hatte, wäre sie in Freiheit.

Leise wimmernd wandte sie sich zu Paul um, der hilflos hinter dem Cop stand.

»Mach dir keine Sorgen«, sagte er. »Wir rufen deinen Anwalt an. Sie haben nichts gegen dich in der Hand, Liebling. Mach dir keine Sorgen.«

Montag, 13. August 1984

Sie wurde zweiundvierzig an diesem Tag und saß, mit den Händen an einen Stuhl gefesselt, in einem Gerichtssaal in Florida. Ihr Haar hing in wirren Locken herunter, sie hatte es gewaschen, aber sie konnte es nicht trocknen und hatte auch keine

Lockenwickler, und so sah es aus wie Dauerwellen eben aussehen, wenn die Strähnen auf natürliche Weise trocknen, kraus und zerfasert.

Seit ihrer Verhaftung war sie, ohne daß eine Kaution festgelegt worden wäre, in ihrer Zelle geblieben, dies war jetzt eine Anhörung, nach der beschlossen werden sollte, ob Florida die Drei-Millionen-Dollar-Kaution anerkannte, die der Staat Illinois festgesetzt hatte.

Ihr linkes Handgelenk, von der Fessel umschlossen, schmerzte. Brian und Jamie saßen hinter ihr. Sie wollte sich von der Handschelle befreien und die Arme nach ihnen ausstrecken und ihre Kinder an sich drücken.

»Meine Mandantin ist eine politische Gefangene«, argumentierte ihr Anwalt, Stuart Stein. Er hatte sich auf Auslieferungsfälle spezialisiert, die sich in Florida allein schon wegen der hohen Zahl von Drogenhändlern lohnen. »Sie ist das Opfer des überehrgeizigen Staatsanwalts Don W. Weber in Madison County, dessen Wiederwahl in diesem Herbst ansteht.«

Sie drehte vorsichtig den Arm indem Metallband und teilte ihren Unmut über die hohe Kaution mit. Auf dem Tisch vor ihr lagen die Geburtstagskarten, die Paul ihr gebracht hatte. Mit der rechten Hand öffnete sie die erste. Sie zeigte ein blondes Wesen, das wie eine Märchenprinzessin aussah und ein Bouquet roter Rosen hielt, und darüber stand: ›Zum Geburtstag meiner lieben Tochter‹. Ihre Kehle begann sich zu schließen, sie mußte heftig schlucken. Sie glaubte, was ihr Anwalt sagte, daß sie ein Opfer war, das Opfer einer politischen Verfolgung. Sie hatten sie nie gemocht, die Leute in dem kleinen Provinznest, nie.

»Mister Weber behauptet, daß Mrs. Boyle Millionen besitzt. Sie besitzt nicht einmal eine halbe Million, einschließlich des Geldes, das sie von ihrem Mann geerbt hat.«

Das Hin und Her verwirrte sie, deshalb wandte sie sich der nächsten Geburtstagskarte zu. Sie war von ihrer Freundin Phyllis geschickt worden, die bei ihr gewesen war, als sie Ron kennengelernt hatte. Die Karte zeigte eine kurvenreiche Blondine, die ein Glas Champagner trank. Paul hatte gesagt, sie würden Champagner trinken, um ihre Freiheit zu feiern, sobald die Kaution festgesetzt war. Aber sie war nicht mehr so sicher, daß das je geschehen würde, daß sie je die Handschellen wieder abstreifen könnte.

Sie kämpften noch gegen die Auslieferung nach Illinois und versuchten, daß hier in Florida eine Kaution festgesetzt wurde. Ihr Anwalt hatte ihr erklärt, daß die Bundesbehörden versuchten, sie vor eine *grand jury* zu bekommen, um sie dann wegen Postbetrugs anklagen zu können. Wenn die Bundesbehörden diese Anklageerhebung durchboxten, hatte Stein ausgeführt, dann würde sie sehr schnell ausgeliefert, denn für die Bundesbehörden gab es nicht den ganzen Hickhack der Auslieferungsbestimmungen, wie sie zwischen zwei Staaten bestanden. Puh, dachte sie, es war alles so verwirrend.

Sie sah sich im Saal um. Vertreter des Madison County, des Staates Illinois und der ATF saßen zusammen. Sie wußte, daß die ATF es gewesen war, die Glen geschnappt hatte. Daß sie sich auch in ihren Fall einmischte, beunruhigte sie noch mehr. Aber sicher würden sie ihr nichts anhängen können, auch wenn der dumme Schwarze sein Geständnis widerrufen hatte? Wer würde schon gegen sie aussagen? Bob Handy oder Glen? Kaum möglich. Sie konnte sich nicht vorstellen, daß Glen überhaupt jemals ein Geständnis ablegte. Selbst nach seiner Verurteilung schwor er, unschuldig zu sein, und vermutlich glaubte er das auch, er stand darüber, ganz egal, was Menschen unter Schuld verstanden. Er hatte ihr so oft gesagt, daß er nicht an Richtig oder Falsch glaubte, an Schuldig oder Unschuldig. Das waren Begriffe für die anderen Leute, nicht für ihn. Sie hatten nicht sein Wissen, wie konnten sie dann über ihn urteilen?

Mit der rechten Hand öffnete sie die Umschläge, zog die Karten heraus und las die Zeilen der Menschen, die sie liebten. Unter den Umschlägen lag ein Stapel Bilder, die Jamie hatte entwickeln lassen. Bilder von ihren Ferien. Sie war noch nicht bereit, sich die Bilder anzuschauen. Sie fürchtete, sie könnte zu weinen beginnen.

Der Richter sagte dem Anwalt gerade, daß er alle juristischen Probleme seiner Mandantin mit einem Schlag lösen könnte – in dem er der Rückkehr nach Illinois zustimmte und sich ihnen stellte.

»Warum sollte sie zurückkehren? Warum sollte sie ihren Urlaub abbrechen?« hielt Stein dagegen.

Sie schaute auf die Karten. Wenn alle diese Menschen sie liebten, konnte sie dann so schlecht sein? Sie schob die Karten mit der freien Hand zur Seite. Das erste Foto des Stapels war ein Schnappschuß von ihr und den Kindern, im Hintergrund der Ozean. Sie blinzelte in die Sonne. Paul hatte das Foto aufgenommen. Und sie lachten alle. Sie verdiente dieses Glück, nicht wahr? Nach allem, was sie durchgemacht hatte. Die Kinder allein großgezogen. Mit Avon-Produkten hausieren gegangen. Sie verdiente ein Lachen. Jemand, der so traurig gewesen war und soviel geweint hatte, verdiente ein Lachen.

Nein, Glen würde nicht auspacken. Sie hatte sich immer auf ihn verlassen können. Er würde nicht reden. Oder? War es ein Fehler gewesen, daß sie Melody fortgeschickt hatte, als sie um Geld für Glens Verteidigung gebeten hatte? Aber das würde Glen sicher verstehen, wenn sie Geld gegeben hätte, dann hätte man eine Verbindung zwischen ihnen nachweisen können.

»Ich weigere mich, meine Mandantin als Schachfigur für die Wiederwahl von Mr. Weber benutzen zu lassen«, sagte ihr Anwalt mit Schärfe in der Stimme. »Das wird doch in Illinois als politisches Spiel aufgefaßt.«

Er sagte, sie würde anders behandelt als andere Mordverdächtige, in deren Fällen stets eine Kaution festgesetzt würde. Barbara hörte ihm zu und sortierte die Bilder mit der rechten Hand und empfand nichts als Mitleid mit sich selbst. Was hatte Glen ihr vor vielen Jahren gesagt, als sie die ersten Male mit Jim ausgegangen war? »Sitz einfach nur da und sieh gut aus, rede nicht zuviel. Und wenn die Zeit richtig ist, mein Schatz, nimmst du die Knie auseinander.« Aber das half ihr jetzt auch nicht.

»Es ist nichts Illegales daran, ins sonnige Florida zu wollen«, sagte Stein. »Mrs. Boyle hat schon mit der Polizei zusammengearbeitet. Warum sollte sie jetzt ihren Urlaub abbrechen? Warum sollte sie?«

Jamie beugte sich vor und tätschelte ihren Rücken.

Belleville, Illinois,
Donnerstag, 30. August 1984

Nachdem die Bundesbehörden die Anklageerhebung wegen Postbetrugs durchgesetzt hatten, wurde sie vorübergehend in Miami festgehalten, bevor sie ins Gefängnis des St. Clair County in Belleville verlegt wurde. Zwei Beamte führten sie gefesselt ins Gefängnis. Sie trug Jeans, Turnschuhe und eine pupurfarbene Seidenbluse.

»Warum bringen Sie mich nicht nach Edwardsville?« fragte sie, aber die Männer hoben nur die Schultern. Ihnen war's egal. Für sie hatte sie keine Bedeutung. Sie versuchte sich daran zu erinnern, was Glen ihr über Astral-Projizieren erzählt hatte. Sie wünschte, das gelänge ihr jetzt – ihren Körper aus diesen Fesseln zu projizieren.

Drinnen wurde sie ›behandelt‹, worunter zu verstehen ist, daß man ihr die eigenen Kleider abnahm und sie in einen Jumpsuit oder Schlimmeres steckte. Man teilte ihr mit, daß sie sich am Dienstag in Ost-St. Louis wegen der Verbrechen gegen Bundesgesetze vor Gericht verantworten müßte. Sie fragte, ob sie dann ihre eigenen Kleider tragen könnte, und man sagte ihr, daß sie das könnte.

Sie saß in der Zelle auf ihrem Bett und übte, ihr Atmen zu kontrollieren. Sie hatte schon erfahren, daß es durchaus positiv war, wenn man im Gefängnis als Mörderin galt. Die anderen

Frauen ließen einen meistens in Ruhe. Sie hatte ihre Tochter angewiesen, zweihundertfünfzigtausend Dollar abzuheben und F. Lee Bailey als ihren Verteidiger zu engagieren. Sie hatte ihr Haus in Glen Carbon an Stein überschrieben, damit bezahlte sie ihren verlängerten Urlaub in Florida. Es betrübte sie, daß sie soviel Geld ausgeben mußte. Aber Bailey würde es bestimmt schaffen, daß ihre Kaution gesenkt würde, und sie hier herausholen. Diese Dummköpfe in Edwardsville hatten gegen F. Lee Bailey keine Chance, davon war sie fest überzeugt.

Jefferson City,
Dienstag, 4. September 1984

»Das sind genug Bilder!« schrie Engleman den Fotografen an, aber der junge Mann in Jeans und Kamelhaarjacke drückte weiter ab, wie er dastand, in Handschellen und Fußfesseln und in der grauen Gefängniskluft. Kein Zweifel, daß die Leute zu Hause eine gewisse Befriedigung empfanden, wenn sie ihn so sahen – Mister Hyde in Fesseln. »Ich sagte, das reicht! Du hast deinen Spaß gehabt! Hau ab mit deiner Kamera, du Wichser! Hau ab!«

Die Wärter, die ihn flankierten, sagten ihm, er solle sich ›abregen‹, was ihn noch wütender machte. Wenn seine Hände nicht gefesselt gewesen wären, würde er mit allen dreien den Boden wischen. Ja, das würde er auch jetzt noch schaffen, in seinem Alter, bei fortgeschrittenem Diabetes und den anderen Dingen. Der junge Fotograf lachte – lachte ihn aus! – und drückte noch einmal ab. Engleman befreite sich von den Wärtern und wollte auf ihn losstürmen.

»Du Zuhälter!« brüllte er. »Ihr verdammten Zeitungsreporter, ihr seid alle Zuhälter!«

Er holte aus und benutzte seinen ganzen Körper als Faust und schlug den Fotografen gegen die Wand, ritzte seinen linken Arm mit den Handschellen. »Du Zuhälter!« schrie er in das junge Gesicht, dann biß er in den linken Arm, der die Kamera hielt.

Beide Wärter hatten Mühe, Engleman zurückzuzerren. Sie schoben ihn unsanft den Flur entlang. Engleman schaute über die Schulter zurück und lachte, als der Fotograf sich die Hand rieb. Die Wärter zerrten ihn in einen Gerichtssaal. Er hatte genug Gerichtssäle in seinem Leben gesehen.

Der Richter hatte kaum einen Blick für ihn übrig, als er ein Schriftstück in die Hand nahm, in dem die Erlaubnis gegeben wurde, Glennon E. Engleman nach Edwardsville zu ›verbringen‹, um dort vor einer *grand jury* auszusagen. Als der Richter seinen Namen unter das Schriftstück gesetzt hatte, sagte er: »Doktor Engleman, Sie wissen, daß die *grand jury* Sie nach den Morden an Arthur und Vernita Gusewelle und ihrem Sohn Ronald befragen wird.«

»Das ist eine Vergeudung von Steuergeldern, mich da rüber zu bringen«, sagte er. »Denn ich werde von meinem Aussageverweigerungsrecht Gebrauch machen, da ich mich mit einer Aussage selbst belasten könnte.«

Mit einem gelangweilten Ausdruck winkte ihn der Richter hinaus. Die Wärter brachten ihn zu einem Zimmer, wo er einen orangefarbenen Jumpsuit erhielt, den er für die Reise nach Illinois tragen sollte. Sie hielten sich natürlich für verdammt gerissen, daß sie einen Gefangen in Orange kleideten. Wie weit würde ein entflohener Sträfling in einem leuchtenden Orange kommen? Er lachte über ihre Dummheit. Wie oft hatte er ihnen schon gesagt, daß es ihm nichts ausmachte, im Gefängnis zu sein, weil er die Kraft hatte, sich wegzutransferieren, an jeden Ort, an dem er zu sein wünschte. Ja, gerade gestern war er in Palm Springs zum Golfspielen.

Zwei Deputies und ein Staatsanwalt begleiteten ihn auf der Reise nach Illinois. Sie dachten vermutlich, daß sie ihn locken könnten, etwas über die Gusewelle-Morde zu sagen, aber so leicht konnte man ihn nicht reinlegen.

Ein gemeinsamer Bekannter, der draußen war, hatte ihm

einen Brief von Handy zugespielt, deshalb wußte er, was auf ihn zukam. ›Glen, es tut mir leid‹, hatte Handy geschrieben, ›es ist mir zuwider, gegen Dich auszusagen, aber sie haben mich dazu gezwungen. Ich habe keine andere Wahl. Ich weiß, daß ich nie wieder in Melodys Haus willkommen bin, auch nicht bei Kim oder Sherill, und das schmerzt mich. Es tut mir leid, Glen.‹

Er lächelte. Der arme Handy hatte den Mut eines Löwen, aber er verfügte nicht über das Gehirn, das dazugehörte.

Auch Barb hatte keinen Grips. Sie glaubte, sie hätte, aber sie hatte nicht. Man hatte ihm gesagt, daß sie verhaftet worden wäre, und es war schmerzhaft, das zu erfahren. Er haßte es, sich sein Goldmädchen im Gefängnis vorzustellen. Es war ihre Habgier, der sie das zu verdanken hatte. Wenn sie nicht so hohe Versicherungen auf Ron abgeschlossen hätte, würde sie noch in Freiheit sein. Als er an sie dachte, schüttelte er den Kopf. Sie hätte seine beste Schülerin sein können, die Trilby seines Svengali. Er erinnerte sich noch daran, wie sie aussah, als er sie das erste Mal gesehen hatte, und bei diesem Gedanken wurde ihm heiß.

Er schleppte keine Frauen aus Kneipen oder Bars ab. Wer das riskierte, erhielt, was er verdient hatte. An einem Frühlingstag 1960 war sie in seine Praxis gekommen. »Ich glaube, ich habe eine Füllung verloren«, sagte sie, »und jemand hat mir geraten, zu Ihnen zu gehen, weil Sie einem nicht den Hals zuhalten.« Er hatte gesagt, daß sie einen schönen Hals hatte.

Sie setzte sich in den Stuhl und ließ zu, daß ihr enger Rock die Schenkel hochrutschte. Als sie den Mund weit öffnete, sah sie ihm vertrauensvoll in die Augen. Sie hatte schöne, große, blaue Augen. An ihrer Haut konnte er keinen Makel erkennen. Nur wenige Menschen hatten eine so gute Haut, daß sie auch einer Inspektion standhielt, wenn er sich über die Gesichter beugte. Sie hatte keine vergrößerten Poren, keine Mitesser, keine Pickel, da war nur cremige, seidige Haut, die zum seidigen blonden Haar paßte. Er lud sie zum Essen ein.

»Ich teile mir eine Wohnung mit meiner Cousine«, sagte sie,

»und das geht mir allmählich auf die Nerven. Sie will abends nichts unternehmen, und wenn ich ausgehe, will sie mir ein schlechtes Gewissen einreden.« Sie biß in ihren Hamburger, und er bewunderte wieder ihre Schönheit. Selbst beim Kauen verlor sie nichts von ihrer Schönheit. Er wollte mit ihr schlafen.

»Ich habe einen langweiligen Job«, fuhr sie fort. »Ich arbeite in einer Traktorenfabrik, tippen und ablegen. Dort treffe ich natürlich nicht die Sorte Männer, die ich mir vorstelle.«

»Sie sollten mit einem Freiberufler verheiratet sein«, riet er, »damit Sie die schönen Dinge des Lebens genießen können. Eine Frau wie Sie sollte nicht arbeiten müssen.«

Sie nickte. »Ich will nicht irgendeinen Farmjungen heiraten, deshalb bin ich ja aus Wood River weggezogen. Ich wolle dort nicht hängenbleiben und einen Mann heiraten, der zur Arbeit geht und sein Lunchpaket in Pergament eingepackt mitnehmen muß.«

Er sagte ihr, er würde ihr helfen, aber zu diesem Zeitpunkt hatte er noch keine Vorstellung, wie. Sie fragte, ob sie noch eine Pepsi haben dürfte. Er schnippste der Kellnerin, und sie bekam ihre Pepsi. Er sagte, sie würde von ihm hören.

»Meinen Sie das wirklich? Kann ich wirklich glauben, daß Sie mich anrufen, oder sagen Sie das nur so, wie Männer das manchmal tun.«

»Sind Sie das letzte Mal auch diesen Weg gefahren, als Sie nach Illinois wollten?« fragte einer der Deputies.

»Ich kann mich nicht daran erinnern, wann ich das letzte Mal in Illinois war«, antwortete Engleman. »Wahrscheinlich mit Nick Miranda, diesem Hundesohn von einem Lügner, als wir an der Rennstrecke arbeiteten. Gibt es hier noch die Drag-Races?«

»Sie haben die Todesstrafe auch in Illinois«, warf der zweite Deputy ein. »Damals auch schon, 1977 und 1979.«

»Und es gibt viele Weiden in Illinois«, sagte Engleman und

schaute aus dem Fenster. »Eine Menge Farmland, und dann St. Louis. In meiner Jugend war St. Louis eine blühende Stadt. Dann haben die Nigger sie übernommen, und man sieht ja, was daraus geworden ist. Man darf einer Gruppe nicht erlauben, sich selbst zu regieren, wenn sie geistig und auch sonst nicht in der Lage dazu ist.«

Er schaute wieder aus dem Fenster, mied absichtlich den Blick in ihre Gesichter. Sie spielten mit ihm, aber dieses Spiel beherrschte er auch. Es machte ihm nichts aus, im Gefängnis zu sein, sagte er ihnen. Er hatte sich in Jeff City seinen Platz eingerichtet. Die spirituellen Kräfte der Insassen spornten ihn an. Einigen von ihnen hätte er beigebracht, wie sie ihren Körper astral-projizieren könnten. Und er hatte von ihnen den Voodoo-Zauber gelernt, vielleicht verstand er ihn besser als sie. Sie respektierten ihn. Sie begriffen, was vielen dieser Idioten und Pisser nicht in den Kopf wollte: daß nicht jeder Mann töten konnte. Es bedarf eines bestimmten Mutes, ein Menschenleben auszulöschen, und er war froh darüber, daß er diesen Mumm hatte. Nein, es machte ihm nichts aus, im Gefängnis zu sitzen. Daß er sich der Einkerkerung unterwarf, erfüllte die Prophezeiung seiner Mutter und Melodys. Sein Leben war von Geburt an vorbestimmt.

Er dachte wieder an Barbara, sein Goldmädchen. Sie war die Beste, cooler und zäher als Carmen oder Sandy, hübscher als die kleine Ruthie und ganz anders als Ruth, die seine Partnerin war. Ruth die Hexe, die seinen Sohn und sein Geld gestohlen hatte, war seine Partnerin gewesen, ganz egal, was sie diesem Bundesbullen erzählt hatte. Aber Barbara war vorherbestimmt, seine Trilby zu sein. Nur daß sie dann zu habgierig geworden war, und als es zu Ende ging, hatte sie sich wie eine dumme Gans verhalten.

Er hatte ihr und ihrer Freundin das kleine Apartment auf der zweiten Etage im Haus seiner Mutter gegeben, ein Apartment mit einem separaten Eingang. Eda war nicht zu glücklich darüber, daß die Mädchen einzogen, aber er hatte seiner Mutter von Barbara erzählt, und sie hatte zugestimmt. Sie sah in Barbaras Aura etwas Besonders, und sie versicherte ihm, eine Studie von Barbaras früheren Leben würde ergeben, daß sie eine Kurtisane wohlhabender und einflußreicher Männer gewesen wäre. Seine Mutter hatte schon die früheren Leben von Menschen studiert, lange bevor die Berühmtheiten wie Shirley MacLaine und wie sie alle hießen damit angefangen hatten. Er hatte MacLaines Buch gelesen. Sie war nichts Besonderes gewesen, bis sie ihre erste Außer-Körper-Erfahrung gemacht hatte, als sie über der Badewanne mit heißem Wasser schwebte.

Ermutigt durch das Interesse seiner Mutter, begann er Barbara zu unterrichten, er brachte ihr bei, wie sie sich anziehen und was sie lesen sollte. Zuerst tat sie sich schwer mit dem Lesen, das hatte er auch nicht anders erwartet, aber sie löffelte Wissen in sich hinein, als ob eine Mutter ihrem Baby den Brei einlöffelte. Er hielt ihre Langsamkeit für einen Vorteil. Sie würdc nichts von sich aus lernen, er konnte ihr also nur das beibringen, was er wollte.

Sie trafen sich mindestens zweimal die Woche. Er zog dann die Liege heraus, die den Schlafsack abgelöst hatte, und bereitwillig – auch das erste Mal – hatte sie sich von ihm nehmen lassen. Sie war zwar keine Jungfrau, aber nach dem, was sie über Sex wußte, hätte sie es sein können.

Weil er beim ersten Mal am liebsten sofort ejakulierte, lehrte er sie, den Penis in den Mund zu nehmen und daran zu saugen, bis es ihm erneut kam.

»Du willst, daß ich ihn in den Mund nehme?« fragte sie ungläubig.

Er lachte. »Liebling, ist das so neu für dich? Also gut, ich erkläre dir, wie es geht. Du hältst den Schaft unten fest mit einer Hand umschlossen, und mit der anderen Hand umspielst du den Sack, ja mit den Fingern, und dann leckst du von unten nach oben, und oben nimmst du die Eichel in den Mund und saugst wie an der Mutterbrust.« Sie lauschte seinen Worten, und die Worte berauschten sie. Als sie später von ihm oral bedient wurde, kündete er jede Einzelheit an.

Sie lernte schnell auf diesem Gebiet, und sie sprach die Worte nach, die er hören wollte, bis sie vor lauter Erregung nichts mehr sagen konnte. Sie war die einzige Frau, die so schön war wie Melody.

Nach den Sexakten wurde er wieder gesprächig, aber jetzt wählte er andere Themen. »Ich habe einen Mann getötet«, sagte er ihr, und sie sah ihn ernst an und begriff, daß durch dieses Geständnis ein Band der Vertrautheit zwischen ihnen entstand, eine mörderische Intimität, die noch tiefer gehen würde und in die niemand je eindringen konnte.

»Ich habe einen Mann getötet«, sagte er, und sie fragte: »Was ist das für ein Gefühl?« Warum er getötet hatte, fragte sie nicht.

»Nun, Doktor, weckt das Erinnerungen?«

Er schaute aus dem Fenster. Sie fuhren über den Highway 157, wo er einen Bogen in die Stadt Edwardsville beschrieb. Glaubten sie, er wäre dumm genug, sich selbst zu belasten?

»Nein«, sagte er. »Ich glaube nicht, daß ich je in Edwardsville gewesen bin. Ich habe gehört, es soll eine hübsche kleine Stadt sein, nicht?«

Ohne konkreten Plan hatte er sie mit James Boyle zusammengebracht, einem Zahnarztkollegen, den er von der Klinik bei Union Electric kannte. Sie war begierig darauf, mit einem Mann auszugehen, der einer besseren Schicht angehörte als die Kerle, die sie in Bars kennengelernt hatte. Sie sollte ihre Chance erhalten. Zuerst hatte Jimmy einer Verabredung nicht blind zustimmen wollen, aber er hatte ihn überredet. Und natürlich war er sofort in sie verliebt, als er Barbara in ihrem weißen Pikeekleid mit den überkeuzten Trägern auf dem Rücken gesehen hatte.

Sie und Jimmy gingen schon eine Weile miteinander, als sie eines Tages zu ihm in die Praxis stürmte und ihm mitteilte, sie glaubte, schwanger zu sein. In der Zwischenzeit hatte er alle Hände voll zu tun mit Sandy, und Ruth Jolley war in sein Leben getreten. Sie sah nicht so gut aus wie Barbara, aber im Bett war sie unschlagbar. Sein Leben, dachte er, war kompliziert genug, deshalb nahm er sich jetzt Zeit für Barbara und erklärte ihr, wie sie den Dentisten dazu bewegen konnte, ihr einen Heiratsantrag zu machen.

Sie war erst neunzehn, als sie den Mittelgang der Methodistenkirche in Alton, Illinois, hinunterschritt. Sie trug ein spitzenbesetztes Brautkleid und einen durchsichtigen Schleier, der an einer Krone aus Apfelsinenblüten festgemacht war. Dr. Engleman war einer von hundert geladenen Gästen. Er glaubte, daß er sie jedenfalls für einige Zeit in einem sicheren Hafen untergebracht hatte.

Er erwog für kurze Zeit, ihren Mann zu ermorden, aber dann verwarf er diesen Plan. James Boyle war ein Freiberufler, und sein Tod würde zu viele Fragen nach sich ziehen. Jetzt begann er ernsthaft, in seinen Gedanken die Kriterien für einen Mord aufzustellen.

Sie brachte ihr Baby in seine Praxis, um es ihm zu zeigen. Einmal war Carmen da, als Barbara mit ihrem kleinen Mädchen auftauchte, und sie erzählten ihr, es wäre ihr gemeinsames Kind. Nach der Geburt der Zwillingsjungen ein paar Jahre später hatte Barbara genug damit zu tun, Zahnarztehefrau und Mutter zu sein. Er hatte sich ein Bild aus dem *Globe* ausgeschnitten, das Barbara bei einer Wohltätigkeitsveranstaltung zeigte. Kurz darauf rief sie ihn an und teilte ihm mit, daß sie sich scheiden ließe. Ihr Jimmy, sagte sie, gäbe sich mit anderen Frauen ab, oder wenigstens befürchtete sie das, denn er schien das Interesse an ihr verloren zu haben.

Er erinnerte sich daran, wie schockiert sie geklungen hatte, und als er sie danach das erste Mal wiedergesehen hatte, war sie ihm erschöpft vorgekommen. Sie war dann in die kleine

Wohnung in Wood River gezogen. »Das habe ich nicht verdient«, hatte sie ihm gesagt. »Ich habe was anderes als das hier verdient«, und er hatte zugestimmt. »Du hast es verdient, und ich werde dir helfen, es zu bekommen. Ich kann es dir besorgen.« Kein anderer Mann konnte für sie das tun, was er tun konnte, kein anderer Mann würde für sie töten. Er wußte, daß sie bereit war, ihrer Intimität eine neue Dimension zu geben.

Er blinzelte in die Sonne. Es war Viertel nach vier nachmittags und unangenehm warm für jemanden, der ans Gefängnis gewöhnt ist. Einer der Deputies führte ihn am Ellbogen die Treppen hoch. Ein anderer Fotograf drückte auf den Auslöser seiner Kamera.

»Ich kann auch alleine gehen«, sagte er dem Deputy. Dem Fotografen knurrte er wütend zu: »Reporter und Fotografen sind die Zuhälter der Presse. Warum könnt ihr keinen anständigen Beruf finden?«

Im Gefängnis hielt er nach ihr Ausschau. Sie würde auch einen orangefarbenen Jumpsuit tragen. Aber er konnte sie nirgendwo entdecken. Vielleicht hielt man sie absichtlich von ihm getrennt. Das würde die Art Strategie sein, auf die sie stolz wären. Er sah Melody. Sie lächelte ihm zu. Sie war die einzige Frau, der er hätte vertrauen sollen, die einzige, die ihn nicht verraten hatte. Nur Melody würde die lange Fahrt auf sich nehmen, um ihn ein paar Minuten lang zu sehen, selbst wenn er in Ketten vorgeführt wurde.

Er wurde bis Dienstag im Gefängnis gehalten, bis er vor die *grand jury* trat. Seine Aussage dauerte fünf Minuten. Er berief sich auf den Zusatzartikel Fünf der Verfassung, der die Aussageverweigerung erlaubte, wenn man sich durch seine Aussage selbst belasten könnte. Später wurde er derselben Verbrechen angeklagt wie Barbara, dreifacher Mord, dreifache Mordverschwörung. Dann wurde er zurück nach Jefferson City gebracht.

»Nach der Anhörung des Auslieferungsverfahrens werden Sie wieder zurückgebracht«, sagte einer der Deputies auf der Heimfahrt, Befriedigung in der Stimme. »Ich habe gehört, daß Ihr Kumpel Handy einen guten Deal ausgehandelt hat. Der sieht jetzt noch besser aus, da Weber die Todesstrafe fordern wird. Was meinen Sie, Doc?«

Er meinte, daß Ruth an allem schuld war.

St. Louis,
Mittwoch, 7. November 1984

McGarvey sah sich in Freddy O's um, der Bar, die das inoffizielle Wasserloch der Bundesagenten war. Es war eine unauffällige Bar mit roten Kunststoffhockern und Ahornholzstühlen um Formicatische. Die Drinks waren billig, das Popcorn gab es umsonst. Er erkannte ein paar Gesichter, aber sonst war der Laden gähnend leer.

»Wo sind denn die Leute?« fragte er Sheila, die Kellnerin.

»Sie sind ein bißchen früh dran heute, oder?« Sie stellte ein Glas Scotch vor ihn hin. »Es ist nicht einmal fünf. Hatten Sie einen schlimmen Tag?«

»Nur Routine.«

Er kam schon seit den Tagen der Go-Go-Girls, die in Käfigen tanzten, hierhin, und seither war auch Sheila da. Und doch zeigte ihr braunes Haar noch keine grauen Strähnen, ihre Haut noch keine Falten. Er konnte sein Konterfei im Spiegel hinter der Bar sehen und sich erneut von den grauen Haaren überzeugen, die er bekommen hatte, seit er das erste Mal den Namen Glennon Engleman gehört hatte. Er zündete sich eine Zigarette an und griff nach dem Scotch. Er und sein Boss, James Elder, waren an diesem Nachmittag nach Edwardsville gefahren, um die Tonbänder und die Abschriften der Gespräche zwischen Doc und Ruth einem Vertreter der Anklagebehörden zu übergeben. In Madison County hatte es einen Gerichtsbeschluß gegeben, der die Herausgabe dieser Unterlagen verfügte. Barbs Anwalt, F. Lee Bailey, hatte sie angefordert.

Er hatte gezögert, sich von den Bändern zu trennen. Solange sie hierblieben, hatte er das Gefühl, Kontrolle über sie zu besitzen. Er und Elder hatten den Staatsanwalt gebeten, sorgfältig mit dem empfindsamen Material umzugehen, und geraten, sich mit dem Gericht so zu arrangieren, daß Barbs Anwälte sie nur unter Gerichtsaufsicht abhören konnten.

»Sie können sich darauf verlassen, daß wir sie pfleglich behandeln«, hatte der Staatsanwalt gesagt.

McGarvey hätte beinahe gelacht. Nichts war bisher in Madison County pfleglich behandelt worden. Bevor Don Weber bei den Wahlen im November geschlagen worden war, hatte er gedroht, den Staatsanwalt bloßzustellen, der mit Barb ein Verhältnis gehabt haben sollte, und außerdem wollte er die Vaterschaft ihrer Tochter feststellen lassen. Kühlere Köpfe hatten sich durchsetzen können, aber Webers Skandalgeschichten schwebten noch in der Luft der Gegend, die bekannt dafür war, politische und sexuelle Skandale hervorzubringen.

Ohne auf seine Bestellung zu warten, füllte Sheila sein Glas nach.

»He, wann werden sie in Illinois vor Gericht gestellt?« rief jemand von hinten.

»Sie haben den Januar ins Auge gefaßt«, sagte McGarvey. »Aber ich fürchte, das schaffen sie nicht. Bisher haben sie nicht einmal den Ankläger benannt. Und Bailey versucht, daß die Anklage gegen Barb fallengelassen wird – wegen Fehlverhaltens der Staatsanwaltschaft.«

Er hörte Gelächter und wandte sich wieder seinem Scotch zu, um weitere Fragen abzuwürgen. Es wäre kaum möglich, daß es Bailey – man munkelte, daß man ihm eine Viertelmillion in bar gezahlt hatte – gelingen könnte, Barb aufgrund von Webers Verhalten herauszupauken. Kurz nach ihrer Verhaftung hatte das Gericht einen Maulkorbbeschluß erlassen, weil

Weber vor der Presse zu viele Statements abgegeben hatte. Es wäre kaum möglich, aber es wäre denkbar, daß Bailey sie herausholte. Aber noch saß sie im Gefängnis, unfähig, die Kaution zu stellen. Bailey war es noch nicht gelungen, die Höhe zu reduzieren. Rons Bruder verklagte sie auf Herausgabe des Grundbesitzes. Es war klug von Bailey, daß er sein Honorar in bar gefordert hatte – und auch, wie es gerüchteweise hieß, daß er das Geld auf einem Konto außerhalb der USA deponiert hatte.

McGarvey trank von seinem Scotch. Er haßte es, die Tonbänder übergeben zu müssen. Trotz allem war er nicht stolz auf die Bänder – auf Teile der Bänder. Daß er zugehört hatte, wie ein Mann mit seiner Ex-Frau geschlafen hatte, war schlimm genug, aber daß er es jetzt auch noch ermöglichte, daß andere Menschen die Bänder abhören konnten, war schlimmer.

Die Bänder hatten ihren Zweck erfüllt, sie hatten einen Killer überführt und hinter Gitter gebracht, aber stolz war er nicht auf sie. Selbst ohne den Sex hatte er sich wie ein Voyeur gefühlt, wenn er dem normalen häuslingen Dialog einer in Auflösung befindlichen Familie gelauscht hatte. Er hatte es richtig gemacht. Es war gerechtfertigt. Aber es war nicht angenehm. Was ihn am meisten an der Art der Ermittlungen in Illinois störte, war die Öffentlichkeit, die sie hergestellt hatten. Sicher, man hatte die Pflicht, die Öffentlichkeit über ein Verbrechen aufzuklären, aber doch nicht über die schmutzigen persönlichen Dinge. Das war der wirkliche Voyeurismus. Himmel, Buckles hatte die Sex-Stellen auf den Bändern gar nicht hören wollen. Es wäre nicht nötig, hatte er gesagt.

»Schlimmer Tag, was?« fragte Sheila. Er grinste.

Edwardsville,
Dienstag, 18. Dezember 1984

Bailey hatte es schließlich doch geschafft, daß Barbaras Kaution von drei Millionen Dollar auf eine Million reduziert wurde. Nachdem sie die verlangten zehn Prozent bezahlt hatte – ein Verrechnungsscheck über hunderttausend Dollar – würde sie bis zum Prozeß in Freiheit sein. Ihre Hände zitterten, als sie die neue Strumpfhose anzog, die Jamie ihr gebracht hatte. Endlich konnte sie nach Hause gehen.

Ihre Freunde hatten ihr berichtet, was draußen über sie erzählt wurde, aber ihre Anwälte sagten: Ignorieren, nicht daran denken. Gleich nach ihrer Verhaftung erinnerten sich die Leute wieder an kleine Begebenheiten, von denen sie annahmen, daß sie ihre Schuld bewiesen. Zum Beispiel, daß sie während der Trauerfeier für Ron ihre Pepsidose auf den Sarg gestellt hatte. Aber was hätte sie anders mit der Dose tun sollen? Die Leute kamen zu ihr und umarmten sie, küßten sie. Und sie hatte die Dose in der Hand und wußte nicht, wohin damit.

Ihre Anwälte sagten, sie sollte das Gerede ignorieren. Sie würden sich auf Weber einschießen. Sie würden beweisen, daß ihr Recht auf einen fairen Prozeß durch seine negative Publicity nicht mehr gewährleistet wäre. Und vielleicht konnten sie es ja auch beweisen. Sie hatten es schließlich schon geschafft, daß die Anklage wegen Verletzung der Bundesgesetze fallengelassen wurde. Diese Anklage hätten die Bundesbehörden nur eingereicht, um eine schnellere Auslieferung zu erreichen, und diese Vermutung hatte sich als richtig erwiesen. Ihre Freundinnen sagten, die Leute redeten darüber, wie sie die Gusewelle-Familie ruiniert hätte. Sollten sie doch reden. Sie konnte sich vorstellen, daß die dicke Donna, ihre Schwägerin, überall erzählte, wie sie Ron nach dem Tod seiner Eltern bedrängt hatte, ein Testament aufzusetzen; wie sie gedroht hatte, sich von ihm scheiden zu lassen, wenn er mit Rich zusammen die Farm betreiben würde. Ja, sie hatte darauf bestanden, daß die Farm eine ›verfügbare Masse‹ bliebe. Glen hatte ihr diesen Begriff beigebracht.

Ihre Anwälte sagten, all das wären keine Beweise.

Sie zog den Ledergurt enger um ihre Hüfte. Sie war froh, daß sie abgenommen hatte. Sie würde gut aussehen auf den Bildern, die sie schießen würden, wenn sie das Gefängnis verließ.

Ihre Knie schlotterten, als die Wärterin, die nach billigem Parfum und altem Schweiß roch, sie den Korridor entlang führte. »Warum haben Sie es getan?« fragte sie. Barbara versteifte sich und sagte kein Wort. Glen hatte immer zu ihr gesagt: Sieh gut aus und halt den Mund. Sie sagte kein Wort. Die Alte hatte kein Recht, eine solche Frage zu stellen.

»Und warum tust du das? Warum heiratest du?« hatte eine junge Frau gefragt, eine Blondine, die sie nur flüchtig kannte. Sie hatten in einer Bar in Wood River bei einem Bier gesessen. Es war Mai 1976, kurz bevor sie und Ronnie am 28. Mai heiraten würden. Sie ging nicht mehr oft in die Bar, aber an diesem Nachmittag hatte sie das Bedürfnis dazu gehabt. Vielleicht glaubte sie immer noch an die Möglichkeit, in letzter Minute den Wunschprinzen zu treffen? Viele Freunde fragten sie: »Warum heiratest du Ron Gusewelle? Nach deinen Beschreibungen hört er sich nicht wie der Mann an, nach dem du gesucht hast.«

»Ich werde diesmal einen großen Hut aus Spitze tragen statt eines Schleiers«, sagte sie. »Ich finde, man kann einen Schleier nur einmal tragen.« Sie spielte mit ihrem Bierdeckel und zupfte so heftig daran, daß das Bier aus dem Glas überschwappte. »Was meinst du?«

»Ich verstehe dich nicht«, sagte die Frau. »Ich erinnere mich daran, als wir vor ein paar Jahren darüber gesprochen haben, hast du gesagt, du magst die Männer nicht, die du hier triffst. Du hast immer gesagt, du willst einen haben, der selbständig ist. Ich habe den Eindruck, daß du aufgegeben hast.«

»Na und? Würde das für dich einen Unterschied machen?«

»Nein, ich glaube nicht.« Die Frau gab ihre streitlustige Haltung auf und atmete tief durch. »Es ist nur . . . ich fürchte, mir wird es auch so ergehen. Ich meine, auch ich werde aufstecken, und, um ehrlich zu sein, ich werde froh sein, wenn ich überhaupt einen finde.«

»Als ich mich scheiden ließ«, sagte Barb, »habe ich gedacht, mein Mann müsse sich mehr um mich kümmern. Ich habe über unsere Scheidungsgesetze nichts gewußt, verstehst du?« Die Frau nickte heftig. »Ich hatte Angst«, fuhr Barb fort, »als ich herausfand, wie es laufen würde, aber da hatte ich die Kinder schon genommen und ihn verlassen. Und er erzählte den Leuten, ich sei launisch, hätte eine gespaltene Persönlichkeit. Glücklich an einigen Tagen, traurig am nächsten. Aber so sind wir doch alle, nicht?«

Sie signalisierte dem Barkeeper, daß sie noch zwei Bier bestellen wollte. »Ich wußte, daß er mich nicht mehr zurückholen wollte – nicht, daß ich gegangen wäre. Aber ich hatte Angst, Angst und drei kleine Kinder. Die Zwillinge waren erst eineinhalb, und ich wußte nicht, wie ich sie durchbringen sollte.«

»Ich weiß«, sagte die Frau, Tränen des Mitgefühls und des Selbstmitleids in den Augen. »Mein Jüngster war achtzehn Monate. Warum konnte der Bastard nicht feststellen, daß er eigentlich nicht mit mir leben wollte, bevor ich das Kind bekam? Warum sind sie alle so versessen darauf, es dir zu machen, ob du nun willst oder nicht? Das kann ich an den Männern nicht verstehen, das und warum sie so stolz auf ihren Penis sind.«

»Ich weiß«, sagte Barbara und kicherte leise. Die zwei Glas Bier standen auf dem Tresen, sie zog zwei Dollar heraus, winkte die zwei Dollar der Frau beiseite. »Ich weiß. Ich wußte nichts und konnte nichts. Woher soll man auch etwas gelernt haben – mit neunzehn habe ich geheiratet, mit zwanzig hatte ich das erste Baby. Meine Mutter konnte mir nicht helfen, ich glaube, sie war sowieso von mir enttäuscht. Einmal hat sie mir vorgeworfen, daß ich einen Zahnarzt hätte gehen lassen. Bald kam ich mir auch so vor – die dumme Gans, die einen Zahnarzt aufgegeben hatte. Ich habe die Verbindungen zu allen Freunden in St. Louis verloren, nur eine nicht. Nur einer hat sich um mich gekümmert und wollte mir helfen.«

»Ich weiß«, sagte die Frau, »du hast Glück, daß du den Freund behalten hast. Ich habe nach der Scheidung alle Freunde verloren. Es ist, als hätten sie Angst, es könnte ansteckend sein. Sie wollen dich nicht mehr anschauen, sonst könnten sie ihren eigenen Mann vielleicht nicht mehr anschauen, ohne zu denken – he, bist du auch so einer? Bin ich die nächste?«

»Ich hatte mir immer vorgenommen, eine gute Mutter zu sein«, fuhr Barbara fort. »Nicht wie einige dieser karrieresüchtigen Weiber, die selbst dann arbeiten gehen, wenn sie es nicht nötig haben, und ihre Kinder sich selbst überlassen. Ich wollte bei meinen Kindern sein. Und das habe ich geschafft. Ich habe getan, was richtig war, aber schau doch, wohin es mich gebracht hat. Ich erinnere mich noch gut daran, wie ich mich fühlte, als ich die Scheidungspapiere durchlas und feststellen mußte, daß ich so gut wie nichts erhielt. Als mein Vater starb, war es genauso. Er hat mir fast nichts hinterlassen; seit er uns verließ, da war ich noch ein Kind, habe ich nie etwas von ihm erhalten. Er hat nicht einmal eine Versicherung für mich abgeschlossen. Kannst du dir das vorstellen? Er wußte, daß ich mit meinen drei Kindern allein lebte und dringend etwas gebraucht hätte.«

»Männer«, sagte die Frau. »Männer haben die Macht. Wenn sie dich satt haben, schieben sie dich ab.« Sie trank ihr Bier aus und bestellte zwei neue. »Mir ist es genauso ergangen. Ich hatte nur das Glück, daß ich einen Job als Sekretärin bekam, und das auch nur durch eine Frau, die ich übrigens hier in dieser Bar getroffen habe. Kannst du dir das vorstellen? All die Männer, die ich kenne und mit denen ich ins Bett gegangen bin – und es war eine Frau, die mir einen Job in ihrer Firma vermittelt hat. Hast du keinen Job finden können?«

»Nein«, sagte Barbara und zögerte, entschied dann aber, daß sie hier sicher sein konnte. »Ich hatte einen Freund in St. Louis, er hat mir Geld gegeben, damit ich zu Hause bei den Kindern bleiben konnte.«

»Da hast du wirklich Glück gehabt. Aber du konntest ihn nicht heiraten?«

»Nein«, sagte Barbara, schloß abrupt ihre Handtasche und hob ihren Autoschlüssel auf. »Nein, so etwas war es nicht.«

»Oh«, machte die Frau. Barbara las in ihrem Gesicht, daß sie für sich eine Antwort gefunden hatte: Sie war von einem verheirateten Mann ausgehalten worden, und das war jetzt vorbei, und deshalb heiratete sie den erstbesten, den sie kriegen konnte. »Viel Glück«, sagte die Frau. »Ich meine es ernst. Es wird bestimmt gutgehen.«

Sie dachte an diese Unterhaltung, als sie den Gefängniskorridor in Edwardsville hinunterging. Sie hatte der Frau keine Antwort mehr gegeben, ihren falschen Verdacht nicht geradegerückt. Es war besser, wenn man Dinge für sich behalten konnte. Der einzige Mensch, mit dem sie redete, war Glen. Glen war cleverer als die anderen. Er würde nicht mit den Cops reden. Sie konnten es nicht schaffen, aus ihm etwas herauszuholen, was er nicht sagen wollte.

Die Wärterin schloß eine Tür auf. Barbara sah ihre Tochter Jamie warten, tränenumflorte Augen. »Good-bye«, sagte sie süßlich zu der alten Hexe, als ob sie sich von einem Ort verabschiedete, an dem sie sich freiwillig aufgehalten hätte. Der Richter, der ihre Kaution gesenkt hatte, hatte ihr Verhalten in allen Gefängnissen, in denen sie bisher gewesen war, als ›im höchsten Maße vorbildlich‹ gepriesen, und Barbara war betroffen darüber, daß die alte Hexe es gewagt hatte, sie schlecht zu behandeln, nachdem sie sich auch hier gut geführt hatte.

Als sie und Jamie Arm in Arm die Treppen hinuntergingen, fragte sich Barbara, ob die Frau aus der Bar irgendeinem von ihrer Unterhaltung erzählt hatte. Leute würden sie jetzt in die Pfanne hauen. Das konnte sie jetzt von jedem erwarten, nur nicht von Glen. Jamie legte einen Arm um sie und drückte sie weich. Es war zehn Minuten vor elf.

»Ich weiß, daß es ein wenig früh ist«, sagte sie zu ihrer Tochter, »aber laß uns trotzdem schon essen gehen.«

St. Louis,
5. März 1985

Ein Richter des Madison County hat heute den Verteidigerantrag abgelehnt, die Mordanklagen gegen Barbara Gusewelle Boyle auszusetzen und den Prozeß wegen der Vor-Publicity in einem anderen County stattfinden zu lassen.

Aber Richter P. J. O'Neill rügte die Art und Weise, wie der frühere Ankläger des Madison County, Don W. Weber, den Fall behandelt hätte, und nannte Teile seines Verhaltens ›grobe Verletzungen‹.

St. Louis Post-Dispatch, 5. März 1985

McGarvey faltete die Zeitung in der Mitte zusammen und las den Rest des Artikels, während er seinen Kaffee trank. Zu dem Bericht gehörte ein Bild von Barbara, das in der letzten Zeit aufgenommen worden war und sie noch attraktiver zeigte als auf ihren Hochzeitsbildern. Die Schwarze Witwe Barb hatte mehr Aufmerksamkeit der Öffentlichkeit auf sich gezogen als die anderen Witwen in den Engleman-Morden.

McGarvey wartete auf Bob Trone, den Chefankläger von Illinois, der den Fall jetzt übernahm, da Weber von der Bildfläche verschwunden war. Ein schlanker, wettergegerbter Mann mit einer Figur, die an Präsident Lincoln erinnerte, war Trone zwar davon überzeugt, das Barbara schuldig war, aber er fühlte sich nicht so tief in den Fall verwickelt, wie Weber das empfunden hatte.

Nach dem Artikel in der *Post* hatte man Weber auf die Finger geklopft, weil er der Presse gegenüber unpassende Kommentare zu dem Fall abgegeben und weil er mit Geschworenen der *grand jury* zu Mittag gegessen hatte. Bailey hatte auch die Kungelei mit den Bundesbehörden kritisiert, die dazu geführt hatte, daß Barbara so rasch von Florida ausgeliefert worden war. McGarvey mußte an den Prozeß in Hermann denken, der wegen geringerer Formfehler geplatzt war. Wenn die allgemeine Einstellung in Illinois nicht so heftig gegen Barbara gerichtet wäre, hätten Webers Extra-Touren und die Tricks der Bundesbehörden durchaus dazu führen können, die Anklage gegen Barbara fallenzulassen.

Als Trone das Büro McGarveys betrat, begrüßten sie sich herzlich. McGarvey mochte diesen Mann, der ihren Ruf in Illinois wieder hergestellt hatte.

»Ich sah Doc bei einer Antragsentscheidung vor ein paar Tagen in Edwardsville. Er saß im Gerichtssaal und las in einem Buch, als ob die Welt um ihn herum nicht stattfände«, sagte Trone lachend. »Sein Anwalt, einer der jungen Pflichtverteidiger, stellte mehr Anträge als Bailey. Da es nun doch zum Prozeß gegen Barbara kommt, wird Doc sich ernsthafte Sorgen machen, schätze ich.«

»Hat er auch beantragt, den Prozeß abzusetzen?« fragte McGarvey.

»O ja. Er weiß natürlich, daß der Prozeß gegen ihn nicht abgesetzt werden kann, wenn Barbara der Prozeß gemacht wird. Die Publicity vor Prozeßbeginn konzentriert sich auf Barbara, nicht auf ihn.« Trone lehnte sich auf dem Stuhl zurück, während McGarvey zwei Plastiktassen mit Kaffee füllte. Dann holte er ein paar Akten hervor. Weber hatte das Material nicht so schnell herausgerückt, wie Trone es brauchte, was von großem Nachteil sein konnte, wenn der Prozeß begann. »Ich frage mich, ob er sich schuldig bekennen wird, besonders, wenn er damit erreichen kann, daß er in Missouri bleiben würde. Was meinen Sie?«

»Das würde seinem ganzen Charakter widersprechen«, antwortete McGarvey. Doc hatte seit 1959, als er das erste Mal in einem Mordfall verhört worden war, seine Unschuld beteuert. »Ein Geständnis paßt nicht zu seinem Profil, aber man kann nie wissen.«

»Im Prozeß um die Autobombe der Berrera ist er nicht in den Zeugenstand getreten. Wenn es ans Sterben geht, hat er genausoviel Angst wie jeder andere. In Illinois könnte er die Todesstrafe erhalten, und die würde er wahrscheinlich auch bekommen, wenn es einen Prozeß gibt. Ich glaube, er würde lieber in Missouri bleiben. Trotzdem, auch ich wäre überrascht, wenn er den Prozeß vermeidet, indem er sich vorher schuldig bekennt.«

»Hat er Ihnen gegenüber irgendeine Andeutung gemacht?«

»Nein. Er redet immer noch so, als ginge er davon aus, daß die Anklagen fallengelassen werden. Ich war verdutzt, als ich ihn das erste Mal sah. Er sieht alt und müde aus, am Ende. Ich hatte ihn mir jünger und gesünder vorgestellt, einschüchternd. Ich glaube, Sie werden auch überrascht sein, wenn Sie ihn das nächste Mal vor Gericht sehen. Er hat mich nach meinem Sternzeichen gefragt. Als ich ihm mein Geburtsdatum nannte, sagte er: ›Oh, Sie sind Skorpion. Gegen Skorpione habe ich immer schlecht ausgesehen‹.«

Sie lachten beide, dann öffnete McGarvey die Akten und schob sie Trone über den Tisch. Trone war ein guter Staatsanwalt, er hatte keine Bange, gegen F. Lee Bailey anzutreten.

»Was ist eigentlich mit dem Lügendetektor-Tests, dem Barb sich unterzog?«

»Bailey zieht alle Stränge, um den Test als Beweismittel vor Gericht bringen zu können, aber bisher hat er kein Glück damit. Ich glaube auch nicht daran, daß es ihm gelingen wird. Der Test ist nicht vorschriftsmäßig durchgeführt worden. Der Tester hat bei den entscheidenden Fragen nicht genug nachgebohrt. Und sie will den Test natürlich nicht wiederholen.«

Bailey, eine anerkannte Autorität im Umgang mit dem Lügendetektor und ein Befürworter der Gruppe, die die Test als Beweismittel vor Gericht zulassen will, behauptete, er hätte Barbaras Fall nur übernommen, weil sie den Test bestanden hatte.

»Wir haben Glück, daß die Geschichte nicht in die Medien gekommen ist. Sie wissen, was Weber darüber sagt? Falls Bailey den Fall wegen des bestandenen Lügendetektortests übernahm, dann hatte er zweihundertfünfzigtausend und einen Grund für ihre Verteidigung.«

Sie lachten, und Trone fügte hinzu, sie hätten noch einmal Glück, wenn Weber diese kleine Bemerkung nicht auch der Presse gegenüber äußerte.

»Es wird ein Mordsgeschrei geben, wenn der Doc seinen Auftritt vor Gericht hat«, sagte Trone. »Vielleicht läßt er sich auf einen Handel ein.«

McGarvey wußte, daß die Ankläger des Staates Missouri dann aufschreien würden, denn die wollten Doc in der Todeszelle sehen. Aber McGarvey verstand auch, warum Madison County sich auf einen Handel einlassen würde: Mordprozesse waren teuer, und das County hatte wenig Geld, um jemandem lange den Prozeß zu machen, der schon lebenslänglich saß. Selbst wenn es gelänge, den Doc in die Todeszelle zu bringen, würden die Berufungen ihn so lange am Leben erhalten, bis sein Diabetes ihn einholte. Warum sollte man Geld verschwenden, um einen Mann von einem Gefängnis ins andere zu bringen? Dem County würde es genügen, wenn Barb solange im Gefängnis bleiben konnte, bis niemand mehr sie heiraten würde, wenn sie herauskam.

Die Schlußworte

Ruth Engleman war der Schlüssel.
Sie bot ihre Mitarbeit an, brachte
Licht in die Beziehung zwischen
Engleman und Mrs. Boyle und in
das Mordkomplott.

Robert E. Trone in einem Interview
mit dem *Alton Telegraph* am
Montag, 15. April 1985

Alton, Illinois
Samstag, 13 April 1985

Der Prozeß währte zwei Wochen, und die Teilnehmer – ausgenommen Trone – wirkten erschöpft. Jeden Tag mußten sie sich durch eine Menge kameraschwenkender Zuhörer kämpfen, um in den überfüllten Gerichtssaal zu gelangen. Ein Schild, auf dem in handgeschriebener Leuchtschrift stand ›Stellen Sie sich nicht an die Tür!‹ klebte an der Doppeltür, die die Zuhörer von denen trennte, die draußen bleiben mußten und begierig auf Neuigkeiten von den Leuten warteten, die entweder verwandt mit den Prozeßbeteiligten oder Zeugen waren.

Obwohl sie während der gesamten Verhandlung um eine gefaßte Haltung bemüht war, sah man Barbara die Anstrengung an. Die feinen Linien um Augen und Mund hatten sich tiefer in die Haut eingefressen. Bailey, zu dieser Zeit in einem Lebensabschnitt, in dem man ihm sein Alter ansah, wenn er nicht peinlichst genau auf sein Äußeres achtete, wirkte aufgedunsener als sonst. Die Parade der Zeugen war vorbei; Ruth hatte die erwartet überzeugende Vorstellung gegeben, und Handy hatte seine Beteiligung an den Morden bereut. Bailey hatte Andre Jones präsentiert, der seine Geschichte wiederholte, daß er wußte, wer Ron Gusewelle ermordet hatte, den Mörder aber nicht benennen konnte, weil er Repressalien für seine Familie befürchtete; er wußte nur, daß es Mrs. Boyle nicht gewesen war.

Bailey hatte auch Zugang zu einem Brief erhalten, den Handy vor einer Woche an Engleman geschickt hatte. In dem Brief entschuldigte sich Handy im voraus für das, was er im Prozeß tun mußte.

»Für das, was ich sagen werde, wird mich Dein Geist auf ewig verfolgen«, hatte er geschrieben. »Ich muß einige schlechte Dinge über Dich sagen, und dabei bist Du immer wie ein Bruder zu mir gewesen . . .«

Vor Gericht sagte Handy: »Ich glaube, es gibt eine Hoffnung

für Engleman. Er hat viele gute Qualitäten. Er tut mir leid. Ich bin verzweifelt, wenn ich an das denke, was er getan hat, und auch, wenn ich an meine Rolle dabei denke, aber ich kann die Gelegenheit nicht vorbeigehen lassen, mein Gewissen zu erleichtern.«

In seinem Schlußwort faßte Trone die Aussage Handys zusammen. Er stand vor den Geschworenen und führte sie mit Handys Worten durch die einzelnen Phasen der Verschwörung. Das Bild des hart arbeitenden ländlichen Anklägers im Gegensatz zu Baileys Auftritten vor Gericht hatte ihm während des Prozesses geholfen, und so hielt er es bis zum Ende bei. Während der kleine, elegante Bailey in seinem Maßanzug mit Weste vor Zeugen und Juroren auf- und abgegangen war und jede Frage und Äußerung in einer peitschenhaft schnarrenden Sprache vortrug, in der jeder Hauch von Dialekt fehlte – wie bei einem Nachrichtensprecher – hatte sich Trone lässig auf dem Stuhl gerekelt, die Hände hinter dem Kopf, die Beine ausgestreckt. Er verbarg seine körperliche Größe und unterstrich seine Bodenständigkeit. Im Schlußwort betonte er knallhart die Beweislage, vor allem erinnerte er die Geschworenen daran, daß Handys Beschreibung der Mordwaffe dem .38er perlmuttbesetzten Revolver entsprach, von dem Ruth gesagt hatte, daß er etwa zur Mordzeit von Ron verschwunden war.

Während des Prozesses hatte er die meisten Fragen vom Tisch aus gestellt, aber beim Schlußwort wanderte er lässig vor den Geschworenen hin und her, während er an die Beweise erinnerte, einen nach dem anderen.

An einer Stelle wandte er sich abrupt um, starrte die Geschworenen an und sagte: »Sie haben gehört, daß Bob Handy ausgeführt hat, wie Ron Gusewelle auf die Tür zum Haus starrte, nachdem er angeschossen worden war. Sie wissen, wer hinter dieser Tür stand, mit Tüchern in den Händen, um das Blut aufzuwischen.«

Eine volle Minute lang stand er da, die Schultern eingefallen in seinem zerknitterten Anzug, und schaute die Geschworenen an, Augenkontakt mit jedem einzelnen der sechs Frauen und sechs Männer. *Sie wissen, wer da stand . . .*

»Wenn Sie nicht glauben, daß sie an der Mordverschwörung beteiligt war, müssen Sie davon ausgehen, daß sie starke Vorahnungen hatte.« Trone drehte sich um und ging zu seinem Tisch zurück, hob ein paar Notizen auf. »Vor seinem Tod fälschte sie seinen Namen auf Versicherungspolicen für einhundertdreiundneunzigtausend Dollar. Man könnte sagen, daß sie aus dieser Tragödie herauskam wie eine duftende Rose. Sie verdiente fünfhundertachtundneunzigtausend Dollar daran.«

Er sah ihnen wieder tief in die Augen.

Barbara verzog keine Miene, als er auf sie zeigte und sagte: »Dort sitzt die Frau, die ihre eigenen Schwiegereltern und ihren Mann ausgeliefert hat, und, Himmel, sie war gründlich!«

Bailey sah in dieselben Augen, und es mußte ihm bewußt sein, daß er Menschen vor sich hatte, die stolz darauf sind, sich von den großen Städten der Ostküste oder von berühmten Anwälten der Ostküste nicht beeindrucken zu lassen. Ihnen konnte dieser ganze Ostküsten-Schnickschnack, die feinen Techniken des Kreuzverhörs, nicht imponieren, denn dabei kam lediglich heraus, daß Bob Handy nicht so intelligent war wie F. Lee Bailey. Die Geschworenen wollten nur an die Wahrheit heran, sonst nichts. Und fünfhundertachtundneunzigtausend Dollar war eine Menge Wahrheit. Wenn Barbara mit so einer geringen Summe herausgekommen wäre wie Ruth Bullock oder Sandy Frey oder Carmen Miranda, oder wenn sie so gelitten hätte wie Carmen, hätten sie ihr vielleicht vergeben können. Sie aber saß unbewegt da, tagein, tagaus, und sie trug teure Kleider, die sie mit Blutgeld gekauft hatte. Sie konnten ihr die schönen Kostüme, die abgestimmten Handtaschen und Schuhe nicht vergeben, nicht die Ohrringe, die in ihren Ohren glitzerten.

Bailey zeigte der Jury eine Liste von neunundzwanzig Einzelheiten aus Handys Aussage. Er behauptete, sie alle wären falsch, weil sie den Tatsachen widersprächen. Er beharrte auf diesen Diskrepanzen, wie er es auch schon getan hatte, als Handy im Zeugenstuhl saß. Die Jury hörte höflich zu. Bailey sprach dann von Andre Jones und erklärte seine Aussage für ein unglaubliches Märchen – wieder so ein Trick von Weber.

»Um Mrs. Boyle anklagen zu können, mußten Polizei und Don Weber den Fall neu aufrollen und neu aufklären, und das haben sie so lange gemacht, bis sie das gewünschte Ergebnis hatten«, sagte Bailey. »Andre Jones weiß zu viel, und Robert Handy weiß nicht genug.« Er hob die Stimme, und er warf sich in Positur, als ob Fernsehkameras auf ihn gerichtet wären. »Ich würde Andre Jones nicht einmal glauben, wenn er mir sagte, daß dies East Alton wäre, es sei denn, ich hätte eine Menge Beweise dafür. Und ohne andere Anhaltspunkte würde ich Robert Handy nicht glauben, daß dies der Staat Illinois wäre.«

Ein Angehöriger der Gusewelles sagte leise: »Ich bin nicht sicher, ob er weiß, daß er im Staat Illinois ist.«

Um Viertel nach zwei begann die Jury mit ihrer Beratung. Barbara, in einem weißlichen Kostüm, verließ mit ihrer Mutter und ihren drei Kindern das Gerichtsgebäude. An ihrem letzten Abend in Freiheit gingen sie in ein Restaurant, wo es Hähnchen ›bis zum Abwinken‹ gab, aber sie aßen nicht viel.

Sonntag, 14. April 1985

Sie wußten, daß die Geschworenen ein Urteil gefunden hatten und es bald verkünden würden. Barbara löste sich von den sie umringenden Freunden und Verwandten und betrat den klimatisierten Gerichtssaal. Diesmal trug sie ein eher cremefarbenes Kostüm. Sie saß eine Weile allein am Tisch, bevor Bailey kam und sich zu ihr setzte. Er legte eine Hand auf ihren Rücken und flüsterte ihr etwas zu. Sie hatte für seinen Trost gezahlt, also genoß sie diese Sekunden der Nähe. Während die Geschworenen einzeln hereinkamen, ließ er seine Hand auf ihrem Rücken.

Richard und Donna Gusewelle hatten einander an den Händen gefaßt.

Nach vierzehneinhalb Stunden sprach die Jury Barbara von der Anklage frei, ihre Schwiegereltern ermordet zu haben – und sprach sie schuldig des Mordes an ihrem Mann. Etwa einhundertfünfzig Zuhörer hielten hörbar den Atem an, als Richter P. J. O'Neill den Urteilsspruch vorlas. Jamie Boyle, die hinter ihrer Mutter saß, brach in Tränen aus. Barbara drehte sich um, legte einen Arm um ihre Tochter und flüsterte: »Pst, Baby, es wird schon gut werden... es wird schon gut werden...«

O'Neill ordnete an, daß der Saal geräumt wurde, bevor Barbara hinausgeführt werden konnte. Barbara weinte leise, während sie ihre Ohrringe abnahm und sie Bailey aushändigte, der ihr ermunternd über den Rücken streichelte. Sie flüsterte ihm zu: »Geben Sie die meiner Tochter.« Man konnte Jamies Schluchzen auf dem Flur hören.

Ein Deputy legte Barbara Handschellen und Beineisen an und führte sie dann an einer kleinen Menge vorbei, die sich versammelt hatte, um Autogramme von F. Lee Bailey zu ergattern, der den Reportern gerade gesagt hatte: »Wir gehen in die Berufung.«

Nachdem Barbara Gusewelle Boyle zum wartenden Transporter gebracht worden war, reichten sich Trone und Bailey die Hand. Die beiden Anwälte, die im Laufe des Prozesses Achtung voreinander gewonnen hatten, verabredeten sich auf einen Drink. McGarvey leistete ihnen Gesellschaft, nachdem er sich von Angehörigen der Gusewelles verabschiedet hatte.

ZEHNTER TEIL

DOC

Berüchtigt zu sein ist nicht die feine Sache, für die es gehalten wird. Es zwingt einen Mann, in sich selbst zu leben.

Glennon Engleman

Edwardsville,
Mittwoch, 19. Juni 1985

Das Buch über Glennon E. Engleman ist abgeschlossen. Das letzte Kapitel wurde am 19. Juni geschrieben, als der frühere Zahnarzt aus St. Louis sich schuldig bekannte, drei heimtückische, vorsätzliche Morde in Madison County begangen zu haben. Die verschiedenen Justizbehörden sind sich einig, daß Engleman nicht noch mehr Morde begangen hat. Engleman, achtundfünfzig Jahre alt, wird den Rest seines Lebens im Staatsgefängnis von Missouri verbringen.

St. Louis Post-Dispatch, Donnerstag, 20. Juli

Das Telefon läutete um zehn Uhr in Trones modernem Fachwerkhaus am Ufer des Sangamon. Kommen Sie so schnell es geht, sagte man ihm, der Doc will ein Geständnis ablegen. Trone rief McGarvey an sowie die Cops aus Illinois, die an den Ermittlungen beteiligt gewesen waren, und die Angehörigen der Gusewelles. Wenn sie nicht erhebliche Bedenken hatten, würde Trone sich mit Engleman arrangieren – denn das Geständnis würde nur zustande kommen, wenn Trone darauf verzichtete, die Todesstrafe zu fordern. Alle waren von Englemans Bereitschaft überrascht bis schockiert, selbst Dick Dempsey, der ihn in den Mordprozessen in Missouri verteidigt hatte. Die Leute, die Trone für den Nachmittag nach Edwardsville bestellt hatte, stimmten ihm zu, daß ein Geständnis das beste wäre, dadurch würde ein neuer Prozeß überflüssig. Die Absprache mit Doc sah so aus, daß er ein Urteil ›dreimal lebenslänglich‹ hinnehmen würde. Die Staatsanwaltschaft war damit einverstanden, daß er die ganze Zeit im Gefängnis von Missouri absaß.

Als Doc den Gerichtssaal betrat, um das formelle Geständnis abzulegen, bestanden die Zuhörer aus den Menschen, die Trone nach Edwardsville gerufen hatte, aus einigen Reportern und ein paar Einheimischen, die von der Sitzung erfahren hatten. Docs Geständnis erregte die Einheimischen längst nicht so wie der Prozeß gegen Barbara.

Seine Handgelenke waren an seinen Hosengurt gebunden, als er, flankiert von zwei Deputies, den Mittelgang hinunterging. Sein Gesicht hatte die aschfahle Farbe angenommen, die man so leicht im Gefängnis erwirbt.

Die Sitzung dauerte weniger als zehn Minuten. Als der Richter fragte: »Wie erklären Sie sich?« lautete Dr. Englemans Antwort: »Schuldig.« Und das dreimal.

Danach trat Trone auf ihn zu. »Doc, können wir uns zusammensetzen und darüber reden?«

»Ich rede mit Ihnen«, sagte er. »Aber allein mit Ihnen. Keine Cops. Ich spreche mit keinem Cop mehr.«

Trone nickte. »Okay, ich melde mich.«

Während Doc hinausgeführt wurde, trat McGarvey zu Trone. »Er sieht erschöpft aus«, sagte McGarvey. »Ich habe ihn so noch nie gesehen, so resigniert und gleichgültig.« Nach einem Händedruck fügte er hinzu: »Nun, jetzt ist es vorbei.«

Auf dem Rückweg nach St. Louis wurde McGarvey bewußt, wie sehr er Trone um das Vier-Augen-Gespräch mit Doc beneidete. Neben Ruth war er der Mensch, den Doc am meisten haßte – und mit dem er am allerwenigsten sprechen würde. ›Dieser Bundesarsch‹ nannte Doc ihn. Doc hatte ihm nie die Wanzen in seinem Schlafzimmer verziehen, in seinem ›sanctum sanctorum‹, und er würde ihm nie vergessen, daß er Ruth gegen den Doc eingenommen hatte. Alles andere hatte der Doc als fair gewertet, nur nicht die Wanzen in seinem Schlafzimmer. Seltsam, daß ein Mann, der über seine sexuellen Abenteuer so drastisch reden konnte, ausgerechnet darüber derart beleidigt war.

Nun, für Ruth war die Nachricht von Docs Geständnis eine gute Nachricht, dachte McGarvey. Sie war es müde, immer wieder die Vergangenheit aufleben zu lassen. Jetzt würde sie nicht wieder aussagen müssen.

Robert E. Trone und Glennon E. Engleman saßen sich im Verhörzimmer des Madison County Gefängnisses auf Holzstühlen an einem kleinen Tisch gegenüber. Trone erzählte oft, daß er einen Tick hatte, sich mit ›diesen Kerlen‹, den Angeklagten in den Mordprozessen, in denen er die Staatsgewalt vertrat, zu verstehen. Zuletzt hatte er sich auf diese Weise mit einem Mörder unterhalten, der seine gesamte Familie erschossen hatte. Wie Engleman verrichtete auch Trone viel handwerkliche Arbeit in seinem Haus, einem Haus mit einer heruntergekommenen Fassade am Ende eines Feldweges. Innen wurde man von einem riesigen Wohnzimmer überrascht, dessen Decke so hoch und verziert war wie in einer Kirche, der Boden ausgelegt mit kostbaren Teppichen, die Einrichtung eine faszinierende Mischung aus modern und antik. Bob Trone sagte gern, daß er wie dieses Haus war, und Engleman traute der schlichten, etwas zerklüfteten Fassade. »Hat Handy uns eigentlich in etwa den richtigen Ablauf der Morde geschildert?« fragte Trone.

»Handy ist ein guter Mann, ein guter Freund. Ich trage ihm nichts nach. Ich will, daß Sie das wissen.« Trone hatte erwartet, daß Doc das Gespräch an sich ziehen würde, und das tat er von Beginn an. »Handy hat den Mut eines Löwen. Er ist kein Führer, er ist ein Gefolgsmann, deshalb braucht er jemanden, dem er folgen kann. Die ganze Sache ist schlimm für Handy gewesen, aber er hat mehr Mut als jeder andere Mann, den ich kenne. Er kennt keine Angst.«

»Ich mag Bob Handy«, sagte Trone, und das stimmte auch irgendwie. Wie Engleman schätzte auch er Handy nicht als sehr intelligent ein, aber Trone fand, daß Doc seine eigene Intelligenz zu hoch ansetzte. Die Intelligenz-Quoten-Tests, die während seines Gefängnisaufenthalts gemacht worden waren, hatten ihn als guten Durchschnitt ausgewiesen.

Daß er nicht eher gefaßt worden war, lag nicht nur an seinem in Wut über Sophie Berrera entstandenen Plan, sondern auch daran, daß der Doc recht hatte mit seiner Mord-Philosophie: Töte einen ganz gewöhnlichen Mann, der nicht viel Geld hat, und laß es wie einen Unfall aussehen, dann hält sich niemand mit vielen Fragen auf. »Was ich noch gern wissen möchte, Doc: War Handy im Haus, als die Eltern umgebracht wurden? Oder hat er draußen gewartet, wie er gesagt hat?«

»Handy war im Haus«, sagte Doc grinsend. »Er kam gleich hinter mir ins Haus, und er durchsuchte die Schlafzimmer, während ich sie tötete.« Sein Gesicht wurde lebhaft, als er über die Morde erzählte. »Alles andere entsprach der Wahrheit. Ich habe mich in Schale geworfen und ihnen gesagt, ich käme vom Farm Bureau. Sie öffneten die Tür und ließen mich herein, und als ich ihnen sagte, sie sollten sich auf den Küchenboden legen, haben sie's sofort getan. Dann habe ich geschossen. Handy wühlte im ganzen Haus herum. In ein paar Minuten war alles vorbei. Alles ging glatt.«

»Sie haben beide erschossen? Handy hatte nichts damit zu tun, er hat nur nach Beute gesucht?«

»So war es. Ich habe sie getötet. Ich habe sie beide getötet«, sagte er selbstgefällig. »Ich töte gern. Nicht jeder hat den Mumm, zu töten. Es hebt einen Mann von den anderen ab, wenn er töten kann.«

»Aber sind Sie nicht ein großes Risiko eingegangen, Doc? Was wäre gewesen, wenn jemand ins Haus gekommen wäre? Sie hätten nicht ungesehen verschwinden können.«

»Man muß schon mal ein Risiko eingehen. Ich habe alles gut geplant. Ich plane immer sorgfältig. Sozusagen vom Zeugenstand rückwärts. Und wenn Ruth mich nicht verraten hätte, säßen wir jetzt nicht hier. Sie glauben doch nicht, daß ich ohne Rückendeckung zu den Farmen gefahren bin, oder? Am Ende der Zufahrt wartete Ruth in einem anderen Fahrzeug. Ja, sie war jedesmal da und wartete, während ich mordete.« Sein Gesicht nahm eine rötliche Färbung an, und seine Stimme wurde lauter. »Ruth war meine Partnerin! Diese Frau hat den feinsten kriminellen Verstand, den ich je bei einem Menschen gekannt habe. Sie ist diejenige, die ungestraft davonkommt und mir auch noch meinen Sohn gestohlen hat.«

Trone ließ ihn für eine Weile über Ruth schimpfen und wartete, bis er sich über die Frau ausgetobt hatte, die er für sein Schicksal verantwortlich machte. Er dachte, daß McGarvey recht hatte; man konnte dem Doc kein Wort glauben, das er über Ruth sagte, dafür haßte er sie zu sehr. Vielleicht glaubte er sogar das, was er sagte. Nach ein paar Minuten wurde Doc ruhiger, und Trone versuchte eine weitere Frage.

»Was war mit dem Mord an Ron, Doc? Lief es so ab, wie Handy es geschildert hat?«

»Nun, ich weiß nicht, woher Handy den Einfall hatte, daß Barb uns am Einkaufszentrum in Fairmont City abgeholt hat. Aber Treffpunkte hat er sich nie merken können. Sie hat uns am Troy Truck Stop an der 162 abgeholt. Da ist mehr Betrieb, was uns zugute kam. In dieser Sache hat Handy sich geirrt.«

»War das alles? Ich meine, hat er alles andere richtig in Erinnerung behalten? Sie haben Ron getötet, während er dastand und zuschaute?«

»Ich habe geschossen, aber Handy hob den Hammer auf und hat ihm auf den Kopf geschlagen«, sagte er und grinste triumphierend. »Denken Sie doch mal nach. Wer von uns war denn der Schreiner? Er hat's getan, ohne lange nachzudenken, er hob den Hammer und schlug ihm das Ding im Zusammensacken auf den Kopf, um sicherzugehen, daß er auch tot war. Ron war ein kräftiger Mann, und Handy wollte ganz sicher sein.«

»Was ist mit Barbs Rolle beim Tod der Schwiegereltern? Was hat sie gewußt?«

»Haben Sie schon mal eine so schöne Frau wie Barb gesehen?« fragte er. »Sie ist ein Goldmädchen. Und sie ist auch tapfer. Barb würde nie zusammenbrechen, nie zu schwätzen anfangen. Sie hat ihre Sache gut gemacht, eisern durchgehalten. Wie ein Fels. Sie ist ein gutes Mädchen und hat eine schwere Zeit . . .«

Trone versuchte, seine Frage neu zu formulieren, aber er erhielt keine Klärung über Barbaras Anteil an den Morden ihrer Schwiegereltern. Vielleicht glaubte der Doc, ihr Schweigen sei der Beweis dafür, daß sie hinter ihm stand, und nun wollte er demonstrieren, daß er auch hinter ihr stand.

Doc redete eineinhalb Stunden lang. Das meiste war allen, die mit den Fällen vertraut waren, bekannt, aber er hatte Trone etwas gesagt, daß zuvor noch niemand von ihm gehört hatte: *Ich habe sie getötet. Ich töte gern. Es hebt einen Mann von den anderen ab, wenn er töten kann.*

»Warum haben Sie sich schuldig bekannt, Doc?« fragte Trone. »Sie haben uns alle überrascht. Wir glaubten, Sie würden es auf einen weiteren Prozeß ankommen lassen.«

»Sie sind ein Skorpion, Mister Trone. Ich wußte, daß ich gegen Sie keine Chance hatte. Nein, Mister Trone, ich wußte, daß ich verloren hatte.«

Als die *Post-Dispatch* ›das letzte Kapitel‹ über Doc schrieb, zitierten sie nicht Robert E. Trone, den einzigen Mann, der Englemans Geständnis gehört hatte. Vielleicht hätte der *Globe*, den es nicht mehr gab, bei Trone nachgefragt, denn ›Dr. Englemans Morde‹ war eigentlich die Story des *Globe*.

Die *Post* zitierte Gorden Ankney, der sich über den Deal zwischen dem Ankläger von Madison County und Engleman enttäuscht äußerte: Nach seinem Geschmack hätte der Staatsanwalt die Todesstrafe durchsetzen müssen. »Das einzige Motiv, ihn anzuklagen, bestand darin, ihn hängen zu sehen«, sagte Ankney.

In ihrem Artikel behauptete die *Post*, alle Fragen seien beantwortet, aber das stimmte natürlich nicht. Zwei Frauen, Barbara Gusewelle und Ruth Bullock, die erste und die letzte Witwe, hatten die ganze Zeit über ihre Verwicklung in die Ermordung ihrer Ehemänner geschwiegen, und das werden sie wohl auch weiterhin tun. Vielleicht führte Ruth Bullocks Schweigen direkt zu den Morden an den jungen Männern Eric Frey und Peter Halm.

Die *Post* befragte auch einige der Hauptbeteiligten, welches Motiv sie in Dr. Englemans Morden sahen. Es war eine typische Abschlußfrage. Sie brachte keine neuen Erkenntnisse. Die vielleicht beste Antwort kam von Dempsey: »Nein, das Geld war nicht sein Motiv. Er behandelte einige Leute kostenlos, und in seinem Bekanntenkreis wurde von Großmut und Gebefreudigkeit gesprochen. Ich glaube eher, daß sein Streben nach der Beherrschung einzelner die treibende Kraft war – er wollte, daß all die kleinen Leute nach seiner Pfeife tanzten.«

Ganz sicher entsprangen auch Großmut und Gebefreudigkeit demselben Drang, Menschen zu beherrschen. Die Zeitung konnte keine Erklärung des Doc selbst zitieren, weil der sich weigerte, mit den Reporter zu sprechen. Er ließ dem Reporter ausrichten, der die drei Stunden von St. Louis bis nach Jefferson City im Auto zurückgelegt hatte: »Es tut mir leid, daß Sie so leichtsinnig waren, ohne Voranmeldung herzukommen. Eine der wenigen persönlichen Freiheiten, die einem hier gewährt werden, ist der Schutz vor der Außenwelt.«

EPILOG

Ein Detektiv, schlank, dreiunddreißig Jahre alt, Mitglied der Mordkommission von St. Louis, interessierte sich im Frühjahr 1987 für den Bullock-Mord. Im Laufe der Jahre waren immer wieder Detektive und Reporter auf den Fall zurückgekommen, wie es stets bei unaufgeklärten Morden geschieht; sie haben eine verführerische Anziehungskraft. Dieser Detektiv langweilte sich während einer Nachtschicht und begann, in den Akten unaufgeklärter Verbrechen zu blättern.

»Es ging mir gar nicht so sehr um die Verbrechen selbst«, gestand er später und zwirbelte sich die Schnurrbartenden. »Es ging mir auch nicht um den Bullock-Fall, obwohl ich gehört habe, daß ein Buch über Engleman geschrieben würde. Nein, ich suchte Bilder von alten Buicks, das war alles.«

Unbewußt mochte er vom eigenen Erleben einer Ungerechtigkeit zu den ungeklärten Verbrechen hingezogen worden sein; der Detektiv hatte es noch nicht verwunden, daß er bei einer Beförderung übergangen worden war, und kurz darauf hatte sich seine Frau von ihm scheiden lassen.

Bei der Durchsicht der Bullock-Akten stellte er fest, daß ein junger Anwalt aus einer Kanzlei am Rande in den Bullock-Fall verwickelt war – und genau dieser Anwalt, inzwischen erheblich älter, hatte seine Frau bei der Scheidung vertreten.

»Viele Dinge paßten zusammen, als ich die Akten las«, berichtete der Detektiv. »Ich dachte, daß die Beweise doch vorlagen, und ich fragte mich, warum sie den Fall nicht abgeschlossen hatten. Deshalb machte ich mich selbst an eine Untersuchung.«

Seine Untersuchung überzeugte ihn davon, daß John Daly, einer der angeblichen Killer, tatsächlich geschossen hatte. Der Detektiv gelangte hauptsächlich wegen der Aussage von Ivan

Deckard zu dieser Erkenntnis. Deckard, im Laufe der Jahre wegen verschiedener Delikte verurteilt, befand sich im Frühjahr 1987 in einem geheimgehaltenen Gefängnis im Staat New York, wo er als ›beschützter Zeuge der Regierung‹ gehalten wurde. Mit anderen Worten: Ivan Deckard war ein Überläufer wie Robert Handy, nur in größerem Format. Er war an mehreren Drogenschmuggel-Operationen beteiligt gewesen.

Der junge Detektiv und Deckard, der Verhandlungen über ein Buch und eine Verfilmung seines Lebens führte, verstanden sich auf Anhieb. Er erinnerte sich an alles, was John Daly ihm erzählt hatte, und er erinnerte sich auch daran, daß man ihm Geld versprochen hatte, wenn er bereit gewesen wäre, diese Aussage zu widerrufen.

Wer würde dafür zahlen, daß Daly ungeschoren davonkam? Und warum?

Der Detektiv begann mit seinen Ermittlungen, rief Leute an, darunter auch den Mann, den er als Anwalt seiner Frau kennengelernt hatte.

»Es hat mir großen Spaß gemacht, ihn anzurufen«, gestand der Detektiv. »Ich sagte ihm, ich wüßte, daß die Wahrheit damals unterdrückt wurde, um ein paar Leute in hohen Stellungen zu schützen, und ich hätte ihn oder seine damalige Kanzlei im Verdacht, an der Wahrheitsunterdrückung mitgewirkt zu haben. Er sagte, er könnte sich nicht einmal mehr an Bullocks Namen erinnern, und darauf sagte ich: ›Erinnern Sie sich denn an meinen Namen?‹«

Der Anwalt konnte auch mit dem Namen des Detektivs nichts anfangen. Der Detektiv setzte seine Ermittlungen fort, die ihn auch in eine Stadt im Mittelwesten führten, wo er Mrs. Bullock zu treffen hoffte. Er hatte ihre Adresse erfahren, parkte in einigem Abstand von ihrem Haus und beobachtete die Gegend. Er machte heimlich Fotos von ihr, sie war jetzt eine kräftige Frau mittleren Alters, Mutter erwachsener Kinder. Schließlich rief er sie an und sagte, Doc hätte sich entschlossen, sein Schweigen im Bullock-Fall zu brechen.

Er ließ die Bilder entwickeln und besuchte Glennon Engleman in Jefferson City.

»Das ist meine Ruthie«, sagte Doc. »Sie hat ein paar Pfund zugelegt, aber das ist sie.«

Der Detektiv sagte ihm: »Ich weiß, daß Sie nicht geschossen haben. Sie und Ruthie haben Daly angeheuert. In ein paar Wochen habe ich die Anklageschrift gegen Sie drei fertiggestellt. Ich habe einen Zeugen.«

»Das werden Sie mir doch nicht auch noch antun, oder?« jammerte Doc. »Himmel, in den Endfünfzigern schaffte es erst Sputnik, mich aus den Schlagzeilen zu bringen.« Dann gab er dem jungen Detektiv noch ein paar Ratschläge okkulter Art, sagte sonst aber nichts.

Doc wurde wieder in seine Zelle geführt. Sobald sich die Tür des Verhörzimmers hinter ihm geschlossen hatte, begann er zu lachen, lauter und immer lauter, bis er sich fast überschlug, und dabei flappte er mit den Armen wie ein verrückter Vogel.

Der Detektiv kehrte nach St. Louis zurück und traf sich mit zwei Reportern, denen er Kopien seines zweiundsiebzig Seiten starken Berichts aushändigte. Er sagte, er gehe davon aus, daß es in wenigen Wochen zu einem Anklagebeschluß käme. Wenn nicht, würde er die Geschichte gern ›durchsickern‹ sehen.

»Der Fall ist nie aufgeklärt worden«, sagte er, »weil Ruthie mit zwei prominenten Bürgern sexuelle Affären unterhielt. Sie traf die Männer in den Bars am DeBaliviere Strip.«

Er nannte auch die Namen, aber aus rechtlichen Gründen durften sie nicht gedruckt werden.

Er beschrieb, wie er das Grab von James Bullock gesucht hatte, aber weil der Grabstein verschwunden war, hatte seine Suche keinen Erfolg. Ebensowenig erfolgreich waren seine Bemühungen, mit Geraldine Duerbeck zu reden, Bullocks Tante, die inzwischen fast neunzig und gebrechlich war. Ihre Enkelin sagte ihm, sie hätte genug gelitten, und schlug ihm die Tür vor der Nase zu. Aber der Detektiv schwor sich, ihr selbst die Nachricht zu überbringen, wenn der Fall offiziell aufgeklärt war. Er glaubte, ihr das schuldig zu sein und daß sie besser schlafen würde, wenn sie die Wahrheit kannte.

Der zuständige Staatsanwalt überprüfte die neue Akte, die der Detektiv zusammengestellt hatte, fand, daß sie nichts Neues enthielt, und weigerte sich, Anklage zu erheben. Als der Detektiv mit seiner Geschichte an die Öffentlichkeit ging, rief der Staatsanwalt hastig eine Pressekonferenz ein. Der Fall gelte nun als abgeschlossen, teilte er mit, auch ohne Anklageerhebung, die angesichts der verflossenen Zeit nicht angebracht sei.

Geraldine Duerbecks Enkelin sagte, diese Entscheidung machte für sie keinen Unterschied, auch durch einen Prozeß gegen alte Täter würde nichts geändert. Außer ihrer Großmutter erinnerte sich kaum noch jemand an Jimmy, er hätte nichts Großartiges an sich gehabt, an das man sich noch nach dreißig Jahren erinnern könnte. Er sei nur ein netter Junge gewesen, ein guter Junge. Was geschehen ist, ist geschehen. Gott wird sich darum kümmern, sagte sie.

ENDE

Band 13 456

Peter Conradi

Der Todesengel von Rostow

Deutsche Erstveröffentlichung

Andrej Tschikatilo hat dreiundfünfzig Menschen getötet, vorwiegend Landstreicher, Geheimprostituierte, vernachlässigte oder verwaiste Kinder. Es waren die Gestrandeten einer vorgeblich klassenlosen Gesellschaft, die Tschikatilo gequält, gefoltert, ja, verstümmelt hat. Im November 1990 konnte die Miliz ihn endlich fassen, den Mann ohne Gewissen. Drei Monate lang wurde er in einer psychiatrischen Klinik untersucht. Das Ergebnis: Er ist ansonsten ziemlich normal. Konnte er gerade deswegen so lange unerkannt morden?

Dieses Buch entwirft ein psychologisch ungeheuer exaktes und facettenreiches Porträt des Massenmörders. Peter Conradi erzählt von Tschikatilos trauriger Jugend in Stalins Sowjetunion, seiner Zeit als Russischlehrer, seinen ersten Konflikten mit dem Gesetz, seinem gestörten Sexualleben, das wohl letztlich seine Untaten motivierte. Und er erzählt von einer gigantischen Fahndung, die durch die Ideologie behindert wurde, daß es in der UdSSR das ›westlich-dekadente‹ Phänomen des Serienmörders nicht gebe.

BASTEI LÜBBE

Sie erhalten diesen Band im Buchhandel, bei Ihrem Zeitschriftenhändler sowie im Bahnhofsbuchhandel.